KB251758

인체화

인체화

초판 1쇄 찍은 날 § 2005년 7월 16일
초판 1쇄 펴낸 날 § 2005년 7월 26일

지은이 § 이진희
펴낸이 § 서경석

편집장 § 문혜영
편집책임 § 이종민
편집 § 한지윤

펴낸곳 § 도서출판 청어람
등록번호 § 제1081-1-89호
등록일자 § 1999. 5. 31
어람번호 § 제5-0048호

주소 § 경기도 부천시 원미구 심곡1동 350-1 남성B/D 3F (우) 420-011
전화 § 032-656-4452 팩스 § 032-656-4453
http://www.chungeoram.com
E-mail § eoram99@chollian.net

ISBN 89-5831-638-1 03810

인체화

이진희 지음

도서출판 책람

누군가를 사랑한다는 것, 그건 독약과도 같은 것인가 보다. 너무 깊이 파고들어 소리 내어 울지도 못할 만큼 참을 수 없는 아픔을 전해주고, 몸과 마음을 움직일 수도 생각할 수도 없게 만든 후에 아파하고 소리 죽여 우는 바보 같은 놀이. 내가 아는 사랑은 그런 거였다.

처음부터 끝까지 '놀이'로만 취급된 바보 같은 내 사랑이 이제는 아프지도, 미련스럽지도 않은데…… 온몸에 독이 퍼지듯, 그것에 익숙해지고 만연되어진 나. 결국 죽음에 가까워서야 자신이 사랑이란 것에 중독되어 치유되지 못하고 죽어간다는 것을 알아차리게 된다.

그때 그 시기가 바로 내 사랑을 버려야 할 때였다. 차라리 그때 버렸다면 지금의 모습은 그나마 덜 추하고 덜 미운 모습일 텐데……. 처음부터 내 남자가 되지 않을 사람인데 나의 자만이, 욕심이 나로 하여금 그를 묶어놓게 만들었다. 그의 그처럼 차갑고 시린 눈을 매일 마주하게 될 줄 알았다면 나는 그를 처음 본 순간에 그를 외면했을 것이다.

주영은 그렇게 또 하루를 마감하고 있었다. 익숙한 듯 스스로 사랑의 푸념을 하고, 신세한탄을 하며 그렇게 평범하게 하루를 마감하고 있었다.

'미련'. 언제부터인가 주영은 사랑 대신 미련이란 말에 익숙해져 버렸다. '미련한 사랑', '미련한 여자', '미련스런 집착', '미련한 결혼'. 이상하게도 살아갈수록 그녀와 관계되는 모든 것들의 앞에는 너무도 자연스럽게 '미련'이란 단어가 붙기 시작했다. 주영은 그것을 주술처럼 말하곤 했다, 미련은 사랑의 다른 형태의 이름이라고.

주영과 세민이 결혼한 지 꼭 일 년 되는 날. 보통 신혼의 부부처럼 촛불을 켜고 마주 보고 앉아 은밀하고도 친밀감있는 사랑을 속삭일 그러한 시간에 주영은 그 넓은 거실에 홀로 앉아 있었다. 가끔 무의식적으로 고개를 들어 바라보는 그녀의 시선이 닿는 곳마다 시계가 놓여 있다.

주영은 결혼을 하고 나서부터 유난히 시계에 집착하기 시작했다. 거실 한쪽 벽에 놓여 있는 커다란 시계, 주석으로 만든 아기자기한 시계, 지점토로 꾸며진 호화로운 시계, 클래식한 엔틱 시계, 모더니즘을 대표하는 알 시계까지. 항상 시계를 보아야만 마음이 놓이는 자신이 스스로도 우스웠다. 마치 길들여진 사냥개처럼 규칙적으로 움직이는 시곗바늘을 보며 언젠가 들어올 남편이라는 허울을 뒤집어쓴 남자를 그렇게 기다리고 있다. 그것이 그녀의 결혼 생활에 있어 그와 상관된 유일한 행동이었다. 그녀가 할 수 있는 최대한의 결혼 행위. 그리고 세민을 바라보며 웃는 것이 다였다. 미련한 눈으로, 미련스럽게 그를 바라보며 움직이지도 못하는 몸과 마음을 예쁘게 보이기 위해 바보같이 웃어주었다. 사랑스런 바보, 후후, 허울 좋은 껍데기의 이름뿐인 것을.

이젠 사랑에 중독된 바보가 아니라 버림받은 바보가 되려 한다. 이미 만신창이가 되어버린 가슴이라 더는 누군가를 사랑할 수도 없겠지만, 그를 위해서 놓아주려 한다. 그에게 모든 걸 걸었던 나인지라 그가 없으면 이내 쓰러지겠지만…… 놓아주련다, 난 죽을지언정 이제는 그 독약과도 같은 그를 놓아주려 한다. 천천히 놓아주는 연습을 하려 한다.

기어코 눈물이 흘러내렸다. 아프지만 이제는 놓아야 할 그를 생각하며 마지막으로 울 수 있기에 행복하다는 것을 그는 알까.

주영은 굳어서 아픈 어깨와 발목을 천천히 움직여 봤다. 어두운 거실에는 불을 밝히는 촛불만이 커다란 공간의 일부분을 비추고 있었다. 익숙한 어둠에서 그녀를 지켜주는 것은 고작 촛불과 쉬지 않고 움직이는 시계의 초침 소리뿐이라니. 약간의 흔들림이 있을 때마다 넘실거리는 그림자를 바라보며 무심히 앉아 있던 주영은 저절로 만들어진 거실 벽의 그림자를 보면서 다시 바보처럼 웃었다. 그 모습이 얼마나 공허하고 슬퍼 보이는지 그녀 자신도 너무나 잘 알고 있었지만 쉽게 고쳐지지 않았다. 오히려 항상 그를 바라보며 짓던 웃음이 이젠 그가 아닌 다른 것을 보면서도 웃기 시작했다. 자신의 시계들을 보며 웃고, 커다란 화면을 보며 웃고, 벽 그림자를 보며 혼자 웃었다. 하지만 누가 보아도 알 수 있을 만큼 그녀의 웃음에는 슬픔이 진득이 묻어나와 아픔은 차고 넘치어 주변을 물들였다.

'생각하지 마. 아파하지도 마. 더 이상 아플 곳도, 생각할 마음도 없잖니, 넌.'

천천히 일어난 주영은 너무 오랫동안 앉아 있어서 약간 부자연스러운 걸음으로 식탁으로 향했다. 정성스런 음식들이 정갈한 그릇에 담겨 누군가를 기다리는 듯 한껏 맛깔스러움을 뽐내고 있었지만 잡지의 그것마냥 온기를 잃어 식욕을 당기진 않았다. 로맨틱한 분위기를 풍기려고 준비한 붉은 색의 촛불은 이미 반쯤 타 있었다. 얼핏 눈을 들어 쳐다본 부엌의 조그만 시계의 작은 바늘은 12라는 숫자를 슬쩍 비껴가고 있었다. 주영의 모양 좋은 입술에서는 기어코 가는 한숨이 새어나왔다.

그가 오지 않을 줄은 이미 알고 있었다. 자신의 25번째 생일, 그리고 그와의 첫 결혼기념일. 우윳빛이 도는 식기들 안에 오밀조밀하게 담긴 음식들을 주영은 그렇게 아무 생각 없이 쳐다보고 있었다. 처음으로 마련한 자신의 생일상이 가슴 아프게 눈에 와 박힌다. 차갑게 식어버린 음식들처럼 그녀의 마음도 점점 온기를 잃어만 간다. 약간의 온기가 느껴져 내려다본 주영의 손에 물기가 떨어졌다. 손을 들어 눈가를 스윽 훔치자 검은색의 마스카라가 눈물에 섞여 그 색의 짙기를 흐리며 번지듯 묻어나왔다. 검게 얼룩진 손가락을 티셔츠에 아무렇게나 문질러 닦았다. 왜 웃음이 나오는지 모르겠지만 이 작은 행동으로 자신이 변해간다는 것을 확인할 수 있었으면 좋겠다.

주영은 식탁을 치우려던 손길을 멈추고 자리에 앉아 식어버린 음식들을 혼자서 먹기 시작했다. 이미 꺼져 버린 촛대에 불을 다시 켜고 차가워진 음식을 기분 좋게 맛보며 유리잔에 따른 붉은 색 포도주를 음미하고, 춤추듯 일렁이는 자신의 그림자를 보면서 기분 좋게 웃어주었다. 여기까지다. 이젠 예전의 나로 되돌아갈 거야.

식사를 마친 뒤 나머지 음식들을 쳐다보던 주영이 무슨 생각이 났는지 찬합을 꺼내 갖고 왔다. 두 개의 5단 찬합에 준비한 음식을 모두 담은 주영은 그것들을 냉장고에 넣어둔 뒤에 그릇들을 싱크대로 가져가 물을 틀었다. 시원하게 흐르는 물소리가 무척이나 크게 들렸다. 주영은 싱크대에 담긴 그릇들을 정성스레 닦기 시작했다. 하얀 거품이 많이 일도록, 그리고 뽀드득 소리가 나도록 한참 동안이나 그렇게 설거지를 하고 난 그녀의 얼굴은 눈물 자국에 따라 온통 먹물로 장난을 친 듯했다.

천천히 자신의 방으로 올라간 주영은 바로 욕실로 향했다. 깔끔한 타일과 배색이 된 시원한 욕실 안 거울 속의 여자를 무심히 쳐다본다. 희고 갸름한 얼굴에 꾸물꾸물 세로로 나 있는 검은 줄무늬가 마치 가면놀이 할 때의 귀신처럼 보였다.

'안녕, 나의 또 다른 모습. 이젠…… 버릴 거야.'

이제는 모든 것을 털어버리리라, 자신의 미련스런 집착을 시작으로. 이제 그녀는 스스로 준비를 해야 했다. 미련스레 잡고 있던 그 사랑이, 집착보다 더 무섭고 미움보다 더욱 크다는 것을 알기에 차마 놓지 못하고 잡고 있던 자신이 바보 같아서. 하지만 이제는 하나씩 놓아야 함을 알았다. 그의 모습을, 그의 향기를, 그 무엇보다도 먼저 놓아야 하는 것이 자신의 마음임을 알기에. 연습이 필요했다. 주영은 여태까지 무언가를 내놓은 적이 없었다. 그래서 벌을 받았나 보다. 아마 그 시작이 자신이 죽을 만큼 사랑하는 남자에게서 외면당하는 것이겠지. 그리고 맨 나중은 죽음과 연결된 신에게서 벌을 받는 것이리라.

거침없이 옷을 벗은 그녀가 샤워부스 안으로 들어가자 그녀가 서 있던 자리에는 마치 누에가 고치를 벗어 던진 것처럼 주름 잡힌 옷가지들만이 덩그러니 놓여 있었다.

샤워를 끝내고 나온 주영은 실로 오랜만에 대학 시절 편히 입던 낡은 셔츠를 꺼내 입었다. 색이 바랜 주황색의 그것은 주영의 상체에 꼭 맞게 붙어 있어 앙증스러움을 더해주었다. 옛것을 찾아보는 기분이 이런 것일까? 일 년이나 버려놨던 것인데 손에 닿자 느낌이 꼭 오래된 추억을 만지듯, 기억 한 편을 보듬어 안듯 푸근한 맘이 드는 건 왜일까? 주영은 옷을 쥔 손을 풀며 피식 웃었다. 동전의 양면성처럼 추억 그 하나에도 엇갈리는 감정이 있다는 것을 새삼 기억했기 때문이다. 사랑하는 사람을 처음으로 모든 이들에게 자신의 남자로 인정받는 약혼식 날, 그 행복해야 했던 날의 악몽이 떠오르자 주영은 무언가가 울컥하니 입 밖으로 튀어나올 것만 같아서 이를 꼭 물었다.

그날, 주영은 사랑하는 남자가 자신이 아닌 다른 여자를 품에 안고 절규하는 것을 지켜봐야만 했었다. 마냥 행복해야 했던 순간을 한순간에 뒤집어엎어 버린 지금의 남편의 여자를 말이다. 그것은 그녀와의 첫 만남이기도 했었다.

붉은 색의 드레스를 입고 말아 올린 그녀의 머리 사이사이로 진주가 뿌연 우윳빛을 발하고 있었다. 높은 샹들리에의 불빛과 차가운 얼음 조각상이 빛을 받아 무척이나 시원스럽게 빛이 나던 장소에서 주영은 마냥 행복했었다. 사라진 그를 찾아 홀을 헤매던 자신에게 왜 그 많은 소리들 중 유독 한 여자의 울음소리만 크게 들렸는지 모르겠다. 비상구 앞에서 익숙한 남자의 목소리가 들려 주영은 걸음을 멈추었다.

“가. 이런다고 바뀌는 건 없어.”

“흐윽. 세민 씨, 나한테 어떻게…… 어떻게 이럴 수가 있어, 어떻게…….”

여자의 울음소리는 끊어질 듯하면서도 용케 이어지고 있었다. 주영은 저도 모르게 비상구 가까이 얼굴을 가져다 대었다. 놀란 심장이 쿵쿵거렸지만 차마 그곳을 벗어날 수가 없었다.

“너한테 누누이 말하지 않았던가, 난 사랑에는 관심없다고? 나한테 뭘 기대한 거지? 널 사랑이라도 한 줄 알았나? 난 그 누구도 사랑 안 해. 그따위 감정 놀이는 흥미없다고.”

냉기가 풀풀 날리는 세민의 목소리가 유독 주영의 귓가를 긁어대자 주영은 차가운 금속의 비상구 문 너머로 세민이 자신을 보고 있는 것이 아닐까 하는 착각마저 들었다.

“그럼 왜, 왜 그 여자와는 결혼하는 건데요, 왜!”

여자의 음성이 다소 높게 울리자 주영은 흠칫 몸을 떨었다. 세민이 자신과의 결혼을 어떻게 받아들이는지는 이미 알고 있었지만 결혼만 하게 되면 그가 자신을 사랑할 것이라는, 아니, 사랑하게 만들겠다는 자신감 역시 충만한 그녀였다. 그만큼 세민의 사랑을 쟁취할 수 있을 거라 자만했었는데 세민의 말은 그 모든 것이 그녀의 오산이었다는 것을 알려주고 있었다.

“여기서 뭐 해?”

주영은 자신의 등을 소리 나게 친 사람을 쳐다보고는 가슴을 쓸어 내렸다.

"어? 아, 아니, 그냥. 들어가자, 세희야."

주영은 그때 아무렇지 않은 듯 세희를 끌고 그 자리를 급하게 피한 걸 지금까지 후회했다. 다만 그때는 그 모습을 누구에게도 보여주고 싶지 않은 맘이 더 컸다.

"그렇지 않아도 주인공들이 안 보인다고 다들 난리다, 어서 들어가자."

주영이 세희와 얘기를 하며 홀 안으로 들어가기 직전 요란한 문소리를 내며 한 여인이 호텔 입구 밖으로 뛰쳐나갔다. 여인의 뒷모습을 본 주영은 방금 전 세민과 말을 나눈 여자임을 어렵지 않게 짐작할 수 있었다. 그녀를 따라 뛰어나오는 세민을 봤기 때문이다.

"어, 어? 어머! 위험해!"

주영은 순간 온몸이 굳고 말았다. 차도로 뛰어든 그녀, 세민은 그녀에게 무슨 말을 했던 것일까? 이상하게도 그런 생각이 먼저 들었다. 자신의 곁을 지나쳐 그녀에게로 달려가는 세민의 얼굴이 하얗게만 보였다.

"안 돼!"

차에 치인 그녀의 몸을 끌어안고 절규하는 세민의 얼굴에 가득한 그 고통을 주영은 잊을 수가 없었다. 그녀의 핏빛 드레스만큼이나 붉은 피를 흘리는 그녀를 품에 안고 절규하던 세민의 원망스런 눈빛 역시 잊혀지지가 않았다. 그 눈빛은 마치 주영을 책망하는 것만 같아 주영은 고개를 돌려 버렸다.

'아니야, 아니라고. 나 때문이 아니야!'

그렇게 화려하고 유난스러웠던 약혼식을 끝으로 한동안 세민을 볼 수 없었던 주영은 정확히 두 달 후, 세민과 결혼했다. 아무 일도 없었던 것처럼 말이다.

주영은 그때의 생각을 털어버리려는 듯 약간 고개를 흔들곤 이내 한숨을 쉬었다. 여전히 그 과거는 자신을 비참하게 만들었지만 적어도 그때와 다른 것은 지금은 그의 아내로 곁에 머문다는 것이었다. 애인으로 세민의 곁에 머무는 그녀와 아내라는 껍질로 그의 빈집을 지키는 자신. 내가 정말 원한 것은 그의 사랑이었지만 그는 나에게 집을 지키는 껍질을 결혼이라는 포장으로 안겨주었을 뿐이었다.

주영의 한 손에 잡혀 있던 티셔츠의 끄트머리가 흉하게 주름이 잡혀져 있었다. 손으로 익숙하게 그곳을 훑어 내렸다. 그런다고 이미 주름진 그곳이 펴지진 않겠지만, 주영은 이미 이런 후회에 익숙하기에 한동안 그 행위를 반복했다. 이윽고 서랍으로 눈을 돌린 주영은 낡은 청바지를 오랜만에 집어 들었다. 그를 만나고 나서는 한 번도 입지를 않았던 그 옷들. 주영은 새삼 그 옷을 꺼내 입으며 스스로 자축하는 중이었다. 이렇게 해서 아주 작은 것이라도 놓을 수 있다면, 그를 잊을 수만 있다면 자신은 그것으로 만족하리라 다짐을 하면서.

거울 속의 자신의 모습을 보던 주영은 항상 정성스레 가꾸었던 긴 머리카락이 오늘따라 유난히 눈에 거슬려 눈살을 찌푸렸다. 이내 화장대 서랍을 뒤져 가위를 찾더니 그 자리에서 자신의 머리카락을 잡고 가위를 움직였다. 서걱거리는 소리에 약간 소름이 돋았지만 짧아진 머리카락을 만지며 만족해했다. 그녀의 다른 한 손에는 길게 웨이브진 결 고운 머리카락이 한 움큼 잡혀 있었다. 아무렇지 않게 어깨 부분에 놓인 그 머리카락을 주영은 화장대 서랍 안을 뒤져 연한 갈색 곱창 끈으로 위로 올려 묶었다. 화장대 옆 조그마한 휴지통에 미련없이 던져 넣은 자신의 머리카락을 보면서 시원한 생각까지 들었다. 그렇게 스스로 만족해하며 거울에 비춰진 자신의 모습을 찬찬히 보았다. 겨울 속의 그녀는 그녀이되 그녀가 아닌 모습으로 그렇게 자신을 보고 있었다.

"진주영, 생일 축하한다. 이제 너는 해방이야."

조용히 속삭였다. 하지만 결혼은 축하할 마음이 없는 듯 그녀는 그 후 아무 말도 하지 않았다. 주영은 새삼 자신의 얼굴이 이랬었나 싶게 찬찬히 그녀의 얼굴을 보았다. 많은 시간을 투자하여 가꾼 탓에 티 하나 없는 얼굴에 그린 듯한 이목구비. 왠지 낯설어 보였다. 그녀가 아닌 듯했다. 그를 만나기 시작할 즈음부터 시작한 완벽한 메이크업 탓에 그녀의 이렇게 흑백에 가까운 모습은 실로 오랜만이었다. 그녀의 하얀 얼굴에 검은색으로 표현된 눈썹과 눈동자. 다만 연한 분홍빛의 입술만이 살아 있음을 나타내려 애를 쓴다.

　'이게…… 너야, 진주영. 이게 본래의 너. 이제는 내 모습으로, 원래의 내 자리로 돌아가야겠지. 천천히 준비하는 거야, 네 자리로 가기 위해.'

　거울 속 자신을 처음 보는 사람마냥 한참을 쳐다보던 그녀는 커다란 가방을 꺼내 결혼 후 여지껏 입었던 옷가지를 담기 시작했다. 그리곤 이내 장농 깊숙이 넣어두었던 자신의 미술 도구들과 이젤을 꺼내었다. 그것들을 침대 곁에 가지런히 놓아둔 뒤 일어선 주영의 눈에 화장대 옆에 놓여 있는 구급상자가 보였다. 항상 자신을 지켜주던 것, 주영은 잠시 무언가를 고민하더니 하얀 상자 안에 담긴 알약들을 모두 꺼내 쓰레기통에 넣어버렸다.

　'이젠 이런 것들 필요없어! 나 스스로 일어설 거라고.'

　홀가분하다는 표정을 지은 주영은 씩씩하게 일어서서 일층으로 향했다.

　막 정리를 끝낸 싱크대로 다가가 찻물을 올려놓고 오랜만에 머그잔에 자신이 좋아하던 초콜릿을 듬뿍 넣어 코코아를 만들었다. 실내에 금방 퍼지는 달콤한 향내에 주영은 만족스러웠다. 작은 행복, 그리고 자유, 이제는 이것으로 만족하며 살아가리라.

　그녀가 막 머그잔에 입을 대는데 현관문이 열리며 저절로 밝아지는 시야에 커다란 인영이 들어섰다. 죽어서도 그의 사랑만은 얻기를 바랐던 남자, 아니, 이제는 제일 먼저 미련을 버려야

할 사람. 주영은 담담한 표정으로 들어오는 그를 쳐다봤다. 그
녀의 얼굴은 무표정이었지만 그 안에는 많은 감정들이 아우성
치고 있었다.

제1장 *과거의 기억*

유세민은 현관의 불빛이 갑자기 밝아지자 인상을 찡그렸다. 몸도 피곤하지만 더욱 피곤한 것은 자신의 마음이리라. 악착같이 달라붙던 시현을 억지로 떼어놓고 들어오는 길이었다. 힘들게 한숨을 쉰 그가 신발을 벗고 자신의 침실로 향하려다가 걸음을 멈추고는 항상 자신을 쫓는 눈동자를 습관적으로 찾았다. 이젠 지겹다 못해 익숙해져 버린 눈빛. 자신의 아내라 통상적으로 지칭되어지는 여자, 그 여자가 오늘도 어김없이 식당 한 켠에서 자신을 쳐다보고 있다. 그는 사냥감이 된 듯한 느낌이 들어 그 눈빛이 싫었다. 지겹도록 쫓아오는 그 눈빛이 싫고, 그녀의 행동이 싫고, 그녀의 모든 게 싫어진 지금 그는 약간의 눈

마주침 정도만으로도 소름이 돋아버릴 만큼 자신의 아내가 싫었다. 그런데 오늘따라 뭔가가 다른 이상한 느낌이 들었다.

세민은 그곳을 한 번 쳐다보고는 아무 말 없이 시선을 돌렸다. 그리곤 이내 들려올 주영의 목소리를 생각했다. 언제부터인가 일상처럼 그녀의 짜증스럽고, 화난, 퉁명스런 목소리가 항상 자신을 향하고 있었다. 이제는 적응이 되어서 그런지 아무렇지 않게 그런 그녀를, 그 말을 무시할 수 있어 다행이라 여기는 그였다.

"늦…… 으셨네요. 오늘노 안 들어오시는 줄 알았어요."

'어?'

너무나 기대치에 어긋난 말과 어감에 세민 스스로가 눈을 들어 그녀를 쳐다보고 말았다. 결혼한 뒤로 그녀를 제대로 쳐다본 적이 없는 세민인지라 주영의 모습이 너무도 생소하여 처음 대하는 사람마냥 약간의 긴장감마저 돌았다. 짧은 순간이지만 세민의 눈이 주영의 몸을 훑어 내렸다. 극히 짧은 순간의 모습, 작은 말 한마디, 그것이 세민의 기억 한곳에 던져 버린 무언가를 꺼내려 한다.

"그럼, 주무세요."

그 말만을 하고 다시 식탁에 앉아 무언가를 마시는 그녀를 보면서 세민은 무언가가 다르다는 것을 알았다. 그녀의 행동과 말투, 그게 다가 아니었다. 그녀는 변해 있었다. 무엇이 변한 건지는 몰라도 무언가가 전과 달라져 있다는 것을 어렴풋이 알 수 있었다. 묘한 정적에 세민은 다시 한 번 이상한 느낌을 받았다. 그래서였을까? 세민은 대꾸조차 안 하고 바로 자신의 방으로 향하려던 익숙한 행동을 멈추고는 갈등했다. 오늘은 왠지 그러고 싶지가 않았다.

천천히 가방을 들고 식탁으로 향한 그는 식탁 의자에 앉아서 무언가를 마시는 그녀 앞에 가방을 내려놓고 마주 앉았다. 그가 마주 앉아도 머그잔으로 향하는 주영의 입술은 떨어질 줄 몰랐다. 그녀의 입술이 저렇게 고운 색이었던가? 자신도 모르게 세민은 그녀에게로 시선을 고정시킨 채 관심을 갖기 시작했다.

당연히 세민의 방으로 들어갈 줄 알았던 그가 자신과 마주 앉자 정작 당황한 건 주영이었다. 이 시간, 특히 자신의 모든 걸 정리하며 연습하는 이 순간, 정말 보고 싶지 않은 사람이 있다면 그건 바로 유세민, 자신의 남편이었다. 처음으로 갖는 이 자유로운 시간에 다시금 그의 눈치를 봐야 한다는 것에 대한 반발심이 생겼다. 주영은 자신과 마주 앉은 남자를 보면서 자신이 결혼 일 년 동안 그 남자의 얼굴을 이렇게 가까이 본 적이 있나 싶었다. 대답은 '아니다' 였다. 그는 한 번도, 정말 단 한 번도 그녀 가까이 오지를 않았다. 마치 전염병 걸린 사람처럼, 아니면 병원균처럼 그렇게 그녀 가까이 가지 않으려 무던히도 애를 썼던 남자다. 그런 남자가 지금은 스스럼없이 자신과 마주 앉아 자신을 쳐다보고 있자 주영은 웃음이 나왔다. 이런 웃음, 뭐라 표현해야 할지 모르겠지만 썩 유쾌하지는 않았다.

주영은 잠시 그의 다음 말을 기다렸다. 그러나 그는 그렇게 그녀를 쳐다만 봤다. 할 수 없다는 듯 조용히 한숨을 쉰 그녀가 다시 말을 꺼냈다.

"왜, 안 들어가세요?"

세민은 의외의 그녀의 말에 기분이 상했다. 자신과 같이 있는 것이 싫으니 비켜달라는 뜻으로 들렸기 때문이다. 아마 평소대로라면 아내와 마주 앉아 그녀를 쳐다볼 생각은 결코 꿈에도 하지 않았을 자신이지만 오늘은 이상하게도 발이 떨어지지 않았다.

"피곤하긴 한데…… 배가 고파."

세민의 말에 주영은 놀란 표정을, 세민은 아무렇지 않다는 표정을 하며 계속 말을 이었다.

"뭐 먹을 거 없나?"

주영은 그의 말을 들으며 다시 웃음이 나왔다, 그 기분 나쁜 웃음이. 그는 알까? 지금이 자신과 가장 긴 대화를 나누고 있다는 것을 말이다. 생각할수록 비참해지는 듯해서 주영은 이내 생각을 접었다.

"저녁, 드려요?"

주영의 말에 세민은 무언가를 생각하는 듯했다. 주영이 보기에는 먹을 것인지 말 것인지를 놓고 고민하는 것 같았지만 세민은 사실 배가 고프지 않았다. 다만, 주영의 이러한 행동에 궁금증이 일어서였다. 그녀가 자신에게 관심 갖지 않기를 바랐을 뿐

아니라 눈조차 마주치길 꺼려했는데 막상 그러하자 적잖이 당
황스러웠다.

"그래, 미안하지만 밥 좀 차려줘. 씻고 나올 테니."

그가 일어서서 식당을 나가도록 주영은 식탁 의자에서 일어
나질 않았다. 그도, 주영도 서로가 이상하다는 생각에서 헤어나
오질 못하고 있었다.

서로의 행동에 궁금증이 커져 갔지만 세민도, 주영도 아무 말
없이 평소대로 행동하고 있었다. 아니, 적어도 주영은 평소와는
전혀 다른 행동을 취하는 중이었다. 그의 눈빛과 관심을 받는다
는 것, 그것은 곧 그녀의 인생의 목표이자 삶의 희망이었으니
까. 하지만 이제는 그렇게 살지 않으리라 다짐한 그녀였다. 그
약간의 관심과 손길을 받기 위해 얼마나 몸부림치며 노력했는
지, 그 비참함에 죽고 싶었던 적이 어디 한두 번이었던가. 이제
는 미련스런 행동도, 미련스런 삶도, 미련한 자신도 보기 싫다.
하지만 마음과는 달리 그를 위해 무언가를 한다는 행위 자체만
으로도 기뻐하는 자신의 바보스러움에 주영은 씁쓸함을 느꼈
다. 이래서 사람 마음은 알 수 없다고 한 것인가 보다. 주영은
천천히 일어나 가스레인지에 올린 국에 불을 켜고 좀 전에 담아
놓았던 찬합에서 반찬을 조금씩 덜어 식탁을 차리기 시작했다.

잠시 후, 간단한 샤워 후 평상복으로 갈아입고 온 세민은 식
탁 위의 정갈스런 음식에 놀라는 표정을 지었다. 하지만 주영은

무표정으로 그를 한 번 쳐다보곤 이내 밥솥에서 밥을 퍼 그릇에 담아내었다. 워낙에 먹는 것을 좋아하던 그녀였지만 언제부턴가 무언가를 먹기만 하면 답답하고 속이 울렁거렸다. 그래서 생긴 버릇 중 하나가 식사 후에 반드시 소화제를 먹는다는 것이다. 그녀는 시계를 모으는 습관 이상으로 소화제를 달고 살았다. 결혼 일 년 동안 통통하던 볼 살도, 풍만하던 가슴도, 약간 크다 싶었던 엉덩이도 모양 좋게 바뀌었지만 그녀의 얼굴에는 그것과 비례해서 점점 생기가 없어지고 있었다.

국을 담은 그릇을 세민의 밥그릇 옆에 놓자 세민이 의아한 표정을 지었다. 유난히 미역국을 싫어하는 그이기에, 정말 특별한 날이 아니면 미역국을 먹어본 기억조차 없었다. 그의 바뀌는 표정에 주영은 다시 한 번 속으로 기분 나쁜 웃음을 지었다. 스스로도 이해 못하는 그러한 웃음. 주영은 웃음을 지으면서도 이리 기분이 나빠질 수 있다는 것을 다시 한 번 깨달았다.

"특별한 거 아니에요. 아주머니가 안 계셔서 제가 급하게 한 거예요. 부엌에 쓸 만한 재료가 거의 없네요."

주영의 말에 고개를 끄덕인 세민이 천천히 밥을 먹기 시작했다. 그녀는 그러한 모습을 보고 물 컵에 물을 따라 그의 곁에 놓으며 말했다.

"식사 다 하시면 그냥 놔두세요. 나중에 제가 치울게요."

세민의 대답은 기다리지도 않고 주영은 자신만의 공간인 이층으로 올라가 버렸다.

커다란 주택의 은연중에 지어진 구분. 일층은 그의, 이층은 주영의 공간이라 거의 마주칠 일도 없었다. 다만, 식사 때만큼은 서로가 부딪치기 마련인데 그럴 때마다 피하는 건 세민이었다. 식사를 거의 밖에서 해결하는 그였지만, 간혹 집에서 하더라도 주영과 겹치는 것을 피하곤 했다. 주영과 마주하는 시간이 편치 않았기 때문에 고의로 그런다는 것을 서로가 너무나 잘 알고 있었다. 하지만 오늘따라 혼자서 밥을 먹어야 하는 상황이 못내 못마땅하게 생각되었다. 그것은 정말 묘한 감정이었다. 평소의 모습과는 너무도 다른 자신의 행동에서 오는 불안감, 세민은 불편한 무언가를 느끼는 중이었다.

'제길. 내가 미역국을 싫어하는 줄 알면서……'

국은 쳐다보지도 않은 채 간단히 식사를 마친 그가 천천히 일어나 자신만의 보금자리로 들어갔다. 무엇이 자신을 이렇게 바보스럽게 행동하게 했는지 생각해 볼 필요가 있다고 느끼는 세민의 얼굴이 살짝 찌푸려져 있었다.

항상 무언가를 요구하는 그런 눈빛으로 자신의 모든 행동을 유심히 지켜보던 눈동자가 없다는 것은 기쁜 일이었다. 그 스스로도 너무나 원하던 바이기도 했다. 그러나 다른 한편으로는 어느 정도 허전함이 들었다. 이상한 일이지만, 정말 그는 허전하다는 것을 느끼는 중이었다. 어이없는 웃음이 나왔다.

'후후, 그것도 익숙해져서 그런 건가?'

서재로 들어가기 전 그는 조용히 이층에서 내려오는 그녀를 볼 수 있었다. 소리없는 그림자처럼 자신의 아내, 주영은 조용히 내려왔다. 그 작은 발소리 한번 내지 않고 말이다. 이층 계단난간에 가려 상체만 보이는 그녀를 무심코 바라보던 세민의 눈빛에 언뜻 놀람이 스쳐 지나갔다. 주영의 머리, 그 긴 머리가 상당 부분 잘려 나간 채 그녀의 머리에 매달려 있었다. 마치 낭떠러지에 아슬하게 걸려 있는 나무처럼 그녀의 그 짧은 머리에 세민은 이상한 불안감을 다시 느꼈다.

'머리를…… 묶었었나?'

그이 무신경함이 그녀의 모습을 그저 약간의 변화라고만 생각하라는 듯 그는 주영의 변화에 별뜻을 두지 않고 서 있었다. 다만, 문의 손잡이를 돌려 안으로 들어가지 않고 그냥 그렇게 숨은 듯 서서 주영의 행동을 쳐다보았다. 아슬하게 보이는 그녀의 묶은 머리만큼이나 세민은 위험한 감각을 느끼는 중이었다.

주영은 천천히 계단을 내려와 식당으로 향하면서 식탁 위를 보곤 허탈한 마음에 다시 한 번 그 기분 나쁜 웃음이 절로 나옴을 느꼈다. 그녀는 약간의 경련을 일으키며 울듯 웃는 그 모습을 저만치 떨어진 곳에서 세민이 유심히 보리라는 것을 알지 못했다.

'버릇되겠네, 이 웃음. 나조차도 싫은데……. 후후.'

자신의 생일을 알아줄 그라고는 생각지 않았다. 그러면서도 한편으론 서운한 그녀였다. 차갑게 식은 국그릇을 보면서 그 안의 내용물이 마치 자신처럼 버림받은 것 같아 결국 울컥하고 말 았다. 이미 저녁을 먹었지만 밥솥으로 향한 그녀는 주걱으로 밥 을 거칠게 한 주걱 떠 식어버린 국그릇에 퍼 담고는 식탁 의자 에 앉아 억척스럽게 먹기 시작했다. 마치 그녀 스스로 위안을 하듯 그녀 자신이 손수 끓인 미역국을, 안 먹고 치워 버린 남편 의 국그릇을 차고앉아 며칠을 굶은 사람마냥 꾸역꾸역 먹기 시 작했다.

'허기'. 그녀가 결혼해서 가장 절실히 배운 단어가 바로 허기 였다. 미련과 마찬가지로 그녀는 항상 허기져 있었다. 사랑에, 관심에, 따뜻한 배려에.

그저 배고픈 대상이 다를 뿐인데…… 그것 하나로도 자신이 아귀와 다를 바가 없다는 현실이 비참하리만치 그녀의 가슴에 여러 줄의 긁힘을 만들어 익숙한 통증을 호소한다. 아마도 과욕 을 부려 미련한 삶을 선택한 대가겠지. 주영은 보이지 않는 상 처에서 호소하는 아픔을 애써 무시했다.

식탁을 치우고 설거지를 끝낸 후 냉장고 문을 열어 캔 콜라를 움켜쥐고 계단을 올라가는 주영의 모습은 매우 급해 보였다. 세 민은 허겁지겁 밥을 먹고 일어서는 그녀를 보면서 왜 자신과 같 이 먹지 않았는지 의문을 들었다. 그리곤 이내 인상을 찌푸렸 다.

'넌 왜 나와 같이 식사할 생각을 안 한 거지? 당연하다고 생

각했는데…… 아니었던가?'

이상했다. 작은 시간이라도 그와 같은 공간에 있기 위해 눈물 날 만큼 노력하는 그녀라는 걸 그도 잘 알고 있었는데, 지금의 주영은 외려 그를 피하는 듯한 느낌이었다. 그것이 묘하게도 세민의 신경을 자극했다.

'훗. 뭐, 다른 게임이라도 하는 건가? 나의 관심을 받기 위해서? 그렇다면 성공했다고 말해 두고 싶군. 일단 관심이 간 건 사실이니까 말이야.'

세민의 얼굴에, 정확히는 그의 입가에 조소 어린 웃음이 맴돌았다. 자신의 철없는 아내, 아니, 그 어려운 줄 모르는 아내는 다른 놀이를 찾았나 보다. 그 놀이 찾는 행위가 그에게 안겨준 것은 다름 아닌 약간의 호기심과 비웃음뿐이란 걸 그녀는 알까?

세민의 입술이 비뚤어졌다. 그녀와의 결혼 생활은 항상 그렇게 만들어놓은 틀에서 시작했었다. 말, 행동, 표정, 웃음 하나까지도 자신에게 보이기 위함인 주영의 모습이 차마 안쓰러울 정도였다. 세민은 그러한 가식적인 것들이 싫었었다. 한 치도 흐트러짐없는 주영의 모습이, 언제나 차갑고 합리적인 그녀의 태도는 그를 숨 막히게 만들곤 했다. 그렇게 자신의 인위적인 모습 만들기에 재미 붙었던 주영을 어느 순간 그 모든 것을 벗어던지고 감정적으로 부딪치게 만든 것은 다름 아닌 시현의 존재였다.

약혼식 때 알게 된 그의 여자 정시현, 그녀를 느낄 때마다 주영은 울며 호소하고, 화를 내다 애원을 하고…… 자신이 결혼한 여자는 정시현이 아니라 진주영 자신이었는데도 불구하고 그녀의 눈은 항상 불안스레 자신을 쫓기 시작했었다. 그녀의 그러한 행동에 점차 지친 세민은 어느 순간부터 그녀를 무시하기 시작했다. 그녀가 무얼 하든 무슨 말을 하든 무슨 옷을 입든 세민은 그저 무심히 지나치기 일쑤였다. 그런 자신을 쳐다보는 그녀의 모습이 점차적으로 조용해지는 것 또한 다분히 다른 감정의 표출일 뿐이라는 생각을 하곤 했으니까 말이다.

　하지만 가끔씩 그녀의 텅 빈 눈동자를 대할 때 가슴 안쪽부터 무언가가 따끔거리기는 했었다. 그것이 무엇인지는 모르지만 그 느낌이 때론 세민을 불안하게 만들고는 했다. 지금의 이 느낌처럼 말이다. 가끔 세민은 궁금해지곤 했다, 그녀가 무슨 생각을 하는지. 그녀가 그렇게 있는 듯 없는 듯 조용히 그의 뒷모습만을 쳐다보기 시작한 순간부터 세민은 이상한 불안감을 넘어선 무언가를 느낄 때가 있었다. 그때부터였나 보다, 무심히 지나치는 순간에서도 그녀의 눈빛을 한 번씩 확인하곤 했던 것이.

　이층에서 시선을 돌린 세민은 비로소 처음의 표정으로 돌아가 자신의 공간인 서재로 들어가 일을 시작했다. 오늘따라 유난히 자신에게 달라붙는 시현을 짜증스럽게 떼어내느라 못다 한 일을 가지고 들어왔다. 왜 그렇게 자신을 붙잡았는지 그는 이유는 모르지만, 시현의 행동에 점점 더 참을 수가 없었다. 세민은

서재 의자에 깊숙이 앉아 회사에서 있었던 일을 곰곰이 되짚고
있었다.

　똑똑.
　문소리가 들리자 세민은 검토 중인 법인세 신고서에서 눈을
들어 들어오는 사람을 보았다. 무표정한 모습이었지만 속으로
는 커져만 가는 짜증을 간신히 누르며 시선을 들었다.
　"무슨 일이지?"
　"이사님."
　결재 파일을 가지고 들어온 시현은 세민이 앉아 있는 책상의
맞은편에서 그를 부르며 애절한 눈빛을 보내고 있었다.
　"무슨 일이냐니까?"
　"세민 씨, 나랑 오늘 같이 있어주면 안 돼요?"
　평소라면 이렇게 막무가내로 찾아 들어와 자신의 이름을 부
르며 무언가를 요구할 여인이 아니었기 때문에 세민은 그녀의
행동에 대해 궁금증이 일었다.
　"무슨 일 있나?"
　"아니, 아니에요. 그냥, 오늘은 좀…… 안 될까요?"
　"정시현."
　"아니, 아니에요. 미안해요. 됐어요. 그냥, 그냥 해본 말이에
요."
　뒤돌아 나가는 그녀의 뒷모습에서 세민은 자신을 묶어놓는

듯한 그녀의 발걸음을 보았다. 수제화로 보여지는 맞춤 구두. 언뜻 보면 보통의 신발로 착각하지만 그것의 높이가 다르다는 걸, 자세히 보면 그녀의 걸음걸이가 약간은 부자연스럽다는 것을 알 수 있었다.

자신의 약혼식 날, 매달리던 그녀를 뿌리치는 내내 이젠 그만하고 싶다는 생각밖에 없던 그였었다. 눈물로 호소하며 사랑타령을 하는 시현에게 더 이상 자신에게 다가오지 말라고 말한 것도 어쩌면 지극히 이기적인 생각에서였는지도 몰랐다. 결혼을 하면, 아니, 다른 여자를 곁에 두면 자살하고 말 거라는 그녀의 반협박에 한껏 비웃으며 세민은 시현에게 차라리 죽으라고 말했었다. 시현의 그 말은 세민을 그녀에게 묶어두려는 수작이라 여겼기에 그 순간만큼은 정말 그것을 벗어버리고 싶었다. 하지만 그녀가 정말 자신이 보는 앞에서 자살할 줄은 꿈에도 상상하지 못했다. 그의 생각을 비웃기라도 하듯 시현은 달려오는 차에 몸을 던져 버렸다. 그리고 그 흔적은 바로 저 다리에 고스란히 남아 더욱 큰 올가미가 되어 세민을 꼼짝할 수 없게 더욱 꽉 묶었다. 그렇게 시현은 세민의 또 다른 옆자리를 요구했다. 비서라는 자리로서 말이다.

세민은 여전히 문고리를 잡고 머뭇거리는 그녀의 뒷모습에서 시선을 돌렸다. 자신의 오만과 이기심 때문에, 그리고 그의 곁에 머무는 자신의 아내라는 타이틀을 움켜쥔 또 다른 여자 때문에 결국은 불구가 되어버린 그녀의 발은 여전히 그를 족쇄처럼 묶어놓고 있었다. 세민에게 있어 그 빌어먹을 사랑은 이제 환멸밖에 남은 게 없다.

"무슨 일이냐고 묻잖아, 정시현."

다소 날카로운 세민의 목소리에 문 쪽으로 향하던 시현은 발걸음을 멈추고 돌아섰다. 그녀의 눈에선 눈물이 흐르고 있었다.

'젠장!'

소리 지르고 싶은 욕구를 겨우겨우 누르며 세민은 지겹도록 보아온 그녀의 모습을 무표정하게 바라보며 감정이 절제된 목소리로 말을 이었다.

"퇴근 시간에 맞춰서 항상 가는 곳에서 기다려."

"세민 씨, 흑……."

"나가."

시현이 나가자 무표정이던 세민의 얼굴이 천천히 일그러지기 시작했다. 언제부터인가 자신에게 달라붙는 두 개의 그림자. 하나는 집 안에서 자신을 기다리는 아내라는 이름으로, 다른 하나는 회사에서 끈질기게 매달리는 비서라는 이름으로 그를 숨 막히게 했다. 거칠게 잡고 있던 볼펜을 내려놓고 담배를 꺼내 무는 세민의 얼굴엔 온통 짜증이 가득했다.

'내가 정말 정시현 너를 사랑했을까?'

요즘 들어 스스로에게 부쩍 자주 하는 질문이었다. 대학 시절, 유난히도 사이좋던 선후배 사이에서 주위가 인정하는 커플로 자리잡기까지 세민은 시현을 자신의 여자라고 생각해 본 적이 단 한 번도 없었다.

일 년 중 하루, 누나의 기일만 되면 미친 듯이 마시던 술. 도저히 맨정신으로는 버틸 수가 없어 이젠 연례행사마냥 이뤄지는 그날이 되면 세민은 안타깝고 미칠 듯한 감정과 그리움에 어쩔 줄을 몰라 했다. 자신이 유일하게 따르던 누나였는데, 항상 바쁘던 부모님들을 대신해서 그의 빈곳을 채워주던 유일한 사람이었는데……. 누나의 시신을 붙잡고 미친 듯이 울던 그때의 고통을 도저히 참을 수가 없어서 세민은 그날도 정신을 잃을 정도로 술을 마셨었다. 그리고 다음날, 자신과 한침대에 누워 있던 시현. 그녀의 고백은 세민에게 충격 그 이상, 정말 믿고 싶지 않은 현실이었다. 기억에도 없는 하룻밤, 그 짧은 시간의 지워진 기억이 무언의 책임감으로 그를 내리누르기 시작했기 때문이다. 간혹 정말로 자신이 시현을 안았을까 하는 의문이 들기도 했었다. 그의 생각을 아는지 모르는지 시현은 그 뒤로도 항상 자신을 따라다녔다. 지겨울 정도로 말이다.

왜 갑자기 지난날의 일들이 생각이 나는지 세민은 인상을 썼다. 일부러 생각하려 하지 않았던 과거, 그 과거를 얼마나 증오하고 있는 자신인데. 시현과의 일을 생각하자 그것은 어느덧 주영을 처음 만난 날로 이어지고 있었다.

그녀를 처음 본 것은 모 클럽에서 시현과 친구들에게 둘러싸여 마지못해 언약식이라는 것을 하는 중이었다. 시현의 일방적인 통보에 아무 생각 없이 약속 장소로 나갔더니 그 자리는 다

름 아닌 시현과 세민의 언약식 자리였다. 그냥 나갈 수 없어 울
며 겨자 먹기로 앉아 술을 마시고 있는데 워낙 요란하고 정신없
는 그곳에서 유독 큰 웃음소리가 들려 세민은 불만스런 표정으
로 시선을 돌렸다. 그리고 그곳에서 행복하게 웃는 주영을 보았
다. 친구들에게 둘러싸여 웃는 그녀의 모습은 긴 생머리를 빼곤
온통 하얀 것으로 뒤덮여 있어 현실감이 없어 보였다. 왜 그녀
에게 눈길이 갔는지, 그녀가 마시는 술을 보자 왜 걱정이 되었
는지는 지금도 모르겠다. 다만, 위태로워 보이는 그녀를 안전한
곳으로 데려다 주고픈 마음에 자신도 모르게 그녀에게 다가가
그녀의 술잔을 빼앗아 버렸다. 온통 하얀 것 속의 유독 붉어진
주영의 얼굴, 그 얼굴을 본 순간 세민은 처음으로 심장이 움찔
했었다.

"적당히 마시는 게 좋을 것 같군. 지금도 충분히 마신 것 같은
데, 아닌가?"

주영의 눈동자를 마주한 순간, 세민은 주위의 모든 것에서부
터 격리되어짐을 느꼈다. 동그렇던 눈동자가 슬슬 작아진다 싶
더니 그녀는 곧 웃음을 지었다. 그녀의 웃음이 짙어질수록 자신
의 심장이 더욱 힘겹게 뛰기 시작하자 당황한 세민은 그녀에게
서 빼앗은 잔을 내려놓곤 자신을 계속 지켜보고 있던 시현에게
로 되돌아갔다. 뒤에 남겨진 주영이 자신을 어떤 눈빛으로 보는
지, 무슨 생각에서 환하게 웃고 있는지도 모른 채 말이다. 하지
만 곧 이어지는 함성과 박수 소리에 세민은 다시 그곳으로 시선

을 돌리고 말았다. 그게 주영의 모습을 다시 보기 위해서였는지
는 깨닫지 못한 채.

　친구들에게 둘러싸인 주영은 뭐가 좋은지 연신 웃고 떠들기
에 바빴다. 그러다 다시 마주친 그녀의 시선은 그를 더욱 당혹
케 만들었다. 웃고 있었다, 자신을 향해서. 오로지 자신만을 쳐
다보며 웃는 그녀의 입술과 붉게 상기된 얼굴에서 세민은 눈을
뗄 수가 없었다. 이상한 일이었다. 단 한 번도 그런 적이 없던
그로서는 당황스러울 수밖에 없었다. 그녀의 그 눈빛과 얼굴이
도무지 지워지지가 않았다. 그 후로 세민은 가끔씩 눈을 들어
주영을 찾는 버릇이 생겼다. 왜 그런지는 모르지만, 은연중에
그녀를 닮은 누군가를 찾기 시작할 때마다 굳어져 있던 심장 한
부분이 움찔거리는 것을 느낄 수 있었다.

　그녀를 다시 만난 건 가족끼리의 식사 장소에서였다. 진성유
통의 딸이라 세민의 부친과 안면이 있었기에 주영네 가족은 세
민의 가족 모임에 자연스레 합석했다. 이번엔 까만 정장 차림의
그녀는 세민에게 보일 듯 말 듯한 웃음과 함께 약간 고개를 숙
여 인사를 건넸다. 식사를 하는 내내 세민은 주영의 행동을 무
심히 지나쳤지만 이 우연 같지 않은 우연한 만남이 의심스러웠
다. 그 의심은 갈수록 커져 자신을 향해 웃는 주영의 모습마저
좋게 보이지가 않았다. 하지만 마음과는 달리 저절로 그녀의 목
소리로 귀가 기울고, 그녀의 웃음에 눈을 떼지 못했다. 하지만
변화되고 싶지 않은 마음, 세민은 자꾸만 변해가려는 자신을 무

시했다.

"따님이 무척 밝게 자란 것 같아요. 어쩜 이렇게 잘 키우셨어요?"

세민은 자신의 어머니가 주영을 무척이나 흐뭇한 시선으로 바라보다 그녀의 어머니인 이 여사에게 시선을 돌린 뒤 말을 하는 것을 듣고는 인상을 험악하게 일그러뜨렸다.

"아니, 과찬이세요. 아직 철없이 설치는 망아지 같은 아이인데요 뭘. 좋게 봐주셨다니, 오히려 제가 감사를 드립니다."

"엄마, 망아지기 뭐야, 성말."

소리를 죽여 귓속말을 한다고 했지만 그 말은 세민에게도 들려 어이없게도 그를 웃게 만들었다. 좀 전의 생각과는 달리 다시 웃고 마는 자신의 행동에 당혹스러워할 즈음, 그런 세민과 주영을 쳐다보는 정 여사의 눈빛이 의지를 담은 듯 반짝였다는 것을 그 테이블의 어느 누구도 알지 못했다.

그리고 두 번째의 만남을 끝으로 세민은 주영과의 혼사 얘기를 들어야만 했다. 서재에 불려 들어갈 때부터 어느 정도 짐작은 하고 있었다. 자신에게 어떤 올가미가 씌워진다는 것을 말이다.

"진 사장의 딸과 결혼하거라."

"싫습니다."

"그럼 네 스스로 그 결혼을 무효화시켜 봐. 단, 그 모든 것의 책임은 네가 지거라."

"아버지!"

결혼이라는 것이 쉽게 감정만으로 이뤄지지 않는다는 걸 세민은 잘 알고 있었다. 그건 집안끼리의 약속이었고 크게는 회사 간의 이득과도 바로 직결되는 문제였다. 더군다나 요즘 심심찮게 들리는 자금 압박설에 주가가 적잖은 타격을 받고 있었다. 진성유통과의 결혼은 곧 그 모든 루머를 잠재울 수 있는 것이기도 했다. 막대한 현금을 보유할 수 있으니까 말이다. 게다가 먼저 결혼을 말한 것도 진씨 집안이라는 것, 결혼을 조른 것도 그녀였다는 것을 아는 데는 많은 시간이 필요없었다. 그건 가만히 앉아 있어도 저절로 들려왔다.

'하, 결국 이런 의도였나? 나와의 결혼으로 진주영, 당신은 뭘 얻은 거지? 그 짧은 만남을 앞세워 결혼을 할 정도로 네가 내게서 얻고 싶은 게 뭐냔 말이다, 젠장.'

그리고 이내 짐작할 수 있었다. 화려함이 지나친 그녀의 모습을 보면서 그녀가 원하는 것이 대기업의 안주인이란 화려한 명함과 보여주고 싶은 부라는 것을. 그리고 더불어 세인의 입에 오르내리는 결혼 생활이라는 것도 말이다. 거절해도 상관은 없었다. 아니, 정말 싫다고 말했다면 결혼 자체를 무효화시킬 수도 있었다. 하지만 세민은 그렇게 하지 않았다. 익숙히 보았던 상황이었고, 그 역시 사랑이나 결혼에 대해 별 기대를 하지 않았으니까. 지금이라면 아마 그녀도, 그 역시도 이런 결혼은 하지 않았을지 모른다.

잊고 싶은 과거에서 다시 눈을 뜬 세민은 깊은 한숨을 내쉬며 등받이 의자에 몸을 기대었다. 책상 위에 어지럽게 널려 있는 서류들의 숫자 조합이 도저히 눈에 들어오지 않았다. 약간 비껴 올린 시선에 들어온 시계의 숫자가 어느덧 세 시를 향해 달리고 있었다.

세민은 술이라도 한잔할까 싶어 거실로 나와 장식장 안에서 양주를 하나 꺼냈다. 그리고 부엌으로 가 양주 잔을 꺼내 들고 식탁 외지에 반쯤 설터앉아 병마개를 비틀었다. 알싸한 알코올의 향기에 만족스런 숨을 내쉰 세민은 은은한 빛깔이 도는 양주 잔에 호박색의 액체를 따라 급히 한 잔을 들이켰다. 목구멍을 통과한 액체의 뜨거움에 무언가 막혔던 것이 뚫린 듯 시원해져 다시 한 잔을 따라 내려놓고 조용한 거실을 훑어보았다.

'후후, 잠들었겠지. 지금 시간에 무슨……'

세민은 자신도 모르게 주영을 생각하고 있었다. 그러다 안주가 될 만한 게 있을까 싶어 그는 냉장고로 손을 뻗었다. 그 안에 잔뜩 들어가 있는 네모반듯한 무언가가 세민의 눈길을 잡았다. 세민은 포개어진 그것들 중 하나를 들어보았다. 바로 아래 모양 좋게 담겨진 전과 튀김이 눈에 들어오자 별생각없이 그것을 꺼낸 세민이 식탁 위에 그것을 놓고 다른 것들도 모두 꺼내 안에 든 내용물을 확인하고는 의아해했다.

'무슨 음식을 이렇게 많이 했지?'

그중 하나를 집어 먹은 세민은 다시 한 잔을 쭉 들이켰다. 어느덧 한잔두잔 하던 것이 반 병 정도를 비우게 될 무렵 이층에서 기척이 나자 세민은 어두운 거실로 시선을 향했다.

꾸역꾸역 먹었던 그 밥이 기어코 복통을 일으킨 것인지 주영은 자다가 힘들게 눈을 떴다. 답답함, 익숙한 답답함이 가슴께를 눌러 가슴이 욱신거리고 숨이 막혔다. 이마로 손을 올려보니 땀에 젖은 머리카락이 축축하게 손에 잡히자 주영은 힘들게 일어나서 급한 손놀림으로 구급 상자함을 열어젖혔다. 텅 빈 상자 안을 쳐다보던 주영은 순간 멈칫하고 말았다. 자신의 손으로 버렸던 약들, 그 각오들. 얼핏 비껴간 시야 사이로 쓰레기통이 보였지만 주영은 그저 아픈 부분을 손으로 누르며 나오는 신음을 삼켰다. 거의 네 시를 가리키는 시곗바늘을 보면서 주영은 자신의 미련함을 속으로 탓하고 있는 중이었다. 저녁을 먹었음에도 불구하고 오기로 다시 먹은 미역국과 밥이 기어코 탈을 일으킨 모양이었다.

"진주영, 정말 미련해. 그게 뭐라고……. 시원한 바람이라도 쏘이면 좀 괜찮을라나."

주영은 일어나 자신의 몸에 감긴 잠옷을 벗어버렸다. 주영은 화장대 의자에 걸쳐 둔 오래된 셔츠를 입은 뒤 급히 손에 잡히는 대로 바지를 입고 이층을 나섰다. 심장이 쿵쾅거리며 귀가 멍한 느낌이 들자 주영은 땀에 젖은 머리카락을 한 손으로 대충 넘기곤 볼을 톡톡 치기 시작했다. 점점 더 숨이 차 오고 눈앞이 노랗게 변해오자 다급한 마음에 주영은 거의 뛰다시피 현관을 향해 다가섰다.

팍 하고 켜지는 현관 등에 주영의 뒷모습만이 밝게 비춰져 식탁에 앉아 있는 세민의 눈에 잡혔다. 세민은 놀랍기도 하고 궁금하기도 한 마음에 식탁 의자에서 반쯤 몸을 일으켜 밖으로 나간 그녀의 뒷모습을 쫓았다.

'어딜 가는 거지, 이 시간에?'

자신노 모르게 부엌의 시계를 보니 네 시가 다 된 시간이었다. 세민은 약간 늘어지는 몸을 추스르며 천천히 일어나 거실로 향했다. 이미 잠을 자기에는 늦은 시간이다. 세민은 거실의 소파에 다가가 몸을 뉘었다. 차가운 가죽의 느낌이 알코올로 인해 달아오른 몸을 식혀주어 기분 좋은 느낌을 전해주었다.

'진주영, 이 시간에 어딜 급히 나간 거지? 후우, 하긴 상관없어. 네가 뭘 하든지 말이야. 바람이라도 났나? 뭐, 나름대로 즐기는 것도 좋은 일이겠지.'

결혼 직후 무던히도 그의 손길을 원하던 주영에게 치를 떨 만큼 모욕적인 말도 서슴지 않고 하던 그였다. 지금 생각해 보면 참으로 유치한 발상이라 생각될 만큼. 스스로 몸을 주고파 안달하는 그녀를 벌주고자 보란 듯이 거칠게 그녀를 안던 날, 세민은 일부러 짐승처럼 행동했었다. 짐승이 교미를 하듯 거칠게 그녀를 안고 그녀에게 모멸감을 심어준 그날 이후로 그녀의 얼굴에서 웃음이 사라졌다는 것을 그는 그 당시에는 알 수 없었다. 아니, 굳이 알려고 하지를 않았다. 그때부터였나 보다, 이 집의 그녀와 나와의 구역이 생긴 것이.

세민은 피식 웃고 말았다. 기억도 못하는 시현과의 동침을 끝으로 여자를 안지 않았었다. 그렇다고 시현에 대한 배려는 더더욱 아니었다. 가끔, 정말 가끔 여자가 그리워질 때는 주영의 의사와 상관없이 그녀를 안곤 했다. 그 당시에는 이럴 땐 결혼이 편리할 수도 있구나 생각했지만, 그렇게 주영을 안고 나면 무언가 가슴속에서 요동치는 것이 있었다. 소리도 없이 그저 그가 하는 대로 응해주기만 하는 인형 같은 주영이 밉고, 어느 순간 그녀를 향해 손을 뻗는 자신이 싫었다. 그래서 그녀를 안을 때는 단 한 마디의 속삭임조차 내지를 않았는데, 우스운 건 그렇게 누워만 있는 주영을 볼 때마다 가슴속의 무언가가 자꾸만 뭉클거린다는 것이었다. 싫다는 반항도 안 하고, 그렇다고 좋다는 긍정도 안 하고 그저 그렇게 상처 입은 눈으로 자신을 바라보기만 해서 세민은 그녀의 눈빛이 정말 싫었다. 그런 그녀의 눈빛을 볼 때마다 자신의 가슴 안쪽이 점점 일그러지는 것만 같았기 때문에 어느 순간 초조함을 넘어선 불안감이 들기도 했다.

세민은 골치가 아프다는 듯이 다시 일어 부엌의 냉장고에서 생수를 꺼내 벌컥벌컥 마셨다. 소리 나게 식탁에 컵을 내려놓은 세민은 천천히 거실을 가로질러 창가 쪽으로 다가갔다. 커튼을 슬쩍 젖히고 밖을 보는 그의 눈에 어둡게 비취는 정원의 한구

석, 정확히는 둥그런 등이 비춰지는 그곳에 초라한 모습으로 쪼
그리고 앉아 자신의 두 다리 사이에 고개를 묻고 있는 주영이
보였다.

　'나간 것이 아니었던가? 진주영, 왜 그러고 있는 거지?'

　세민은 주영의 행동을 이해할 수 없었다. 잠시 동안 그런 모
습을 지켜보는데 주영이 고개를 들어 하늘을 바라보았다. 뿌연
등 빛을 받아 드러낸 하얀 얼굴, 그 얼굴에 도는 슬픈 모습에 세
민은 저도 모르게 숨을 들이마셨다. 세민은 저도 모르게 그 자
리에 서서 그렇게 한동안 주영의 얼굴만을 쳐다보았다. 마치 처
음 보는 사람인 것처럼……

　정원의 차가운 바람이 자신의 폐부 속을 휘젓고 다니자 점차
숨 쉬기가 편해진 주영은 어느 정도 진정이 되자 추위를 느끼기
시작했다. 아직까지는 초봄이라 새벽의 날씨는 제법 차갑게 느
껴졌지만 오늘따라 유독 강하게 느껴지는 차가움에, 그녀는 두
무릎을 붙이고 앉은 채 그 사이에 얼굴을 넣고 자신의 온기를
느끼고 있었다. 주영은 지금의 추위가 단지 몸뿐이 아니라는 것
을 알고 있다. 그녀는 마음으로부터 추위를 느끼는 중이었다.
주위의 그 무엇도 그것을 덜어내 주지 못하고 오로지 자신의 체
온으로만 녹이는 자신의 모습에 슬퍼져 저도 모르게 눈물이 나
오고 말았다.

　"크흥, 정말. 울지 않으려 했는데, 미련한 것도 모자라서 울보

까지 되려나. 흑. 아아, 정말 못난 짓은 혼자서 다 하네. 진주영, 제발 바보짓까지는 하지 말자. 미련한 거 하나로 족하잖아, 안 그래?”

눈물을 참으로 고개를 들어보니 해도 달도 안 뜬 묘한 하늘에 회색과 검은색이 적절히 섞여 있는 모습이 그렇게 예뻐 보일 수가 없다. 색을 볼 때는 마음으로 보라는 말, 그 말이 사실인가 보다. 자신의 지금 마음과 하늘의 색이 너무도 닮아 있다는 생각에 주영은 계속해서 흐르는 눈물을 훔칠 생각도 하지 못하고 하늘만을 쳐다보았다. 대학 시절, 유독 밝은 색을 좋아했었는데 지금은 이러한 어두운 색감이 더욱 가슴에 와 닿는다.

한참이나 하늘을 쳐다보던 주영이 일어나 양팔로 팔짱을 낀 채 자신의 팔을 슥슥 문질렀다. 얇은 셔츠 하나로 새벽의 찬바람을 막기에는 역부족이었다. 소름이 돋아난 팔을 옷 위로 계속 마찰을 일으키며 문지르다 주영은 현관으로 몸을 돌렸다.

천천히 현관으로 걸어가는 주영은 그때까지도 자신을 쳐다보는 누군가가 있으리라고는 생각도 못했다. 조용히 현관문을 열고 들어선 그녀는 이미 익숙한 실내이기 때문에 불을 켤 필요성을 못 느끼고 부엌으로 들어가서 물을 끓였다. 하루 종일 집에서만 생활하는 그녀인지라 어두운 실내이지만 편하게 움직일 수가 있었다. 이층 싱크대 서랍에서 코코아와 다크 초콜릿을 꺼냈다. 커다란 머그잔에 숟가락을 이용해 한가득 푹 떠서 덜어낸 뒤 끓인 물을 붓자 달콤한 코코아의 향내가 감돈다. 주영은 초콜릿의 껍질을 벗기고 한 조각을 넣어 숟가락을 이용해 힘차게 저었다. 조용한 실내에 컵과 숟가락 부딪치는 소리가 맑게 들린다. 양손으로 그 컵을 감싸 쥔 그녀가 부엌을 나와 막 이층으로 올라가는데 순간 불이 탁 켜지고 말았다.

"악!"

주영의 쇳소리에 부엌에서 나오던 세민이 놀라며 그녀 곁으로 얼른 달려왔다. 머그잔을 놓치면서 안의 내용물이 그녀의 바지 위로 쏟아졌지만 주영은 그 아픔보다 세민의 모습이 너욱 충격적이었다. 주영은 자신에게로 다가오는 세민을 보면서 자신이 소리를 지른 게 뜨거움 때문인지 세민 때문인지 판단하기가 힘들었다.

"괜찮나? 이런, 데었겠군."

세민의 손이 자신의 바지 쪽으로 다가가자 흠칫한 주영이 얼른 몸을 빼내었다. 너무 뜨거워 허벅지 살점이 떨어져 나가는 듯한 고통을 느꼈지만 주영은 억지로 아무렇지 않은 표정을 유지한 채 말을 이었다.

"아, 미, 미안해요. 나 때문에 깬 거예요?"

"아니, 이미 일어나 있었어. 소리가 들려서 불을 켠 것뿐이야."

세민은 아무렇지 않은 듯 주영에게 말을 하였지만, 그녀의 젖은 바지가 자꾸만 신경이 쓰였다. 세민의 눈에도 심각하게 보이는 주영의 바지는 검은 얼룩으로 더럽혀져 있었다.

"아, 괜찮아요. 두꺼운 바지라 그렇게 많이 젖지는 않았어요. 시끄럽게 해서 미안해요. 전 올라가 볼게요."

바닥에 떨어진 머그잔을 줍느라 그녀가 몸을 구부리자 얇은 셔츠 아래로 추위로 바짝 긴장된 가슴이 과시하듯 드러나 보였다. 세민은 그 모습에 숨을 급히 들이쉬었지만 그것을 못 느낀 듯 일어선 주영은 다급한 몸놀림으로 이층으로 향했다. 가는 허리와는 달리 윤곽이 뚜렷이 잡히는 주영의 상체가 그의 눈에 시리도록 와 박혔다.

"괜찮겠어?"

자신도 모르게 걱정스런 말투로 올라가는 주영을 붙잡은 세민은 주영의 하얀 얼굴에 아무렇게나 엉클어진 머리를 멍하니 쳐다보았다.

"아, 네. 괜찮아요. 올라갈게요. 더 주무세요."

그 말만을 하고 서둘러 올라간 주영을 보면서 세민은 이상하게 마음 한구석이 허전해졌다. 그리고는 이내 다시 속삭였다.

"머리가 짧아졌군. 전혀 다른 사람 같아.."

그랬다. 지금의 세민이 보는 주영은 자신이 알고 있는 아내 모습의 주영도 아니요, 자신의 감정 또한 평상시의 그런 마음이 아니었다. 이상했다. 그녀의 다리가 걱정이 되었고 그녀의 살짝 들여다본 가슴에 심장이 쿵쿵 뛰었다. 마치 낯선 여자를 바라보며 음침한 상상을 하는 것처럼 세민은 순간이지만 그녀의 몸에 반응하고 말았다.

세민은 자신의 이러한 행동이 급히 마신 술 때문이라 단정 짓고는 자신의 방으로 향했다. 방문을 열고 들어서자 커다란 침대가 자신을 비웃듯이 그 공간을 가득 채우며 그를 맞이하였다. 그곳으로 가서 지친 몸을 눕힌 세민은 다시 생각을 하고 말았다. 진주영, 그녀에 대해서 말이다.

'무슨 일이 있나? 슬퍼 보이던데.'

스스로도 알지 못하는 걱정스러움. 세민은 지금에서야 주영을 걱정하기 시작했다. 항상 주위에 있어서 신경 안 쓴 그 존재가 이상하게도 자신의 머리에, 눈에 박혀 잊혀지지가 않는 것이었다.

서둘러 자신의 침실로 들어선 주영은 급히 바지를 벗고 욕실로 들어가 찬물로 데인 부분을 씻었다. 세민 때문에 지체를 해서 그런지 이미 오른쪽 허벅지의 반 이상이 벌겋게 되어 화끈거렸다.

'아윽, 쓰라려라.'

샤워기로 그 부분을 계속 씻다가 수건으로 대충 물기를 닦고 나온 주영이 구급함을 뒤져 보지만 이런 곳에 바를 만한 연고나 그 밖의 다른 것도 찾을 수가 없었다. 울상이 된 주영은 그곳에 옷이 닿지 않게끔 펑퍼짐한 긴 스커트를 꺼내어 입고는 자신의 침대에 한쪽 다리를 올려놓은 채 앉아서 한숨을 쉬었다.

"후우, 분명 나를 보고 또 비웃겠지. 이런 새벽에 바보같이 컵이나 떨어뜨리고……."

스스로의 바보스러움에 화가 난 주영이 주먹으로 자신의 머리를 쥐어박았다.

"왜 나갔니! 그냥 방 안 창문이나 열어놓고 있을 걸. 나 바보예요라는 소리밖에 더 되냐고!"

세민에게 바보 같은 모습을 보인 것이 몹시도 마음에 걸린 주영은 그렇게 자신을 꾸짖다가 어느 틈엔가 침대에 비스듬히 누워 잠이 들고 말았다.

세민은 자다가 갑자기 눈을 떴다. 왜 그런지는 알 수 없지만 무언가에 놀란 것처럼 벌떡 일어나 앉았다. 커튼도 치지 않은 창문으로 햇빛이 들어오는 걸로 봐서는 출근할 시간인 것 같아 옆 테이블 위에 놓은 시계를 보았다. 일곱 시가 막 지난 시간, 세민은 천천히 침대에 내려서서 욕실로 들어가 간단히 씻고 나왔다. 가지런히 준비된 속옷과 양복 등을 다 갖춘 뒤 방문을 열고 나온 그는 항상 부엌에서 자신이 나오면 인사를 건네는 주영이 보이지 않는다는 것을 알고는 인상을 썼다. 이층으로 다가간 그는 머뭇거리며 그녀를 불러야 할지, 아니면 자신이 올라가 봐야 할지 망설여졌다.

'하루 정도 늦잠 잘 수도 있는 건데, 내가 뭣 때문에 그녀를 깨우려고 하는 거지?'

스스로의 행동에 어이없어하면서도 세민은 천천히 계단을 오르는 중이었다. 결혼하고 얻은 이 집, 스스로 원해서 이층 계단으로 향하기는 실로 오랜만이었다. 정말은 이렇게 멀쩡한 정신을 가지고 올라가 본 적이 없다는 것이 솔직한 심정이었다. 그의 마음이 어제의 그것처럼 쿵쿵 뛰기 시작했다. 이층으로 올라온 그는 작은 이층의 거실이 밝은 색이 아닌 어둡고 가라앉은 분위기 톤에 놀랐다. 일층은 상당히 밝게 표현된 데 비해 이층은 언제 바꿨는지 벽지부터 시작해서 소파의 색까지 어두운 톤을 띠고 있었다. 처천히 주영의 방문으로 향한 그기, 그녀의 방문 앞에서 멈칫했다. 자신이 생각하기에도 스스로 이상하다는 생각이 드는 그였다.

'대체, 내가 지금 무슨 짓을 하는 거지?'

노크를 하려던 손을 가만히 내린 뒤 천천히 손잡이를 돌린 그는 쉽게 문이 열리자 약간의 힘만으로 문을 열고 들어설 수 있었다. 같은 배색으로 된 방 안은 아침임에도 불구하고 어둡게 가라앉아 있어 유독 하얀 침대만이 눈에 띄었다. 그 안에는 주영이 죽은 듯이 누워 있었다. 그녀의 모습에 놀란 그가 단 몇 걸음만으로 그녀의 침대가로 다가와 누워 있는 그녀를 살펴보았다. 순간이지만 세민은 주영이 잘못된 것이 아닌가 하는 생각에 가슴이 철렁 내려앉고 말았다. 하지만 가까이에서 보니 가는 숨을 쉬는 것이 아무래도 깊은 잠이 든 것 같았다.

그는 그녀의 얼굴에서 천천히 시선을 내려 처음 보는 사람처럼 그녀를 살피기 시작했다. 달라붙은 티셔츠 안으로 희롱하듯 가슴의 둔덕이 부드러운 곡선으로 휘며 그 모습을 드러내고 있었다. 그 아래로 긴 스커트가 모양 좋은 그녀의 각선미를 살짝 보여주듯 더욱 감질나게 실루엣을 표현하고 있었다. 정신없이 그 모습을 쳐다보던 세민은 어제의 일을 기억해 내고는 긴 스커트를 조심스레 걷고 다친 그녀의 다리를 살펴보았다. 모양 좋은 다리의 한쪽 부분이 벌겋게 부어 있는 것이 눈에 보였다.

'이런, 제길⋯⋯. 이러고 자고 있었단 말이야?'

자신의 눈으로 보기에도 꽤나 아팠을 법한 상처였다. 자신의 손바닥보다 더 넓게 퍼진 화상 자국은 물집이 잡히기 직전의 그런 상태였다. 하얀 다리의 그 벌건 상처를 보면서 왜 이렇게 화가 나는지 이유를 알지도 못한 채 세민은 치미는 화를 눌렀다. 그녀를 보면서 화를 낸 것은 이번이 처음도 아니었지만, 이렇게 안쓰럽고 바보 같다고 느끼는 감정은 처음이었다.

세민은 그녀를 깨우려 하다가 손을 멈추고는 이내 뒤돌아섰다. 자신이 보기에도 지금의 모습이 너무나 우습게 느껴졌다. 아니, 정확히는 그의 이유 모를 행동을 주영에게 알리고 싶지도, 알려주기도 싫다는 것이 솔직한 심정이었다. 자신도 알 수 없는 이 기분을 어떻게 설명을 할 수 있다는 말인가?

'유세민, 네가 언제 그녀를 걱정하기는 했나? 새삼스레 다쳤다고 이렇게 화낼 만한 자격이 내게 있었던가?'

세민은 인상을 쓰고는 이내 몸을 돌려 주영의 방을 빠져나갔다.

　회사로 출근한 세민은 한동안 일 처리로 정신이 없었다. 생각지도 않은 국세청에서의 법인세 문제로 골치가 아픈 그는 자신의 앞에서 설명을 하는 재무회계 팀장의 말이 제대로 들어오지가 않았다.

　"이것 봐요, 김 팀장님."

　"네, 이사님."

　"그런 판에 박힌 말을 듣자는 게 아니에요. 가서 실무자 불러와요."

　"저, 그게…… 어느 부분이 이해가 안 가시는지……."

　세민은 비굴하게 웃는 재무회계 팀장을 쳐다보며 이래서 인사가 중요하다는 것을 새삼 깨달았다. 실력도 없는 주제에 윗줄을 잘 탔다는 이유 하나만으로 회사의 자금줄인 가장 중요한 부분을 꿰어차고 앉은 김 팀장은 정말 회계나 세무에 대해서는 쥐뿔도 모른다는 것이 그의 생각이었다. 그나마 연장자라는 것 하나 때문에 세민은 부단히도 욕이 나오는 것을 참는 중이었다. 조금 전, 김 팀장의 설명은 말 그대로 책을 보고 읽는 수준밖에 안 되는 보고 내용이었다. 그나마 이리 말하는 것도 미리 준비된 설명에 주석을 달아 외우고 왔다는 것을 조금의 질문으로도 쉽게 알 수가 있었다.

　'제길. 다음부터는 세무 파트는 실무자가 직접 오라고 해야지 안 되겠어.'

세민은 재무회계 팀장을 앞에 놔두고는 앞으로의 결재 방법을 모색하는 한편, 차가운 눈빛으로 멍청하다 생각하는 그를 쳐다보았다. 세민은 솟아오르는 노기를 꾸욱 누르고 있었지만 김 팀장이 같은 말을 또 반복하자 결국 언성을 높이고 말았다.

"이봐요, 김 팀장! 1,300억이 지금 껌 값인 줄 알아요? 대체 일을 어떻게 하는 겁니까! 내가 보자는 것은 결산 재무제표지, 분기별 현황이 아니라고요! 계정별로 더한 금액의 수치를 보자는 게 아닙니다. 아시겠습니까?"

"죄송합니다. 제가 실무자들을……."

"누가 당신더러 실무자들을 훈계하라고 했습니까? 정확한 자료를 산출해서 보여달란 말입니다. 아셨습니까? 이따위 숫자 조합이 아니라! 세무회계 파트의 책임자를 불러와요, 당장!"

당황한 김 팀장의 얼굴이 하얗게 탈색되어 버렸다. 지금의 이사 자리에 앉은 이 젊은 애송이는 자신이 갖고 놀기에는 너무나 많이 커진 호랑이라는 것을 새삼스레 느낀 김 팀장은 알겠다는 듯이 고개를 조아렸다. 그러나 성질 급한 세민은 인터폰을 눌러 비서에게 말을 하느라 김 팀장의 행동을 보지 못했다.

"미스 정, 세무회계 팀에 전화 넣어서 당장 법인세 담당자 올라오라고 그래!"

[네, 알겠습니다, 이사님.]

그 뒤로도 가만히 서 있는 김 팀장이 나갈 생각을 하지 않자 결국 세민이 다시 말을 건넸다.

“김 팀장은 이만 나가보세요.”

“아니, 제가 있어야…….”

“나가라는 제 말! 안 들리십니까?”

“아, 아닙니다. 그럼, 이만 나가보겠습니다.”

김 팀장을 억지로 몰아내고 나자 세민은 이를 갈았다. 결산 보고서, 세무 조정계산서, 감사 보고서만 보고도 수치가 이상하다는 것을 알 수 있었다. 자금이 새고 있다는 것, 누군가가 장부를 교묘히 조작하고 있다는 것을 세민은 직감적으로 알 수가 있었다.

‘어디서부터 새는 건지, 어느 쪽에서 손을 쓴 건지 꼭 알아내고 말리라. 나를 바보로 알았다 이건가? 후후, 웃기는군. 당신들, 사람을 잘못 본 거야.’

세민은 화를 억누르지 못하고 이사실 안을 왔다 갔다 하다가 울리는 벨소리를 듣고 인터폰을 집어 들었다. 짜증스런 목소리에 다분히 노기를 담은 그 목소리가 사무실을 울렸다.

“왜?”

[이사님, 세무회계 팀장은 오늘 아침 미국지사로 업무차 출장 갔다고 합니다.]

“뭐야?”

[어떡할까요? 미국 현지 법인에 전화를 넣을까요?]

“아니, 됐어.”

‘제길, 뭐 하나 제대로 돌아가는 게 없잖아!’

세민은 오늘따라 알 수 없는 초조감에 바짝 긴장한 상태가 계속되자 짜증이 나기 시작했다.

"젠장, 대체 뭐가 문제지? 이런 엿 같은 기분은 느끼고 싶지가 않다고!"

책상 위에 놓여 있던 짙은 군청색의 결재 파일을 집어 던진 세민은 한 손으로 얼굴을 스윽 하고 훑어 내렸다. 담배를 피우기 위해 서랍을 막 여는데 책상 위의 정렬된 세 대의 전화 중 하나가 요란스레 울렸다.

"네, 유세민입니다."

[세민아, 어미다. 무슨 안 좋은 일이라도 있는 거니? 네 목소리가 많이 안 좋구나.]

"아닙니다. 무슨 일이세요?"

그의 심기가 그대로 드러나는 퉁명스런 말투로 세민은 전화를 받았다. 그에게 있어 어머니란 존재는 반가운 사람이 아니었다. 당황스런 목소리가 그의 귀에 들렸다.

[아, 그래. 별건 아니란다. 그냥…… 참, 새아기가 보내준 아줌마 때문에 요 며칠 편하게 지내고 있단다. 괜찮다고 했는데도 참 마음씀씀이가 고와. 참, 그래, 어제는 잘 지냈니?]

"어제요?"

[그래. 어제 너희 결혼기념일 아니니. 새아기 생일이기도 했고. 내가 몸이 이래서 네 아버지도 그렇고 거동할 수가 있어야지. 뭐, 우리가 가는 것보다는 너희 둘이 지내는 게 훨씬 좋았겠

지만 말이야. 세민아? 세민아, 듣고 있니? 왜 아무 말이 없어?]

"아, 네, 듣고 있어요. 아버님은 좀 어떠세요?"

[네 아버지야 항상 정정하시지. 당분간은 여기 청주에 더 머물다가 올라가 봐야 될 것 같아서 새아기한테 전화 넣었는데 받지를 않는구나. 혹시 너에게 가 있나 싶어서 전화한 거야. 어제는 나도 정신이 없어서 생일 축하한다는 전화 한 통 못 넣었잖니. 명색이 시어머니인데. 아이고, 이런. 그만 끊어야겠다. 새아기한테는 미안하다고, 생일 축하한다고 전해주렴.]

"네, 어머님. 알겠습니다. 몸조심하세요."

전화를 끊은 세민은 인상을 더욱 찌푸렸다. 어제가 결혼기념일이라는 것을 잊고 있었다. 아니, 설사 알고 있었다 하더라도 축하할 마음은 없었지만, 주영의 생일까지 겹쳤다는 말이 마음에 걸린다.

'어제 그 미역국을 그래서 끓인 건가? 왜 아무 말도 하지 않았지? 전화라도 주면 그래도 기억했을 텐데 말이야. 이상해, 진주영. 너의 모든 것이 이상해 보여.'

자신의 생일임을 알리지 않았던 주영, 그가 아는 주영이라면 수선스레 말을 하며 그의 관심을 끌기 위해 애를 썼을 것이다. 하지만 요 며칠 눈에 띄게 이상했던 주영을 생각하자 이상하다는 생각이 들었다. 다른 꿍꿍이가 있나 싶어 무심히 넘기긴 했지만, 설마 아무 말도 하지 않고 넘어갈 줄은 세민 자신도 몰랐다. 그러다 문득 든 생각은 아침에 보았던 주영의 다리였다.

가늘게 뻗은 다리의 한 부분을 망쳐 버린 벌건 자국, 어쩌면 자신 때문에 그리 되었을지도 모른다는 생각에 더욱 심기가 불편해진 세민은 무언가를 생각하는 듯하더니 수화기를 들었다. 그러나 어머님의 말대로 집 전화는 울리기만 할 뿐 받는 사람이 없었다. 세민은 문득 자신이 주영의 핸드폰 번호조차 알지를 못한다는 것을 알았다. 그녀의 모든 것에 무관심했던 자신인데, 지금은 이런 사소한 것 하나까지 왜 나는 몰랐을까? 라는 식의 고민이 떠오르게 되다니.

'유세민, 너도 이상해지는 거냐?'

자신의 생각에 황당하다는 듯이 고개를 젓던 세민은 문이 열리면서 아버지인 유 회장이 들어서자 얼른 일어섰다.

"어서 오십시오, 회장님."

"녀석, 둘이 있을 때는 그냥 편히 부르거라."

"어쩐 일이세요? 어머님과 같이 계신 것 아니었어요?"

"아, 오전에 잠시 올라왔다. 그래, 별일은 없고?"

자신을 쳐다보는 늙은 아버지의 눈빛이 자못 만족스럽다는 듯이 반짝이는 것을 보고 세민은 한숨을 쉬었다.

"알고 계셨습니까?"

"허허, 뭘 말이냐?"

"누군가가 장부 조작을 하고 있어요. 작게 시작했지만 벌써 여러 번 횡령한 흔적이 보이거든요. 조만간에 꼬리가 잡힐 겁니다."

"허허, 그런 일이 있었던 게야?"

"시치미 떼지 마세요, 아버지. 모르실 리가 없지 않나요?"

"그래서 어떻게 할 셈이냐?"

유 회장은 세민에게 사후 처리를 맡길 생각인지 세민의 생각을 물어보았다. 세민은 그런 유 회장의 눈을 마주 보며 차갑게 말을 이었다.

"공금 횡령을 감추기 위해 탈세한 흔적까지 보입니다. 당연히 잘라내야죠. 썩은 부분은 두려내아 디시 곪지 않는 법이거든요."

"꽤 말들도 많고, 문제도 커질 텐데?"

"그렇다고 해서 그냥 방치하면 결국 몸 한 부분을 잘라내야 될 겁니다. 그때 가서는 서 있기도 힘들어서 경쟁 자체가 안 된다고요. 힘들더라도 사전에 처리해야 합니다. 정 걱정되시면 아버님이 뒤를 좀 봐주시지 그러세요?"

"내가? 무슨 힘으로?"

세민의 말에 유 회장은 시치미를 떼었지만 만족한다는 듯이 고개를 끄덕였다. 자신의 아들을 억지로 붙잡아놓긴 했지만 기대치 이상으로 뻣뻣한 중역진들을 잘 처리하는 것 같아 흐뭇해졌다. 아직 그룹 전체를 맡기기에는 시기상조 같지만 이 정도라면 조만간에 더 큰 자리로 이동을 해도 될 것 같다고 유 회장은 내심 생각했다.

"참, 아직 소식은 없는 게냐?"

“무슨 소식이요? 기다리는 계약 건이라도 있으세요?”

“……아니, 됐다. 그럼 난 이만 가마.”

심기가 불편한 듯 인상을 찡그린 유 회장이 자리에서 일어서자 세민이 따라 일어서며 말을 건넸다.

“점심이라도 드시고 가지 그러세요?”

“됐다. 능력도 없는 놈 같으니라고!”

유 회장이 그렇게 나가고 나자 세민의 얼굴은 차츰 굳어갔다. 아버지가 말하는 소식이 무엇인지 충분히 알고 있었다. 결혼한 지 일 년이 되었으니 기대하는 것도 어쩌면 당연한 일이겠지만 세민으로서는 추호도 그런 생각을 갖고 있지 않았다. 하지만 그 한마디의 말에 많은 감각들이 깨어나려 하고 있었다. 그러고 보니, 한동안 주영과의 잠자리를 하지 않은 것 같았다. 아마 어제의 그런 생소한 감정도 이 때문이라도 생각하자 오히려 안심이 되었다. 세민은 무언가를 골똘히 생각하더니 서둘러 어디론가 전화를 넣었다.

“아, 안녕하세요. 장모님. 그동안 잘 지내셨어요?”

[아이고, 이게 누군가? 잘 지냈는가, 유 서방? 주영이도 잘 지내고?]

“네, 장모님. 저 실은 제가 주영이한테 급하게 연락을 해야 하는데요, 핸드폰을 안 가져와서 주영이 번호가 좀 헷갈리네요.”

[그런가? 잠시만 있어보게. 아, 여기 있네. 참, 부모님들은 모두 강녕하시지?]

"네, 건강하십니다. 아, 예, 네. 알겠습니다. 조만간에 한번 찾
아뵐게요, 장모님. 장인 어른께도 안부 말씀 좀 전해주십시오."

　세민은 자신이 적어놓은 핸드폰 번호를 물끄러미 쳐다보고는
이윽고 수화기를 들어 그 생소한 번호를 눌렀지만, 여전히 받지
를 않았다. 한참의 신호음이 지나도록 세민은 고집스레 수화기
를 들고 있는데, 누군가가 전화를 받는 소리가 들렸다.

　[여보세요.]

　"왜 이렇게 전화를 늦게 받는 거지?"

　세민은 다짜고짜 그렇게 말했다. 마치 주영이 자신의 전화임
을 알고 받지 않으려 한다는 말도 안 되는 생각마저 들어 말이
퉁명스레 나왔다. 수화기 건너편에는 아무 소리도 들리지 않았
다. 다만, 약간의 숨소리가 들려 그녀가 전화를 받고 있다는 것
을 알 뿐이었다. 세민은 저도 모르게 날카로워진 신경만큼이나
날이 선 목소리로 주영에게 말을 하고 말았다. 어느새 자신의
그늘이 되어버린 그녀, 그 그늘이 점차 없어지려는 것 같아서
알 수 없는 조바심이 일기 시작했다. 하지만 세민 자신은 그의
마음이 일기 시작하는 그 조바심조차 인식 못할 만큼 주영의 모
습과 행동에 당황하고 있었다.

　"지금 어디지? 집에 전화해도 안 받던데?"

　[네, 지금 들어가는 중이에요.]

　"운전 중인가?"

　[아니요, 택시 타고 가는 길이에요.]

다시 잠시의 침묵이 이어지고 세민은 가벼운 한숨과 함께 다
시 말을 이었다.

"점심 시간 다 되어가는데…… 가까운 데면 회사에 들러 점심
이나 하고 가지."

다시 한동안의 침묵이 이어졌다. 참다못한 세민이 다시 말을
이으려고 하는데 수화기 너머로 가는 한숨과 함께 주영의 말이
들려왔다.

[……아니요. 거의 집에 다 온걸요.]

"그래? 알았어. 참, 어머님께 전화 왔었어. 안 받는다고 나한
테 전화를 하셨더군."

세민은 그런 말을 하면서 주영이 지금 어디에 있는지, 뭘 하
고 들어오는 것인지를 말할 것이라 기대했었다. 그러나 주영의
대답은 정말 맥 빠지는 것이었다.

[네. 제가 어머님께 전화 드릴게요.]

그 후 주영의 대답을 기다리는 세민의 귀엔 전화가 끊어졌다
는 신호음만 들렸다. 천천히 수화기를 내려놓은 세민은 마음속
에 무언가가 욱하니 치고 올라오는 것을 느꼈다. 단순히 화가
난다는, 다분히 오기적인 마음만이 아니었다. 그것은 무어라 적
당히 표현될 만한 성질의 것이 아닌 듯, 세민 스스로도 복잡한
마음만큼이나 얼굴이 구겨져 버렸다.

'대체 무슨 짓을 하고 돌아다니는 거야? 왜 안 하던 행동을 하
냐고! 젠장, 왜 이렇게 신경 쓰이게 행동하냔 말이다, 내 말은!'

세민 스스로도 묻고 싶은 말이 있었는데 말 못한 것도 그렇고 은근히 그녀의 말을 기다리는 자신의 바보스런 행동, 우습게도 점심을 같이 먹자고까지 말을 했건만 거절한 그녀를 생각할수록 이 지랄 같은 기분을 떨치지를 못하고 머리가 아픈 듯 연신 이마를 쓰다듬었다.

똑똑.

"들어와."

"이사님."

"미스 정, 무슨 일이지?"

"아니, 저, 차 한 잔 드릴까요?"

특별한 일이 없음에도 들어와서 차를 내오겠다는 시현을 바라보는 세민의 눈매가 가늘어졌다. 어제의 그 이유 모를 시현의 행동이 지금에서야 이해가 된 세민은 부끄러운 듯 자신의 앞에서 볼을 붉히는 시현의 모습이 더없이 가증스럽게 느껴졌다. 그녀가 일부러 알리지 않았다는 것, 아니, 주간 업무보고의 비고란에 항상 체크되던 개인적인 일들 중 유독 주영의 일만이 빠져 있다는 것을 그 역시 알고 있었다. 세민이 아무 말도 안 하고 물끄러미 시현을 쳐다보자 붉어진 볼을 한 채로 웃는 그녀의 모습은 모르는 이가 봤다면 사랑을 하는 여인의 몸짓으로 충분히 오해하고도 남았을 것이다.

"어제가 내 결혼기념일이었더군."

툭 하고 던진 말에 돌연 인상이 변한 시현이 울 것 같은 표정으로 세민을 쳐다보았다.

"아! 죄송합니다, 이사님. 제가 그만 정신이 없어서 그것을 잊었습니다. 어떡하죠?"

미안해서 어쩔 줄 모르는 그녀의 행동이 이어질수록 세민의 표정 또한 무표정하게 변해갔다. 세민은 아무렇지 않은 듯 결재 파일 사이에 있는 품의서를 꺼내 사인을 한 후 다시 한마디를 툭 던졌다.

"아아, 미스 정이 미안할 것까지는 없어. 뭐, 내가 기억 못한 부분도 있으니 말이야. 그런데 미스 정."

"네, 이사님?"

"앞으론 내 개인적인 일까지 일일이 챙길 필요는 없어. 미스 정은 그저 일에만 충실하면 된다고."

"이, 이사님!"

"그리고, 내가 부르기 전에 이렇게 불쑥 사무실 안으로 들어오는 것도 삼가도록 해."

"세민 씨!"

"그리고 하나 더."

차갑게 가라앉은 세민의 눈동자가 바르르 떨고 있는 시현에게 고정되었다. 시현은 무표정한 그의 얼굴에서 암담함을 느꼈다.

"내 이름 부르지 마. 혹시나 해서 하는 말인데, 정시현, 너와의 관계는 예전에 이미 끝났어. 이곳에서 일을 계속하고 싶으면

똑바로 행동해."

"흑. 세민 씨, 왜 그래요? 제가 뭐 실수를 많이 했나요? 미안해요. 결혼…… 기념일 못 챙긴 건, 지금이라도 주영 씨한테 꽃배달을 시킬까요?"

시현의 말에 기어코 두꺼운 책상을 주먹으로 쾅 소리 나게 친 세민은 시현을 노려보았다.

"잘 들으라고. 내 아내를 그렇게 부르면 안 된다는 것쯤은 알고 있지 않나? 특별한 지시가 있기 전에는 내 방에 들어오지 마! 알아듣겠나?"

시현의 파르르 떠는 턱 아래 위태롭게 매달린 눈물방울이 보였지만 세민은 예전처럼 그녀에 대해 동정이 일지 않음을 느꼈다.

"나가…… 보겠습니다, 이…… 사님."

시현이 나가고 나자 세민은 거칠게 자리에서 일어나 두꺼운 유리 창 너머로 보이는 시내를 무심히 쳐다보았다. 작은 차들과 그보다 더 작은 사람들이 정신없이 오가는 모습을 지켜보던 세민은 다시 전화기를 들었다.

[여보세요?]

"나야."

[……아, 네. 어쩐 일이세요, 이 시간에?]

"준비하고 되는 대로 회사로 나와. 점심이나 같이 먹게."

[네? 무슨 일이…… 있나요?]

"아무 일 없어. 밥 한 끼 먹자는데 무슨 말이 그렇게 많아? 얼른 준비하고 나와!"

전화를 끊은 세민은 자신이 왜 싫다는 그녀를 굳이 불러냈는지 이유를 알 수 없어 방금 끊어버린 전화기를 뚫어지게 쳐다보았다. 다만 마음속의 뭔가가 끊임없이 치고 올라와 참을 수가 없었다. 자신의 요구를 처음으로 거절한 그녀, 왠지 그녀가 자신을 거절하고 외면한다는 것에 알 수 없는 화가 치밀기 시작했다. 그것이 오기인지, 무엇인지도 모르겠다. 그녀가 자신을 그리 대한다는 것이 갑자기 참을 수가 없어졌다. 아니, 그 반대의 경우에 익숙한 그로서는 지금의 주영의 행동이 그렇게 거슬릴 수가 없었다. 감정이 생겼다거나 그녀가 갑자기 좋아졌다거나 하는 그런 미친 생각이 든 것은 절대 아니라고 세민은 생각하며 시계로 눈을 돌렸다. 앞으로 삼십 분 정도 있으면 점심 시간이 시작된다.

'아무래도 그녀가 준비하고 오려면 시간이 걸리겠지. 뭐, 기다려도 상관없다. 약간의 기다림 정도는 넘어가 줄 수 있으니까.'

오만한 그의 생각이 그를 평소의 모습으로 되돌릴 무렵 문밖의 비서실에서는 다른 한 명의 비서가 불안한 듯 시현을 쳐다보고 있었다. 전화를 거는 듯하던 그녀는 수화기만을 붙든 채 아무 말도 하지 않고 있었다. 다만, 창백하게 질린 얼굴로 이사실을 나온 시현이 그 전화를 받으면서 얼굴이 붉어지고 표정이 변

했다는 것으로 보아 좋은 통화 내용은 아닐 거라는 짐작만 할
뿐이었다.

"시현 씨, 무슨 안 좋은 일이라도 있는 거야? 얼굴빛이 영 안
좋아 보이네."

"아, 아니에요. 언니, 저, 잠시만 화장실 좀 다녀올게요."

"그래. 몸이 안 좋으면 조퇴를 하든지 여직원실에서 잠시라도
쉬고 와."

"네, 언니."

시현은 비틀거리는 위태로운 발걸음으로 화장실로 향했다.
이 십오층에는 이사실과 회의실밖에 없으므로 화장실에 들어올
사람도 없었지만, 지금의 자신의 모습을 그 어느 누구에게도 보
이고 싶지 않아 문을 걸어 잠갔다. 천천히 세면대로 다가간 그
녀는 수도꼭지를 돌려 시원한 물을 타원형의 세면대에 채우기
시작했다. 그러기를 얼마 후, 가득 찬 세면대를 보고 소스라치
게 놀란 그녀가 물을 잠갔을 땐 이미 늦어 자신이 입은 치마에
물이 묻고 말았다. 옆에 걸린 수건으로 치마를 대충 닦아낸 시
현은 방금 전 자신이 들은 내용을 생각하며 억지로 울음을 삼키
려는 듯 입술을 깨물었다.

'왜, 왜 그런 거예요? 당신, 그 여자 싫어했잖아! 아니, 관심
조차 없었잖아요. 그런데 왜, 왜 갑자기 변했어요! 왜 그녀에게
관심을 가져, 왜! 나 불안해요, 너무 불안해. 당신 마음이 그 여
자한테 갈까 봐 불안해.'

억눌린 신음 소리를 내뱉으며 시현은 화장실 바닥에 주저앉고 말았다. 갑작스런 세민의 말도 충격이지만, 우연찮게 수화기 너머로 세민과 주영의 대화를 엿듣고 만 시현은 저도 모르게 소리 지르고 싶은 것을 꾹 참고 있었다. 진주영, 그녀를 향한 시현의 질투와 부러움은 끝이 없었다. 세민과의 언약식에서 보았던 그의 행동이 다시금 기억났다. 시현은 그때 보았던 세민의 행동과 얼굴을 잊을 수가 없었다. 죽을 만큼 사랑하는 남자 유세민, 겨우겨우 그와의 관계를 억지로 만들기 시작한 그녀는 그나마 주위의 여자들 중에서 세민이 자신을 좀 더 가까이 둔다는 것 하나에 모든 것을 걸었었다. 하지만 그날, 그 언약식에서 시현은 막연한 불안감을 느꼈었다. 세민의 흔들리던 눈빛이, 그 신경 하나하나가 진주영이라는 여자를 쫓고 있다는 것을 직감적으로 깨달았기 때문이다.

'그래, 잘한 거야. 난, 난 잘못한 게 없어. 그녀가 잘못한 거야! 진주영, 그녀가 그와 나 사이에 끼어든 거라고! 나는, 나는 잘못한 게 없어!'

시현은 가슴속에서 내내 맴도는 불안감을 떨치며 서서히 일어나 여직원실로 향하면서 유독 저려오는 한쪽 발로 시선을 옮겼다. 세민을 잡기 위해 그녀가 일부러 차에 몸을 던지리라고는 아무도 생각지 못했을 것이다. 시현은 약간 부자연스런 움직임으로 여직원실로 들어가 그곳에서 아무 일도 없었다는 듯이 정성스레 화장을 고치고 머리를 매만졌다.

'유세민, 그는 내 남자야. 당신이 그와 결혼했지만, 그의 껍질도 못 가져간 허수아비일 뿐이라고. 적어도 나는 당신보다 훨씬 많은 시간을 세민 씨와 보냈어. 두고 봐. 절대, 절대 당신에게 돌아가게 놔두지는 않아! 그의 아내는 내가 됐어야 한다고. 나, 정시현이 말이야!'

자신의 자리로 돌아온 시현의 모습은 완벽한 대기업의 비서 모습으로 돌아가 있었다. 시현이 자리에 막 앉는데 이사실 인터폰이 울렸다.

"네, 이사님."

[오후 스케줄이 어떻게 되지?]

시현은 자신의 책상 앞에 놓인 스케줄 표를 보며 말을 이었다.

"두 시에 태양투자신탁의 양 상무와 약속이 잡혀 있습니다. 그리고 다섯 시에는 종합조정실 주최 중역회의가 십삼층 회의실에서 있습니다."

[그래? 그럼 두 시에 양 상무와의 약속은 취소시켜요.]

"……네, 알겠습니다."

전화를 끊은 시현은 황 비서의 눈빛이 계속해서 자신을 쳐다보는 것 같아 시현은 괜찮다는 식으로 마주 웃어주었다.

"이사님 오후에 약속있으셔?"

"네? 글쎄요, 별말씀 안 하시던데요?"

"뭐야? 혹시 여자라도 만나는 거 아니야? 우리 이사님, 인기

좋잖아. 인기 좋은 만큼 성깔도 있고. 난 이사님 같은 사람이 좋더라. 카리스마를 확 휘어 감고 다니잖아.”

“후후, 언니도 참. 김 선배가 언니 이러는 거 알아요?”

“아아, 그이 얘기는 하지도 마. 정말 나이를 먹을수록 더 애 같아지잖아.”

“왜요?”

“참나, 내가 낼모레 서른 후반인데, 이 나이에 애 가질 때냐고. 하루가 멀다고 조르는데 사람 미쳐, 아주.”

황 비서의 말에 시현의 낯빛이 살짝 바꼈다. 그것을 모르는 황 비서는 여전히 아기타령을 해대는 남편을 흉보는데 그때 엘리베이터 문소리가 들렸다. 자연스레 일어선 두 여인 앞으로 자동문이 열리면서 한 젊은 여자가 들어서자 그 둘은 의아한 표정을 지었다.

“죄송합니다만, 무슨 일 때문에 오셨습니까? 여긴 외부인의 출입이 제한된 곳입니다만.”

“아, 안녕하세요, 사모님.”

황 비서가 당황스럽다는 듯이 인사를 건네자 오히려 놀란 것은 시현이었다. 지금 자신의 앞에 서 있는 여자는 자신이 기억하는 진주영의 모습이 아니었다. 화려하게 치장할 줄만 아는 어리석은 여자가 아니었다. 자신에게 울며 화를 내던 그 철없던 여자는 어디로 가고, 지금의 앞의 여자는 완연한 성숙미를 내뿜는 여인으로 변해서 그녀들을 주시하고 있었다. 살짝 고개를 숙여 인사하는 주영의 모습에서 시현은 예전의 그 어떤 모습도 찾아볼 수 없어 다시 한 번 가슴이 쿵하니 내려앉고 말았다.

일층 로비에 들어선 주영은 자신의 숄더백 안에서 핸드폰을 꺼내 만지작거렸다. 이사실까지 올라가는 데는 많은 용기가 필요할 것 같았다. 그렇다고 전화를 걸어 그를 불러내기도 쉽지 않은 일이었다. 잠시 고민을 하던 그녀는 뒤에 서 있는 사람들이 엘리베이터 문이 열리자 미는 바람에 어쩔 수 없이 그것을 타고 세민이 근무하는 이사실까지 온 것이었다. 그리고 이내 이사실 안에서 한 여자를 보면서 눈앞이 다시 하얘지는 것을 느꼈다. 여기서 정시현, 그녀를 볼 것이라고는 생각조차 못한 일이었다. 결혼 초 이곳에 처음 왔을 때는 없던 그녀인데, 언제부터 이곳에서 근무를 하는지는 모르지만, 아무것도 모르고 들어선 주영은 그 충격을 고스란히 마음으로 받고 있었다. 자신을 쳐다보며 차분하게 웃는 그녀. 주영은 순간 배신감이란 단어가 왜 자신의 머리 속에서 밑도 끝도 없이 튀어나와 도는지 알 수가 없었다. 간신히 떨리는 손을 감추고는 겨우겨우 고개를 숙이는 걸로 인사를 대신하는 그녀였다. 우습지만 자신의 모습이 그녀 앞에선 당당하게 보이길 바랄 뿐이었다.

'배신감, 믿었던 신의를 저버리는 것. 하지만 난, 아니, 그와 난 그런 신의조차 없는데. 우습구나, 진주영. 그래도 이럴 줄 알았으면 신경 좀 쓰고 올 걸 그랬지. 훗.'

내색하지 않았다. 그렇지만 아프지 않다는 것은 아니었다.

'나에게 일부러 보여주기 위해서 그런 건가요? 이혼을 원해요? 그녀와의 사랑을 잊을 수가 없어서 이렇게, 이렇게 회사에서조차……'

가슴이, 심장이 아프다고 아우성을 쳐댔지만 주영은 침착하게 그녀들이 이사실에 연락을 넣을 동안 가만히 서서 기다렸다.

'진주영, 울지 마. 저 여자 앞에서 전처럼 추태 부리지 마. 당당해져! 아무것도 아니라는 것처럼 당당해야 해! 그래야 최소한 불쌍하다는 소리는 안 들을 거 아니야, 안 그래? 바보같이 동정에 구걸하지 말자.'

서둘러 인터폰을 누른 황 비서가 당황스럽다는 듯이 말을 하였다.

"이사님, 사, 사모님께서 오셨습니다."

[안내해.]

처음 그녀가 찾아왔을 때를 기억하던 황 비서는 그녀를 불쌍하다고 생각했었다. 어디 상류층의 결혼 생활이야 자신이 알 수도 없지만은, 세민 역시 원치 않는 여자와 결혼했다는 것을 그날 짐작할 수 있었다. 하지만 울며 도망치듯 뛰쳐나갔던 과거의 그 여자와 지금의 자신이 안내하는 여자가 동일 인물이라고 보기에는 스스로도 믿기지가 않을 정도로 지금 앞의 여인은 달라져 있었다.

문 앞까지 그녀를 안내하자 주영은 황 비서에게 가볍게 고개를 끄덕였다.

"고마워요."

문을 열고 들어선 이사실은 결혼 초 때 한 번 와봤던 이후 변한 것이 하나도 없는데 전처럼 가슴이 들뜨지 않은 게 주영 스스로도 많이 변했단 걸 느낄 수 있었다. 의자에 앉은 채로 자신을 빤히 쳐다보는 남편을 스스럼없이 마주 쳐다보며 그녀는 천천히 그의 앞으로 걸어갔다.

"전화를 할까 하다가 당신이 불렀으니 올라와도 괜찮을 깃 긑아서 올라온 건데, 안 되는 것이었나요?"

조용히 묻는 주영의 말투에 퍼뜩 정신을 차린 세민은 그녀가 무엇을 말하는지를 알고는 자신도 모르게 얼굴이 붉어졌다. 아마도 결혼 초, 그때의 일을 말하는 것이리라. 세민은 주영이 그날의 일을 아직도 기억하고 있다는 것에 놀라움과 함께 미안한 감정이 들었다.

결혼식을 올리고 나서 한 달 정도가 채 못 되었을 무렵 갑자기 회사로 찾아온 주영을 마주했던 그는 주영을 무척이나 냉대했었다. 자신의 허락 없이는 절대 회사로 찾아오지 말라고 화를 냈던 그 이후로 단 한 번도 회사에 전화나 찾아오는 법이 없었는데, 아무래도 그때의 일이 그녀에게는 상처로 남았었나 보다. 잊고 있었는데, 자신을 쳐다보며 조심스럽게 물어오는 주영의 모습에 세민은 다시 한 번 묘한 아픔을 느꼈다. 그녀와의 대화 역시 평범한 부부 관계에서 많이 벗어나 있다는 것이 우습게도 이처럼 신경이 쓰일 줄은 몰랐다.

"아, 상관없어. 생각보다 일찍 왔군."

세민이 손목시계를 보며 자리에 일어서자 순간 주영은 그의 키가 상당하다는 걸 새삼 느꼈다. 한때는 그의 기다란 그림자를 밟는 것조차 송구스럽다고 생각할 정도로 우러러본 자신이었는데, 지금은 그가 자신과 다를 바가 하나도 없다고 느껴지는 것이 어느 쪽의 생각이 잘못된 건지 주영 스스로도 알 수가 없었다.

"네. 기다리는 거…… 싫어하잖아요. 무슨 일이 있어서 부른 것 같은데, 정말 아무 일 없어요?"

차분히 자신을 바라보며 묻는 주영의 얼굴을 보면서 세민은 왜 자신의 얼굴로 피가 확 모이는지 알 수 없어 당황스러웠다. 짧아진 머리를 단정히 내려 빗고 화장기 없는 얼굴이 불빛을 받아 무언가를 바른 듯 반짝거렸다. 그 반짝거림이 꼭 그녀의 얼굴이 빛나는 것처럼 보여 세민은 여러 차례 눈을 깜빡였다. 특별히 신경 쓴 것 같지 않은 편한 옷차림 같은데도 유난히 튀어 보이는 그녀를 보면서 세민은 오늘 새벽의 그 두근거림을 다시 한 번 느꼈다.

자신을 부른 게 정말 이해가 안 된다는 그녀의 말투가 그의 신경을 자극했는지 세민의 입에서는 마음과는 다르게 퉁명스런 말투가 나왔다.

"얼굴이 그게 뭐야? 뭘 발랐기에 그렇게 반짝거려?"

'이런, 내가 지금 무슨 말을 한 거지?'

말해 놓고도 당황스럽다는 듯이 그녀를 쳐다보자 주영의 얼굴빛이 살짝 바뀌었다. 가볍게 인상을 쓰는 그녀의 반듯한 이마에 약간 주름이 잡혔다 사라지는 것을 보면서 자신도 모르게 그녀의 이마를 손가락을 이용해 문질러 주고 싶다고 생각하는 그였다.

"그런…… 가요? 화장을 하고 와야 되는 건데, 미안해요. 창피하다면 그냥 갈게요."

"누가 창피하다고 했나? 그냥 궁금해서 물어본 것뿐이야!"

다시 퉁명스레 말을 한 뒤 세민은 왜 자신이 그녀에게 이렇게 말을 전달하지 못해 안달하는지 이해가 안 갔다. 그리고는 이내 그녀의 다리가 정상이 아니라는 것을 알고는 그녀의 팔을 잡아 소파로 이끌었다. 세민이 주영의 팔을 잡자 움찔거리는 그녀를 무시한 채 기어코 소파까지 데려가 앉힌 세민은 반대쪽에 앉아 의아한 듯 쳐다보는 주영을 보면서 급하게 말을 꺼냈다.

"다리는? 병원은 다녀왔나?"

"네, 오전에 갔다 왔어요."

"병원에서는 뭐라고 하지?"

주영은 새삼 자신에게 관심을 갖는 세민이 정말 부담스러웠다. 이런 대화도, 이런 말투도, 이런 공간에 마주 앉은 적도 결코 예전에는 없던 일이었다. 세민이 심심해서 저만치 던져 준 장난감을 마지못해 들고 팔다리를 비틀고 심술을 부리는 애같이 느껴져 솔직히 기분이 좋지 않았다. 하지만 더 기분이 안 좋은 건 좀 전에 만난 정시현과의 만남 때문이리라. 언제부터 여기서 근무하게 됐는지, 그가 무슨 생각으로 그녀를, 더군다나 자신의 비서로 앉혔는지 묻고 싶었다. 하지만 이유는 이미 알고 있었다. 그는 내가 놓아야 할 사람이고, 그녀는 그가 사랑하는 여자니까.

"며칠, 치료받아야 된대요."

유난히 말이 없어졌다. 세민은 주영과의 말을 나누면서 그녀가 상당히 말을 아낀다는 것을 알 수 있었다. 조심스러워서 그런 것인지, 아니면 정말 자신과 말을 섞기가 싫어서인지 변한 그녀의 모든 것은 그를 자극했다.

"그래? 어느 병원인데?"

"세림종합병원이에요."

주영의 말에 고개를 끄덕인 세민은 회사와 그 병원과의 거리를 가늠해 보고는 이내 주영을 쳐다보며 말을 한다.

"회사와도 가깝군. 그럼 다닐 동안은 점심 시간에 맞춰서 예약을 하도록 해. 내가 데려다 줄게. 점심을 먹고 난 뒤에 가면 되겠군."

갑작스런 세민의 제안에 눈이 동그래진 그녀를 보면서 세민은 저도 모르게 웃음이 나왔다. 마치 무언가 못된 짓을 저지르고 나서 기분 좋게 웃는 악동처럼 지금 자신의 마음이 그러했다. 주영이 막 세민에게 그러지 않아도 된다는 말을 하려는데

문 두드리는 소리가 나고 시현이 차를 내왔다. 그 순간 세민은 주영 역시 시현을 알고 있다는 생각이 퍼뜩 들었다. 그래서 테이블에 주스 잔을 내려놓는 시현은 쳐다보지도 않은 채 주영의 눈치만을 살폈지만 주영은 아무렇지도 않은 듯 시현이 놓고 간 주스 잔을 들어 주스를 마셨다.

"급히 오느라고 목이 말랐는데, 잘됐네요."

세민은 무표정하게 주스를 마시는 그녀를 보면서 다시 한 번 변한 그녀의 모습을 쳐다보았다. 주영의 지금 모습이 겉모습뿐만이 아니라 모두가 변했다는 것을 어렴풋이나마 알게 된 세민은 그녀의 변한 모습이 무엇 때문인지 실로 궁금하기 그지없었다.

주영이 시현에 대해 묻는다면 오해하지 않도록 잘 이해시켜 줘야지 생각했지만, 주영은 얼굴 어디에도 궁금해하는 기색이 없었다. 오로지 무표정으로 주스를 마신 뒤 그를 쳐다보는 주영을 보면서 세민은 처음으로 무언가를 놓친 것 같은 상실감 비슷한 것을 느꼈다. 주영의 얼굴은 시현을 전혀 모른다는, 가면을 쓴 것마냥 무표정해 보였다. 그 모습에 세민은 다시 한 번 알 수 없는 기분이 들었다.

"아니요, 그럴 필요 없어요. 별로 큰 상처도 아닌데요 뭘. 집 근처 외과 다니면 돼요."

다시 한 번의 거절, 이로써 주영에게 두 번이나 거절당한 세민은 알 수 없는 조급함이 자신을 누른다는 것을 알고 인상을 썼다.

"아니, 내가 말한 대로 하도록 해. 이만 나가지, 식사나 하게."

"……."

무언가를 말하려는 듯 입을 달싹거린 그녀가 이내 다물고는 그를 따라 일어났다. 그러나 그와의 거리를 일정하게 유지하려는 듯 선뜻 그에게 다가서지 않고 서서 그가 나가기를 기다렸다. 세민 역시 그녀의 행동을 이상하다 여겼지만, 딱히 무어라고 말할 수는 없었다. 세민은 아까부터 자신의 마음을 들쑤시는 무언가가 결국은 그녀의 행동에 대한 불만으로 표출되고 말았다.

"뭐야? 왜 이렇게 거리를 두는 거지? 나와 함께 있는 것이 그렇게 싫은 건가?"

자신이 듣기에도 유치한 말이었다, 그 말은. 하지만 세민은 그렇게 말함으로써 주영이 자신의 곁으로 다가오리라는 것을 알고 일부러 한 말이기도 했다. 그러나 주영은 다가오지 않았다. 다만, 일렁이는 눈을 들어 그를 쳐다보며 조용히 속삭이듯 말했다.

"당신이…… 싫어했잖아요, 같이 다니는 것을. 이젠 내가 익숙해졌나 봐요. 누군가와 나란히 다닌다는 거…… 이상하게 싫어졌어요."

주영의 그 말에 세민의 얼굴이 천천히 창백해져 갔다. 그녀의 그 말이 바람처럼 그의 몸 안으로 들어와 소리없이 다시 빠져나간 듯, 세민은 순간 현기증마저 느끼고 말았다.

아픔, 외로움, 불신…… 그리고 무언가를 버린 듯한 주영의 모습이 점점 투명해져서 결국은 자신의 눈앞에서 없어질 것만 같다는 생각에 세민은 순간 두려움마저 들기 시작했다.

주영의 그 말이 너무도 공허하게 울려, 세민은 그녀를 놀랍다는 듯이 쳐다보았다. 아프다고 우는 아이를 보면 울어서 아프다는 것을 쉽게 알 수 있지만, 죽음을 목전에 둔 이가 아프지 않다고 하며 편안하게 웃는 것을 보통 사람들은 쉽게 이해할 수 없는 법이다. 세민은 주영의 말이 주는 느낌에 너무도 절절한 아픔이 묻어났지만, 그 말을 내뱉은 이라고 볼 수 없을 만큼 주영의 모습은 평온해 보였다.

겨우 정신을 추스르고 문을 열어 주영과 같이 나온 세민의 눈에 비서실의 두 여인이 일어나서 그들을 쳐다보자 간단히 말을 했다.

"점심 먹고 올게요. 조금 시간이 늦을지도 모르겠군. 황 비서, 좀 전에 내가 미스 정한테 일러두긴 했는데 태양투자신탁의 양 상무와의 미팅은 미뤄줘요. 나중에 내가 다시 전화한다고 전하고."

"네, 알겠습니다, 이사님."

황 비서의 대답에 시현의 얼굴빛이 다시 바뀌었다. 진주영 그녀와 세민이 오랫동안 식사하게 놔둘 수가 없었다. 그래서 태양투자신탁에 전화하지 않으리라 마음먹고 있었는데, 세민은 그녀의 마음을 알고 있다는 듯이 자신이 아닌 황 비서에게 그것을 부탁한 것이다. 시현은 자신의 속내가 들킨 것 같아 얼굴이 붉어지고 말았다.

조심스럽게 주영을 에스코트해서 엘리베이터까지 간 세민은 주영이 싫다고 했음에도 불구하고 지척에 어깨를 나란히 하고 서자 얼굴이 보이지 않는 그들을 보면서 비서실의 황 비서는 가는 한숨을 쉬었다.

"아아, 우리 이사님 많이 변하셨네. 사모님이라 그런가? 굉장히 소중하게 대하는 것 같은데? 하긴 저 정도의 미모면 어느 남자가 안 그러겠어? 화장도 하지 않은 얼굴로 사무실에 들르다니, 자신있다 이건가? 근데 화장한 여자들보다 더 예쁘긴 하다. 그치, 미스 정?"

"네? 아, 네."

"옷차림도 수수하고, 의외네. 우리 사모님 생각보다 훨씬 괜찮은 여잔 거 같지 않아?"

"글쎄요, 사람은 겪어보기 전에는 모른다잖아요."

자신도 모르게 모난 말투로 변해 버린 시현은 황 비서가 자신을 이상하다는 듯이 쳐다보는 것도 모른 채 그들이 섰던 자리를 한참이나 쳐다봤다.

"언니, 태양투자신탁에 내가 전화할까요?"

"아니, 내가 할게. 나한테 말씀하셨잖아. 행여 실수해서 약속

취소 안 하면 그 불똥을 어떻게 감당하라고. 거기 비서하고는 안면도 있으니까 내가 전화하는 게 나을 거야.”

황 비서의 말에 입술을 앙다문 시현은 불안스런 마음을 감출 수가 없었다.

‘그가 그녀와 나갔어. 한 번도 그런 적이 없었는데. 안 돼! 그녀에게 접근하지 말아요, 그녀에게 관심을 두지 말라고요. 당신이 떠나 버릴 것 같아서 불안해. 동정이라도 좋으니 날 붙잡은 손을 놓지 말아요, 제발.’

시현은 속으로 그 말을 읊조리며 시계를 쳐다보았다. 그들이 가고 나서 정확히 십 분이 지난 시간이건만 시현은 그 십 분의 시간이 얼마나 긴지를 새삼스레 느꼈다.

진주영, 그녀가 그러한 마음으로 일 년을 버틸 동안, 정시현 그녀는 이제 처음으로 같은 시간의 고통을 느끼는 중이었다. 그 일 년의 기다림과 십 분의 차이…… 그 시간의 기다림이 어느 정도의 고통인지 시현은 알 수도, 알고 싶지도 않았다. 그녀는 다만 자신의 그 짧은 십 분의 기다림만으로도 애가 탔다.

회사를 나온 세민이 주영을 안내한 곳은 조용하고도 깨끗한 곳이었다. 그의 위치를 나타내듯 보기에도 고급스런 실내 장식이 돋보이는 곳이었다. 하지만 주영은 이런 곳보다는 사람들이 북적거리는 조그만 분식집이 훨씬 더 마음에 든다는 생각을 했다. 급히 다가온 홀 매니저가 그들에게 인사를 하고 예약석이라고 표시된 창가 쪽으로 자리를 안내했다. 하지만 그들은 자리를 잡고 앉을 동안에도 말이 없었다.

주영은 세민을 보는 대신 창밖의 풍경을 하염없이 바라보았다. 그런 주영을 쳐다보는 세민의 얼굴에 아쉬운 표정이 지나쳐갔다. 황금색에 가까운 약간은 헐렁하다 싶은 니트 티셔츠와 커다란 숄더백, 그리고 끝이 들쑥날쑥한 집시 풍의 감색 롱스커트를 입은 주영은 세민의 눈에 황금인형처럼 보였다. 살아 숨 쉬는 사람이라는 것을 확인하고픈 충동마저 들 정도로 세민의 눈에 비친 주영은 생기가 없어 보였다.

주영은 정시현 그녀 때문에, 그리고 세민 때문에 아프다는 말을 할 수가 없었다. 내 아픔을 알아달라고 호소하는 그 시간조차 낭비란 걸 알기에 스스로 다독이며 아픈 마음을 감싸는 것이 그나마 무너지지 않고 버티는 유일한 대처 방안이란 것을 주영은 잘 알고 있었다. 오래된 습관처럼 스스로의 상처를 더 이상 벌어지지 않게 하기 위해 자신이 죽을 만큼 애를 쓴다는 것을 그들은 알까? 그들 앞에서 무너지는 건, 초라하게 아프다는 걸 알아달라고 호소하는 건, 주영 스스로 죽느니만 못하다는 것을 결혼 생활 일 년 동안 미칠 만큼 절실히 알아가는 중이었다.

"뭘 먹을 거지?"

세민이 자신에게 기다란 무언가를 내밀고 나서야 주영은 자신의 생각에서 나와 그것을 흘깃 쳐다보았다. 메뉴판이라 적혀 있는 것에서 주영이 먹고 싶은 것은 정말 하나도 없었다. 가는 웃음을 지은 주영은 배고프지 않는데 먹으라 하는 것도 곤욕이구나 싶었다.

세민은 주영이 짓는 쓴 미소를 보면서 언제부터 그녀가 저렇게 웃기 시작했는지 기억하려 했다. 별로 좋아 보이지 않는 웃음. 하지만 기억나지 않았다. 치킨 샐러드를 시키는 그녀를 세민이 이상하게 쳐다보았다. 예전의 그녀는 항상 양 많고 맛 좋은 것만을 먹었었는데 풀 쪼가리로 만족을 하다니.

"별로 배고프지 않아요. 간단한 걸로 먹고 싶어서요."

세민의 표정을 보면서 주영은 다시 한 번 그 웃음을 지었다. 그는 알까? 식사하는 그 작은 시간조차 늘리기 위해서 일부러 시간이 많이 걸리는 음식만을 시킨 그녀를 말이다. 같이 있고 싶은 마음에 먹기 싫은 것들을 맛있는 양 억지로 천천히 먹으며 시간을 끌던 그때의 자신을 그가 알기는 할까 싶어 그나마 짓던 웃음마저 입가에서 없어지고 말았다. 세민의 눈이 유독 커다래 보이는 주영의 가방으로 고정되고 곧 궁금하다는 듯한 표정을 짓자 주영은 설명을 해줘야 하나 고민했다.

"대체 가방엔 뭐가 들어 있는 거지?"

세민의 상식으로 여자들은 지갑이나 제대로 들어갈지 궁금할 정도로 작은 백들을 들고 다니는 것이 보통인 데 비해 주영의 그것은 너무도 커 보였다.

"아, 별건 아니에요. 얇은 겉옷 하나 하고, 지갑이랑 mp3, 간단한 필기도구 정도예요. 너무 커 보여요?"

"겉옷? 그걸 뭘 하러 넣고 다는 거지?"

그녀가 왜 유독 추위를 타는지는 주영 본인만이 알리라. 그녀는 마음이, 산다는 것 그 행위 자체가 추웠다. 그래서인지 어느 순간부터 항상 겉옷을 들고 다니게 되었지만 이제는 그러지 않을 것이라고 새삼 다짐하는 주영이었다. 난 변할 것이라고 스스로에게 다짐했으니까.

"mp3는 직접 산 건가? 그거 생각보다 음악 다운받기가 힘들다고 하던데."

"아니요. 친구가…… 선물로 줬어요. 여러 노래를 담아서 준 건데, 요새는 이 노래들을 많이 들어요."

결혼 후, 아니, 결혼할 무렵부터 그만을 보며 생활한 그녀는 당연히 친구들과도 멀어졌다. 어울리지를 않다 보니 지금까지 연락되는 친구는 딱 한 명뿐이었다. 그 친구가 바로 오세희였다. 그녀를 생각하자 저도 모르게 웃음이 나왔다.

세민은 밝은 미소를 짓고 있는 주영을 보며 그 친구가 누구인지 관심이 생겼다. 아니, 그보다 더 궁금한 것은 그 친구가 이성 친구인지, 어떻게 만난 사이인지였지만 처음으로 밝게 웃는 그녀에게 물어볼 수는 없었다. 그녀의 웃는 모습이 좋아 보였다. 세민은 저도 모르게 주영의 웃음이 자신을 향했으면 하고 바랐다. 맑은 햇살 같은 웃음, 세민은 그런 웃음을 언제까지고 볼 수 있으면 좋겠다는 생각을 했다.

식사 시간 내내 세민은 간혹 가다 질문을 던지면서 주영을 관찰했다. 자신이 알고 있는 그녀가 맞는지, 맞는다면 왜 변한 것인지, 그리고 정말 궁금한 것은 그녀가 전처럼 자신을 생각하는가였다. 조용히 앉아서 간혹 고개를 끄덕이기도 하고, 간단한 대답을 하기도 했지만, 결코 먼저 질문을 한다거나 신변에 관해서 물어보지는 않았다. 회사에서 시현을 보았다면 분명 기억할 테고, 그럼 자신에게 무언가를 물어보거나 혹은 화를 낼 수도 있을 텐데 그 모든 것에 관심이 없는 양, 그가 하는 말에 조금씩 반응만을 보일 뿐이다. 그것이 이상하게 세민을 자극했고 안달하게 했으며 스스로도 바보같이 그녀의 행동 하나하나에 의미를 부여하려 했다. 자신의 이런 상태를 못 느끼는 건지, 아니면 알고서도 그렇게 무시하는 건지 세민은 이도저도 못한 상황에서 일어서게 되었다.

"바래다주지."

"아니요. 차 갖고 온걸요. 그냥 들어갈게요. 일 보세요."

"그래도 괜찮겠어?"

생각지도 못한 그의 배려에 주영은 씁쓸한 웃음이 나왔다.

"오늘, 점심 고마웠어요."

"어? 어, 그래."

세민은 부부임에도 불구하고 격식을 갖춘 인사를 받을 정도로 둘 사이가 아무것도 아님을 다시 한 번 느꼈다. 그리고 그 생각은 곧 안타까운 감정을 불러일으켰다.

그녀가 주차해 둔 곳까지 세민이 따라오자 당황한 주영은 세민을 조심스레 쳐다만 볼 뿐이었다. 그가 언제 다시 돌변해서 가시 돋친 모욕적인 말을 퍼부을지 몰라 긴장하고 있는 자신이 너무도 비참하지만, 시종일관 기분 좋은 듯한 표정을 짓고 있는 그의 마음을 상하게 하고 싶지는 않았다.

"다 왔어요. 이제는 그만 들어가서 일 보세요."

“다리는 정말 괜찮아?”

“네.”

“걷는 모습을 보니 특별히 이상하지는 않더군. 참, 장모님께 전화 드렸어. 조만간에 찾아뵌다고 했는데, 언제쯤이 괜찮지?”

갑작스런 세민의 말에 놀란 주영은 그의 행동이 다른 무언가를 말하려 하는 것 같아서 내심 걱정스러웠다.

“하고 싶은 말이…… 있는 건가요? 부모님들까지 같이 들어야만 할 만큼 중요한 할 말이 있어요?”

조용히 말하는 주영의 모습에 정신이 팔려 세민은 주영의 말뜻을 금방 알아차리지 못했다.

“그게 무슨 말이야?”

“당신, 한 번도 친정에 가자고 먼저 말한 적 없는 사람이에요. 특별한 날도 아니면서 엄마한테 전화한 것도 그렇고, 이렇게 처가댁을 가자고 말할 만큼 한가한 사람 아니잖아요.”

“그래서?”

주영은 아픈 마음을 붙잡고 그를 처다보았다. 이제는 말해야 하고, 말할 수 있어야 된다고 스스로에게 힘을 북돋았지만 마음과 반대로 파르르 떨리는 입술은 어쩔 수 없었다. 이 떨리는 입술이 지금만큼 원망스러운 적은 없었다.

“이혼을 원하는 거라면…… 우리끼리 해결 보도록 해요. 부모님들까지 끌어들일 필요는 없잖아요.”

마치 주어진 책을 감정없이 읽어 내리듯 말하는 주영을 보면서 세민은 기가 막혔다. 물론 단 한 번도 이혼이라는 것을 생각지 않았다면 거짓말이겠지만, 오늘 그의 행동은 그것과는 거리가 멀었다. 아니, 오히려 그 반대의 의미로 그녀에게 말한 것이었는데, 이런 오해를 하다니……. 자신이 특별히 그녀에게 못된 말이나 행동을 한 것은 없다고 생각되는데 갑자기 '이혼'을 말하는 그녀가 야속하기까지 했다. 칭찬받고 싶어 한 일이 잘못되어서 어른에게 꾸중받는 아이의 기분. 지금 세민이 그러했다.

"무슨 소리지? 누가 이혼을 원한다고 했나? 그저 인사차 찾아뵙자는 거라고."

주영은 세민이 왜 화를 내는지 정말 이해할 수 없었다. 그의 본심이야 결혼 전부터 익히 알고 있던 사실이고, 지금 세민의 곁에는 그의 여자도 있지 않은가. 자신이 바보처럼 그렇게 커다란 집에서 기다릴 동안 그 둘은 회사에서 같은 시간을 보내고 있지 않았던가. 그런 입장의 세민이 꺼내는 집안 어른의 만남을 그럼 달리 어떻게 해석할 수 있을까? 주영은 자신이 뭘 잘못 생각했는지 도무지 알 수가 없었다.

"아닌가요?"

"그래, 아니라고. 난 이혼 따윈 생각해 본 적도 없어!"

억눌린 목소리로 한 자씩 씹어뱉듯 말한 세민은 이해할 수 없다는 표정을 짓고 있는 주영이 원망스러웠다. 머리로는 그녀와의 이별을 생각했음에도 마음은 인정하지 않고 있었는지 주영의 그 말은 세민을 더욱 거친 짐승처럼 만들고 있었다.

"뵌 지 오래되었기에 한번 찾아뵙자고 한 거야. 굳이 이유가 있어야 하는 것도, 그리 먼 거리도 아닌데 너무 무심한 것 같아서 말이야. 이젠 이해돼?"

세민은 무언가를 참는 듯 한숨을 쉬며 짜증스럽게 말했다. 그리고 주영을 향해 갑자기 손바닥을 쑥 내밀었다. 움찔 놀란 주영이 세민을 쳐다보며 뭐냐고 묻는 듯한 표정을 지었다.

"자동차 열쇠 달라고. 차 갖고 왔다면서?"

"아, 네."

자신의 자동차 키를 넘겨주다 세민의 손바닥과 우연히 맞닿자 주영의 손이 가늘게 떨렸다. 뭐가 못마땅한지 인상을 쓴 세민은 그녀의 손에서 자동차 키를 빼앗아 난폭하다 싶을 정도로 자동차 문을 열었다.

"조심해서 운전해, 이상한 생각은 하지 말고."

세민은 자신의 마음을 이 정도밖에 표현 못하자 답답할 따름이었다. 좀 더 친절하게 말할 수도 있건만, 도무지 그의 입에서는 좋은 소리가 나오지 않는다.

주영이 차를 타고 시동을 건 뒤 가볍게 인사를 하고 지하 주차장을 빠져나갈 때까지 세민은 그 자리를 떠날 줄을 몰랐다. 조금 전, 그가 보았던 주영의 차분한 모습과 입 밖으로 내놓은 내용과는 너무도 어울리지가 않았다. 처음으로 느껴보는 생소하지만 아픈 감정, 자신을 대하는 주영의 그 모습에서 세민은 묘한 아쉬움과 아픔을 느꼈다.

'이혼이라…… 머리 속에서는 항상 생각해 왔던 건데, 마음은 그렇지 않다는 건가? 아니, 네가 그런 생각을 한다는 것 자체가 싫다는 것이 맞는 말이겠지? 뭐가 이상한 걸까, 응? 아무래도 오늘은 일찍 들어가 봐야겠어.'

자신도 모르게 그녀를 따라가고 싶은 마음을 표현하며 세민은 천천히 지하 주차장을 빠져나와 자신의 사무실로 향했다.

주영은 지하 주차장을 빠져나와 갓길에 주차를 하고 비상등을 켠 뒤 잠시 숨을 골랐다. 조금 전, 자신이 꺼낸 이혼 얘기의 여파가 이제야 실감이 되는 건지 온몸이 떨려와 도저히 운전대를 잡을 수가 없었기 때문이다. 그의 변한 행동에 작은 희망이라도 다시금 품고 싶은 건지, 아니면 자신을 보아달라며 꼬리치는 애완견으로 돌아가고 싶은 건지. 그 어느 것도 마음에 들지는 않았다. 다만, 자신 때문에 사위한테 지난 일 년 동안 제대로 대접받지 못한 부모님이 떠오르자 마음이 아파왔다. 결혼을 서두르는 자신을 보고 걱정하는 엄마를 그때는 이해할 수가 없었다. 사랑하는 사람과 사는데 행복하지 않을 수 있냐고 되묻던 어리석었던 자신. 이제는 누군가가 묻는다면 주저없이 말할 수 있다, 사랑을 믿지 말라고. 사랑은 펄펄 끓은 물과 같아서 끓는 동안은 뜨겁게 변화되는 자신을 보며 기뻐하지만 물이 식어버리면 그 후엔 아무것도 없다는 것을, 물이 다 끓고 난 뒤에는 텅 빈 그릇을 태우는 불꽃처럼 타 들어가는 아픔만이 있다는 것을 그녀는 경험으로 깨달았기 때문이다. 여전히 그 사랑이란 그릇의 허황한 모습을 보면 손을 못 떼고 있는 자신이 얼마나 아프게 타 들어가고 있는지, 그녀는 이제야 알아가는 중이었다.

"진주영, 아직도 정신 못 차렸니? 이혼하지 않겠다는 말이 널 사랑한다는 말은 아니잖아! 보고도 모르니? 그의 회사엔 그의 여자가 함께 있어. 겨우 그깟 말 한마디에 그렇게 흔들리다니, 넌 바보가 맞구나!"

자신에게 소리치고 나니 조금은 마음이 편해졌나. 다시 기어를 변속하고 차를 출발시키려는데 핸드폰이 울렸다. 세민의 회사 직통전화였다. 숨을 고른 주영이 전화를 들어 막 말을 하려는데 어이없게도 핸드폰 속에서 들려오는 소리는 다름 아닌 정시현, 그녀의 목소리였다.

[진주영 씨? 나, 정시현이에요.]

"……!"

잠시 당황한 주영이 대답을 안 하자 수화기 너머로 시현의 웃음소리가 들렸다. 자신과의 결혼으로 버려진, 하지만 세민을 잊지 못하고 끊임없이 그의 주위를 맴도는 여자. 세민이 그녀를 어찌 생각하고 있을지 궁금했다. 세민의 입에서 그녀에 이름을 들어본 적은 단 한 번도 없었지만 시현은 끊임없이 자신을 주영에게 알리는 것을 멈추지 않았었다.

[주영 씨, 점심은 잘 먹었어요?]

"……네."

[후후, 어제가 결혼기념일이었단 걸 잊었다지 뭐예요? 그래서 늦었지만 꽃다발이라도 보낸다는 걸 식사나 하라고 제가 권했는데, 그곳 괜찮았죠? 제가 예약한 덴데 음식 맛도 좋아요, 분위기도 좋고.]

주영은 날카롭게 숨을 들이마셨다. 그녀가 그의 비서인 이상모를 리가 없다는 생각이 들었다. 주영은 기가 막혀 허탈한 웃음이 나왔다. 하지만 화는 나지 않았다. 결혼 초 그녀의 말 한마디에 수시로 울고 아파하던 자신이었는데 이상하게도 예전처럼 불안한 마음도, 주체 못할 만큼 감정이 격해지지도 않았다. 그것은 정말 이상한 일이었다. 그녀의 반응이 별달리 없음을 느낀 것인지 시현이 숨을 참는 소리가 수화기를 통해서 주영의 귀에 크게 들려왔다. 주영의 입에 슬며시 웃음이 찼다.

"그래요? 늦었지만 고맙다고 말할게요. 결혼기념일 챙겨줘서 고마워요, 시현 씨. 그리고 세민 씨한테도 고맙다는 말 할게요."

[이, 이봐요, 내 말 무슨 소린지 몰라요? 내가 세민 씨한테 얘기해서 당신과 식사를 하게 한 거라고요, 세민 씨는 그딴 거 신경도 안 쓰는데 내가 시켰어요. 식사 정도는 괜찮으니 해도 된다고요. 내 말 알아들어요?]

"네, 듣고 있어요. 그래서 이렇게 고맙다고 말했잖아요. 아니면, 나중에 제가 좋은 곳에서 한번 식사 대접할게요."

주영의 목소리는 평이했다. 딱히 거스를 것도 감정을 실을 것도 없다는 듯이 너무나 평범해서 남편의 여자와 이런 애기를 한다는 것이 믿어지지 않을 정도였다.

　[당신…….]

　당황한 시현의 목소리가 많이 흔들린다는 것을 알았지만 그
뿐이었다. 화가 나지만 어쩔 수 없는 현실, 이제 그것에 익숙해
져야만 하고 받아들일 수밖에 없는 현실을 직시해야 한다고 주
영은 생각했다. 왜 진작 몰랐을까? 주영 자신이 시현에게서 세
민을 빼앗은 것처럼, 시현 역시 지금의 남편을 뺏기 위해 몸부
림친다는 것을 말이나. 사랑이란 것에 울고, 매달리고, 애원하
고…… 결국 구걸까지 하는 입장이 되어버렸지만, 이제는 그 모
든 감정을 버릴 것이다. 홀가분했다. 무언가에 대한 집착을 버
린다는 것이 이처럼 가벼울 수도 있다는 사실에 주영은 놀라울
뿐이었다. 다만, 여전히 그 사랑으로 인해 아프다는 것이 그녀
에게는 받아들이기 힘든 아픈 현실이었다.

　[이…… 이, 당신 왜 이렇게 뻔뻔해? 그렇게 잘났어? 남의 남
자를 가로챘으면 적어도 미안한 생각이라도 갖고 있어야 하는
거 아냐?]

　시현의 목소리 끝이 떨리면서 소리가 커졌다. 주영은 이 상황
이 너무나 재밌어졌다. 주영 그녀 자신은 모든 걸 잃었다. 이 이
상 값진 배상이 또 어디 있으랴고. 주영도 시현처럼 화를 내고
악을 쓰고 싶었지만, 그러면 안 된다고 스스로를 타일렀다. 자
신이 시작한 사랑이고, 자신이 끝내는 결혼이니까.

　"미안하다고 말해서 잊혀질 수 있다면 백번천번, 아니, 죽을

때까지도 말할 수 있어요. 그런다고 뭐가 달라지나요? 당신과 내가 달라질 수 있다면…… 아니, 지금의 현실과 달라질 수만 있다면…….”

'내가, 내가 먼저 미친 듯이 소리치고 울었을 거예요. 당신만 큼이나, 아니, 그 이상으로 지금의 현실에서 벗어나고 싶으니 까.'

주영은 뒷말을 삼켰다. 자신의 그 말이 소리되어 나오면 정말 그렇게 될지도 모른다는 두려움이 들었기 때문이다. 여전히 미련을 못 버리는 자신의 바보스러움이 그녀의 입을 그렇게 막고 있었다. 포기한다 했는데, 이렇게 미련이 많이 남을 줄 짐작 못한 자신이 더없이 한심해 보인다. 전화가 끊어진 건지 아무 소리도 안 들리고 나서야 주영은 꽉 움켜쥔 핸드폰을 내리고 살며시 자동차 시트에 머리를 대었다.

시현은 저도 모르게 전화를 끊고 말았다. 밑으로 내린 손이 덜덜 떨리는 것이 아무래도 많이 놀랐나 보다. 두 손을 꼭 잡은 채 나오는 신음을 참기 위해 입술을 꼭 깨물었다. 전처럼 자신의 말에 원망하고 미안해하다 제대로 말 한마디 못하고 그냥 끝날 줄 알았다. 항상 그래 왔던 그녀였으니까. 하지만 좀 전의 주영은 자신마저 놀랄 정도로 달라져 있었다. 차라리 화를 내고 소리라도 질렀다면 이렇게 당황스럽지는 않았을 것이다. 시현이 느낀 주영의 표리부동한 모습은 마치 자신이 이러는 이유를 알고도 인내하는 것처럼 보였다. 그것이 더욱 그녀를 초조하고 불안하게 만들었다. 그녀의 의도와는 너무도 다르게.

시현의 눈가가 붉어졌다. 자신에게 세민은 하나의 세상이었다. 지금 자신이 무슨 짓을 해서라도 그의 곁에 남아 있고 싶을 만큼 그녀는 세민을 사랑했다. 그가 자신을 사랑하지 않는다는 것은 애초부터 알고 있던 일이었고 주영이 아니었어도 자신과 결혼을 할 남자가 아니라는 것 역시 알고 있다. 그저 세민의 곁에서 그를 보는 것만으로도 행복하다고 생각했는데 그의 곁에서 그의 사랑을 받고 그의 함께 살고 싶은 마음은 도무지 없앨 수가 없었다.

'후후, 그래. 그렇게 혼자서 인내하라고. 난 포기 못해, 절대로.'

시현은 서둘러 탕비실로 들어가 세민이 좋아하는 녹차를 우려내 다시 한 번 이사실 문을 두드렸다.

문을 열고 들어서는 시현이 낯익은 찻잔을 받치고 있자 세민은 저도 모르게 나오는 소리를 꾹 눌러 참았다. 그러곤 자신의 자리에 앉아서 고개만을 까닥이고는 다시 보던 서류에 눈을 돌렸다. 하지만 아무리 기다려도 나가는 기척이 들리지를 않자 보던 서류에서 마지못해 눈을 들어 이사실 한곳에 우두커니 서서 자신을 바라보는 그녀를 쳐다보았다. 자신을 쳐다보는 시현의 눈을 마주 대하고 세민은 의아하다는 눈빛을 일부러 보냈다.

“뭐지?”

“……저어, 죄송하지만, 드릴 말씀이 있어서요.”

“무슨 말인데?”

“저 때문에 사모님 심기를 불편하게 해드렸다면 죄송하다는 말씀을 드리고 싶어서요. 제가 여기 있는 줄은 모르셨을 거 아니에요. 충격이 꽤 크실 텐데…….”

의외의 말에 세민은 시현도 주영처럼 뜻하지 않은 만남으로 어느 정도 긴장했을 것이라는 생각이 들어 표정을 풀었다.

“아아, 그건 걱정하지 마. 별다르게 생각 안 하더군. 그 말을 하러 여태껏 서 있었던가?”

“네? 전, 그저 걱정이 돼서…….”

“고맙군. 다 괜찮으니 이만 나가주겠어?”

다시 한 번 들려온 세민의 말에 시현은 하는 수 없이 몸을 돌려 사무실을 나가려다 문의 손잡이를 잡고 그를 다시 한 번 쳐다보았다. 하지만 그는 이미 서류를 향해 고개를 수그려 그의 얼굴은 보이지 않고 윤기있는 그의 머리칼만이 보였다. 그 머리칼에 자신의 손을 넣어 그를 끌어안는 상상을 하던 시현은 몸 안쪽으로부터 뜨거운 무언가가 치솟는 것을 느꼈다. 그러자 저도 모르게 억눌린 신음을 토해내며 시현이 급히 세민에게 다가가 그의 고개를 자신의 품 안으로 당겨 안았다.

“세민 씨, 우리 다시, 다시 시작해요. 네?”

“이게 무슨 짓이야?”

세민에 의해 확 하고 떠밀려진 시현은 카펫에 발이 걸려 볼썽
사납게 넘어졌다. 당황한 세민이 그녀에게 다가가려다가 이내
손을 접고는 그녀를 차갑게 가라앉은 눈빛으로 쳐다보았다.

"아니, 난 너와 무언가를 시작하고 싶은 마음이 없어. 그러니
남자가 필요하면 다른 사람을 찾아봐."

잠시 동안 넘어진 시현을 노려보던 세민이 사무실 문을 요란
스레 열고는 나가 버리자 바닥에 주저앉은 채 일어나지 못하던
시현의 얼굴 위로 눈물이 빙울지기 시작했나. 사랑, 사랑은 참
으로 많은 상처를 준다. 그러면서도 그를 따라 움직이는 자신의
눈동자는 어쩔 수 없었다.

주영은 한참 동안 비상등을 켜놓고 서 있다가 천천히 차를 움
직여서 집으로 돌아왔다. 자신의 방으로 들어가 침대에 몸을 던
지자 온몸이 물어 젖은 솜마냥 묵직하니 가라앉았다. 옷도 갈아
입지 않은 채로 주영은 그렇게 자신의 침대에 얼굴을 묻고 잠시
만 쉬자는 생각에 눈을 감았다가 이내 잠이 들고 말았다.

어느 정도 벨이 울렸는지 주영이 멍한 눈을 들어 일어나도록
벨소리는 끊이지 않고 울리고 있었다. 서둘러 받은 수화기 너머
로 시어머니의 음성이 들려와 주영은 당황했다.

"네, 네. 어머님, 어쩐 일이세요?"

[하도 전화를 안 받아서 끊고 세민이한테 하려고 했단다. 무
슨 전화를 그렇게 안 받니?]

"아, 점심때 세민 씨한테 가서 점심 먹고 오느라고요. 계속 전화하셨어요?"

[그래, 그렇지 않아도 네 생일에 전화 한 통도 못한 게 계속 마음에 걸려서 급하게 청주에서 올라왔단다. 이번 주말에 잠시 집에 들르려무나. 명색이 시어머닌데 며느리 생일상은 늦게라도 차려줘야지. 세민이랑 늦지 않게 오너라, 새아가.]

"저, 어머님……."

[약속이 있어도 어지간하면 미루고. 오랜만에 다 모이는 거 아니니. 세민이한테도 그렇게 전하고. 알았지, 새아가.]

"……네, 어머님. 알겠습니다."

[그래, 주말에 보자꾸나.]

전화를 끊은 주영은 한숨을 쉬었다. 시현과의 전화통화 이후로 계속해서 아팠던 머리가 여전히 지끈거리고 있었다. 주영은 부스스 일어나서 주전자 입구를 입을 대고 벌컥벌컥 마셔 버렸다. 생각해 보니, 세민과의 식사에서 물을 마시지 않았던 것 같다. 항상 해왔던 일상에서의 탈피. 그것은 실로 신선한 충격이며 놀라운 해방감을 느끼게 해주었다. 이 흔한 물조차도 말이다. 입가에 흘러내린 물을 소매로 쓱 닦아낸 주영의 얼굴에 웃음이 돌았다.

주영은 갑자기 힘이 난 것처럼 옷장이며, 서랍장을 뒤지기 시작했다. 세민에게 걸맞는 사람으로 보이기 위해서 일부러 입지 않았던 옷들, 학생 때 즐겨 입던 옷들부터 간편한 평상복들까지 죄다 꺼내어놓았더니 그것도 양이 꽤 되어 두 번에 나눠 세탁기를 돌려야 했다.

건조대에 널어놓은 빨래들을 보면서 개운하다 생각했다. 그러다 구석에 벗겨놓은 침대 시트를 보며 고민을 하다 다시 이층으로 올라간 주영은 짧은 반바지와 몸에 딱 붙는 형광색의 노란 7부 티를 입고 내려왔다. 머리를 고무줄로 질끈 올려 묶고 나자 마치 전쟁터에 나가는 군인처럼 새록새록 힘이 솟았다. 일층 욕실의 커다란 욕조에 세제를 풀고 더운물을 틀자 하얀 기품이 마구 생겼다. 그러자 기분이 좋아졌다. 항상 그에게 어울리는 완벽하고 정숙한 모습을 벗어 던지자 이루 형용할 수 없는 해방감이 그녀를 감쌌다.

무심히 빨래를 쳐다보던 주영은 반쯤 물이 차자 서둘러 물을 잠그고 침대 시트 등을 넣고 욕조 안으로 들어갔다. 미끈거리는 부드러운 느낌과 따스한 물이 종아리 부분을 거쳐 올라오자 묘한 느낌에 몸서리가 쳐졌다. 막 빨래를 밟기 시작하는데 거실의 벨이 요란히 울리자 순간 받을까 말까를 놓고 고민하던 주영이 전화를 받으러 가다 기어코 넘어지고 말았다. 콰당 하는 소리가 왜 이렇게 크게 들리는지, 주영은 아무도 없는 집이지만 창피함에 얼굴이 붉어져 얼른 일어나지도 못하고 기어가다시피 해서 전화를 받았다.

"여, 여보세요?"

[주영이니? 야, 너 지금 뭐 하느라 그렇게 헉헉대?]

"뭐? 세희구나. 지금 이불 빨래하는 중이었어."

[이불 빨래? 갑자기 웬 이불 빨래야? 아줌마는 어디 가고?]

"으응, 아줌마는 시댁에 보냈어. 어머님이 거동이 불편하시다는데, 가서 집안일이라도 좀 거드시라고. 근데 웬일이니?"

[뮤지컬 티켓을 공짜로 얻었거든. 너 뮤지컬 좋아하잖아. 얼른 준비하고 나와.]

"주원 씨는 어쩌고?"

[그 사람이야 하루 자유시간 주는 거지 뭐.]

주영은 세희의 마음 씀씀이에 훈훈한 감정이 들었다. 그러고 보니 세희의 남편인 주원을 본 지도 꽤 오래됐다는 생각이 들었다. 세희에 비해 덩치가 너무도 컸던 그를 처음 본 것은 막 사귈 무렵이었는데, 큰 덩치로 내내 세희를 바라보는 눈빛이 무척이나 따뜻했던 게 인상에 남았었다. 그의 눈빛만큼이나 여전히 세희를 아껴준다는 것을 주영은 가끔 세희의 푸념 아닌 푸념을 통해서 알 수 있었다.

"난 괜찮아. 집안일도 밀렸고. 주원 씨하고 둘이서 다녀와. 맛있는 저녁도 사 먹고, 응?"

[야, 그이하고는 아무 때나 갈 수 있지만 넌 아니잖아. 그러니까 같이 가자. 응?]

세희가 일부러 자신의 기분을 풀어주려 한다는 것을 모르지는 않았지만 그들의 행복한 시간을 나눠 가질 수는 없다는 생각에 다시 거절하는 주영이었다.

"나도 시간 내기 힘들 것 같다. 얼른 갔다 와, 응? 전화 끊는다!"

전화를 끊은 주영은 세희에게 고마운 마음이 드는 한편, 그녀가 무척이나 부럽다는 생각이 들었다. 둘도 없는 친구, 정말 착한 자신의 친구가 잘산다는 건 좋은 일인데, 마냥 좋아할 수 없는 자신의 모습이 한심하고 작게만 느껴졌다.

'부러운 거니, 진주영? 세희가 잘사는 건 좋은 거야. 그래, 좋은 거라구.'

가끔, 정말 가끔 이렇게 세희와 비교되는 자신의 처지가 무척이나 처량하게 느껴질 때마다 주영은 애써 이런 식으로 자신을 다독이곤 했다. 세희의 전화를 끊고 나서 주영은 이층 자신의 가방에서 세희에게 선물 받은 mp3를 꺼내서 귀에 꽂았다. 요란한 비트에 맞춰 나오는 노래들, 처음엔 너무도 이상해서 억지로 들었던 것이 이제는 익숙해져서 리듬을 따라할 정도였다. 얼른 욕실로 들어가 이불을 밟으면서 주영은 저도 모르게 눈물을 흘렸다. 왜 이렇게 한스러운지 모르겠다.

'근데 세희야, 너 그거 알아? 네가 다운 받아준 노래들 모두 신나는 리듬이지만, 노랫말이 너무 슬프다는 거. 웃기지 않니? 이렇게 신나는 리듬에 애절한 가사를 붙인 사람들은 왜 그랬을까? 그리고 이 음악을 들으면서 모두들 신이 나는데 난, 난 눈물이 나.'

어느 순간부터 이것을 즐겨 듣게 되었을까? 혼자라는 개념조

차 망각할 정도로 단절된 공간에서의 시간은 주영에게 안식을
주곤 했었다. 눈에 보이는 것과 들리는 것, 그것만으로도 얼마
든지 공허한 시간을 채울 수 있다는 것이 때론 서글프기도 하고
신기하기도 했다. 하지만 그녀의 텅빈 마음을 어느 순간 채워주
기도 했기에 주영은 때론 친구로, 연인으로, 동생으로 그것을
통해 마음의 문을 열곤 했다. 음악을 느껴보라고 하던 세희의
말을 처음에는 이해 못한 그녀였다. 생각하지 말고, 단지 리듬
에 몸을 맞추라는 그녀의 말이 이해될수록 점점 더 노랫말들이
크게 들리는 듯했다.

'나, 어쩌면 네 말대로…… 바보인가 봐.'

주영은 흐르는 눈물을 한 손을 들어 아이마냥 거칠게 눈가를
비벼 닦아냈다. 그 모습을 아까부터 지켜보는 이가 있다는 것을
모르고 말이다.

세민은 십삼층에서 열리는 종조실 회의가 끝나자마자 바로
퇴근을 해서 집으로 가는 중이었다. 종조실장에게 말해 비서실
로 연락을 넣고 출발한 지 한 십 분쯤 되었을까 싶은데, 비서실
로부터의 전화가 왔다. 받지 말까 생각하다 혹시 무슨 일이 생
겼나 싶어 전화를 들자 시현의 목소리가 들렸다.

[이사님, 퇴근하십니까?]

"그래. 무슨 일이지?"

[저, 죄송하지만, 시간을 좀 내주시면 안 될까요? 의견을 구

해야 될 일이……]

"그만 해. 더 이상 그런 개인적인 문제를 가지고 나한테 전화하지 말라고. 알겠어?"

전화를 끊은 세민은 아예 핸드폰 배터리까지 빼버렸다. 한동안 끈질기게 전화를 할 것이라는 걸 이미 경험으로 알고 있었다. 세민이 그녀의 행동을 이해하고, 그녀의 아픔을 덜어주고자 노력하는데도 그녀는 그것을 곡해한 모양인지 점점 그에 대해 광적으로 집착해 그녀의 행동을 이제는 참기조차 힘들 정도였다.

'다시 한 번 확실히 해둬야겠어. 이러다가는…… 응?'

세민은 주영이 오해할까 봐 걱정하는 자신이 이해되지 않았다. 솔직히 주영이 무슨 생각을 하는지, 그녀가 시현을 어찌 생각할지 생각해 보지 않았다. 갑자기 주영에게 맞춰지는 자신의 생각 때문에 세민은 전처럼 그녀를 대할 자신이 없어졌다. 그것은 그가 느끼는 불안감하고는 또 다른 느낌이었다.

집에 도착한 뒤 벨을 누르자 이상하게도 맘이 조급해졌다. 자신은 아니라고 부인을 해도 그녀가 오해하는 부분을 잡아줘야 하지 않을까 싶은 마음에 초조감마저 들었다. 그러나 아무리 벨을 눌러도 문이 열리지가 않자 결국 자동차의 보조석에 있는 현관 키를 꺼내어 문을 열고 들어온 세민은 무언가 이상하다는 생각을 하였다. 불이 훤하게 켜져 있는 걸로 봐서는 집 안 어딘가에 주영이 있다는 말인데도 벨소리를 못 들었다는 것은? 세민은 갑자기 주영과 헤어지던 오후의 일이 생각났다.

'젠장! 그냥 보내는 게 아니었는데. 혼자 운전할 만큼 감정 정리가 안 됐던가? 사고가 났다면 연락이라도 왔을 텐데? 이런, 핸드폰을!'

세민은 불현듯 자신이 핸드폰의 배터리를 뺐다는 데 생각이 미치자 저절로 욕이 나왔다. 서둘러 이층으로 올라가려던 세민은 일층 욕실 안의 누군가가 있다는 걸 얼핏 알게 되었다. 무언가 찰박찰박하는 물소리가 그의 행동을 멈추게 만들었다.

'진주영…… 너, 지금?'

세민은 주영의 모습에 할 말을 잃은 채 쳐다만 보았다. 욕조 가득 올라온 거품 속에 그녀가 서 있었다. 연신 발을 굴러댈 때마다 묶은 머리가 강아지의 꼬리처럼 흔들거려도 뭐가 좋은지 연신 몸을 들썩이며 반복된 행동을 하고 있었다. 천천히 욕실 가까이 다가가도 그녀는 자신이 온 것을 모르고 거품 속에서 노는 아이처럼 정신없어 보였다. 자세히 보니 귓가에 꽂은 이어폰이 보였다. 점심 시간에 말한 그것, 그걸 집에서도 계속 들을 줄은 몰랐는데……. 그래서 벨소리를 못 들었나 보다. 사고가 나지 않았나 싶어 걱정했던 자신이 우스워졌다. 언제 이런 걸로 걱정을, 아니, 관심을 가져본 적도 없는 그였는데 요 이틀은 도무지 그녀 때문에 정신이 없는 것 같다. 사고가 났을지도 모른다는 생각에 긴장했던 자신의 행동을 어이없어하며 다시 그녀를 쳐다보는데, 진주영…… 그녀가 울고 있었다. 그 모습을 보자 세민은 어제처럼 자신의 가슴 한부분이 먹먹해지는 느낌을 받고 말았다. 그녀의 우는 모습을 본 게 한두 번이 아니었는데, 어제와 오늘의 주영을 보면서는 마치 다른 사람을 보는 것 같았다. 춤을 추듯 작은 동작을 생동감있게 표현하는 그녀의 몸짓과는 다르게 그녀의 슬픈 얼굴에는 끊임없이 눈물이 흘러내리고 있었다. 다소 거친 동작으로 눈가를 훔친 그녀는 손에 묻은 거품이 아무래도 눈에 들어갔는지 인상을 찡그리며 엉거주춤한 자세에서 욕조 밖으로 나오려고 했다. 세민은 저도 모르게 성큼 그녀에게 다가가 그녀의 팔을 잡아주었다. 미끄러운 타일 바닥에 비누 거품을 묻힌 주영이 넘어질지도 모른다는 생각에서 저도 모르게 생각보다 몸이 먼저 나간 그였다.

"헉, 누, 누구예요? 세, 세민 씨?"

"그래, 나야. 조심해. 자, 여기 세면대야."

눈이 따가웠는지 급히 물을 틀어 연거푸 세수를 한 그녀의 옆에서 세민은 저도 모르게 수건을 들고 그녀가 다 씻기를 기다리고 있었다.

'내가 지금 뭘 하고 있는 거지?'

진주영, 그녀가 씻기를 기다리며 옆에서 수건이나 들고 있다니. 세민은 다 씻은 그녀의 손에 수건을 건네주고는 바로 욕실을 나와 버렸다. 이상했다. 자신의 행동이, 마음이 도무지 종잡을 수 없을 만큼 이해가 안 되어 화가 났다. 잠시 후, 물소리가 들리더니 어느새 발을 닦았는지 거품을 걷어낸 다리로 주영이 욕실에서 나왔다.

"일찍 오셨네요? 늦을 줄 알았는데……."

조그맣게 한 소리였지만 세민의 귀에는 크게 들렸다.

"내가 만날 늦는 사람인가? 피곤하군. 저녁 좀 챙겨줘."

자신을 쳐다보지도 않고 서둘러 자신의 방으로 들어가 버린 세민을 보면서 주영은 당황하고 말았다. 저녁을 먹기에는 약간 이르다 싶은 시간이고, 결정적으로 저녁 준비를 전혀 하지 않은 그녀였다. 반찬이야 어제 것을 그냥 내어놓는다고 해도 밥하고 국이 없었다. 지금 당장 준비한다 하더라도 삼십 분 정도는 걸릴 것이다. 하지만 그 무엇보다 자신을 쳐다보지도 않고 밥 달라고 말하며 들어간 세민이 몹시도 밉게 느껴져 하기 싫었다.

'내가 밥해주는 기계도 아니고, 일찍 들어오면 그런다고 전화 한 통을 주든지.'

생각지도 않은 반발심이 마구 생기자 주영은 왠지 심술이 났다. 이제껏 참았던 그 인내심은 모두 어디로 갔는지, 자신도 모르게 울컥하니 뭔가가 가슴을 치고 올라왔다. 그래서 저도 모르게 다가가 몇 달 만에 처음으로 세민의 방문을 벌컥 열고 들어갔다. 하지만 이내 보이는 세민의 모습에 놀라고 말았다.

'이, 이런!'

세민이 방 안에서 옷을 갈아입을 것이라는 걸 왜 생각하지 못했을까? 이미 와이셔츠까지 모두 벗고 씻을 준비를 마친 그의 벗은 상반신이 너무도 뚜렷하게 눈에 와서 박혔다. 언제 운동을 하는지는 모르지만 세민의 몸은 몸 가꾸기에 열심인 연예인들 이상이었다. 하지만 이상하게도 그의 벗은 몸을 보면서 가슴이 뛰기보다는 화가 났다. 그의 생활 패턴은 예나 지금이나 변한 것이 없는데, 오직 자신만이 죽었다 살아남기를 반복하는 것 같아 너무도 억울한 생각이 들었다.

'난 이렇게 힘들어 죽을 것 같은데, 저 남자는 모든 것이 너무나 여유롭고 태평해. 그래서 화가 나. 억울해서 미칠 것 같다고!'

그를 향해 짐승처럼 달려들어 욕을 하고 할퀴고 싶었다. 자신이 힘든 만큼, 아니, 내가 힘들어한다는 것을 알려주고 싶었지만 그 모든 것이 소리 내어 나오진 않았다. 익숙한 침묵과 절망감에 주영은 겨우 숨을 참는 것이 고작이었다. 항상 그래 왔듯이 말이다.

"뭐야?"

짜증스러운 말투에 주영은 저도 모르게 오기가 생겨 퉁명스레 말을 내뱉고 말았다.

"밥 없어요. 국도 안 끓이고 시간도 일러서 아직 저녁 준비가 안 됐어요. 그리고 나도 빨래하느라 힘들어서 저녁 못해요. 난 안 먹어도 되니까 정 배고프면 뭐든 시켜줄 테니, 말하세요. 그게 싫으면 나가서 먹고 오든지."

자신이 말하면서도 진주영 네가 정말 미쳤구나 싶은 생각이 들었지만 입에선 말이 쉴 새 없이 흘러나왔다. 그녀의 말에 황

당한 듯 두 눈을 크게 뜨고 그녀를 쳐다보는 세민은 할 말을 잃은 듯 한동안 말을 잇지 못했다.

"뭐? 뭘 시켜준다고?"

"밥이요, 밥. 몰라요? 요샌 다 시켜 먹어요. 그게 훨씬 빨라요. 시켜 먹는 음식이 맘에 안 들면 나가서 좋아하는 음식 사 드시고 오세요. 오늘 밥 없어요!"

'쾅' 소리가 나게 세민의 방문을 닫은 주영이 자신의 방으로 급히 올라갔다. 심장이 벌렁거리고 손이 가늘게 떨리는 것을 참느라고 너무나 힘이 든 그녀였다. 자신의 방 안으로 들어와 문을 잠그고 나서야 겨우 숨을 쉴 수가 있었다.

'아무리 화가 나도 그렇지. 하지만 그의 말이 너무 싫었어! 그래, 잘한 거야, 잘한 거라고.'

갑자기 웃음이 나왔다. 자신이 그를 놓는다는 것, 연습 이상의 효과를 본 것 같아서 기분이 좋아진 그녀는 세민이 들을세라 입을 막고 웃음을 참으려고 노력했다. 하지만 시원했다. 말로 표현할 수 없을 정도로 통쾌했다. 스스로 눈치 보며 살았던 지난 일 년 동안의 모든 스트레스가 이 행동 하나에 확 뚫린 것마냥 주영은 오랜만에 시원한 웃음을 터뜨렸다.

'하하하, 우습네, 정말. 이렇게 행동하는 나를 이해 못하겠지. 예전에 그랬던 것처럼 지금도. 하지만 이제 보아주길 기다리는 어리석음만큼은 버릴 거야.'

그를 여전히 사랑했다. 하지만 그를 사랑하는 만큼 더욱 커져

가는 자신의 상처가 벌어져 그에게로 향하는 눈길을 잡고 놔주질 않았다. 자신의 상처가 커다란 아가리를 벌여 그녀의 마음을 먹어버려 못 느끼듯 주영은 점점 그에 대한 사랑이 원망으로 바뀌기 시작했다.

'이젠 아무래도 상관없어. 이혼도, 사랑도, 그게 다는 아니잖아. 날 바라보지 않아도 좋아, 나도 당신을 생각하지 않을 거니까. 하지만 내가 힘든 만큼 당신도 힘들었으면…… 좋겠어. 후후, 바보 같지만 나 때문에 고민하는 당신을 생각하는 것만으로도 이런 기분이 드네.'

다분히 유치하고 억지스런 생각에 주영은 스스로를 비웃었다. 어린애도 아니고 이런 걸로 기분이 좋아지다니. 하지만 굳이 어른인 척, 다 이해하는 척, 넓은 마음을 가진 척할 필요가 없다는 생각이 들었다. 이제는 그렇게 조용하지도, 수동적으로도 안 살 거라고 마음먹자 홀가분한 마음이 들었다.

주영은 그런 생각을 하면서 침대에 누워 몸을 뒹굴뒹굴 굴리다가 다시 일어나 앉아서 조심스레 다시 일층으로 내려갔다. 어찌 되었든 간에 하던 빨래는 마저 해야 되니까 말이다.

세민은 씻지도 않고 한동안 서서 자신이 지금 무슨 소리를 들었나 생각해 보았다. 정말 자신에게 그렇게 말한 이가 자신의 아내, 진주영이란 여자가 맞는지 의심이 들었다.

'날보고 뭘 하라고? 시켜 먹든지 나가서 먹고 오라고? 기막

히군. 이 여자가 대체 지금 뭘 하자는 거지? 나한테 뭘 보여주겠다는 거냐고, 젠장!'

샤워실로 들어가 간단히 씻고 나온 세민이 간편한 복장을 하고 서둘러 거실로 나왔다. 대체 왜 이렇게 변한 건지, 자신에게 이렇게 대하는 이유가 뭔지 물어봐야겠다는 생각뿐이었다.

그리곤 이내 좀 전에 그랬던 것처럼 열심히 이불을 빨고 있는 그녀를 보았다. 세로 줄무늬가 들어간 짧은 반바지를 입고, 몸에 딱 붙는 긴 팔인지 짧은 팔인지 구분도 안 가는 티셔츠를 입고 열심히 발을 놀리는 주영의 다리가 무척이나 매끈하게 보였다. 약간은 마른 듯한 그 다리를 짧은 반바지가 거의 허벅지 끝부분만을 가려주는 것도 모른 채 주영은 정말 열심히 그것을 밟고 있었다. 그녀가 움직일 때마다 셔츠 안의 가슴이 같이 움직이고, 그녀의 다리가 들릴 때마다 세민은 저도 모르게 심장 박동수가 빨라졌다.

그것을 아는지 모르는지 주영은 여전히 정신없이 밟고 또 밟기만 했다. 세민은 주영의 행동을 보는 내내 점점 커져만 가는 갈증을 느꼈다. 어이없게도 섹시하다는 느낌과는 너무도 동떨어진 그녀의 모습에서 말이다. 비눗물에 번들거리는 그녀의 다리가 유독 그의 눈에 박혀 떠나지 않았다.

세민은 주영의 행동을 계속 지켜보다 순간 이상함을 느꼈다. 정신없이 이불을 밟고, 밟고, 또 밟고, 자신이 집에 들어온 지 삼십 분이 넘었으니까 적어도 그 이상을 밟기만 했다는 얘기다.

도무지 멈출 줄을 몰랐다.

'저거, 저러다 이불 찢어지는 거 아냐? 알지도 못하면서 무조건 밟는 거 아니야?'

세민은 주영의 지금 모습이 어린아이들이 재미난 행동을 한 뒤, 계속해서 그 행동만 하려 하는 것과 같아 보여 어이없는 웃음이 나왔다.

"언제까지 할 거야?"

"뭐라고요?"

"언제까지 밟기만 할 거냐고. 이제 그만 거품 제거하고 헹궈야 되지 않아?"

세민의 말에 행동을 멈추고 나니 그제야 침대 시트가 망가지지 않았을까 하는 걱정이 들기 시작했다. 하지만 세민의 말을 인정하기는 싫어 주영은 짐짓 아무렇지 않다는 듯이 대꾸를 한다.

"그것 하나 모를까 봐요? 다 생각하고 한 거니까 걱정 말아요."

평상시의 주영이라면 절대로 세민의 말에 대꾸를 하거나 이리 퉁명스런 말투를 쓰지는 않을 것이다. 위태위태하게 욕조에서 나온 그녀가 욕조 마개를 찾으려고 고개를 숙이자 그녀를 계속 지켜보고 있던 세민은 헉하고 숨을 삼켰다. 딱 붙는 짧은 반바지가 그녀가 허리를 숙이는 바람에 더욱 올라가 버려 속옷이 보일 정도였다. 비누가 묻어서인지 반들반들 윤이 나는 다리가 세민의 눈에는 정말로 예뻐 보였다. 세민은 그녀의 모습에서 눈을 못 떼고 넋 놓은 사람마냥 그녀의 다리를, 작고 탄탄한 엉덩이를 보며 자신의 몸이 저절로 반응을 하려 하자 당황했다. 웃기는 일이었다. 그녀의 저런 모습, 아니, 그 이상의 행동을 보고도 마음이 움직이지 않던 그였는데, 지금은 그녀의 작은 행동 하나하나에도 몸이 저절로 움찔거리며 반응을 해댄다. 세민은 자신이 변한 것인지, 아니면 주영이 변한 것인지 도무지 알 수가 없자 골치 아프다는 듯이 머리를 흔들었다.

주영은 욕조의 마개를 빼내고 거품 물이 빠지기를 기다리며 허리를 폈다. 여전히 자신의 뒤에 서 있는 저 남자는 뭘 보고 있는 것일까 싶어 뒤돌아보았더니, 인상을 찡그리며 욕조 안을 들여다보고 있었다. 주영은 그를 한번 흘깃 보고는 습관처럼 저만치에 서 있는 커다란 괘종시계를 보았다. 저녁 시간이 다 된 시각이라 다시 한 번 세민에게 물어봐야 할 것 같았다.

"저녁 어떻게 할 거예요?"

"뭐?"

답답하다는 듯이 주영이 그를 쳐다보고는 이내 한숨을 내쉬었다. 저 남자, 대체 시켜먹는다는 의미를 알기는 할까?

"저녁이요, 저녁. 집에 밥 없으니까 어떻게 할 거냐고요. 배고프다면서 거기 서 있기만 하면 어떡해요? 배 안 고파요?"

주영의 말에 세민은 순간 자신이 왜 이곳에서 주영이 나올 동안 기다렸는지 그 이유를 생각해 내고는 이내 그가 궁금해하는 질문을 던지려 했다. 하지만 주영의 다음 말 때문에 세민은 자신이 질문하고자 하는 요지마저 잊고 말았다.

"시킬 거면 내 것도 같이 시켜줘요. 집안일을 했더니 힘드네요. 나가서 사 먹고 올 거면 올 때 요기될 만한 걸로 하나 포장해서 갖다 주든지……."

세민은 주영의 말에 저도 모르게 입이 벌어지고 말았다. 별말 아니라는 투로 자신에게 던진 저 말의 뜻은 세민이 듣기에 절대로 평범한 말이 아니었기 때문이다. 황당히디, 횡뎡한 일 지고 오늘처럼 황당하고 기막혀 보기는 세민 역시 처음이었다. 자신이 들은 말을 대체 어떻게 해석해야 하는 건지…….

'대체 뭘 하자는 거지, 진주영? 내게 이러는 이유가 뭐냐고?'

세민은 어정쩡한 자세로 도무지 정리가 되지 않고 있는 자신의 감정을 먼저 수습하려고 노력했다. 요사이 '대체 왜 이러는 거야?' 라는 생각이 머리에서 떠나지 않는 것이 아무래도 자신에게 문제가 있는 것이 아닌가 하는 생각마저 들 정도였다.

"당신 방의 침대 시트 빨 거면 이번 일요일 날 해요. 아줌마는 다음 주까지 어머님 쪽으로 출근하라고 제가 말했어요. 그리고 어머님한테 전화 왔어요. 이번 주에 집에 들르시라네요."

"그래? 그러지 뭐. 그나저나 당신 말이야……."

세민은 주영의 지금 행동이 마치 산전수전 다 겪은 중년의 아줌마들이 하는 행동을 그대로 흉내 내는 것 같다는 생각이 들었다. 말투며 행동까지 모두가 그가 알고 있는 주영이 아니었다.

갑자기 저리 변한다는 건 그만한 계기가 있었다는 것일 테고, 아무래도 자신에게 일부러 보란 듯이 행동하는 것처럼 보여 한편으론 웃음마저 나오고 말았다.

'나에게 뭘 보여주겠다는 건지, 어디 한번 보자고. 시작은 당신이 한 거야. 나는 그저 모른 척할 뿐이라고. 언제까지 갈지 기대하지.'

주영이 찾은 새로운 놀이, 세민은 주영의 행동을 단순히 그렇게 생각하기로 했다. 그렇지 않다면야 자신에게 이리 대할 그녀가 아니었기 때문에 세민은 별로 탐탁치는 않지만 그녀가 이 놀이에 지칠 때까지 그냥 지켜보는 쪽으로 결정을 했다.

"그래, 뭘 먹을 건데?"

"뭐라고요?"

"저녁 말이야. 사다 달라며? 뭘 사오냐고 묻는 거잖아. 당신 말처럼 이왕이면 요기가 될 만하고 먹고 싶은 게 나을 테니 말이야. 근처에 일식집 있던데, 초밥이라도 사 올까?"

주영은 그렇게 말하는 세민을 멍하니 쳐다보았다. 지금 말한 사람이 자신이 알고 있던 세민인지 정말 믿지 못하겠다는 표정으로 말이다.

'이 남자, 지금 제정신이야?'

주영은 자신에게 말을 거는 세민의 정신상태가 의심스러웠다. 잘난 척하고, 오만하며, 항상 남을 무시하는 듯이 행동하던 그가 이런 식으로 말하리라고는 정말 생각도 못한 그녀였다.

"이것 봐, 대답을 해야 사 오든지 말든지 할 거 아냐? 나, 지금 배고프다고."

"아, 그, 그러죠 뭐. 초밥 괜찮네요."

"그래? 그럼 갔다 오지. 그런데 말이야, 이건 내가 정말 말도 안 된다고 생각은 하지만, 혹시나 해서 묻는 건데 말이야. 내 침대 시트, 그거 설마하니 나한테 빨라는 그런 말도 안 되는 얘기는 아니지?"

세민은 특히 '말도 안 된다' 는 말을 반복저으로 강조하면서 주영을 쳐다보았다. 그 순간, 주영은 자신도 모르게 픽 웃고 말았다.

"왜 못해요? 덩치는 커다래 가지고 그것 하나 못 빨아요? 그럼 하지 말아요. 세탁기로 빨아도 돼요, 그건."

주영의 말에 세민의 얼굴이 시시각각으로 변해갔다. 주영의 말투도 거슬렸지만, 자신에게 말하는 투가 꼭 비웃는 것 같아서 세민은 급기야 한소리를 하고 말았다.

"당신, 지금 그게 무슨 말투야? 그리고 세탁기로 빨아도 되는 거면 뭐 하러 이 시간에 밥도 안 하고 그 짓거리를 하고 있는 건데, 엉?"

"어머, 이건 세탁기로 돌리면 망가져요. 그리고 당신 것은 세탁기로 돌려도 되는 거거든요."

'이, 이…… 이, 여우 같으니라구!'

웃으면서 조목조목 말하는 그녀를 보면서 억울하고 얄밉지만, 그는 주영의 말에 수긍할 수밖에 없었다. 그렇다고 놀림받는 것 같은 기분이 없어지는 건 아니었다. 빨래에 대해선 아는 게 없는지라 그녀의 말에 반박할 수가 없던 그로서는 입을 꾹 다물 수밖에 없었다.

휙 몸을 돌려 현관을 나가는 세민을 보면서 주영은 자신도 모르게 웃음이 나왔다. 주영은 커다란 대야를 갖고 와 이불을 넣은 뒤 급히 세탁기로 가서 탈수를 시켰다. 거품이 다 빠지고 나면 훨씬 헹구기가 쉬울 것이다. 저절로 콧노래를 부르며 세탁실을 나오는데 거실의 전화가 울려 수화기를 들었다. 하지만 이내 들려온 목소리에 가면을 쓴 것처럼 얼굴이 굳었다.

"무슨 일이에요, 이 시간에?"

[세민 씨 없어요? 세민 씨 좀 바꿔주세요.]

다짜고짜 전화해 세민을 찾는 시현에게 주영은 화가 났지만 오늘만큼은 기분 좋게 하루를 마감하고 싶었다.

"지금 집에 없어요."

[진주영 씨, 거짓말하지 말아요. 세민 씨 집에 간 거 다 알아요.]

"내가 왜 당신한테 거짓말을 해요? 그이 집에 들어온 건 맞는데 뭐 사러 잠시 밖에 나갔어요. 됐어요?"

[그러지 말고 세민 씨 바꿔줘요.]

너무나 당연한 듯 전화를 걸어 세민을 찾는 시현의 행동에 주영은 저도 모르게 발끈하고 말았다. 다 이해하고 털어버렸다고 생각해도 여전히 감정의 찌꺼기는 남아 있었는지 시현의 이런 행동은 겨우 다독여 놓은 주영의 상처를 건드렸다. 주영은 시현이 이리 막돼먹게 나온다면 자신 역시 그렇게 대해주리라 마음먹었다.

"이것 봐요, 시현 씨. 여긴 당신이 이 시간에 아무렇지 않게 전화할 곳이 아닌 걸로 아는데, 내 말 틀려요? 그리고 당신이 찾는 남자는 아직까지는 내 남편이고, 당신의 상사라는 사실을 인지했으면 좋겠어요. 당신이 말한 세민 씨라는 사람, 지금 서녁에 먹을 초밥 사러 나가고 없어요. 이제 궁금증이 풀렸나요? 됐어요?"

잠시 동안 수화기 너머로 급한 숨을 쉬는 시현의 소리가 들렸지만 주영은 애써 무시했다. 사람이 아주 밑바닥까지 떨어지고 나면 더 이상 잃을 게 없으면 무서울 것도 없다는 말이 사실이긴 한 모양인가 보다. 이미 더 잃을 것도 없다 싶으니, 예전에 그렇게 눈치 보고 말대꾸조차 못하던 상대마저 우습게 보이니 말이다. 무언가를 더 얘기하려는 시현의 말을 자르며 주영이 차갑게 말문을 열었다.

"그리고 전화 받은 상대방이 누군지, 당신의 위치가 어딘지 정도는 생각하고 말했으면 좋겠네요. 그럼 적어도 이런 실례는 하지 않을 테니까요."

주영이 그렇게 말하자 수화기 너머에선 아무 소리가 들리지 않았다. 주영은 웃음이 나왔다. 해놓고 보니 정말 별거 아닌데,

그렇게 바보처럼 만날 당하고 울기만 했다니, 주영은 지난날의 자신이 무척이나 바보처럼 느껴졌다.

"세민 씨 오면 내가 전해는 주죠. 하지만 얼마나 급한 일인지는 모르지만 다음부터는 그이 핸드폰을 이용해요. 이 집 전화는 그이 혼자 쓰는 게 아니니까요. 알았어요?"

수화기를 내려놓으며 주영은 나오는 웃음을 삼켰다. 이렇게 시원하게 시현을 대해본 적도 없었지만, 아직까지는 자신이 세민의 부인이라는 것이 그렇게 다행일 수가 없었다.

"잘했어, 진주영! 그래, 이런 식으로 해나가면 되는 거야. 움츠리지 마. 당당해지라고, 네 스스로에게 당당해지란 말이야. 알겠니?"

"뭘 알아?"

"악!"

"왜 그렇게 놀라는 거야?"

세민 자신도 놀란 듯 주영을 보며 다가오는 그의 손에는 종이 가방이 들려 있었다. 주영은 급히 기침을 하며 서둘러 입을 열었다.

"제발 인기척 좀 내요. 사람 놀라는 거 안 보여요?"

"뭐? 참나, 내 집에서 내가 인기척을 뭐 하러 내? 그리고 혼자서 뭐라고 중얼거리는 거야?"

"아, 아무것도 아니에요. 그거 초밥이에요?"

"아, 그래. 어서 먹지. 배고프다고."

“한 끼 굶는다고 안 죽어요.”

세민의 손에서 종이 가방을 받아 들고 종종걸음으로 식탁으로 향하는 그녀를 보면서 세민은 이마를 짚고는 한숨을 쉬었다.

'저런 소린 또 어디서 들은 거야?'

세민이 알고 있는 주영은 저런 말투나 행동을 할 여자가 아니었다. 항상 단정하고, 조신하고, 차갑고도 약간은 속물적인 근성이 다분한 여자. 세민이 알고 있는 주영은 그러했었다. 적어도 며칠 전까지는 말이다. 도무지 저렇게 행동하는 주영을 어쩌지를 못하고 인상을 쓰는 세민이지만, 생각만큼 기분이 나쁘지는 않았다. 오히려 너무도 발랄하다 못해 어디로 튈지 모르는 그녀의 다음 행동이 궁금하기까지 했다. 저도 모르게 그녀의 뒤를 따라가며 웃는 세민은 속으로 말한다.

'유세민, 네가 미친 건지, 아니면 저 여자가 미친 척하는 건지 모르겠다. 휴우, 하지만 생각보다 재밌긴 하군.'

짐작을 할 수 없게 만드는 주영의 말투와 행동, 그것이 세민에게 끊임없는 궁금증과 관심을 갖게 만든다는 걸 주영과 세민은 몰랐다. 다만, 서로 '저것이 대체 왜 저러는 거지?' 라는 생각만을 할 뿐이었다.

식탁 위 포장된 초밥을 내려놓자 주영은 자신도 몹시 배가 고팠음을 느꼈다. 예쁜 모양에 색깔마저 고운 초밥들을 가지런히 놓고 나니, 입 안에 침이 저절로 고였다. 실로 오랜만에 느껴보는 식욕인지라 주영은 눈앞의 것들을 빨리 먹고 싶은 마음뿐이었다.

　세민은 맞은편 식탁 의자에 앉아 눈을 빛내며 초밥을 뚫어져라 쳐다보는 주영을 보고는 저절로 흐뭇해졌다. 나무젓가락을 들고 나서 그가 앉기만을 기다리는 그녀의 모습은 마치 케이크를 앞에 둔 아이 같다는 생각에 저도 모르게 웃고 말았다. 오늘따라 그녀가 아이처럼 보여 세민을 당황스럽게 했지만, 결코 싫지 않은 상황인지 세민 역시 좋은 감정이 들었다.

　"어서 먹어요, 배고프다면서요."

　그렇게 말하며 초밥을 집어 입 안에 넣는 주영의 얼굴이 활짝 펴졌다. 알싸하니 퍼지는 와사비의 향과 시원한 생선살의 부드러운 느낌에 초밥이 저절로 넘어가는 것 같아 주영은 급히 그것을 삼켰다.

　"음, 맛있네요. 쳐다만 보지 말고 어서 먹어요."

　재차 채근하며 또 하나를 집어 든 주영을 보면서 세민은 오늘 그녀 때문에 자신이 자주 웃었다는 것을 알았다. 주영은 주영인데 자신이 알던 주영이 아닌 너무도 다른 모습에서 세민은 점점 호기심보다는 호감이 가기 시작했다. 초밥을 먹으면서 세민은 맛있다는 듯이 소리까지 내며 먹는 그녀가 그렇게 예뻐 보일 수가 없었다.

　식사를 마치고 가스레인지에 물을 올려놓으며 주영은 세민을 쳐다보았다. 항상 밥 먹은 후엔 어디론가 사라지던 그가 계속해서 식탁에 앉아 있자 의아한 듯 쳐다보았다.

"안…… 들어가요? 일 안 해요?"

주영의 말에 다시 기분이 상해 버린 세민이었지만 짐짓 아무렇지 않다는 듯이 신문을 쳐다보며 말을 했다.

"차 탈 거 아닌가?"

"그래요. 차 한 잔 드려요?"

"그래. 같은 걸로."

'같은 거?'

주영은 순간 웃음이 나왔다. 자신이 뭘 마실지 알고나 저러는 건지. 주영은 커피를 마시려던 생각을 지우고 이층 싱크대에서 코코아를 꺼냈다. 그리고 커다란 초콜릿도 꺼내놓으며 자신도 모르게 음흉스런 웃음을 지었다. 자신이 알기로 남자들은 단것을 별로 즐겨하지 않는다. 더군다나 세민은 커피 역시 설탕을 넣지 않고 마신다는 것을 익히 알고 있는 그녀였다. 커다란 머그잔에 코코아를 듬뿍 넣고 평소에 먹던 초콜릿보다도 더 많은 양을 넣은 뒤 그녀는 기분 좋게 소리를 울리는 주전자를 불 위에서 내려 두 잔에 가득 따랐다. 달콤한 향내가 주위를 진동하자 보란 듯이 일부러 소리 내어 저어 아무렇지 않다는 표정으로 그중 하나를 세민에게 내밀었다. 신문을 보느라 제대로 확인을 안 하고 그것을 입으로 가져가는 세민을 보고는 주영은 서둘러 그 자리를 빠져나왔다.

'윽! 이, 이게 뭐야, 대체?'

커피라 생각했는데 아니었는지, 한 모금 입에 문 그것은 설탕 덩어리를 먹은 듯했다. 세민은 고개를 들어 주영을 찾아봤지만 이미 그녀의 모습은 부엌에서 사라지고 없었다.

"젠장, 대체 뭘 넣은 거야?"

그 소리를 들은 주영은 킥킥거리며 맛있다는 듯이 코코아를 마시면서 이층으로 올라갔다.

제3장 *신경전*

다음날 아침 출근 준비를 하는 세민은 여전히 속이 울렁거림을 느꼈다. 단지 그런 생각이 드는 건지 정말 그 한 모금 마신 그 이상한 액체 때문인지는 모르지만, 속이 좋지 않은 것만은 사실이었다. 준비를 마치고 방문을 나서자 부엌에서 무언가를 하는 주영의 뒷모습이 보였다. 처음엔 그녀가 입은 옷에 신경 쓰지 않던 그였지만, 가까이 다가갈수록 그녀의 옷차림이 이상하다는 것을 알았다.

'대체 저건 또 무슨 옷이지?'

세민의 눈에 보이는 주영의 모습은 차마 옷이라 부르기 민망한 것이었다. 적어도 세민의 상식으로는 상의의 팔 길이가 다르거나 혹은 바지의 밑단 색이 다르다는 것은 있을 수도 없는 일이었다. 더군다나 길면 세탁소에 맡겨 수선을 하든지 하지 한 뼘 정도나 되는 바짓단을 그냥 접어 입고 있는 그녀의 뒷모습은 정말 이상해 보였다. 인기척을 느낀 것인지 주영이 뒤를 돌아보았다. 새삼스레 아침 인사를 하는 것도 어색했지만 그가 건네는 인사에 주영의 작은 얼굴의 더 작은 입술이 삐죽이는 것이 보였다. 그 모습에 순간적으로 욱 하고 큰 소리를 낼 뻔한 세민은 겨우겨우 그 마음을 참았다. 자고로 애와 같이 있다 보면 애가 된다는 그 말이 정말인 듯 주영의 행동에 저도 모르게 말려드는 것 같아 스스로 정신을 차리려 노력했다.

'지금…… 나랑 장난하자는 건가? 대체 아침부터 그 모양새도 그렇고 인사도 안 해?'

왜 주영의 행동이 하나부터 열까지 눈에 걸리기만 하는 걸까? 왜 전처럼 무시하고 아무렇지 않게 넘어가질 못하는 걸까? 자신에게 보란 듯이 말하고 행동하는 그녀의 의도는 뻔하다 해도 그마저 그렇게 휘말려 들긴 싫었다. 하지만 이상하게도 신경이 쓰이고 눈길이 머무는 것은 어쩔 수가 없다며 세민은 요새 들어 부쩍 는 한숨을 아침부터 내쉬었다.

"뭘 하는 거지? 아침 준비를 하는 건가?"

연신 주영의 위아래를 훑어보며 미묘한 표정을 짓던 세민의 앞에 주영이 덜컥 내놓은 것은 여러 가지 색깔이 들어간 밥 같기도 하고, 아닌 것 같기도 한 정체가 불분명한 것이었다. 멀뚱

하니 서 있다가 그녀가 내미는 것을 받아 든 세민이 이게 뭐냐는 눈빛으로 쳐다보자 그녀는 비닐 장갑을 벗으며 흔쾌히 대답하는 그녀였다.

"아침 안 먹는 거 알아요. 하지만 어제저녁 초밥을 얻어먹었으니, 오늘 아침은 그 답례예요. 그래야 공평하지요. 어서 먹어요."

'공평한…… 답례라고?'

세민은 주영의 말을 이해할 수가 없었다. 항상 기대고 의지하려고만 하던 그녀의 입에서 서로에게 공평해지자는 말이 나올 줄은 상상도 못했다. 세민은 주영을 바라보며 묘한 표정을 지은 채 생각에 잠겼다. 그녀의 이런 행동을…… 어떻게 받아들여야 하는 걸까?

그녀가 왜 이렇게 행동하는지도 궁금했지만 솔직히 그녀의 다음 행동이 더 궁금했다. 세민은 자신 앞에 접시를 내미는 주영을 보면서도 여전히 좀 전의 표정을 풀지 못하고 있었다. 당혹스럽다기보다는 이 두근거리는 느낌은 뭘까? 그녀의 작은 동작 하나까지 쉽게 눈을 못 돌리는 자신을 어떻게 생각해야 하는지 세민은 변화되는 주영보다 자신의 행동이 더욱 불안하다고 느끼며 한숨을 쉬었다. 그런 세민의 눈에 주영이 건넨 접시 위로 시선이 옮겨갔다.

'이걸 대체 뭐라고 불러야 하는 거지?'

주영의 말로는 자신이 받아 든 접시에 있는 것이 아침이라는 것, 먹는 것이라는 건데 세민이 보기에는 영 먹을 수 있는 것으로 보이지가 않아서 불안했다. 동그랗게 말은 그 안에 뭐가 들어 있을지도 모르고, 색깔도 여간 화려한 것이 그나마 있던 식욕마저 싹 달아나게 한다.

"이게…… 먹는 거라고? 대체 이 음식 같지 않은 것의 정체는 뭐지?"

못 믿겠다는 듯이 접시에 놓은 그것과 주영을 번갈아 쳐다보는 세민을 향해 주영이 자랑스럽게 뱉은 말은 세민을 기절하게 만들기 충분했다.

"오색 주먹밥이에요. 뭐, 있는 거 대충 넣어 만든 건데 보기보다 맛이 괜찮아요."

접시 위에 놓인 것을 의심스럽게 쳐다보자 주영이 탁 소리가 나게 주스 잔을 내려놓았다.

"참나, 설마 먹고 죽을 것을 줬을까 봐 요리조리 훑어봐요? 내가 이미 먹었는데 끄떡없었어요. 그러니 그만 의심하고 먹어요. 안 죽어요, 이런 거 먹고도."

주영이 일부러 퉁명스레 말을 하자 세민은 인상은 점점 굳어갔다. 세민으로서는 주영의 이런 모습은 생각지도 못했기에 이렇게 행동하는 주영을 어찌 대해야 할지 망설여졌다. 그녀가 먹었다는 것은 그녀의 입을 보면 말을 안 해줘도 알 수 있었다. 번들거리는 입술과 간간이 묻어 있는 통깨들. 자신의 앞에서 이리 망가진 모습을 보이고도 아무렇지 않다는 건지, 흔히들 말하는 것처럼 여자임을 포기한 것인지 세민은 이해가 안 갔다.

'보기 좋고 먹기 좋은 음식만 먹고 어떻게 살아? 이것저것 되는 대로 먹을 줄도 알아야지. 융통성이 없으면 눈치라도 좀 빠르든지.'

주영은 주먹밥을 먹으면서 속으로 세민의 흉을 보았다.

세민은 차마 먹기 싫다는 말을 꺼내지 못하고 있었지만, 그렇다고 선뜻 먹을 생각도 못하고 있었다. 세민은 그저 주영만 놀랍다는 듯 쳐다보고 있었다. 주영이 살벌한 분위기를 풍기면서 천천히 주먹밥을 으깨 먹는 모습이 마치 다른 누군가를 잡아 통째로 씹어 먹고 싶다는 표정 같아서 순간적으로 섬뜩하기까지 했다.

'진주영, 나에게 뭘 보여주고 싶은 거지? 고의적으로 날 이렇게 대한다는 거 알아. 대체 왜 이러는 건지 이유라도 알 수 있으면 좋겠군!'

주영은 주스를 급히 마신 뒤, 찬찬히 세민을 관찰했다. 그의 행동에 썩 기분이 좋은 것은 아니었다. 실상은 어제 무리하게 집안일을 해서인지 일어나기 힘들었던 그녀였고, 출근하는 그를 안 보기도 뭣해서 내려와서 겸사겸사 만든 것이 주먹밥이었다. 그래도 생각해서 이것저것 넣고 만든 건데, 세민의 반응은 마치 '이런 걸 어떻게 먹어?' 라고 뜻을 적나라하게 내비쳐 생각보다 강하게 말이 나오고 말았다. 식성이 까다로운 사람이니만큼 난처해하는 모습을 보였지만, 그와는 반대로 기분이 좋아지는 것은 어쩔 수가 없었다. 아무래도 근래에 심술보 하나를 몸 안에 만들었나 보다.

'내가 대체 왜 이러는 걸까? 그하고 싸움이라도 하고 싶은 거니? 진주영, 그만 해라. 그런다고 저 사람이 네가 힘들었다는 거 알아줄 사람도 아니고 너만 더 초라해지는 거니까.'

자꾸만 그를 골려주고 싶은 생각이 들었다. 항상 약자 입장에서 참아왔던 것들을 모조리 뒤엎어서 그대로 그에게 해주고픈 마음이 새록새록 드는 것이 아무래도 나는 현모양처보다는 악처가 될 모양이다. 하지만 화병 생기는 현모양처보다야 속 편한 악처가 차라리 낫다는 생각이 들었다. 약간 걱정이 되긴 하지만 말이다.

밥을 먹다 말고 긴 한숨을 쉬며 목이 막힌 듯 잔에 있던 주스를 모조리 마시는 주영을 보자 세민은 한편으로 더욱 위축되었다.

'이걸 대체 먹어야 하나? 저렇게 노려보면서 먹고 있는데 안 먹을 수도 없고. 젠장, 차라리 아침을 안 먹는 게 낫지, 매일 이러면 어떡하라고?'

한 번은 눈 딱 감고 먹을 수 있다. 하지만 그것이 두 번 되고 세 번 되는 것은 금방이라는 것을 잘 알았기에 치사하게 생각될지 몰라도 기선제압을 위해선 안 될 것 같다는 생각이 들었다.

"주먹밥…… 이라고?"

세민은 군대를 제대한 이후 주먹밥을 먹어본 적이 없었다. 그리고 결정적으로 세민은 여러 가지가 섞인 음식, 즉 비빔밥, 볶음밥과 같은 것들은 절대로 먹지 않았다. 밥도 오로지 흰밥만을 먹기 때문에 그 흔한 잡곡을 넣는 것조차 싫어하는 편이었다. 그런데 온갖 것을 다 넣고 만든 주먹밥이라니, 더군다나 밥조차도 흰밥이 아닌 듯 군데군데 보이는 것이 콩이나 다른 것들이 들어가 있는…….

"생각이 별로 없군. 아침은 되도록 간단하게 먹는 것이 위에도 부담을 덜고 좋다고 하던데 이것은…… 좀 부담스럽지 않을까?"

세민의 말에 주영은 픽 웃고 말았다. 조심스럽게 말을 꺼내는 그의 표정으로 보아 앞에 놓인 음식을 먹고 싶지 않아하는 것 같았다. 그러니 저렇게 조심스레 말하는 것일 테고.

"먹기 싫음 할 수 없죠 뭐. 난 말이죠, 그런 걸 잘 몰라서 그런지 이런 것도 맛만 좋네요. 하긴 밖에서 좋은 것만 먹는 사람이 집에서 만든 음식이 성에 차겠어요?"

완연히 비꼬는 말투로 맞받아치자 세민의 얼굴이 확 굳어졌다. 되받아칠 말은 얼마든지 있었지만 세민은 무슨 생각에서인지 그것들을 힘들게 눌러 참는 것 같았다. 그것이 오히려 주영의 심기를 건드린 듯 혼자서 고고한 척, 어른인 척하는 그가 더없이 밉게 보였다.

"할 말 있으면 해요. 그거 참으면 병 돼요. 나도 그랬거든요. 그러니 참지 말고 말해요, 화병나서 후회하지 말고."

“젠장.”

벌떡 일어선 세민이 주영을 매섭게 노려보더니 이내 현관으로 향했다. 기분이 상한 듯 걷는 폼마저도 경직된 것이 마치 나 기분이 엄청 나빠요, 라고 하는 것 같아서 주영은 다시 한 번 웃었다. 급히 일어나서 현관 앞까지 쪼르르 달려온 주영이 그를 향해 가볍게 인사를 한다.

“잘 다녀오세요. 그리고 오늘 시부모님께 가는 거 잊지 말아요.”

“알고 있어.”

퉁명스레 말한 뒤 거칠게 현관문을 열고는 소리도 요란하게 밖으로 나가는 세민을 보면서 주영은 피식 웃고 말았다. 산처럼 높고 큰 남자, 세민을 보면서 느끼던 주영의 감정이었다. 하지만 그도 보통 사람과 별반 다르지 않다는 것, 감정을 표출한다는 것이 그녀에게는 새롭게 느껴졌다. 조금 전, 그의 행동은 그녀가 일부러 취했던 유치한 행동만큼이나 유치하게 보였다. 그걸 그 사람이 알 수나 있을까? 주영은 다시 한 번 세민이 나간 곳을 쳐다보았다.

다시 한입 가득 주먹밥을 먹으며 오늘은 뭘 할 건지를 생각하는 주영은 잠깐의 시간에 참 많이도 변한 모습이었다. 생각이 바뀌면 모든 것이 바뀐다는 것이 맞는 말처럼 주영은 모든 게 다르게 보였다. 주스를 소리 나게 마신 뒤 간단히 설거지를 끝내고 넓은 거실을 보면서 청소를 할까 하고 고민 중이었다.

'아아, 관두자. 어차피 어머님 찾아뵈면 나름대로 피곤할 텐데. 다음 주로 미루지 뭐.'

그러고 보니 어제 잔뜩 널어둔 빨래들이 생각나 가서 보니 뽀송뽀송하니 잘 말라 있었다. 별건 아니라지만, 그래도 흐뭇한 것이 자신의 손으로 이리 깨끗해진 것 같아서 없던 자신감이 생겨 버린 듯 주영은 마음마저 든든해졌다.

'허기. 잊어버릴 것이다. 난 정에 굶주린 아귀도 아니고, 주인의 정을 바라는 애완견도 아니니까. 진주영이란 이름으로 홀로 일어설 것이다.'

마음은 그런데 이상하게도 웃음보단 울음이 울컥하니 올라왔다. 왜 울음이 나는지 모르지만, 내 삶의 정화를 위해서 흘리는 거라 생각키로 했다. 이제는 나 자신을 위해 울고, 나 자신을 위해 음식도 만들 것이다. 그렇게 위안하며 마음을 추스르지만, 세민의 비웃는 듯한 눈빛에 다친 마음만은 쉽게 치료되지 않을 것이라는 걸 잘 아는 주영이었다.

사랑이라는 거 별거 아니라고, 남편이라는 것도 사실상 알고 보면 서류상만 그럴싸한 존재라고 그렇게 생각하기로 했다. 나부터 사랑하고, 나부터 존경하고, 나부터 아끼는 사람. 그런 이기적인 사람이 될 것이다. 그렇게 해서라도 너덜너덜 해어진 자신의 마음이, 인생이 조금이라도 나아질 수만 있다면 그녀는 그렇게 살 것이라 생각했다.

생각보다 많은 빨래를 보고 그저 놀라기만 하던 주영이 이내 웃으면서 옷들을 개키기 시작했다. 자신의 손에 의해 차곡차곡 반듯하게 접혀지는 빨래들을 보면서 자신의 너덜해진 마음도 이렇게 깨끗이 빨아 접으면 얼마나 좋을까 하는 생각이 들었다. 어제저녁과 오늘 아침, 처음으로 소화제를 먹지 않고 버틴 자신이 대견스러웠다. 이제는 구급함을 쳐다보지도 않을 거라 다짐하면서도 습관인 듯 가슴으로 가는 손을 어쩌지는 못했다. 아침에 자신을 보던 세민의 표정과 말투에 다시 상처를 입었지만 이제는 그렇게 되지 않으리라 다짐을 하는 그녀였다. 똑같이 해주리라 마음먹은 그녀였다. 그녀가 그에게서 느끼는 것만큼 똑같이 돌려주리라 다짐하였지만 가슴 한구석에 남아 있던 상처가 아픈 건 어쩔 수 없었다.

아픔의 고통은 때론 사람을 성숙하게도, 어리게도 만들어 버린다. 지금의 자신처럼. 신혼 초의 풋내기들이나 할 법한 기득권 다툼을 하면서 주영은 토닥거리는 과정에서 자라는 사랑보다는 포기하고 양보하는 것을 먼저 배웠다. 어쩌면 사랑에는 성숙이란 말이 어울리지 않을지도 모르겠다. 처음부터 이런 생각으로 시작을 했다면 지금은 좀 달라지지 않았을까? 하는 생각에 주영은 말도 안 된다는 듯이 고개를 저었다.

그 생각을 방해하는 것처럼 조용한 집 안에 크게 울리는 벨소리에 주영은 생각을 접고는 천천히 수화기를 들었다. 이 시간에 그녀에게 전화를 할 사람은 별로 없어서이기도 하지만 이런 깊은 생각은 때론 자신을 너무 비참하게 만드는 경우도 있기에 반갑다는 생각이 들었다.

"여보세요?"

[빨래는 다 했니? 몸살은 안 났고?]

세희의 쾌활하고 걸걸한 목소리가 들려오자 주영은 묘한 안도감이 들었다. 자신의 곁에 누군가가 그녀를 생각하는 사람이 있다는 것이 그녀의 불안한 마음을 다독여 주었다.

"응."

[오늘은 뭐 할 거니? 주말이잖아? 심심하면 나와라, 밥 사줄게.]

요새 들어 밥 사준다는 사람이 많아진 것 같아서 주영은 기분이 씁쓸했다. 그러고 보니 지난 몇 달 동안 오로지 혼자서만 밥을 먹었던 것 같다. 어제 세민과 같이 식사한 것이 몇 달 만인지 모르겠다. 주영은 이제 혼자 집 안에서 밥 먹는 청승맞은 짓은 하지 않을 것이다.

"오후에 시댁에 가봐야 해. 점심만이라면 나갈 수 있을 것 같다. 어디로 가? 네 화실로 가면 되는 거니?"

[오케이. 화실 건너편에 괜찮은 카페가 있어, '로즈마리'라고. 그리로 열두 시까지 나와.]

전화를 끊고 주영은 서둘러 준비를 시작했다. 집에서 세희의 화실까지는 차로 가도 한 삼십 분 정도 가야 된다. 오랜만의 외출이라는 생각에 주영은 서둘러 옷가지들을 정리하고 욕실로 들어갔다. 급하게 씻고 나와 옷가지를 고르려던 그녀는 방금 개

켜놓았던 옷 중 하나를 입기 시작했다. 후드가 달린 지퍼 카디건에 청 스커트를 입고 머리는 단정히 귀 뒤로 넘긴 뒤 캐주얼 백을 들었다. 차를 들고 나가면서 주영은 한 손으로 립스틱을 들어 입술을 그리며 신호가 걸릴 때마다 조금씩 화장을 했다.

거의 세희의 화실 근처까지 다다랐을 무렵 신호가 바뀌었지만, 신호를 무시하고 횡단보도를 건너고 있던 할머니 한 분이 리어카에서 쏟아진 종이 박스들을 주워 담느라고 막고 있어서 출발을 못했다. 룸미러로 뒤를 확인해 보니, 어느새 하얀 차가 그녀의 뒤에서 그녀가 출발하기를 기다리고 있었다. 다시 시선을 앞으로 두자 여전히 박스를 줍고 있는 할머니를 보면서 주영은 가늘게 인상을 썼다. 잠시 후 할머니 때문에 막혀 버린 차량의 정체가 눈에 띄게 길어진 것이 보이자 주영은 초조해지고 말았다. 몇 대의 차들이 경적을 울려댔지만 도무지 앞의 할머니는 자리를 떠날 줄을 몰랐다. 결국 차에서 내린 주영은 그 할머니를 도와 박스들을 줍기 시작했고 참다 못한 운전자 중 한 명이 거친 소리를 내며 차에서 내리고 있음을 알 수 있었다.

"이봐, 이 태평한 여자야! 지금……."

"자자, 기다리세요. 이게 안 보이십니까?"

조용한 목소리가 화가 난 운전자의 말을 자르는 소리에 주영은 고개를 들어 앞의 남자를 쳐다보았다. 벌게진 얼굴로 그녀에게 다가오던 중년의 아저씨를 가로막으며 등을 돌리고 서 있는 남자는 편안한 옷차림이었지만 독특한 분위기를 풍겼다. 주영

은 박스를 줍다 말고 그의 넓은 등을 보면서 자신도 모르게 그
의 차분한 목소리를 경청하고 시작했다.

"저기 아가씨한테 따질 것이 아닌 것 같군요. 차라리 박스를
같이 줍는 게 더 빠르지 않을까요?"

낮게 울리는 웃음이 비웃음처럼 느껴졌을 수도 있지만 주영
에게는 더없이 따뜻하게 느껴져 주영은 다시 한 번 그를 쳐다보
았다. 그 남자는 그녀를 향해 따뜻하게 웃고 있었다. 눈꼬리에
가늘게 잡히는 주름들이 그의 인상을 너무도 선하게 만들어주
어 수영은 순간이나마 얼굴이 붉어지고 말았다. 주영은 급히 고
개를 돌리고는 줍고 있던 박스를 길가 쪽으로 운반하는데 커다
란 손이 그것을 그녀에게서 빼앗아갔다.

"무겁지 않아요?"

"……."

주영의 놀란 얼굴을 보면서 말을 건네는 남자는 여전히 부드
러운 웃음을 달고 있었다. 그런 주영을 향해 그는 손을 흔들면
서 그녀의 시선을 잡고 놔주지를 않았다.

"얼른 정신 차려요. 아까 그 무서운 아저씨가 다시 나오면 지
금처럼 또 못해줘요, 난."

무서웠다는 표정을 짓고는 서둘러 그녀의 팔을 가볍게 잡아
당겨 그녀의 차로 안내한 뒤 그 남자는 자신의 차로 걸어갔다.
서둘러 차를 출발시키면서 주영은 갑자기 드는 감정에 울컥하
고 말았다. 전혀 모르는 타인조차 자신에게 이런 친절을 베풀어

주는데, 세민과 함께한 일 년 동안 자신은 그에게 단 한 번도 그런 것을 느낄 수가 없었다는 생각이 들었기 때문이다.

'바보같이. 이런 생각 하면 안 되잖아. 저 사람은…… 내가 사랑하는 사람이 아니잖아.'

흐르는 눈물을 닦으며 주영은 그나마 마스카라를 바르지 않은 것을 다행이라 생각했다. 마스카라가 번진 걸 세희가 보게 된다면 분명 닦달할 게 뻔했기 때문이다. 천천히 차를 출발시키며 주영은 저도 모르게 뒤의 차를 향해 비상등을 켰다. 고맙다는 표시를 나타내면서 주영은 짐짓 태연한 척 차를 출발시켰다.

원석은 자신의 앞에서 비상등을 몇 번 깜빡이고는 차를 출발시키는 그녀를 생각하며 저도 모르게 웃고 말았다. 새벽까지 이어진 작품 전시회 준비로 인해서 온몸이 파김치가 되어버렸지만 학원 작업실에 있는 그리다 만 그림을 마저 손봐야 한다는 생각에 자신을 붙잡는 사람들을 겨우겨우 떼어내고 오는 중이었다. 바닥에 널려진 종이 박스를 할머니와 같이 줍는 그 여자를 보면서 원석은 손이 간질거리는 것을 느꼈다. 실로 오랜만에 인물화를 그리고 싶은 욕구가 불쑥 생겼다. 그래서였을까? 자신도 모르게 그녀 곁으로 다가가 말을 건네며 그녀의 모습을 다시 한 번 기억 속에 담아두었다. 첫 인상만큼이나 깨끗한 눈빛으로 자신을 쳐다보는 그녀의 눈동자는 그가 아무리 노력해도 그릴 수 없을 만큼 티없이 맑아 보였다. 원석은 그 눈빛이 너무도 마음에 들었다.

'연락처라도 물어볼 걸 그랬나? 후회되네.'

이상한 상실감이 들자 원석은 가는 손가락을 들어 핸들을 톡톡 두드렸다. 갑자기 그녀의 모습을 그리고 싶은 욕구가 더욱 강해졌다. 이윽고 차선이 넓어지자 원석은 저도 모르게 차선을 바꿔 그녀의 차와 나란히 달리며 차 문을 내렸다. 그의 손짓에 놀란 그녀가 운전석의 창문을 내리자 원석은 손을 흔들며 소리쳤다.

"잠깐만요! 잠시만 기다려요!"

원석이 비상등을 켜고 갓길로 차를 대자 주영도 그 차 뒤에 차를 세웠다. 그러자 그녀의 차 앞으로 달려간 원석은 보조석에 문을 열고는 냉큼 올라탔다. 깜짝 놀란 주영이 뭐라 말하려 하자 원석이 지갑에서 재빨리 무언갈 꺼내어 건넸다.

"모델 해볼 생각 없어요? 이상한 건 아니고요, 그냥 그쪽 모습이 마음에 들어서요."

주영은 자신의 손에 억지로 쥐어준 명함을 보고 다시 앞의 남자를 쳐다보았다. 무슨 화랑이라고 적혀 있는 것 밑에 여러 명의 이름이 적혀 있어 그의 이름은 알 수 없었지만 화랑은 자신도 알고 있는 이름이기에 주영은 조심스레 말을 이었다.

"그림…… 그리세요?"

바보 같은 질문이었지만 되묻지 않을 수 없었다. 자신도 한때 그것이 아니면 안 된다던 때가 있었다. 하지만 그 꿈 역시 세민을 만나면서 놓아버린 것 중 하나였는데, 우습게도 그와 동질감이 느껴지는 것 같아 주영은 당혹스러웠다.

"하하, 네. 그쪽을 정말 그리고 싶어서요. 지금 대답하지 않아도 되고요, 나중에 제가 다시 연락드릴 테니까 연락처를 좀 주시면 안 될까요?"

"……미안해요. 전 그럴 생각이 없어요."

무의식 중에 내뱉고 나서 주영은 부끄럽고 당황스러워 고개를 돌리고 말았다. 그런 주영을 쳐다보는 원석은 좀 전 그녀가 끌렸던 낮은 목소리로 웃기 시작했다.

"당장은 아니라고 말하잖아요. 연락처 주기 싫은가 보네. 그럼 이렇게 하죠. 이 명함에, 어디 보자, 여기 서원석이 제 이름이거든요? 여기 핸드폰 번호 적혀 있으니까 연락 주세요. 꼭, 꼭이요!"

맑게 웃으며 갑자기 온 것처럼 갑자기 나가 버린 남자를 쳐다보다 자신의 손 안에 놓인 명함을 자신의 가방에 넣고는 급히 차를 출발시켰다. 주영은 생각했다. 자신은 그림을 그리고 싶었던 거지, 그려지기를 바란 게 아니었다고. 사랑을 하고 싶었던 거지, 결혼을 하고 싶었던 것이 아니라고. 사랑과 결혼을 같이 생각했던 자신의 무지에 대해 주영은 아픈 경험을 한 것이라 생각했다.

세희가 근무하는 학원 겸 화실 근처까지 도착한 주영은 근처 주차장에 차를 넣으면서 세희가 말한 '로즈마리'를 찾았다. 길

건너편에 보이는 하얀 건물 이층은 창가 쪽이 모두 유리로 되어 있었다. 옆으로 세워진 간판에 적힌 로즈마리란 이름을 보고 급히 그곳을 향해 계단을 오르면서 주영은 자신이 약속 시간에 쫓겨 이렇게 뛰어보는 것이 과연 얼마 만인지 생각해 보았다. 사람이 살아간다는 것, 혼자서는 할 수 없다는 걸 새삼 깨달았다. 이렇게 누군가와 어울리고, 시간에 쫓기며 살아가는 것이 정말 사람 사는 거구나 싶은 생각에 주영은 힘이 났다. 지금의 자신 역시 그런 행위들을 하고 있는 거니까. 일 년 동안 갇혀 지내던 집의 문을 열고 나오자 시원한 바람이 마음속에서 일기 시작했다.

'지금처럼만 살자, 진주영. 이게 사람 사는 거라고. 하나만 보지 말고, 하나가 없으면 다음 것도 살펴볼 줄 알자. 그래야 네가 살아갈 수 있으니까 말이야.'

세희에게로 힘차게 다가갈수록 주영은 자신이 살아 있다는 걸, 세민 이외의 삶에서도 자신이 어느 정도는 보통의 사람들처럼 살아갈 수 있다는 자신감이 생겼다.

자리에 앉는 주영을 빤히 쳐다보던 세희가 기대감을 갖고는 그녀에게 말했다.

"너, 혹시 세민 씨랑 무슨 일 있었니?"

"아니. 왜?"

"그냥, 약 먹은 쥐새끼 같던 것이 하도 쌩쌩해서 물어본 거다. 아님 말고. 근데 정말 무슨 일 없어?"

"계집애, 말하는 거 봐라. 그럼 내가 여태까지는 쥐약 먹은 쥐 새끼로 보였단 말이니?"

"그렇지. 네 행동이 바로 그거였거든. 아무튼 좋아 보이니 나도 좋다. 우리 맛있는 거 먹자~"

주영은 마치 결혼 전의 자신으로 되돌아간 것처럼 모든 것이 희망적으로 보였다. 안 되는 것을 잡고 연연하는 것보다 주위로 시선을 돌리는 것, 나름대로 괜찮은 방법 같았다. 적어도 그 시간만큼은 그 아픔에서 벗어날 수 있으니 말이다.

세민은 점심 시간이 다 되어가자 검토 중이던 서류를 접고 피곤한 듯, 검지와 중지를 이용해 눈두덩을 비볐다. 오전 내내 보았던 회계장부의 숫자가 머리 속을 마구 돌아다니는 것 같았다. 막 일어서려는데 문을 열고 시현이 들어왔다.

"무슨 일이지?"

"저, 이사님 점심 드실 시간입니다."

"그래. 미스 정도 점심 먹도록 해."

"저어, 이사님."

"뭐지?"

"죄송하지만, 오랜만에 저희 비서실 직원 둘하고 같이 식사하시면 어떨까 싶어서요."

시현의 망설이는 듯한 말투에 세민은 머리 한쪽이 아파오기 시작했다. 그녀가 왜 황 비서까지 끌어들이며 점심 얘기를 하는

지 모를 세민이 아니었다. 아무래도 거절하기가 힘들 것이라고
생각한 탓이겠지. 하지만 세민은 시현에게 작은 틈조차 주면 안
될 것 같다는 생각이 점점 굳어져 가고 있는 상태였다.

"그래? 하지만 오늘은 선약이 있어서 미안. 나중에 하지."

"그럼, 나중에 언제요?"

당황한 표정을 지우며 바로 물어오는 시현의 얼굴을 세민이
무표정하게 직시하자 시시각각으로 얼굴색이 변하던 그녀는 결
국 세민을 마주 쳐다보지 못하고 시선을 비꼈다. 자신의 곁에
남기 위해 안간힘을 쓰는 시현의 모습은 차마 보기 민망할 정도
였다.

"미스 정, 정말 회식을 원한다면, 내가 총무부에 얘기해 놓을
테니 회식 날짜를 잡아. 나는 바빠. 점심 시간만큼이라도 좀 편
하게 있고 싶어."

세민의 말에 시현의 얼굴이 굳어졌다 이내 울 것 같은 표정을
짓고는 자신을 쳐다보았다. 하지만 세민은 그런 그녀를 무시하
고 양복 상의로 손을 뻗었다. 순간 시현의 다가오려는 몸짓이
보였다.

"아, 놔둬. 내가 입을 수 있으니까. 그리고 비서는 이런 걸 하
라도 월급 주는 거 아니야. 괜히 오해받을 일은 하지 말았으면
좋겠군."

그 말은 더 이상 그에게 다가오지 말라는 뜻이었다. 그걸 알
면서도 시현은 그를 쳐다보며 연신 머뭇거렸다.

“더 할 말 없으면 이만 나가주지. 가볼 곳이 있어.”

“제가…… 제가 불편한가요?”

옷을 다 입은 세민은 자신에게 울먹이며 말하는 시현을 무표정하게 쳐다보았다. 자신 때문에 이리 된 여자니까 어느 정도는 책임감을 느껴야 한다고 생각했던 세민이다. 하지만 어디까지나 책임감일 뿐이지, 이젠 더 이상 그녀의 과도한 감정 표현을 받기가 부담스러워졌다. 시현의 얼굴을 보면서 순간 주영의 얼굴이 생각나 세민은 자신도 모르게 인상을 썼다.

“아니, 솔직히 말하면 거북하다는 것이 더 정확하겠지. 내가 정시현, 너를 비서로 둔 이유는 너도 잘 알고 있을 거야. 사고에 대한 일정 부분 책임감을 느꼈기 때문에 널 회사로 들인 거고, 그때 분명히 말했었어. 공과 사는 구분하라고 말이야. 옛날 감정에 연연해하지 말고, 네 삶을 살도록 해봐.”

“나에 대한 감정이 하나도, 정말 하나도 안 남았어요? 그럼 왜 날 이렇게 가까이 두고 도와주는 건데요? 네? 감정 표현에 익숙지가 않아서 그럴 거예요. 당신은 여전히 나를 마음 한구석에 담아두고 있단 말이에요. 그러니 제발…….”

“난 책임감에 충실할 뿐이야. 그 외에 네게 느끼는 감정은 아무것도 없어. 그나마 옛정을 생각해서 일자리를 줬다는 걸 잊지 마. 더 이상의 이런 감정 소비는 하지 말았으면 좋겠어.”

시현은 하늘이 노랗게 변하는 것을 느꼈다. 믿고 싶지 않았다. 책임감으로 인해 그의 맘에 자신의 자리가 조금이라도 있길

바랐지만 지금의 세민은 그마저도 없다는 듯이 너무도 매몰차
게 그녀를 대했다.

"나, 난…… 헉."

"이런, 제기랄!"

시현이 자신의 앞에서 기절해 버리자 세민의 무표정한 얼굴
에 약간의 감정이 돌았다. 항상 이랬었다. 자신에게 모든 걸 의
지하기만 하는 여자, 자신이 아니면 안 되는 여자. 그게 바로 정
시현, 그녀였다.

세민은 쓰러진 그녀를 들어 소파에 눕힌 뒤, 잠시 쳐다보다가
그냥 자리를 나가고 말았다. 더 이상 그녀의 이런 행동을 받아
넘기기가 힘들었다. 저 가는 목을 한 손에 움켜잡고 흔들어 깨
우고 싶은 충동마저 들었기 때문이다.

세민이 거칠게 문을 닫고 나가자 누워 있던 시현의 눈가가 파
르르 하니 떨리며 흐느낌이 새어나왔다. 시현은 이미 세민이 자
신을 떠났다는 것을, 그의 마음을 잡을 수가 없음을 알고는 공
허한 눈을 뜬 채 고개만을 돌려 좀 전에 그가 앉아 있던 자리를
하염없이 바라보았다.

집으로 돌아온 세민은 있어야 할 주영이 보이지 않자 가뜩이
나 불편한 심사에 기어코 한소리를 했다.

"젠장. 대체 집에 안 있고 어디를 돌아다니는 거야?"

회사에서 시현과의 불쾌한 일이 있고 난 후 세민은 아침에 일

찍 오라는 주영의 말이 떠올라 점심을 먹으려던 생각을 접고 바로 퇴근해 집으로 왔다. 하지만 세민을 맞이한 것은 텅 빈 집이었다. 깨끗한 집, 하지만 세민은 처음으로 자신의 집이 너무도 크고 텅 비어 보이는 것 같아서 이상한 느낌이 들었다. 서둘러 이층으로 올라온 그가 암암리에 맺은 주영과의 약속을 깨고 보란 듯이 그녀의 방문을 열었을 때도 방 안은 텅 비어 있었다. 세민은 무슨 오기로 자신이 미친 듯 주영을 찾는 것인지 알 수 없었다. 그냥 이곳에 혼자 있다는 생각이 오늘따라 유독 신경에 거슬렸다. 열린 방문 안에서는 주영의 향기가 묘하게 그를 자극시켜 한껏 긴장하게 만들고 있었다. 너무도 조용한 집 안에서의 여인의 냄새는 생각 이상으로 자극적이었다.

세민은 약간 망설이다가 주영의 방 안으로 들어갔다. 하지만 요 며칠은 일 년 동안의 그 모든 감정을 합한 것보다도 더 많은 감정들이 부딪치는 것 같아서 신경이 쓰였다. 짜증스레 눈을 돌리려던 세민의 눈에 아무것도 걸린 것 없이 깨끗한 벽이 보였다. 이상했다. 무언가가 달라진 허전한 방 안, 서둘러 일층으로 내려온 그가 거실을 쭉 훑어보고는 곧 무엇인가를 알아낸 듯 더없이 인상이 굳어져 갔다. 언제부터인지는 모르지만 그의 집 어디에도 주영과의 결혼 사진이 걸려 있지 않았다. 결혼 초 일부러 보란 듯이 벽마다 걸어놨던 결혼 사진은 어느 순간 자취를 감추고 말았다. 그걸 깨닫고 나자 손톱 밑의 가시처럼 이상한 감정이 자신을 쿡쿡 쑤셔댄다.

세민은 얼굴 가득 인상을 찌푸린 채 주영에게 전화를 걸었다. 뭐가 그리 좋은지 주영의 밝은 목소리가 흘러나오자 그녀 혼자 너무도 재밌게 지내는 것 같아 세민은 갑자기 화가 났다. 어이없게도 그녀의 웃음소리가 자신을 향한 것이 아니라는 것에 처음으로 불같이 이는 질투를 느꼈다.

[여보세요?]

"진주영, 어디지?"

[웬일이세요? 지금 잠깐 밖인데요.]

"당장 들어와!"

[뭐라고요?]

"내 말 안 들려? 당장 들어오라고! 오늘 일찍 오라고 한 건 진주영 너였어."

초조한 감정에 세민은 가볍게 심호흡을 했다. 그녀의 공간에서 제외된 것 같아, 아니, 그녀의 생각에서 그가 밀려난 것 같아 그것을 참을 수 없었다. 잠시 수화기 너머로 숨 고르는 소리가 들리고 그 잠깐의 몇 초가 길게 느껴질 무렵 주영의 무미건조한 말투가 들려왔다. 조금의 관심도, 감정도, 궁금증마저 없다는 듯이 일률적으로 수화기를 타고 흘러오는 주영의 목소리는 세민을 더욱 안절부절못하게 만들었다.

[일찍 왔네요? 다음부터 일찍 올 때면 미리 전화를 주세요. 그럼 저도 나가기 전에 미리 알려 드릴게요. 그럼 집에서 봐요.]

전화가 끊기고 나자 세민은 허탈해졌다. 그가 왜 이렇게 일찍

왔는지, 점심은 먹었는지, 언제 시댁에 갈 것인지조차 물어보지
않고 주영은 단지 알았다는 말만을 한 뒤 전화를 끊어버렸다.
빌어먹게도 말이다. 세민은 초조한 마음을 넘어서 불안감을 느
꼈다.

　'제기랄. 대체 뭐가 문젠데? 이러는 이유가 뭐냔 말이야!'
　세민은 자신이 왜 이렇게 주영의 작은 행동 하나, 말 한마디
에 발끈하며 몰입하는지 이유를 알 수 없었다. 다만, 예전의 자
신과 지금의 주영이 바뀌었다는 것 정도는 알았다. 지금의 그녀
는 모든 것에 무관심, 철저히 무관심해진 것이다. 세민은 애꿎
은 담뱃갑을 구기며 불편한 심기를 다스렸다. 어느새 세민의 손
에는 그의 마음을 대변하듯 구겨진 담뱃갑만이 볼품없이 쥐어
져 있었다.

　전화를 끊는 주영을 보면서 세희가 궁금하다는 듯이 그녀를
향해 물었다.
　"누구?"
　"아, 세민…… 씨야."
　"오호? 웬일로 너한테 전화를 다 한대니?"
　"후후, 그러게."
　주영은 눈을 내려 자신의 앞에 놓은 커피 잔을 만지작거렸다.
남편이 부인에게 전화를 하는 건데도 이렇게 색안경을 끼고 볼
만큼 자신과 세민의 부부 관계가 그렇게 이상하게 보였나 싶어

방금 전 기분 좋게 마셨던 원두커피까지 쓰게 느껴졌다.

"……야! 야, 진주영! 내 말 듣고 있니?"

"어? 아, 미안. 뭐라고 그랬니?"

"에휴. 너도 집에만 있지 말고 네 소일거리를 찾아보라고. 아무래도 일거리를 갖고 있으면 지금보다는 나아질 것 같은데, 내가 한번 알아봐 줄까?"

"일?"

"그래. 거창하게 뭘 하라는 건 아니고, 그냥 화실에서 이이들 가르치는 것 정도? 그래도 그거 생각보다 훨씬 보람있어. 그 정도라면 선배들한테 부탁해서 자리 하나는 만들 수 있을 것도 같고."

일이라는 말에 주영은 가슴 한구석이 쿵쾅쿵쾅 뛰었다. 생각만으로도 설레고 두렵고 무서운 것. 어느 순간부터 '내가 과연 할 수 있을까?'를 연신 지껄이며 뒤로 물러섬을 느낄 수 있었다. 결혼이라는 것, 구속만큼이나 많은 것을 바꾸어놓는다는 것을 왜 난 이제야 알아버린 걸까?

주영의 모습을 지켜보던 세희가 작은 손을 들어 그녀의 손을 잡고는 가볍게 두드렸다.

"응? 왜?"

"힘내라고. 먼저 결혼한 선배들 얘기 들어보면 이런 감정 싸움 안 하고 넘어가는 커플들 없다더라. 다들 한 번은 힘들었다고 하던데 뭘. 너도 잘 넘길 수 있을 거야. 기운 내고. 왜 못하냐? 네 남편이잖아. 너 이렇게 맘고생한 만큼 세민 씨도 괴롭히고 좀 해봐. 그래야 네가 힘들다는 것도 알 거 아냐? 부부싸움 그거 유치하지 않으면 못한다고 하던데 뭘. 남 눈치 보지 말고 아주 혼쭐을 내줘.”

장난스런 표정으로 말하는 세희를 보며 주영은 긍정도 부정도 아닌 웃음을 지을 수밖에 없었다. ‘무슨 수로?’ 라는 말이 입 끝에 맴돌았다. 그 누구보다도 자신이 제일 하고 싶은 행동이었다, 그것은. 자기라고 그런 생각을 안 해본 적이 있을까? 하루 수십 번, 수백 번 그를 자신의 발 아래 꿇리고 애원하게 만들고 싶다는 상상을 얼마나 많이 했었는데. 하지만 그는 철옹성 같은 사람이었다. 조금의 틈 없이 자신에 대한 약간의 감정도 갖고 있지 않은 그런 사람. 내가 죽었다고 해도 눈물 한 방울 안 흘릴 것 같은, 그게 바로 자신과 결혼한 유세민이란 남자였다.

“이만 일어나 봐야겠다. 나 시댁 가야 돼.”

“그래, 일어나자. 근데 네 시어머니는 갑자기 왜 찾으시는 건데?”

“나도 몰라. 그냥 전화로 말씀하셨어.”

“혹시 시댁 일 중에서 중요한 날 같은 거 잊은 거 아냐?”

“아닌데……. 그래도 모르니까 집에 가서 한번 확인해 봐야겠다.”

“에휴. 결혼해서 사는 거 다 그런 거라지만 왜 살수록 남자들만 좋다는 생각이 드는 건지 몰라. 난 나중에 딸은 낳지 말까 봐. 잘 키워 남의 집에 덜렁 던져 주는 것 같아서 괜히 억울할 것 같거든. 결혼해서 살수록 딸이네, 며느리네 하는 얘기만 현실적으로 와 닿고 말이야. 가끔 왜 결혼했나 싶기도 해.”

작은 입으로 연신 중얼거리는 세희를 뒤로하고 집으로 돌아오는 주영은 평범하게 투정하는 세희의 말들이 그렇게 부러울 수가 없었다. 자신은 그런 것조차 생각 못할 만큼 결혼이라는 것을 지키기에만 급급했는데, 그녀의 그런 현실적인 얘기가 왜 이렇게 가슴을 아프게 하는지 주영은 묵묵히 운전을 하면서 뻐근해지는 자신의 심장을 달랬다. 처음으로 시댁에 가기가 싫다는 생각이 들었다. 결혼 초, 그의 마음을 잡을 수 없음을 알고 유난히 시부모님한테 매달리던 자신이었는데, 이젠 모든 걸 포기하니 가는 것마저 꺼려진다. 사람이 이리도 간사하다.

어느덧 집에 도착한 주영이 현관문을 열고 들어오자 거실에 앉아서 신문을 보던 세민이 그녀를 한번 흘깃 쳐다보고는 아는 체도 안 하고 다시 신문으로 고개를 돌렸다. 언제부터 신문보다 못한 여자가 됐는지는 모르지만, 처음 있는 일도 아니라 이제는 세민의 그런 행동 하나하나가 점점 무뎌져 일상적으로 받아들여지게 된다. 사람이 무뎌진다는 것, 감정이 없어진다는 것. 스스로도 사람임을 포기하는 것같이 느껴져 더욱 무섭다. 주영 역시 그를 한번 쳐다보고는 이내 자신의 공간인 이층으로 향했다.

“왔다는 인사도 안 하나?”

툭 던진 세민의 말에 주영이 발걸음을 멈추고 그를 쳐다보았다. 여전히 신문으로 눈을 향한 채 뭐가 그리 중요한 것이 적혀 있는지 쳐다보지도 않는 그를 보며 주영 역시 그와 똑같이 행동 하리라 맘먹는다.

"새삼스럽게 인사는요."

그렇게 말하고 이층으로 올라가 버린 주영을 보고 세민은 화가 나기보다 황당했다. 주영의 그런 행동 하나하나가 자신을 미치게 한다는 것을 그녀는 알고 있을까? 세민은 이유없는 반항이란 생각에 주영을 한참 철없는 아이를 보듯 보고 한숨을 쉬었다. 벌써 시간은 세 시를 가리키고 있지만 그는 아무것도 먹은 것이 없었다. 점심마저 그냥 퇴근하는 바람에 굶고 아침은 아침대로 먹지 못한 상태니 빈속에 짜증만이 일 뿐이었지만 지금의 주영에게 그런 말을 하고 싶지는 않았다. 결국 점심 식사마저 하지 않고 세민은 주영과 같이 시댁으로 향했다.

시댁에 도착할 동안 차 안에는 침묵만이 감돌아 불편했지만 주영은 전처럼 그의 눈치를 보면서 말을 붙이려 노력하진 않았다. 지금 주영은 세희의 말처럼 직업을 갖는다는 것에 대해 신중히 생각하는 중이었다.

그런 주영을 운전하는 내내 곁눈질로 쳐다보던 세민은 그녀의 머리 속이 궁금했다. 여자들의 감정은 수시로 바뀐다는 말, 주영의 행동을 보니 맞는 말이다 싶었다.

"어머니가 왜 부르신 거지?"

갑자기 들려온 세민의 목소리에 놀라 세민을 바라본 주영은 그와 눈이 마주치자 머쓱해졌다. 그녀는 어깨를 으쓱하며 알지 못하겠다는 표정을 짓고는 다시 차창 밖으로 고개를 돌린 채 무미건조한 어조로 대답했다.

"잘 모르겠어요. 무슨 날은 아닌데…… 당신이 보고 싶은가 보죠."

무슨 상관이냐는 투로 가볍게 대답하는 주영을 보면서 세민은 저절로 인상이 찌푸려졌다. 삶을 다 산 사람마냥 아무 생각 없이 말하는 그녀의 모습이 다시 한 번 세민을 자극했다.

"그걸 지금 말이라고 하는 건가?"

세민의 말에 주영이 시선을 돌려 세민을 쳐다보았다. 그 눈, 주영의 그 눈을 보면서 세민은 심장이 덜컥거리는 느낌을 다시 한 번 받고 말았다. 마치 감정없는 인형의 눈을 보는 것 같은 그런 눈빛에 세민은 초조함을 넘어선 다른 감정을 느끼기 시작했다.

"그렇게 궁금하다면 직접 물어보지 그랬어요?"

세민은 갑자기 질문하는 주영의 행동에 순간 당황했지만, 그녀가 그의 대답을 기다리고 하는 말이 아니라는 것을 이내 그녀의 행동을 보고 알 수 있었다.

시댁에 도착해서 현관문을 열고 들어서자 맛있는 음식 냄새가 풍겨 나왔다. 주영은 서둘러 부엌으로 향하자 정신없이 음식을 만드는 시어머니의 뒷모습이 눈에 들어왔다.

"어머니, 늦어서 죄송해요. 오늘 무슨 날인가요?"

"아, 이제 왔니? 날은 무슨. 그냥 오랜만에 저녁이나 같이 먹
자고 부른 거지."

"몸은 좀 괜찮으세요? 무리하시는 거 안 좋아요."

걱정스런 질문에 정 여사는 웃었다. 항상 다소곳하고 조용한
아이, 차분하면서도 거스름없는 주영이 정 여사는 참으로 마음
에 들었다.

"괜찮다, 네가 아줌마를 보내줘서. 그나저나 네가 고생했겠구
나. 그리고 보니 얼굴도 좀 안 좋아 보이는데, 어디 아픈 거니?"

"아니에요. 옷 갈아입고 금방 내려올게요, 어머님."

주영이 서둘러 이층으로 가서 자신들이 묵는 방의 문을 열었
을 땐 세민이 이미 옷을 다 갈아입고 서 있었다. 양복이 아닌 검
은색 터틀넥에 짙은 국방색의 청바지를 입고 창문 쪽을 향해 서
서 담배를 피우고 있는 그의 뒷모습은 주영의 가슴을 흔들고도
남을 만큼 매력적이었다. 문소리에 그녀를 한번 쳐다본 그가 다
시 고개를 돌리자 주영은 잠시 망설였다.

"좀…… 나가서 피워요. 나 옷 갈아입고 나가봐야 돼요."

"……."

나가기를 기다려도 반응이 없자 일층에서 기다리실 어른들을
생각한 주영이 다시 재촉했다.

"세민 씨, 내 말 안 들려요? 옷 갈아입게 좀 나가달란 말이에
요."

조바심이 난 듯한 주영의 말에 천천히 몸을 돌린 그가 창문이

나 있는 벽 쪽으로 등을 대고는 느긋하게 담배를 물고 그녀를
쳐다봤다. 여유있는 행동과 몸짓이었지만 그의 얼굴은 눈에 띄
게 긴장되어 있었다.

"내가 왜 나가야 하지? 잊고 있나 본데 난 당신과 결혼한 남
편이라고."

이곳에 있는 것이 당연한 것 아니냐는 세민의 행동과 타는 듯
한 눈빛에 주영은 당황했지만 애써 무표정을 유지했다. 그는 지
금 자신을 놀리고 있는 것이었다. 항상 그래 왔던 것처럼. 묘한
반항심이 가슴에서 스멀거리며 올라와 기어코 목구멍 밖으로
튀어나왔다.

"부부? 후후. 재밌네요, 당신과 내가 부부라는 거."

세민은 일부러 주영을 자극했으나 이러한 반응이 나올 거라
고는 미처 생각지 못했었다. 세민은 주영의 이런 차가운 행동과
말투를 대할수록 이상하게도 그녀에게 더욱 다가서고픈 묘한
감정마저 일었다.

여전히 오만하게 서서 자신을 주시하는 세민을 마주 보며 주
영은 당당하리라 다짐하였다. 가방에서 청바지와 티를 꺼낸 주
영이 아무렇지도 않게 그를 보고 뒤돌아서서 옷을 벗기 시작하
자 정작 당황한 이는 세민이었다. 껍질을 벗듯 벗어버린 원피스
가 그녀의 발치에서 둥근 원을 그렸고 그 중심에 서 있는 주영
의 가는 몸매는 손바닥만한 천들이 겨우 가려주고 있을 뿐이었
다. 뼈대가 가늘어 보이는 주영의 몸은 생각 이상으로 완벽한

곡선을 그리고 있었다. 유난히 가늘어 보이는 허리 아래로 점점 퍼지는 둥근 모양의 엉덩이까지. 그 아래로 가늘고 긴 다리가 그녀의 가녀린 상체와 모양 좋은 엉덩이를 받치고 있었다. 세민은 주영의 뒷모습을 보면서 마치 앞모습을 보는 것 같은 착각마저 들었다. 분명 그녀의 앞모습 역시 뒷모습 이상으로 완벽한 곡선을 그리고 있을 것이다. 그 약간의 시간 차이를 두고 탄력 있는 몸매가 검은색의 티로 가려지고, 가는 다리로 받치고 있는 모양 좋은 엉덩이가 몇 번의 움직임만으로 다시 청바지 안으로 사라지자 세민은 저도 모르게 안타까운 마음이 들었다.

옷을 다 입고 자신의 옷을 걸어놓으며 주영은 자신의 손이 떨리는 것을 그가 알아차리지 못하기만을 바랄 뿐이었다. 다른 곳으로 가서 옷을 입을 수도 있었지만, 그에게 지기 싫었다. 그가 자신을 여자로 봐주지 않는다면 자신 역시 굳이 그를 남자로 볼 필요가 없다고, 그녀는 계속해서 타이르며 움찔거리는 자신의 사지를 힘들게 잡고 있었다.

"언제 갈 거예요?"

차분한 주영의 말 한마디에 세민은 자신의 몸속에서 무언가가 폭발하는 것처럼 뜨거움을 느꼈다. 뒤돌아서서 자신을 쳐다보는 그녀에게 세민은 가까스로 당혹스런 표정을 지으며 무뚝뚝하게 대답을 했다.

"내일."

"내일이라고요?"

"그래. 왜, 싫어?"

"당신, 한 번도 자고 간 적 없잖아요. 대체……."

주영은 세민의 말에 당황했다. 결혼하고 나서 단 한 번도 시 댁에서 한방을 써본 적이 없는 그들이었다. 물론 그렇다고 해서 집에서조차 그런 것은 아니었고, 집에서의 합방은 곧, 그와의 애정행위로 이어지는 경우가 대부분이었다. 지금의 그가 말하 는 것이 결코 집에서처럼 그 행위의 시작을 말하는 것이 아니라 는 것을 알지만 주영은 내심 불안하기만 했다.

시댁에 와서 자고 가는 일 없이 늦게라도 주영과 자신의 집으 로 가는 것을 택하던 그가 갑자기 자고 간다니! 자고 간다면 어 쩔 수 없이 다시 그와 한방을 써야만 했다. 지금으로서는 자신 이 제일 하고 싶지 않은 것이기도 했다.

"아버지가 보자고 하셔. 그래서 그래."

퉁명스레 말한 세민이 자신을 지나쳐서 방으로 나가 버리자 주영은 깊게 숨을 들이쉬었다가 내뱉고는 인상을 썼다.

"갑자기 무슨…… 어떻게 하지?"

자고 간다는 세민의 말에 심장이 놀란 듯이 급히 뛰어 주영은 숨이 가빠졌다. 자의든 타의든 오늘은 같은 방을 써야 한다는 데서 오는 부담감과 묘한 흥분감이 그녀를 꿰뚫고 지나가자 주 영은 속이 상했다. 마음과는 달리 그녀의 몸이 벌써부터 기대감 으로 반응을 한다는 것을 알고는 몹시 씁쓸한 표정을 지었다.

'진주영, 옛날처럼 그렇게 바보같이 굴 바엔 차라리 집으

로 가!'

　바보 같지만 주영의 몸은 여전히 그를 바라고 있었나 보다. 마음은 아니라고 해도 몸은 여전히 세민과의 작은 접촉만으로도 금방 달아올라 버린다. 아니, 그의 눈빛을 받기만 해도 그녀의 고장난 심장은 저절로 뛰기 시작한다. 자신을 여자로 보지 않는 남자, 그런 세민에게 여자로서, 아내로서 대접받고 싶다는 무모한 충동마저 생기고 말았다. 하지만 반대로 그녀 역시 그를 남자로 느끼지 않는다면 이 지독한 사랑에서 독립할 수 있는 거라는 쪽으로 생각이 미치자 마냥 나쁠 것 같지는 않았다. 오늘 같이 한침대를 쓰고 나서도 아무렇지 않다면, 자신은 세민에게서 완전히 벗어난 것이라 단정 지을 수 있으리라.

　"자, 이거 받아라, 아가."
　"네?"
　혼자서 골똘히 생각에 잠겨 있던 그녀는 식사가 끝나자 거실에 모인 식구들과 함께 다과를 하는 중이었다. 갑자기 자리를 비운 어머님이 무언가를 들고 나와 그녀에게 내밀 때까지도 그녀의 고민은 계속되는 중이었다.
　"놀라긴. 네 첫 생일인데, 내가 이렇게 다치는 바람에 챙겨주지도 못했잖니. 뭐, 세민이랑 더 좋은 시간을 보냈겠지만 말이야."
　"그래, 새아가. 어서 포장을 뜯고 꺼내보렴."

아버님마저 그렇게 어머님을 거들자 주영은 볼 근육에 경련이 일 정도였다. 왜 기쁜 게 아니라 서럽다는 생각이 드는 걸까? 내가 결혼한 사람은 유세민이란 남잔데, 그 남자는 나란 것의 생일조차, 아니, 결혼기념일조차 몰랐는데……. 눈물이 왈칵 치밀어 올랐다. 주영은 급히 손을 들어 눈가를 훔쳤다. 기뻐야 되는데 슬프고, 이제는 미워해야 하는데 다시 마음이 가는 이런 모순된 자신이 정말 싫었다.

시어머니가 준비한 것은 눈길을 휙 끌 만큼 아름다운 속옷이었다. 나이트 잠옷과 가운이 세트로 들어 있는 상자를 보며 주영은 입술 끝이 바르르 떨리고 말았다. 인사를 해야 하는데, 그래야 하는데…….

"왜, 맘에 안 드니? 그래도 여점원과 같이 고른 건데."

"아, 아니요. 아니요, 어머님. 너무너무 예뻐요. 그래서 그래요, 그래서……."

"아유, 애도 참. 그래, 오느라고 피곤할 텐데 이제 그만 올라가서 쉬려무나. 우리도 들어가 봐야겠다."

그녀의 울 것 같은 표정에 시부모님이 일부러 자리를 떴다. 그러자 거실에 세민과 둘만이 남게 되자 주영은 한꺼번에 긴장감이 확 풀어졌다. 좀 전까지 자신이 숨기려고만 했던 감정들이 더 이상은 참기 힘들다는 듯이 그녀를 들쑤시고 있었다.

그녀를 한참 쳐다보더니 몇 번이나 무언가를 말하려는 동작을 취하던 세민이 이내 입을 열었다.

"생일…… 미안하다. 기억하지 못해서."

세민의 그 말에 얼굴을 들어 그를 쳐다보았다. 자신이 그렇게 원하던 사람인데 오늘따라 너무도 낯설게만 보여 다시금 아픔이 느껴졌다. 주영은 고개를 돌려 세민을 외면했다.

"괜찮아요, 그런 것 따위……."

짐짓 아무렇지 않게 말해도 결국은 울컥해 주영은 급히 눈을 깜빡였다. 다시 비참해지고 싶지는 않다, 다시 바보처럼 의지하고 바라보는 삶은 살고 싶지 않다.

"결혼기념일 기억 못해서……."

"아니요, 기억하지 말아요. 우린…… 처음부터 결혼하지 말았어야 할 사람들인데…… 그런 거 기억하는 거, 이젠 부질없는 거라는 거 아니까. 다 아니까, 일부러 사과 안 해도 돼요."

"……."

주영은 그 말만을 하고는 서둘러 자리에서 일어나 이층으로 향했다. 보이기 싫었다. 자신의 약해진 마음을, 또다시 바보처럼 울고 마는 자신을 그에게만큼은 보이고 싶지 않았다. 그렇게 다짐하고, 모질게 맘먹고, 놓아준다 하루에도 수십 번 말해 놓고도 여전히 마음속에 남겨진 상처는 아프다고 하고 있었나 보다. 주영은 계단을 오르자마자 한쪽 벽에 기댄 채 두 손으로 얼굴을 가리고 울음을 터뜨렸다. 바보 같다. 자신의 처지가 처량해서 미칠 것만 같았다. 왜 그렇게 못난 건지, 왜 이렇게 바보 같은지 주영은 정말 속이 상했다.

　그녀가 자리를 뜨고 나서도 한참 동안이나 세민은 거실 소파에 그대로 앉아 있었다. 굳어진 인상을 풀 줄 모르는 그는 좀 전의 주영의 말을 계속해서 생각하는 중이었다. 그녀의 생일 따위는 신경 쓰지 말라는, 결혼기념일을 기억하지 말라는, 결혼하지 말았어야 하는 사이라는 그 말이 계속해서 자신의 머리를, 가슴을 이리저리 들쑤셔 대는 것 같았다.

　세민은 굳어진 인상을 펴지 않은 채 지금의 감정을 생각해 보았다. 그녀가 싫은가? 그건 아니었다. 그럼 그녀를 사랑하는가? 그건 모르겠다. 감정이 뒤죽박죽이 되어버려 그 스스로도 자신의 감정을 알 수가 없었다. 다만 제일 관심이 가는 것, 그의 생각의 대부분이 그녀에게로 향해 있다는 것을 부정하지는 못했다. 솔직히 결혼하고 싶지 않았다. 그녀가 싫어서도 아니었고, 시현 때문도 아니었다. 결혼이라는 걸 빌미로 자신의 미래를 바꾸고, 안정이라는 이유로 회사를 떠안겨 버린 그 상황이 짜증나긴 했었지만 어느 정도 생각해 왔던 일이기에 일정 부분 수긍할 순 있었다.

　그럼에도 불구하고 결혼이 탐탁지 않았던 건…… 사실은 사랑이 무서웠다. 사랑에 따르는 책임감이 무서웠고, 변치 않는 마음을 가져야 한다는 압박감이 그를 힘들게 했다. 책임감이라는 것은 정말 무서운 것이다. 자신과의 결혼을 맹목적으로 원하던 주영 때문에 유학을 포기하고 하기 싫은 회사 일을 배워야만 했다. 그러나 그에게 일방적인 사랑의 감정을 품은 시현의 마음도 모른 척할 수는 없었다. 원치 않는 사랑도 싫었지만 변하지 않을 사랑을 할 자신도 없었다. 그게 솔직한 세민의 마음이었다. 자신이 누군가를 사랑한다면 평생토록 변치 않는 마음을 가져야 한다는 압박감이 그를 힘들게 하고 있었다. 그것은 죽은 누이와의 약속이기도 했고, 그의 신념이기도 했다. 변치 않는 마음, 변한 사랑 때문에 결국은 자살한 누나처럼 다른 누군가를 그렇게 만들 것 같아 세민은 그것이 두려웠다.

자신이 첫 남자라는 시현. 약혼식 날 자신에게 매달리던 그녀를 그렇게 매몰차게 대하지만 않았어도, 격한 감정에 그녀가 정신없이 달리다 차에 치이는 일만 없었어도 어쩌면…… 그래, 어쩌면 세민은 시현을 다시는 보지 않았을지도 모른다. 평생을 불구로 살아야 하는 그녀를 생각하자 그녀에 대한 죄책감에 다시금 마음이 무거워졌다. 시현은 그에게 있어 일종의 책임감이자 짊어져야 할 짐 같은 존재가 되어버린 것이다.

세민은 답답한 마음에 술을 꺼내 급히 들이켰다. 몇 잔을 연거푸 마셔도 그의 답답함은 없어지지가 않았다. 깊은 한숨을 내쉰 세민은 몸을 일으켜 이층으로 발걸음을 옮겼다. 급히 마신 술 탓인지 세민은 약간 느슨해지는 자신의 모습을 느끼며 천천히 계단을 올라갔다.

방문 앞에 다다른 세민은 묘한 기대감과 흥분을 느끼며 조용히 문의 손잡이를 비틀어 열었다. 컴컴한 그 안은 침대 옆 협탁 위에 놓여진 소녀 형상의 스탠드 불빛만이 은은히 빛나고 있었다. 침대 한쪽은 불룩하니 솟아 있어 어둠 속이지만 세민은 주영의 몸의 실루엣을 정확히 알 수 있었다. 어둑하니 가려져 보이는 듯 보이지 않는 그녀의 실루엣이 한층 세민의 피를 달구어 불현듯 목까지 마르게 했다. 세민은 그것이 급히 마신 술 때문이라 생각하려 했지만 그의 몸은 그렇지 않음을, 한층 달구어지기를 바라고 있었다. 주영에게 다가가 옆얼굴을 훑었다. 그녀의 얼굴을 이렇게 가까이서 찬찬히 훑어보기는 처음이었다. 그녀의 얼굴이 이렇게 작고 희였니? 꼭 석고분을 발라놓은 것 같나. 그녀의 속살 역시 석고분을 발라놓은 듯 하얗게 빚어져 있으리라. 확인하고 싶단 생각이 들자 몸이 움찔했다. 그러자 몸의 반응과 맞춰 자신의 상상력이 무서운 속도로 그녀의 하얀 나신을 그리고 있었다. 보고 싶다, 그녀의 모습이 자신이 생각하는 것 이상인지…….

감긴 눈이라지만 그녀의 눈은 머리카락에 가려 거의 보이지가 않았다. 이상하지만 그것이 싫었다. 좀 더 그녀의 모습을 보고 싶다는 욕망에 손을 들어 볼에 놓여진 머리카락을 귀 뒤로 넘겼다. 작은 손놀림이지만 손가락 끝에 닿았던 그녀의 볼 살은 너무도 촉촉하고 부드러워 차마 떼기가 쉽지가 않았다. 세민의 손가락 하나하나가 가늘게 떨림을 느낄 수 있었다. 기분 좋은 쾌감, 이 작은 동작 하나에 세민은 더할 나위 없는 쾌감을 느끼는 중이었다. 더욱 느끼고 싶어하는 몸의 감각을 지그시 억누르며 세민의 눈이 그녀의 얼굴 위를 맴돌았다.

이내 작은 얼굴에 숨기듯 붙어 있는 귀를 바라보는 세민의 눈빛이 반짝인다. 그녀의 귓불 역시 자신이 상상한 것 이상으로 앙증맞았다. 세민은 자신도 모르게 그녀를 안고 애무하는 상상을 하고 있었다. 단지 상상한 것뿐인데도 그의 몸은 걷잡을 수 없게 온몸으로 무언가를 내보내고 있었다. 분출하고 싶은 욕구, 그녀의 귀를, 가슴을, 그녀를…… 격해진 욕구에 스스로 놀란 세민이 벌떡 일어나 급히 그녀에게서 떨어졌다. 그리곤 급히 욕실로 들어갔다.

이불 한쪽이 뭉클하더니 이내 주영의 얼굴이 스탠드의 불빛에 드러났다. 주영은 세민이 언제 올지 몰라 조마조마한 상태로 누워 있었다. 그가 들어오자 한방에 있다는 것 하나만으로도 주영은 온 신경이 날카롭게 당겨 있었는데 세민이 자신의 얼굴을 만져서 하마터면 소리를 지를 뻔했다. 그가 왜 자신을 만졌는지 알 수는 없지만 평소와는 많이 다른 모습이라는 것을 주영은 알 수 있었다.

세민이 들어간 욕실 문을 쳐다보면서 주영은 점점 더 크게 뛰는 자신의 심장과 맥박이 정상으로 돌아오기만을 바랄 뿐이었다. 그와 한침대에 눕는다면 바보 같은 자신의 상태를 그가 눈치채고 말 것이다. 주영은 조용히 손을 들어 세민의 손이 지나갔던 부분을 만져 보았다. 화끈거렸지만 다리에 화상을 입었을 때와는 다른 느낌이었다.

아까 전부터 느끼고 있었지만 억지로 먹은 저녁과 세민 때문에 계속 착용한 브래지어로 인해 숨이 막혔다. 주영은 이것을 벗어버리고 싶은 마음이 간절했다. 하지만 세민이 그녀의 모습을 보고 다시 자신을 유혹하려 한다는 생각을 할까 봐 숨 쉬기가 힘들어도 참고 있는 중이었다. 얼마 전부터는 왼쪽 윗부분이 따끔거려 계속 손으로 문지르는 중이었다.

'아무래도 소화제를 갖고 올 걸 그랬나 봐. 이럴 줄 알았다면 옷도 좀 편한 걸로 입고 올 걸.'

주영의 검정 티는 그녀의 가는 몸에 꼭 맞았다. 청바지는 도저히 불편해서 세민의 파자마로 갈아입었지만, 차마 세민의 다른 옷에까지는 손을 못 댄 그녀였다. 우습게도 결혼한 부부지만 그 이상의 남남이라는 것이 그녀의 행동에 많은 제한을 가져왔다. 주영은 앞으로 몇 시간이나 버틸 수 있을까 하는 생각에 인상이 저절로 찌푸려졌다. 방금 전까지 자신의 얼굴을 쓰다듬던 남자, 그 남편이란 남자와 같이 보내야 할 그 몇 시간이 주영에게는 너무도 길고 힘들게 느껴졌다.

잠시 앉아 있던 주영은 욕실에서의 물소리가 멈추자 급히 몸을 뉘고는 서둘러 눈을 감았다. 잠시 후 욕실 문소리와 함께 세민이 나오는 소리가 들렸다. 주영은 들킬세라 침 삼키는 소리마저 죽인 채 촉각만을 곤두세우고 있었다. 옷 스치는 소리가 들렸다. 그리곤 침대 한 편이 움푹 들어가며 자신의 옆에 세민이 눕는 게 느껴졌다. 시원한 바람 향이 주영의 콧속으로 확 밀려 들어왔다. 세민은 화장품도 잘 바르지 않는 성격이지만 그에게

서는 항상 시원한 바람 향이 났다. 지금의 이 향 말이다.

　세민은 차가운 물로 샤워를 한 뒤에야 어느 정도 정신을 차릴 수가 있었다. 조금의 미동도 않고 잠이 든 그녀를 보면서 왜 서운한 생각이 드는지, 그는 침대에 일부러 보란 듯이 큰 행동을 하며 눕고 말았다. 세민은 살짝 주영의 잠든 모습을 보았다. 짧은 머리칼이 베개 위에 아무렇게나 널려 있고 등을 보인 그녀의 작은 어깨가 자신의 그림자에 가려져 더욱 어둡게 보였다. 그 어느 것 하나 보여주기 싫다는 듯 등을 보인 그녀의 모습 위로 아까 잠시 보았던 주영의 모습을 자신도 모르게 찾고 있었나 보다. 작고 가는 허리, 모양 좋은 엉덩이를 받치고 있는 가늘고 긴 다리까지…… 그 모든 것들이 그녀의 가려진 몸 위로 저절로 그려져 겨우 식혀놓은 몸이 다시금 열기로 덮이기 시작했다. 그녀가 변한 것인지 자신의 감정이 변한 것인지 세민은 종잡을 수가 없었다. 다만 지금 옆에 누워 있는 그녀를 밤새도록 안고 싶은 마음뿐이었다. 수동적이던 그녀의 모습이 왜 이렇게 싫었는지 모르겠다. 자신에게 싫다는 말 한마디조차 건네지 못했던 주영. 그녀의 바보스러움을 탓하면서도 때늦은 후회가 밀려왔다. 지금이라면 그녀는 어떤 행동을 할까? 자신을 안으려는 나를 거절할 것일까? 아니면 예전처럼 그 관계를 맺는 동안 조용히 숨죽이며 그를 받아들일까?

　'미쳤군. 이 한밤중에 내가 무슨 생각을 하는 거지?'

　바보 같다는 생각을 하면서 일부러 고른 숨소리를 내며 잠을 청하기 시작했다.

　세민의 규칙적인 숨소리를 듣고서야 주영은 살며시 눈을 떴다. 그 뒤로도 한동안을 꼼짝도 안 하고 그의 행동을 지켜봤지만 정말 잠이 든 것인지 세민은 조용히 누워 있기만 했다. 소리 없이 일어난 주영은 결국 답답함을 참지 못하고 셔츠로 손을 향했다. 조심스레 셔츠 자락을 잡은 주영은 세민을 한번 쳐다보고는 티셔츠의 손 부부만을 빼고는 목은 걸쳐 놓은 채로 브래지어를 벗었다. 확 하고 주여 있던 가슴이 시원히게 펭배해지면서 막힌 가슴마저도 시원하게 뚫린 것 같아 숨을 깊게 내쉬는 주영은 서둘러 티셔츠를 입었다. 티셔츠 속의 유두가 셔츠를 밀어내려는 듯 뽀족하니 솟아났다.

　'헉.'

　세민은 급히 숨을 삼키었다. 방금 전, 주영이 일어나는 인기척에 저도 모르게 눈을 떴던 그는 그녀가 하는 행동이 이상하다는 생각을 했다. 그러나 세민은 그녀의 손에 잡힌 브래지어를 보고서야 주영이 속옷을 벗었다는 것을 알고는 잠이 확 깼다. 셔츠 안으로 은근히 솟아오른 가슴의 실루엣과 유두가 눈에 들어왔다. 간신히 재워놨던 욕망이 또다시 날뛰기 시작했다. 그것을 아는지 모르는지 주영은 다시 침대의 한 켠에 조용히 등을 보인 채 누웠다. 왜 그녀가 자신에게 등을 보이는 건지, 세민은 그녀의 등을 마주 대하는 게 싫었다. 조용히 그녀의 작은 등을 보면서 잠을 청하려 해도 한 번 깨어난 그의 욕망은 쉬이 잠들지가 않았다.

　그 뒤 얼마의 시간이 흘렀는지 겨우 잠이 든 세민은 무언가의 소리에 눈을 떴다. 주영이 땀을 흘리며 힘들게 중얼거리고 있었다. 세민이 서둘러 일어나 그녀의 상태를 보기 위해 불을 켰다.

　"하아, 하아."

　주영은 석고분보다 더욱 하얘진 얼굴로 땀을 흘리고 있었다. 입술마저 하얗게 보여 세민은 순간 당황했다.

　"이봐, 이봐! 진주영! 너 왜 그래?"

　"아윽."

　눈을 떴지만 도무지 하얗게만 보일 뿐 숨조차 제대로 쉴 수 없던 주영은 누군가가 자신을 흔들어도 알아차리지 못했다. 그저 참기 힘든 듯 숨만을 몰아쉴 뿐이었다.

　"이런, 젠장! 대체 어디가 안 좋은 거야?"

　놀란 세민이 저도 모르게 시트를 확 젖히고 주영의 몸을 안아 일으켰다. 다소 힘이 들어간 동작이지만 너무도 가볍게 들리는 주영의 몸에 세민은 흠칫했다. 그것은 마치 인형을 안은 듯한 느낌이었다.

　'뭐, 뭐야? 대체 넌…….'

　세민은 무게감이 없는 주영의 몸과 여리고 아픈 모습에 저도 모르게 화가 났다. 서둘러 그녀를 안고 방을 나온 세민이 성큼성큼 베란다 쪽으로 가서 문을 확 열었다. 시원한 공기가 확 하고 그 둘을 덮치자 세민은 소름이 돋았지만, 주영은 그 차가운 공기를 힘껏 들이마시는 것 같았다.

어느 정도 숨이 편안해질 동안 그는 그녀를 안은 채로 베란다에 놓여진 의자에 앉아 있었다. 축 처진 그녀의 몸이 그렇게 안타까울 수가 없는 세민으로서는 그저 그녀를 안고만 있음에도 다시 한 번 울화가 치밀었다.

하얗던 시야가 천천히 자리를 잡고 겨우 사물을 분간하게 되자 주영은 자신이 방이 아닌 다른 곳에 있다는 것을 알고 일어나려 하자 무언가가 자신을 잡았다. 주영이 힘들게 고개를 들자 몇 센티 앞에 세민의 굳은 얼굴이 보였다.

"아!"

"정신이 드나? 이제 좀 괜찮아?"

"아, 네. 괜찮아요."

당황한 주영이 일어나려 하자 두 팔을 이용해 그녀의 몸을 꽉 끌어안고 있던 세민이 다시 말했다.

"그렇게 움직이지 마. 대체 어디가 안 좋았던 거지? 숨을 잘 못 쉬는 것 같던데?"

"그, 그냥 체한 거예요, 급체요. 가끔 이래요. 소화제를 먹으면 괜찮은데, 준비를 못해서……."

주영의 말이 끝을 못 맺고 흐지부지되어도 한동안 세민은 그녀를 쳐다만 보았다.

'그렇게 불편했던 건가? 소화를 못 시킬 만큼 내가 불편했단

말이야?'

세민은 그녀의 말에 자신의 마음이 가라앉는 것을 느꼈다. 자신과 함께한 그 일 년이란 시간 동안 자신은 완벽한 남이었다는 것이 새삼 그에게 충격으로 다가왔다.

"……지금은 괜찮은 건가?"

"네. 그러니 내려줘요."

주영은 세민의 품 안에 이렇게 안겨 있는 것이 아무래도 불편해 자신도 모르게 퉁명스런 말이 나왔다. 그러자 세민이 그녀를 빤히 쳐다보았다. 마치 왜 화를 내냐는 식의 표정으로 말이다. 그러나 세민이 그녀를 내려놓지 않고 안고 일어서자 주영이 놀라 급히 말했다.

"내려달라고요."

생각보다 차분한 목소리가 나와 주영은 다행이라 생각했다. 그의 팔 근육과 움직일 때마다 부딪치는 가슴 때문에 정말 어쩔 줄 모르고 있었으니까.

"방까지 그냥 가. 제대로 못 걸을 것 같으니까."

그녀를 가뿐히 안고 방 안으로 들어온 그는 그녀를 침대에 눕히고는 다시 말을 이었다.

"어디가 아픈 건데? 약을 먹어야 하는 건 아닌가?"

"아니에요. 윗부분이 따끔거리기만 할 뿐 이젠 괜찮, 헉! 뭐, 뭐 하는 거예요?"

"여기 이 부분?"

세민의 손이 정확히 자신의 가슴 바로 아래에 닿자 주영이 소스라치게 놀라며 그의 손을 쳐냈다. 그러나 세민이 주영의 손을 다시 붙잡았다.

"가만있어 봐. 아프다며? 좀 문지르면 나을 것 아냐?"

"아, 안 그래도 된다고요! 내가, 내가 할 테니……."

순간 너무 놀라 말도 잇지 못하고 입만 벙긋거리는 그녀를 세민은 모른 척했다. 그리곤 그녀의 셔츠를 확 가슴 위까지 올려 가슴과 바로 아랫부분까지 같이 마사지를 하듯 문지르자 주영은 당황스러움과 부끄러움에 얼굴이 확 붉어지고 말았다.

"그, 그, 그만 하라고요. 내가 한다니깐요!"

당황해서 아무렇게나 뻗어 그의 손을 쳐내려는 주영의 손을 손쉽게 잡고는 세민은 그녀의 가슴에 손바닥을 대고는 연신 마사지를 하기 시작했다. 주영은 세민의 손 움직임에 따라 자신의 몸이 움직이는 것과 가슴으로 느껴지는 세민의 손바닥 감촉에 너무도 부끄러워졌다.

"누워봐. 아무래도 누워 있는 게 훨씬 나을 테니. 당신은 지금 환자라고."

주영이 이토록 당황하지 않았다면 세민의 행동이 너무 고의적이라는 것을, 그의 숨결이 빨라졌다는 것을, 그리고 그의 목소리가 지독히도 낮아졌다는 것을 충분히 알았을 것이다. 하지만 주영은 세민이 전해주는 감촉만으로도 이미 정신을 차릴 수가 없었다.

아무 느낌 없다는 듯이, 마치 의사가 환자를 진찰하는 것처럼 무표정하게 자신의 벗은 가슴을 만지는 세민을 보면서 주영은 창피하면서도 세민의 손에 의해 일깨워진 묘한 감각에 당황스러웠다.

창피함에 얼굴이 붉어진 주영이 고개를 옆으로 돌리는 것을 세민은 무표정하게 바라봤지만 그 역시 몸 안을 달리는 이 미칠 것 같은 감각을 필사적으로 참고 있는 중이었다. 아픈 그녀를 보면서 그의 육신은 몸부림을 쳤다. 그녀의 하얀 얼굴과 젖은 머리, 흘리는 땀, 묘한 숨소리가 마치 자신에게 안겨 신음하는 것처럼 들려 순간 정말 그녀와 격렬한 사랑을 나누는 것 같은 착각마저 들었다. 일부러 가슴까지 드러나도록 올려 버린 셔츠, 그 안의 주영의 모습은 그가 생각한 그 이상, 아니, 너무도 아름다웠다. 그저 본능에 충실하게 그녀의 아픈 곳을 돌본다는 위선을 달고서라도 그녀를 만지고 확인하고 싶었다. 자신의 손 아래서 흔들리는 주영의 가슴과 붉은빛의 그 작고 앙증맞은 유두가 보란 듯이 솟아나고, 하얗고 가는 허리가 간간이 흔들릴 때마다 세민은 아랫배에 이는 뻐근한 통증에 신음을 삼킬 수밖에 없었다.

주영은 눈을 감고 있었던지라 세민의 눈빛과 표정이 어떻게 달라졌는지 몰랐다. 아마 알았더라면 이 상태로 계속 있지는 못했을 것이다. 세민의 숨이 흩어지고 점차 격해져도 주영은 알지 못했다. 세민의 상태를 확인하는 것보다 몸속에 일기 시작하는 묘한 반응을 누르는 것만으로도 벅찬 주영은 그저 떨림을 감출 방법만을 찾으려 필사적이었다.

"이, 이제 됐으니 그, 그만 해요."

간신히 힘을 주어 세민의 손을 쳐내자 힘없이 떨어져 나갔다. 그러자 너무 아쉬었다.

'진주영, 미치고 싶은 거니? 이 사람이 너를 요부처럼 생각하고 대한다 해도 넌 할 말이 없는 거야! 정말 그러고 싶은 거니? 그렇게 지존심도 없이?'

주영은 급히 침대 시트를 목까지 끌어 올리며 그를 향해 말했다.

"고마워요. 많이 좋아졌어요. 그러니 이제 당신도 자요. 괜히 미안해요, 나 때문에."

"……아니, 괜찮아."

왜 담배 생각이 간절한지는 주영 말고는 모두가 알 것이다. 그녀의 눈빛은 정말 자신이 왜 그러는지를 모르겠다는 표정이어서 세민을 황당하게 만들었다. 물론 그녀가 자신의 행동을 이해하리라고는 생각지 않았다. 자신 역시 지금의 감정을 제대로 정리할 수가 없으니까 말이다. 하지만 주영의 눈빛과 행동이 마음에 들지 않았다. 마치 자신을 가지고 노는 것처럼 느껴져 기분이 상해 버린 세민은 담배를 한 대 피우려고 협탁 위에 놓인 것들을 가지고 방 밖으로 다시 나갔다.

그가 나가고 나자 주영은 한숨을 쉬었다. 여전히 울리는 심장

소리가 쿵쿵 그녀의 귀를 때린다. 그가 오기 전에 차라리 잠이 들었으면 좋겠다는 생각으로 눈을 감은 주영은 그 뒤 한참의 시간이 흐르도록 세민이 들어오지 않자 긴장감이 천천히 풀리면서 잠이 들었다.

새벽녘이 다 지나갈 무렵, 더 이상의 추위를 참지 못하고 세민이 방 안으로 들어왔다. 한 번 긴장한 신체는 도무지 잠들 줄을 몰라 한동안 그를 애먹이고 있었다. 새벽녘의 차가운 공기에 온몸에 소름이 돋고서야 세민은 천천히 주영이 잠든 방 안으로 들어왔다. 훅 하고 끼치는 따뜻한 공기에 간지럼마저 드는 세민은 침대 위에서 평안히 잠든 그녀를 발견하고는 어이없어졌다. 자신과는 다르게 너무도 평온히 잠을 자는 그녀. 그런 그녀가 밉기도 하고, 귀엽기도 해 세민은 감정이 마구 뒤섞이는 것을 느꼈다. 하지만 기분이 나쁘지 않다는 것, 그리고 그녀 옆에 눕고 싶다는 생각이 간절하다는 것을 알고 세민은 천천히 그녀가 누운 침대에 자신의 차가워진 몸을 눕혔다. 천천히 손을 뻗어 주영의 머리카락을 슬쩍 다시 넘겨주었다. 여전히 반응이 없는 그녀를 쳐다보며 세민은 자신의 차가워진 몸을 그녀의 온기로 녹이고 싶었다. 그것이 단지 피부뿐인지는 의문이지만, 등을 보인 채로 자는 그녀를 뒤에서 자신의 가슴으로 끌어당겼다. 잠시 동안, 가만히 있던 그는 이번에는 그녀의 셔츠 안으로 천천히 손을 밀어 넣었다. 약간의 움찔거림이 있긴 하지만, 여전히 고른 숨소리를 내는 그녀를 보며 세민은 그녀의 머리 속에 자신의 코를 대고 문질러 보았다. 달콤한 향기가 났다. 무슨 향기인지는 모르지만 그 달콤한 향에 취해 더욱 깊이 숨을 들이쉬며 그녀의 몸을 뒤에서 꼭 끌어안았다. 세민은 저도 모르게 자신의 긴 다리로 그녀의 다리를 휘감으며 그녀를 더욱 그의 품에 당겨 안았다. 극한 쾌감에 세민은 저도 모르게 신음하며 주영의 가슴을 꽉 움켜잡고 말았다.

주영은 이미 그가 문을 열고 들이올 때부터 깨어 있었지만 차마 일어날 수가 없었다. 조심스레 다가와 자신의 볼을 쓰다듬기도 하던 그가 자신의 옆에 누웠을 때는 정말로 온몸의 솜털이다 서는 것만 같았는데, 그의 손이 자신의 가슴을 움켜쥐자 결국은 참지 못하고 소리 지르고 말았다.

"악!"

침대 시트에 몸이 말려 바닥으로 굴러 떨어진 그녀는 자신도모르게 벌떡 일어나 세민을 향해 눈을 부라렸지만, 너무도 태연한 그의 표정에 순간 멍해졌다. 세민은 침대에 비스듬히 누운 채로 그녀를 무표정하게 바라볼 뿐이었다. 도저히 방금 자신의 몸을 더듬으며 흥분했던 남자라고는 믿어지지 않을 만큼 침착하고 도도한 표정, 주영은 그의 그런 모습이 싫었다. 좀 더 흐트러지고, 감정적으로 풀려진 그의 모습이 보고 싶었다. 오로지 자신 때문에 격해진 그를 보았다면, 그랬다면 어쩌면 그녀는 이자리에서 그를 받아들였을지도 모른다. 하지만 주영의 앞에 앉

아 있는 남자는 익히 보아왔던 표정으로 그녀를 바라보기만 할
뿐이었다. 그것이 결국은 그녀의 화를 부추기는 촉매 역할이 되
고 말았다.

"당신! 지금 뭐 하는 거예요?"

"뭐가?"

무슨 일 있었냐는 표정으로 자신에게 되묻는 세민을 보면서
주영은 기가 막혔다. 정말 몰라서 그러느냐고, 내 몸을 더듬어
놓고, 내 가슴을 그렇게 만져 놓고는 아무 일 없다는 표정의 뻔
뻔스런 말과 행동에 그녀는 화가 났다.

"무슨 말인지 몰라서 물어요? 나, 나를…… 당신이 나를 만졌
잖아요!"

주영의 억울하다는 표정과 화난 모습을 보는 세민의 얼굴에
약간의 웃음이 감돈 것 같다는 생각은 아무래도 착각이었나 보
다. 이런 상황에서 웃는 짓 따위, 그럴 남자가 아니니까 말이다.
하지만 세민의 입가가 다시 벌어지며 약간의 웃음을 흘리고, 눈
빛마저도 재밌다는 표정으로 그녀를 쳐다보자 결국은 화가 폭
발하고 말았다. 그녀가 보기에 그의 웃음은 자신을 향한 명백한
비웃음이었다. 그런 그녀가 다시 말을 하려 하는데 웃던 그의
입에서는 정말 열받을 만한 말들이 계속해서 나왔다.

"그런데?"

"뭐라고요?"

"그런데? 우린 결혼한 부부야. 한침대에서 자고 있는 아내를

조금 만졌다고 그게 그렇게 놀랄 만한 일인가?"

　주영은 세민의 말에 그저 기막힐 뿐이었다. 단지 옆에 있어서 만졌다는 그의 말은 그녀가 아닌 다른 어느 여자라도 상관없다는 것처럼 들렸다. 결혼해서 한침대를 쓰는 여자니까 감정과는 상관없이 어느 때고 가능하다는 그의 생각에 주영은 치가 떨렸다. 남편이 원할 때마다 인형처럼 소리없이 안겼던 자신, 실은 그를 원망한 것이 아니라 자신을 원망했을지도 모른다. 하지만 이제는 그렇게 살지 않으리라. 이제는 인형이 아닌 사람처럼 살고 싶은 주영이었다. 주영은 세민이 자신을 감정이 있는 여자로 보기를 바랐다. 감정을 갖고 자신을 안기를 바랐던 것이지만 그렇게 될 수 없음을 알기에 이제는 그마저도 버려야 할 감정이었다.

　"당신, 참…… 오만한 사람이에요. 나한테 이렇게…….."

　주영은 중간에 입을 다물었다. 이렇게 말한들 얻을 수 있는 건 겨우 동정심에 불과할 테니까. 아니면 다른 식의 비웃음을 받을 것이라고 생각되어 도저히 말을 꺼낼 수가 없었다.

　'나한테 이렇게 잔인하게 대할 만큼 내가, 내가 당신을 힘들게 했나요? 그런 거예요?'

　그런 그녀를 쳐다보던 세민의 얼굴이 차츰 굳어졌지만 주영은 자신의 감정을 감추기에 급급한 나머지 고개를 들지 못해서 세민의 표정을 볼 수가 없었다.

　"오해하는군. 너를 어떻게 해볼 생각 따위는 하지도 않았어.

잠시…… 네가 잠든 것인지 궁금했었어. 그뿐이었어. 다른 뜻은 없었다고."

"……."

알고 있는 사실이었지만 그의 입에서 다시 확인을 하는 고통은 그 창피함을 넘어서 그녀를 비참하게 만드는 것이었다. 자신을 원치 않는 남편을 바라보는 자신의 마음이, 그녀를 여자로 보지 않는 남편을 원망하는 것보다 그녀 자신을 훨씬 비참하게 만든다는 것을 그녀는 너무도 잘 알았다.

'바보같이…… 넌 바보구나, 진주영. 그 작은 기대감을 아직도 버리지 못하다니.'

일 년, 그 일 년 동안의 아내라는 이름으로 살아왔던 자신은 그에게 이 정도밖에 안 되는 것이었다. 그의 아내란 이름만 가져간 미련하고도 멍청한 여자, 그게 바로 나 진주영인 것이다.

"미안…… 하네요, 바보 같은 생각을 해서. 하지만 다음부터는 말로 물어봐 줘요. 이런 웃지 못할 촌극이 일어나지 않게 말이죠."

조용히 말을 한 뒤 주영은 아무렇지 않다는 것을 일부러 보이려는 듯 침대 옆에 다시 누웠다. 세민 역시 그런 그녀를 한번 쳐다보고는 등을 돌려 누웠다. 하지만 둘 다 쉬이 잠들 수 없었다. 바보 같고, 억울하고, 서러운 마음에 옆으로 누운 그녀의 눈에선 눈물이 계속 흘렀으나 주영은 그 눈물을 닦지도, 소리를 내지도 않았다.

　'당신, 이젠…… 내 남자로 생각 안 할래요. 처음부터 남이었으니까, 정말 남처럼, 당신이 나를 대하는 것처럼 그렇게 대할 거예요. 그렇게…….'

　세민은 조금 심하게 말을 한 것 같다고 느꼈지만 그 상황에서 다른 말을 생각해 낼 수가 없었다. 자신의 욕망이 이끄는 대로 주영을 만졌다고, 그녀를 안으려 했다고 어찌 말할 수가 있단 말인가? 상처받은 그녀의 얼굴이 자꾸만 생각이 나서 가슴 한구서이 쿡쿡 쑤셔왔다. 생각 같아서는 바로 옆에 누워 있는 그녀를 붙잡고 미안하다고 말을 하고 싶었지만, 세민은 조용히 눈을 감고 이런 감정에 휘둘리기 싫다는 듯 입마저 다물고 말았다. 이런 유치한 상황과 자신도 알지 못하는 감정이 세민으로서도 결코 좋지만은 않았다. 세민은 지금 자신이 느끼는 감정을 정리할 필요성을 다시 한 번 느끼며 잠을 청했다.

일요일 아침, 주영은 일찍 일어나 욕실로 들어가 간단히 세수를 한 뒤 일층으로 내려갈 준비를 했다. 그녀는 곤히 자고 있는 세민을 한번 쳐다보았다. 한숨도 자지 못한 자신에 비해 너무도 편안히 잠을 자는 그가 그렇게 미울 수가 없었다. 주영은 하룻밤을 꼬박 새운 상태였다. 잠든 모습을 그에게 보이고 싶지도 않을뿐더러 그와 마주하고 싶은 마음은 더 더욱 없었기에 그가 일어나기 전에 먼저 자리를 비우고 싶었다. 돌아서면 남이라는 부부, 정말 그러한 것인지, 지금의 주영은 세민을 정말로 그렇게 사랑했나 싶게 그에 대한 감정에 회의적인 생각이 들었다.

일층에 내려가니 이미 아줌마가 아침 준비를 하고 있었다. 주영은 옆으로 다가가 조용히 인사를 건넨다.

"일찍부터 준비하시네요. 그동안 잘 지내셨어요?"

"아유, 새댁, 벌써 일어난 거야? 좀 더 자지 그래. 여기 큰 사모님 일어나시려면 아직 한참 있어야 되는데."

"괜찮아요. 아침은 뭐예요? 저도 같이 할게요."

"근데 몸 안 좋은 거 아냐? 얼굴빛이 별로 안 좋아 보이네."

"아뇨, 괜찮아요."

간단히 대답을 한 주영이 아줌마와 아침 준비가 끝나도록 시어머니는 나올 줄을 몰랐다.

아침 준비를 다 끝낸 주영은 녹차 한 잔을 뜨겁게 우려내 식탁에 앉아 마시고 있었다. 정말은 코코아가 마시고 싶었지만 씁쓰레한 녹차도 제법 괜찮다며, 꼭 자신의 기분을 표현하는 것 같아 그 쓴웃음을 다시 한 번 지었다.

세민은 주영이 나가자마자 눈을 뜨고 천천히 침대에서 몸을 일으켰다. 한숨도 자지 않은 탓에 피곤이 풀리지가 않았지만, 그보다는 유난히 예민해진 몸의 감각에 더욱 곤혹스러울 따름이었다. 바로 옆에서 간간이 숨을 참는 주영의 숨소리를 밤새 듣던 그는 일부러 고른 숨소리를 내느라 긴장하고 있었다. 언제 날이 샜나 싶게 아침이 되고, 서둘러 그녀가 나가자 오히려 한편으론 마음이 편해지는 세민이었다.

일어나서 탁상 위의 시계를 보니 여섯 시가 조금 넘은 시간이어서 세민은 저도 모르게 인상을 찌푸렸다. 밤새 한잠도 자지 못했던 그녀, 주영이 걱정돼서였다. 우습지만 하룻밤 내내 그녀에게 심한 말을 한 것 같아 계속 무언가가 걸린 것처럼 마음이 불편했다.

세민은 얼굴을 두 손으로 쓰윽 훑고는 천천히 욕실로 향했다. 긴장한 상태로 잘 움직이지도 못했더니 온몸이 쑤셨다. 욕실로 들어선 세민은 뜨거운 물로 샤워를 시작했다. 잘 잡혀진 몸매에 부딪쳐 흐르는 물들이 더운 수증기와 더불어 그의 신경을 풀어주었다. 한동안 샤워기 아래 서 있던 세민은 이 모든 것의 원인이 바로 주영이라는 것을 다시 한 번 되새기고 있었다. 그녀가 싫지 않았다. 다만 예전의 자신이 오히려 그리울 지경이었다.

"새댁, 들어가서 좀 더 누워 있다가 나와. 큰 사모님 나오시려면 한 시간은 족히 남았어. 일요일이라 여덟 시는 넘어야 식사하실 텐데, 지금 일곱 시도 안 됐잖아. 얼굴도 피곤한 것 같은데 어서 올라가서 좀 쉬어."

"그래요? 그럼 여덟 시쯤 해서 내려올게요, 아줌마."

잠시 망설이던 그녀는 피곤하다는 듯이 한숨을 내쉬었다. 뜨거운 차를 마셔서 그런지 긴장이 좀 풀려 좀 전부터 눈꺼풀이 자꾸 내려왔다. 천천히 이층으로 올라가면서 주영은 세민이 제발 잠든 상태이기를 빌었다. 막 문을 열고 들어가 보니 침대 위

에는 아무도 없었다. 잘됐다 생각하며 침대로 가서 몸을 눕히려
는데 맞은편 욕실 문이 벌컥 열리면서 몸에 수건 한 장만을 걸
친 세민이 나왔다. 그 모습에 놀라 주영이 급히 눈을 돌리자 세
민이 그녀의 곁으로 천천히 다가갔다. 그리곤 주영을 보며 살며
시 웃었다.

"뭘 그렇게 놀라는 거지? 남자의 벗은 몸 처음 보는 것도 아
니잖아?"

그녀의 붉어진 얼굴을 보면서 놀리고 싶다는 생각에 세민은
그녀 가까이 보란 듯이 서서 말을 걸었다. 여전히 자신을 쳐다
보지도 못하는 그녀가 우습기도 하고, 귀여웠다.

"오, 옷이나 좀 입어요! 혼자 생활하는 것도 아니면서 그렇게
벗고 다니면 어떡해요?"

"아아, 당신이 있을 거라는 생각을 못해서 말이야. 그래도 다
벗은 건 아닌데?"

세민은 자신의 엉덩이 부근에 슬쩍 걸쳐진 흰 수건을 손가락
으로 가리키며 짓궂게 웃었다. 그리곤 그녀 가까이에서 젖은 머
리를 털었다. 물이 튈 때마다 인상을 쓰며 손사래를 치는 그녀
의 반응을 세민은 즐겼다. 화난 듯 볼을 부풀리는 모습도 그렇
고, 붉어진 얼굴로 자신을 노려보는 모습도 그렇고, 금방 눈을
내리고 새치름히 고개를 돌리는 그녀의 모습이 너무도 사랑스
러워 세민은 그 모습을 보기 위해 계속해서 그 행동을 반복했
다.

주영은 그를 바라보고 있진 않았지만 세민의 행동이 다분히 고의적이라는 것은 알 수 있었다. 수건의 스치는 소리와 가끔 탁탁거리며 세민의 머리에 부딪치는 수건의 소리까지 그 모든 게 너무도 가까이에서 울려 긴장된 나머지 주영은 제대로 숨조차 쉴 수 없었다.

하지만 이런 긴장된 상태에서도 유독 세민의 모습을 선명하게 기억하는 그녀였다. 물론 남자의 나체를 처음 보는 것은 아니었다. 미대 시절 남자 누드 모델도 그려보았고 결혼 후 세민의 벗은 모습을 보기도 했었다. 하지만 지금처럼 선명히 기억되지는 않았었는데. 골반 부분에 간신히 걸쳐진 흰색 수건 아래 있는 단단하고 탄력있는 허벅지와 근육으로 단련된 상체까지도 모조리 기억해 낼 수 있는 자신이 신기하기까지 했다.

옷 스치는 소리가 들리는 것이 아무래도 옷을 입고 있는 중인가 보다 생각한 주영은 고개를 돌려야 하나, 이대로 침대에 누워야 하나를 놓고 고민하던 중 세민의 목소리가 들렸다.

"이봐, 고개 돌아가겠어. 옷 다 입었으니까 힘들게 고개 돌리고 있지 않아도 된다고."

놀리는 듯 느릿한 세민의 말에도 선뜻 고개를 돌리지 못하던 주영은 갑자기 자신의 얼굴이 확 하고 당겨지자 기겁을 했다. 어느새 옷을 다 입은 세민이 자신의 얼굴을 잡아 돌린 것이다.

"옷 다 입었다고. 언제까지 그러고 있을 건데?"

"아, 그, 그래요? 아래층에 내려갈 건가요?"

“그건 왜?”

“식사 시간이 좀 늦어져서요. 나, 난 잠시 쉬려고 올라온 거예요. 그러니 아래층에 내려가서 신문이라도 보든지 하세요.”

주영은 세민의 눈이 반짝이는 게 자신이 이상한 말을 했나 싶어 급히 입을 다물었다. 세민은 고개를 끄덕이곤 이내 방문을 열고 나가 버렸다. 그가 나가고 나서야 침대에 누운 주영은 이마를 짚었다.

“아아, 바보같이 그렇게 놀라다니. 좀 더 성숙된 모습으로 그처럼 아무렇지 않게 대처했으면 얼마나 좋았을까? 바보같이 이게 뭐야? 놀림이나 받고 말이야.”

좀 전에 봤던 세민의 남성미 넘치는 몸매가 자꾸만 생각나 놀란 가슴은 쉽게 진정되지 않았다. 그러기를 얼마 후 긴장이 풀리면서 무거웠던 눈꺼풀이 점차 아래로 내려오자 주영은 잠시만 쉬자는 생각에 눈을 감았다.

세민은 이층에서 내려오면서 웃음을 삼켰다. 놀란 듯이 자신을 쳐다보던 주영의 붉어진 얼굴과 방금 전의 행동이 그를 기분 좋게 만들어주었다. 세민은 주영을 더욱더 골려주고 싶었으나 밤새 잠을 못 잤는지 핼쑥해진 모습에 아쉬움을 느끼며 일층으로 향했다.

“일찍 일어나셨네요.”

“아, 안녕하세요. 어제 신문 있나요?”

“네, 탁자 위에 있어요. 녹즙 한 잔 드릴까요?”

“아닙니다, 됐어요.”

세민은 신문을 들고 잠시 동안 고민을 했다. 아줌마만 있는 일층에서 보기도 뭣하고 자꾸만 주영이 있는 이층으로 신경이 분산되어서 도저히 신문을 집중해서 읽을 수가 없었다. 결국은 신문을 들고 이층으로 올라가며 지금 자신의 행동을 납득시킬 수 있는 변명을 찾기 시작했다.

이윽고 도착한 이층 방문 앞에서 잠시 망설이던 세민은 조용히 문을 열고 들어가 방금 전 자신을 즐겁게 해준 그녀를 찾아보았다. 침대에는 좀 전까지도 멀쩡히 앉아 있던 주영이 어느새 잠이 든 것인지 고른 숨소리를 내며 누워 있었다.

세민은 천천히 그녀의 곁으로 다가가 잠이 든 그녀의 얼굴을 찬찬히 쳐다보았다. 어젯밤 자신이 한 말 때문에 상처를 입은 그녀의 얼굴 표정과 잠이 든 그녀의 얼굴 표정은 너무도 달라 보였다. 세민은 주영의 얼굴이 지금처럼 평온하기를, 자신에게도 그리 대해주기를 바라는 마음이 문득 들었다. 그녀를 어찌 대해야 할지는 여전히 고민 중이지만 자신 때문에 아파하는 모습을 더 이상은 보고 싶지 않았다. 그런 생각을 하다 스스로에게 놀란 세민은 한동안 그녀의 얼굴을 뚫어질 듯 쳐다보며 그녀의 무엇이 자신을 이렇게 만드는지 찾아보았다. 지금의 그녀는 자신으로 하여금 너무도 많은 감정을 일으키게 했다. 앞으론 예전처럼 그녀를 대할 수 없을 것 같았다. 그녀를 가만히 바라보

고 있자 안고 싶다는 생각이 들어 억지로 시선을 떼어내 신문을
펴 들었지만 그 신문에서도 그녀의 얼굴이 보이는 것 같아 집중
을 못하고는 이내 접었다.

'젠장, 중증이군. 이러다 정말 미치는 거 아냐?'

세민은 자신의 몸과 마음을 통제하기가 힘든 듯 정신없이 잠
이 든 주영을 바라보기에 여념이 없었다. 그러기를 여러 번, 결
국은 참지 못한 채 벌떡 일어나 그 방을 나서며 급히 담배를 입
에 물었다.

잠을 자다 불현듯 눈을 뜬 그녀는 서둘러 시계를 쳐다보았다.
여덟 시가 조금 못 된 시간, 마치 자명종 소리에 일어난 것마냥
그녀는 정확한 시간에 자신이 일어난 것을 보고는 고소를 금치
못했다. 시댁이라는 게 무섭긴 무서운지, 잠을 자면서도 은연중
에 긴장을 했었나 보다. 방 안에는 아무도 없었다. 다만 테이블
한쪽에 신문이 반듯하게 접혀져 있었다. 주영은 손을 뻗어 신문
을 집어 들었다.

조금 전까지 누군가의 손에 들려 있었던 듯 인쇄 냄새와 함께
묻어나는 약간의 온기에 주영은 자신의 손을 가져다 대었다. 그
약간의 온기마저 그리워하는 자신은 여전히 정에 굶주린 아귀
임을, 벗어나려 노력할수록 더없이 구체화되어 간다는 것을 그
녀는 불현듯 깨달았다. 그럼 정에 굶주려 죽게 된다면 그 원혼
은 무엇이 될까? 무얼 하며 살아갈까? 갑자기 드는 생각에 주영

은 다시 한 번 웃고 말았다. 지금 그게 무슨 소용이 있다고…….
무언가에 굶주린다는 것은 너무도 비참한 것이다. 충분히 겪었
다 싶었는데도 끊임없이 제자리를 맴돌고 있는 자신이 무척 바
보 같다고 생각되었다.

항상 정리정돈을 잘하는 남자, 신문을 보고 나서도 그냥 던져
두는 법이 없는 남자. 그 남자는 어쩌면 누군가를 사랑할 만한
여유가 없을지도 모른다. 항상 자신에게 엄격한 사람은 그 주위
를 둘러볼 줄 모르기 때문에. 잊자, 모두 잊고 생각하지 말자.
지금 내게 필요한 것은 정도, 사랑도, 남편도 아니다. 지금 내게
필요한 것은, 정말로 절실한 것은 내가 아귀가 되지 않도록 나
자신만을 사랑하는 것이다. 주영은 짧은 한숨을 내쉬곤 일어나
일층으로 향했다.

어떻게 아침을 먹고 무슨 정신으로 인사를 하고 나왔는지 주
영은 기억이 나지 않았다. 무언가가 잘못된 것마냥 멍하기만 하
고 무기력해져서 운전 중에 수시로 세민이 자신을 쳐다본다는
것조차 알지를 못했다.

집에 다다를 무렵 세민의 핸드폰이 울렸다. 순간 주영은 그
전화가 누구인지 세민의 굳어진 표정으로 짐작할 수 있었다. 남
편의 여자…… 정시현이라는 것을 말이다.

"알았어. 금방 가지."

전화를 끊은 세민은 차를 주차하고는 아무 말 없이 그대로 앉
아서 마치 주영이 내리길 기다리는 듯했다. 주영은 이미 짐작했

으면서 일부러 물었다.

"안 들어가요?"

"응, 가볼 데가 있어."

주영이 풋 조소를 뱉어냈다. 그러자 순간 당황한 세민이 곧 말을 이었다.

"저녁 때까지는 들어올 거야."

"전화한 사람…… 정시현, 그녀죠? 이번엔 무슨 일이래요?"

결국 묻고 말았다. 그냥 아무 말 안 하고 모른다는 것처럼 행동했던 지난날과는 달리 지금은 묻고 싶었다. 왜, 무엇 때문에 그녀가 부르면 그 잘난 유세민이 개처럼 달려가야 하는지를 말이다. 지금 그의 모습은 정말 잘 길들여진 개 같다고 주영은 생각했다. 그럼 그 개를 못 잡고 집만 지키는 자신은 무엇일까? 세민이 이럴수록 더욱 비참한 입장이 되는 것은 그가 아닌 바로 그녀라는 것이 주영을 미치게 만들었다.

세민은 돌연 물어오는 주영의 말에 인상을 굳히며 입을 다물었다. 다분히 알려 하지 말라는 그의 행동, 그것이 그녀를 더욱 화나게 한다는 것을 그는 알까?

주영이 차에서 내렸지만 인상을 쓰며 한숨을 쉰 그는 평소처럼 쉽게 차를 출발시키지 않았다. 예전의 그라면 그녀가 대문을 지나기도 전에 차를 돌려 나갔을 텐데, 지금의 세민은 무언가를 고민하는 것 같았다. 그 잠깐의 망설임 끝에 세민은 툭 던지듯 말했다. 그녀에게 이해를 구하는 말이 아니라 단지 상황 설명이었다. 이러이러하니, 이러하다라는 지극히 객관적인 말투에 미칠 만큼 차분한 말투였다.

"몰라. 도움이…… 필요하다더군."

세민의 말을 듣고 주영은 고개를 돌려 그를 쳐다보았다. 그의 얼굴은 지극히 이성적인 모습이었다. 순간 저 사람은 시현을 사랑하지 않는 것이 아닐까 싶은 생각이 들었지만 이내 고개를 흔들어 떨쳐 냈다.

주영이 그를 쳐다보는 것도 모른 채 세민은 약간의 인상을 쓰고 운전대만을 쳐다보고 있었다. 그는 알까? 자신 역시 그의 도움이 절실했던 적이 있다는 것을 말이다. 이제는 그 도움마저 필요없다며 스스로 일어서려는 그녀였지만, 정말은 궁금했다. 자신이 그렇게 그에게 도움을 요청했다면 그는 시현에게 하는 것처럼 자신에게도 같은 행동을 해주었을지 말이다. 하지만 그 대답은 직접 그를 통하지 않아도 알 수 있었다. 그의 지난 행동이, 자신을 대하는 지금의 모습이 말해 주고 있으니까 말이다.

세민은 불만스러운 심기를 되도록 주영이 보는 앞에서 나타내려 하지 않았지만 그녀에게 이런 말을 하는 내내 무언가가 잘못되었다는 느낌을 받았다. 자신은 그저 약속을 지키는 것뿐이라고 말하고 싶어도 왠지 떳떳하지 못하다는 느낌을 지울 수가 없었다.

시현은 전화해서 무턱대고 울기만 했다. 무슨 일인지 밑도 끝도 없이 죽을 것처럼 자신만 찾는 그녀가 지겨웠지만 그럴 때마다 책임감이 그를 무섭게 눌러왔다. 미칠 것 같은 짜증이 나도 자신을 사랑했다는 이유 하나로 평생을 절름발이로 살아야 하는 그녀의 인생이, 자신만을 바라보는 그 바보 같은 그녀의 순정이 그를 움찔하게 만들곤 했다. 누나를 죽게 만든 남자처럼 시현을 그렇게 만들지도 모른다는 불안감과 함께 너무도 어이없게 죽어버린 자신의 누이 역시 지금의 시현처럼 막다른 골목으로까지 몰리지 않았다면 살 수 있었다는 미련이 세민의 행동을 통제하고 있었기 때문에 세민은 시현을 완선히 뿌리칠 수가 없었다.

출발하지도, 그렇다고 차에서 내리지도 않는 세민을 지켜보던 주영은 그가 불쌍하단 생각을 했다. 모든 것을 다 가진 남자, 항상 위에서 군림하는 남자, 원하면 얼마든지 수많은 여자들을 안을 수 있는 남자라 생각했는데 지금의 세민을 보자 우습게도 불쌍하다는 생각이 들었다.

'그래, 어쩌면 당신도 참 불행한 사랑을 하는 건지 몰라. 아니, 내가 없었더라면 지금보다는 나을수도……'

그가 왜 그러는지 주영은 잘 안다. 정시현, 그녀에게 있어 그가 첫 번째 남자라는 것과 그 약혼식에서의 충격으로 뛰쳐나가다 당한 사고로 발 하나가 부자연스럽다는 것을. 사실 이 셋 중에 불쌍하지 않은 사람이 있을까 싶다. 사랑하지 않는 여자와 결혼한 남자, 사랑하는 사람을 완벽히 갖지 못한 여자, 껍질만 안고 죽을 만큼 아파하는 여자, 그게 우리 셋에게 주어진 단막

극의 역할인가 보다. 책임감이라 했었다. 자신은 그녀를 책임져야 한다는 세민의 말은 결혼하기 전부터 그녀에게 무던히도 아픈 무게감을 주었다.

그의 모습을 물끄러미 쳐다보던 주영이 결국 몸을 돌려 지나가듯이 말을 흘렸다.

"그거…… 알아요? 정말은, 정말은 말이죠. 당신이 책임져야 할 사람은 정시현, 그녀가 아니라 나란 것을……. 당신은 결혼이란 이름으로 날 책임져야 한다는 거, 그걸 몰라요. 정시현이라는 책임감에 눌려 정작 더욱 무겁고 힘든 책임을 모른 척 회피하고 있다는 걸. 그래서 놔줄래요. 당신의 그 힘겨운 책임감에서 조금이라도 자유롭도록 내가 놔줄게요."

세민은 순간 자신이 무언가를 들었다는 생각을 했다. 차를 출발시키는 그 소리에 묻혀 주영이 자신에게 무슨 말을 한 것 같기도 했지만 무슨 내용인지까지는 알 수가 없었다. 다만 급히 출발하는 차를 멈출 만큼 절박한 감정에 사로잡힌 세민은 저도 모르게 급히 브레이크를 밟았다. 하지만 그가 한 것은 이미 대문 안으로 반쯤 사라져 가는 주영의 모습을 안타까운 시선으로 쳐다보는 게 고작이었다.

이상했다. 항상 봐오던 그녀의 뒷모습에 가슴이 덜컥 내려앉을 정도로 두근거리는 것이. 자신이 놓친 그녀의 말이 무엇인지 자꾸만 신경이 쓰였다. 그것은 순간이었지만 세민의 가슴을 덜컥거리게 만들 만큼 이상한 여운을 주었기 때문이다.

갑자기 그녀의 마음이 궁금해졌다. 아니, 사실은 며칠 전 그녀의 행동이 달라진 그 순간부터 그녀에 대해 궁금증이 일었다. 다시 차를 출발시켜 시현의 빌라로 향하는 세민의 속마음은 집 안에 있을 주영에게로 가라고 말을 하고 있지만, 애써 무시하며 시현의 빌라로 향했다.

세민은 시현의 빌라에 도착하고서도 한동안 뒤처리를 하느라 정신이 없었다. 끊임없이 울어대는 그녀를 진정시키고, 전후 사정을 전혀 들은 세민은 서둘러 경찰서에 강도가 들었다는 신고를 했다. 외출하고 돌아와 보니 집 안은 이미 엉망이었다는 시현의 말 그대로였다. 신고를 받고 온 경찰관과 얘기를 하면서 조서를 꾸미고, 엉망인 실내를 대충 정리하고 나니 이미 저녁 시간이 다 되어 있었다. 중간중간 시계를 보면서 초조해지는 자신의 마음을 다스리려 노력하는 세민은 그런 자신을 쳐다보는 시현의 눈빛을 보지 못했다. 어느 정도 정리가 끝나자 세민은 겨자 색의 소파에 앉아서 피곤하다는 듯이 자신의 눈을 문질렀다.

"미안해요. 하지만 너무 무서워서…… 그래서……."

"됐어."

"세민 씨."

일어서는 세민을 붙잡는 시현은 그냥 보기에도 너무나 안쓰럽고 불안해 보였다. 커다란 눈은 눈물을 얼마나 흘렸는지 퉁퉁 부어 있었고, 붉어진 얼굴에 유독 하얗게 질린 입술만이 간간이 움직일 뿐이었다. 불러도 대답을 않고 일어서는 세민을 시현은 필사적으로 잡았다. 혼자 있기 싫었다. 그를 이대로 보내고 싶지가 않았다. 시현은 급히 세민의 팔을 붙잡고 말했다.

"나, 나 무서워서 여기 못 있겠어요. 흑, 정말이에요. 혼자 있기 싫어요! 제발, 나 혼자 두고 가지 말아요. 네?"

세민은 자신의 팔을 잡은 그녀를 쳐다보며 난감해했다. 자신을 붙잡고 애원하는 그녀를 내치지도 못하고, 집에서 기다릴 주영에게 가지도 못하는 세민의 마음은 점점 참기 힘들 만큼 날카로워지고 있었다.

"가 있을 데가 한 군데도 없어?"

"흑, 네에."

"친구나 친척, 아니면 이웃이라도 있을 거 아냐?"

"흑, 어, 없어요. 아무도 없어요. 그러니 제발……."

세민은 자신의 팔을 잡은 시현의 손을 떼어내고는 짜증스럽다는 듯이 이마를 몇 번이나 문질러 댔다. 이렇게 겁에 질려 있는 그녀를 혼자 둘 수도, 그렇다고 마냥 그녀와 있을 수만도 없다고 판단한 그는 할 수 없다는 듯이 그녀에게 간단히 짐을 챙기라고 했다.

"흑, 어, 어디…… 가는데요?"

"집으로 갈 거야."

"지, 집이요?"

"그래, 시간없으니 얼른 챙겨서 나와."

세민은 그 말만 하고 서둘러 빌라 현관을 나왔다. 더 이상 그곳에 있다가는 숨이 막혀 버릴 것만 같았다.

세민이 나가자 놀란 시현이 급히 핸드백만을 들고 그를 따라나섰다. 세민은 그녀를 한번 쳐다보고는 서둘러 주차해 놓은 차 쪽으로 향해 걸어갔다.

"자, 잠시만요! 지금 집으로 간다는 게 세민 씨, 당신 집을 말하는 거예요?"

"그래. 뭐 잘못됐나?"

"하, 하지만……."

시현은 입술을 지그시 깨물었다. 세민과 같이 있고 싶었다. 하지만 진주영, 그녀와 같은 공간에 있고 싶진 않았다. 세민이 그녀를 바라보는 것도 싫은 그녀였기 때문이다.

"내가 가면…… 주영 씨가 놀랄 거예요. 그녀에게 부담 주기 싫어요. 그러니 그냥 다른 곳으로 가면 안 될까요?"

시현의 말에 차 문을 열던 행동을 멈추고 세민이 그녀를 쳐다보며 차갑게 말했다.

"이미 부담은 주고 있어. 몰랐나? 몰랐다면 지금부터라도 생각 좀 하든지."

세민의 차가운 말에 시현은 급히 숨을 삼키었다. 며칠 전부터 눈빛이 변한 그였다. 아니, 정확히는 진주영, 그녀가 회사로 왔을 때부터다. 그 사실이 시현을 낭떠러지 끝으로 몰고 있었다. 그 눈빛이 자신에게 머물지 않아도 좋았다. 어차피 그 누구도 이 남자를 가질 수 없었으니. 하지만 그 눈빛이 다른 누군가에게 향한다는 것, 자신이 아닌 다른 여자가 그 눈빛을 갖는다는 것은 도저히 참을 수가 없었다. 망설임은 순간이었다. 자신이 그 눈빛을 가질 수가 없다면 다른 그 누구도 갖지 못하도록 만들리라.

약간 망설이는 것 같던 시현은 이내 보조석에 올라탔다. 그녀가 타자마자 차를 출발시키는 세민의 얼굴이 간간이 비치는 불빛에 어둡거나 혹은 밝게 보여 시현은 멍하니 그의 옆얼굴만을 쳐다보았다.

'그래, 갈 거야. 그녀가 있어도 상관없어. 난 그를 사랑해. 그거 하나면 돼, 그래.'

시현은 망설임을 접고 나니 오히려 편해졌다. 그녀가 가면 놀랄 주영을 생각하니 한편으로는 고소하기도 했다. 자신과 같이 들어오는 세민을 보면서 그녀는 무슨 생각을 할까?

오히려 잘된 일이라고 생각하는 시현이었다. 일요일 하루 종일 그녀와 세민에게 무슨 일이 있지 않을까 하면서 전전긍긍하느니, 이렇게라도 그들과 같은 공간에 있다면 적어도 그들을 감시할 수는 있을 테니까 말이다. 그녀의 생각을 아는지 모르는지 세민은 심각한 표정을 여전히 지으며 차를 운전하는 데만 집중할 뿐이었다.

자신의 방 안으로 들어온 주영은 힘들게 몸을 눕혔다. 잠을

못 잔 것이 그녀를 더욱 힘들게 하는 거라 생각하며 그녀는 옷
도 벗지 않은 상태에서 그대로 잠에 곯아떨어졌다.

이상하게 피곤한 상태였다. 작은 몸짓 하나도 너무 힘에 겨워
겨우 눈을 감는 정도밖에 할 수 없었던 그녀였다. 침대에 누우
면 보이는 천장의 무늬가 오늘따라 유난히 검게 보였다. 가늘게
떨리는 입술을 억지로 벌리고 기분 좋게 웃으려 하는 그녀의 눈
에서는 오래도록 참아왔던 눈물이 끊임없이 흘러내렸다.

'무언가를 버리고 난 뒤에 찾아오는 이 무서운 상실감을 알았
다면…… 애초에 욕심 부리며 가지려고 아등바등 안 했을 텐데.
조금씩 갖고, 조금씩 버리는 연습부터 할 걸. 이렇게 아프고 힘
들 줄 알았다면 나, 처음부터 갖지 않았을 거야.'

주영은 누군가에게 하는 말처럼 그런 푸념을 한 뒤 눈을 감았
다. 잠든 그녀의 얼굴 위로 오후의 햇살이 점점이 없어질 때까
지 그녀는 깨어날 줄을 몰랐다.

주영이 전화 벨소리에 힘들게 눈을 뜬 것은 초저녁이 다 된
시간이었다. 끊임없이 울려대는 수화기를 든 그녀의 목소리는
많이 잠겨 있었다.

"여…… 보세요?"

[주영이니? 너, 대체 어떻게 된 거야? 집에 있으면 전화를 받
아야 될 거 아냐? 핸드폰도 안 되고, 전화도 안 되고, 내가 지금
이 시간에 전화를 안 받는다는 이유로 널 걱정해야 하는 거니?]

"미안, 낮잠 좀 잤어. 무슨 일이야?"

[잠을 잤다고? 무슨 낮잠을 그렇게 정신없이 자? 어디 몸이라
도 안 좋은 거 아냐?]

"아니야, 그저 조금 피곤해서 그래."

[너…… 혹시 임신한 거 아냐?]

"아니야, 정말 그건 아니라고!"

[뭘 그렇게 정색하니? 결혼하면 아이가 생기는 건 당연한 건
데. 말하는 사람 무안하게 말이야. 난 또…….]

끝말을 흐리는 세희의 목소리가 이상하다 싶어서 주영은 저
도 모르게 급히 물어봤다.

"세희야, 혹시 너 아기 생겼어?"

수화기 너머로 잠시 망설이는 듯한 세희를 느낄 수 있었다.

[……응. 며칠 전에 알았어.]

"어머, 왜 진작 말 안 했어? 축하한다, 정말! 그럼 나도 조카
가 생기는 거네?"

[고마워. 너한테 제일 먼저 알리고 싶었는데…… 그게…….]

세희의 망설임을 알 수 있었다. 자신의 결혼 생활을 알고 있
는 세희로서는 선뜻 말하기 힘들었을지도 모른다.

"뭐가? 난 조카가 생겨서 너무 좋다. 얘, 그럼 이 소식 전하려
고 전화한 거야?"

[어머, 아니야. 내 정신 좀 봐. 너 내일 나올 수 있니? 졸업한
선배들한테 알아봤는데, 갤러리나 다른 건 아무래도 무리고 화
실에서 아이들을 가리키는 것은 가능하다고 하는 선배가 있어.

일은 바로 시작할 수 있다고 하던대, 할 거지?]

　"일? 글쎄, 그림 그린 지 너무 오래돼서 솔직히 자신없어. 세희야, 나……."

　[잔말 말고 나와! 어려운 거 아니니까. 누가 너 보고 전시회 준비하래? 초등학생들 그림 지도하는 거야. 이럴 때일수록 다른 데 신경 쓰는 것도 좋다더라. 내일 점심때 우리 화실로 와, 알았지?]

　"그래, 생각해 볼게."

　[생각하고 자시고가 이딨니? 이미 내가 얘기했으니까 나까지 우습게 만들지 말고 나와, 알았지? 그럼 끊는다.]

　수화기를 내려놓으며 주영은 습관처럼 시계를 보았다. 일곱시를 넘기고 있는 작은 시곗바늘을 보던 주영은 천천히 방문을 열고 일층으로 내려갔다. 일층엔 아무도 없었다. 그가 들어오지 않을 것이라는 것은 이미 경험으로 알고 있었다. 주영은 소리없이 부엌으로 다가가 찻물을 가스레인지에 올리고 싱크대에서 코코아와 초콜릿을 꺼냈다. 그리고 커다란 머그잔을 꺼내어 그 안에 코코아와 초콜릿을 가득 넣었다. 그 잠깐 사이에 끓은 물을 그 머그잔에 부었다. 식탁 의자에 앉은 지 얼마 되지 않아서 그녀는 아침부터 마시고 싶어했던 코코아를 마실 수가 있었다. 주위로 가득 번지는 달짝지근한 냄새가 그녀의 날카롭게 당겨진 신경을 점차 이완시켜 주었다. 다시금 좀 전의 통화 내용을 상기하자 한층 기분이 가라앉았다.

"임신 소식은 정말 축하해 주고 싶었는데……."

우습게도 좀 전처럼 좋은 기분이 될 수가 없었다. 어쩌면 세희와 자신을 은연중에 비교하고 있었는지도 모른다. 그녀의 행복한 모습을 볼수록 자신의 암울한 결혼 생활이 더욱 시커멓게 보여서 상반된 갈등을 느끼는 주영이었다.

'아이가 생기면…… 행복할까?'

저절로 자신의 납작한 배를 쳐다보았다. 만약, 만약에 세민의 아이를 갖는다면 어떨까? 그 생각만으로 얼굴이 달아올랐다. 세민은 아이를 원치 않는다고 했었다. 하지만 주영은 그 뜻이 무엇인지 알 수 있었다. 그가 자신의 아이를 그녀의 배를 통해서 낳고 싶지 않다고 말하는 것임을 말이다. 주영은 코코아를 다시 한 모금 마시고는 다른 생각을 하려 했다. 굳이 아프고 힘든 생각을 계속할 필요가 없다고, 그럴수록 자신만 힘들어진다는 것을 아니까 말이다.

'정말…… 일을 시작해 볼까? 그림을 다시 그릴 수 있을까?'

하고 싶다는 마음과 불안한 자신감이 계속 그녀를 저울질시키고 있었다. 그러기를 얼마 후, 주영은 다시 한 번 시계를 쳐다보았다. 습관처럼 부엌의 시계를, 거실 벽의 시계를, 싱크대에 붙어 있는 시계를…….

모든 시계를 다 보고 나서야 머그잔으로 눈을 돌린 그녀는 아무렇지도 않게 앉아서 그것을 천천히 마셨다. 주영은 문득 배가 고프다는 생각이 들었다. 이렇게 힘든 상황에서도 여전히 밥을

먹고, TV를 보고, 친구를 만나는 자신을 볼 때마다 주영은 신기
하기만 했다.

간단히 저녁을 먹고 나서 거실에 앉아서 TV를 보는데 현관문
이 열리면서 누군가가 들어왔다. 가만히 고개만을 돌려 쳐다보
니, 세민이 신발을 벗고 들어서는 중이었다. 천천히 거실 소파
에서 일어나서 그에게 인사를 건네려는데 그의 뒤로 누군가가
보였다. 그 사람은 다름 아닌 정시현, 그녀였다. 순간적으로 시
야가 하얗게 변한 주영은 쓰러지는 볼썽사나운 꼴을 그들에게
보이기 싫어 옆의 소파를 손톱이 파고들 정도로 움켜잡았다. 심
상이 미친 듯이 뛰기 시작했다. 무슨 말이든 하고 싶지만, 목소
리가 나오지 않을까 봐 숨만 급히 내뱉었다. 세민은 무표정으로
시현을 바라보다 이내 주영을 바라봤다.

"오늘 하루 우리 집에서 머물러야 할 것 같아. 집에 강도가 들
었다는군. 갈 곳이 없대."

세민도 그 말을 하고 바로 자신의 침실로 들어가 버렸다. 주
영은 간신히 두 다리에 힘을 주고 마주 선 그녀를 쳐다볼 뿐이
었다.

"안녕…… 하세요. 미안하지만, 세민 씨 말대로예요."

인사를 받는 것도 힘들다는 거, 말 한마디 하는 게 이리 힘들
다는 것을, 주영은 새삼 느꼈다. 그녀를 개의치 말자고, 아무렇
지 않은 듯 행동해야 된다고 다짐하고 또 다짐했다. 주영은 자
신에게 인사를 건네는 시현을 쳐다보며 천천히 조용하게 말을

꺼냈다.

“강도를…… 당했다고요? 큰일날 뻔했네요……. 그럼 쉬세요.”

다행이라 생각했다. 울음이 나오지도, 그렇다고 목소리가 떨리지도, 얼굴이 붉어지지도 않았다. 그럼 된 거라고, 잘한 거라고 스스로 다독이며 주영은 천천히 그녀를 지나쳐서 이층으로 걸음을 옮겼다. 세민이 결국 시현을…… 데려왔다. 껍데기라고는 하지만, 우리의 보금자리 안으로 그녀를 손수 데리고 왔다. 주영은 울컥하니 올라오는 그 시큼한 무언가를 삼키느라 세민의 침실 문이 열린 것도, 세민이 나와 그녀에게 무어라 말을 건네려고 하는 모습도 보지 못했다.

“무슨……?”

세민은 열린 문 사이로 보이는 주영의 모습이 너무도 위태로워 보여서 저도 모르게 넥타이를 풀다 말고 나와 그녀를 부르려 했다. 아니, 적어도 그러려고 방에서 나온 것이었다. 하지만 그녀를 부를 수가 없었다. 이층으로 올라가는 그녀의 하얀 옆얼굴을 보면서 그가 느낀 것은 요새 들어 자주 느끼게 되는 묘한 감정이었다. 그녀의 그 작은 얼굴이 너무도 슬프고 아파 보여 그의 심장마저도 고장이 난 것인지, 얼굴을 본 것만으로도 자신의 심장이 쿡쿡 쑤셔 뛰기를 힘들어하는 것 같았다.

시현은 방금 들어갔던 세민이 급하게 다시 나오자 그에게 말을 건네려다 멈칫하고 말았다. 그의 눈이 이층으로 향하는 주영의 모습을 열심히 쫓고 있었기 때문이다. 세민의 눈 안에는 주영이 가득 담겨 있었다. 하지만 이에 질세라 시현의 눈빛 역시 여전히 세민을 향한 채 사랑을 갈구하고 있었다.

"나오셨어요? 주영 씨는 인사하고 금방 올라갔는데요?"

"……그래?"

자신도 모르게 말이 날카롭게 나왔다. 어쩔 수 없는 상황이기 때문에 그녀를 데려오긴 했지만, 그가 원해서 한 일은 아니라고 해도 미안한 감정이 드는 것은 어쩔 수가 없었다.

"별말 안 했어요. 그냥…… 인사 정도. 저보고 편히 쉬라고 하더군요."

세민이 넥타이를 거칠게 끌러 내리며 인상을 쓰고 방으로 들어가 버리자 시현은 조심스레 세민이 들어간 방으로 걸음을 옮겼다. 거칠게 닫아서인지 완전히 닫혀지지 않은 문 틈 사이로 세민을 볼 수 있었던 시현은, 세민의 벗은 상반신의 날씬하고 꽉 잡혀진 모습에 다시 한 번 넋을 놓고 뚫어지게 바라보았다.

'그의 가슴에 안기고 싶다. 단 한 번만이라도 좋으니 그의 사랑을 온몸으로 받고 싶어. 그의 뜨거운 숨소리를 듣고, 내 몸에 휘감기는 그의 몸을 느끼고 싶어.'

상상만으로도 거칠어진 숨을 여러 번 나눠 쉬던 시현은 이내 방문을 열고 들어갔다. 세민은 다소 이해하기 힘든 표정으로 그녀를 쳐다봤다.

"무슨 일이야?"

여전히 날이 선 말투로 시현을 다그치자 시현의 두 볼이 붉어
지며 시선을 아래로 떨어뜨렸다.

"저…… 어느 방을 써야 하는지 말씀을 안 해주셨어요."

시현의 기대감 어린 표정과 무언가를 바라는 눈빛에서 세민
은 자신도 모르게 퉁명스런 대답을 하고 말았다. 항상 일정한
간격을 유지하려는 그와는 달리 언제나 자신에게 다가서려 하
는 시현이 더욱 답답하게만 보였다.

"기다려."

일순 세민의 표정에 작은 일렁임이 일었지만, 시현은 그녀만
의 생각에 빠져 위험스레 빛난 세민의 눈을 볼 수가 없었다. 작
게 지나가는 미소가 걸릴 듯 말 듯 세민의 입가를 스쳐 지나갔
다.

이층으로 올라온 주영은 자신의 방에 들어가 떨리는 몸을 진
정시키려 했지만, 도무지 멈춰지지 않았다. 화가 났다. 우습게
도 속상하거나 슬프거나 하는 그런 감정보다 먼저 느낀 것은
누군가를 죽이고 싶다는 정제되지 않은 분노였다. 그 미칠 것
같은 감정이, 타는 듯한 그 아픔이 고스란히 자신의 몸을 태우
고 태우다 결국은 그녀 자신이 그 감정에 먹혀 버릴 것만 같았
다.

들끓는 감정으로 방 안을 둘러보던 주영의 눈에 정성스레 그
려놓은 세민의 그림이 띄었다. 한때 너무나 그리고 싶은 자신의

갈망을 감추지 못해 뒤돌아서 있는 그를 몰래 관찰하며 그렸던 세민의 모습. 그 액자 속 목탄으로 그린 세민의 뒷모습이 오늘 따라 그렇게 미울 수가 없었다. 주영은 화장대 위에 항상 놓아두는 컵을 집어 들어 액자로 만들어놓은 그것을 향해 있는 힘껏 던졌다.

'당신을 사랑하는 게 아니었어! 당신과 결혼하는 게 아니었어! 날 이렇게 만든 당신을 죽일 만큼 원망해! 차라리…… 차라리 날 죽이고 싶을 만큼 당신이…… 미워!'

소용돌이치듯 부수한 말들이 그녀의 입에서 맴돌기만 했다. 차라리 소리라도 지를 수 있다면 이렇게 미칠 만큼 답답하진 않았을 텐데, 그녀의 입을 통해서 나오는 것은 고작 신음 소리가 다였다. 짐승마냥 거친 신음 소리만을 내며 주영은 그 액자를 노려보았다.

퍽 소리가 나며 부딪쳐 떨어지는 유리 조각과 망가진 액자 틀이 주영의 눈에는 자신을 비웃는 것처럼 보였다. 마치 자신의 인생이, 사랑이, 그리고 아내라는 허울이 그렇게 부서져 내리는 것만 같아 일말의 충족감마저 느꼈다. 누군가에 의해 완전히 부서지기 전에 스스로 부서져 버리는 거, 생각만큼 바보스럽지는 않은 것 같았다. 깨진 유리 파편들이 불빛에 반짝거리는 모습을 물끄러미 쳐다보는데 그녀의 방문이 벌컥 하고 열렸다.

문을 열고 들어선 세민의 눈에 바닥에 떨어진 유리 파편과 액자가 보였고, 다시 그녀를 쳐다보았을 때 주영은 무표정의 모습으로 세민을 마주하고 있었다.

'당신의 그런 무표정한 모습이 날 지치게 만들어요. 감정조차
느껴지지 않는 그런 눈빛이 날 점점 죽이고 있다고요! 싫어서,
너무 싫어서 죽어버리고 싶을 만큼 당신이 미워져…….'

뱉어내지 못한 말들이 그녀의 입을, 눈을, 머리 속을 마구 날
뛰었다. 언어로 조합되지 못한 무수한 단어들이 그녀의 이성을
들끓게 하는데도 주영은 여전히 무표정한 모습으로 세민을 쳐
다보았다. 그 역시 조금의 당황스러움도 없이 방 안의 모습과
그녀의 모습을 쳐다볼 뿐 쉽게 말을 하지는 않았다.

"무슨 일이지?"

바닥에 널려진 깨진 유리 조각들을 쳐다보는 세민의 얼굴이
약간 굳어졌음을 주영은 알 수 있었다. 세민의 눈길이 바닥에
떨어진 그림에서 떠날 줄을 모르고, 그런 그의 모습을 보면서
주영은 돌연 웃음이 나왔다.

"별일 아니에요. 무슨 일이에요?"

그녀가 웃음을 멈추고 자신에게 말을 건네자 세민은 그제야
바닥에서 시선을 들어 그녀를 쳐다봤다.

"정시현, 그녀가 머물 방을 마련해 줘."

별일 아니라는 투로 말을 하는 세민이지만 주영의 귀에는 달
리 들렸다. 부인에게 첩의 자리를 인정하라는 말, 그녀에게 안
방을 내어주라는 것처럼 들려 가뜩이나 들끓는 감정에 불길이
확 일어나는 것 같은 착각마저 드는 주영이었다.

"이 집 안의 여러 방들 중에 그녀가 머물고 싶은 방이 어딜까요? 내가 어디로 그녀를 안내해야 되나요?"

"뭐?"

주영의 말과 행동이 평소와 너무도 달라 세민은 인상을 쓰면서 되물었다. 이런 식의 대응은 세민으로서도 생각지 못한 일이었기 때문에 다소 당혹스럽기도 했다.

"대체 왜 이러는 거지? 무슨 일 있나?"

주영은 미칠 것만 같았다. 자신이 왜 이러는 건지, 왜 이렇게 화가 난 것인지 모르겠다는 세민의 표정이 주영을 미치게 했다. 주영의 치켜뜬 눈매가 새치름하게 올라가 파르르 떨리도록 주영은 세민의 얼굴만을 쳐다봤다. 결국 다시 묻고 말았다.

"내가 왜 그래야 하지요? 데려온 건 당신이에요. 당신이 알아서 하라고요, 알았어요?"

'싫어요, 싫다고요. 그녀의 방을 안내해 주는 것도, 당신과 이런 대화를 하는 것도.'

떨리는 표정과 목소리, 감정에 격해진 그녀의 눈동자를 보면서 세민의 얼굴에 어이없게도 웃음이 돌았다.

주영은 그의 웃음을 보면서 자신이 시현을 인정해 준 거라 생각하고 세민이 안도하는 것 같아, 더 이상 같이 마주 보고 있다가는 그를 향해 욕설을 내뱉을 것 같았다.

주영의 표정이 점점 굳어지자 세민은 웃음을 거두고는 그저 지나가는 투로 한마디를 던졌다. 그게 그녀의 이성을 날려 보내기에 충분한 말이라는 것이 문제였지만 말이다.

"그래? 그럼 나중에 딴소리나 하지 마."

이상하게도 많은 복선을 깐 듯한 그의 말투가 신경이 쓰였지만, 그녀는 오늘 이 방에서 단 한 발자국도 나갈 생각이 없었다. 보지 않으면 그만이라고 생각하며 주영은 자신의 침대에 몸을 던지고는 보기 싫다는 듯이 두 눈을 꽉 감았다.

거실에서 불안하게 서 있던 시현의 눈에 이층에서 내려오는 세민이 보였다. 무엇이 그리 즐거운지는 모르겠지만 저렇게 웃는 그의 모습은 정말 처음이었다. 시현을 쳐다본 세민은 자신의 방을 가리키며 말을 이었다.

"아, 방은 내 방을 쓰도록 해."

세민의 말에 시현은 얼굴이 환하게 밝아지며 좀 전의 기분과는 상관없이 웃음이 떠올랐다.

"네? 그래도 될까요? 그럼 세민 씨는……."

시현은 다시금 그에 대한 기대감을 가졌다. 스스럼없이 자신의 방을 내어준 남자. 하지만 왠지 불안한 느낌에 시현은 확인하고 싶어졌다. 그의 방을 내준 것처럼 그녀를 받아준다는 것인지 세민에게 확인을 하고 싶었는지도 몰랐다.

"나? 난 주영과 같은 방을 써야지. 당연한 것 아닌가?"

세민이 자신의 방으로 들어가 잠잘 준비를 하고 나올 동안 시현은 문밖에 서 있었다. 그가 이층으로 향하는 동안에도 시현은 아무 말도 할 수가 없었다. 그가 자신을 이곳에 데려온 이유를 어렴풋이 알 것 같았기 때문이다. 세민은 시현 스스로 그를 포기하게 만들고 싶었나 보다. 세민은 시현이 거짓말한 것을 알면서도 그녀의 마음에 책임을 지려 했을지도 모른다. 자신과의 그 하룻밤을, 그 기억하지 못하는 하룻밤에 대한 책임감으로만 자신을 대하는 것인지도 모른다. 어렵게 찾아간 그의 약혼식 날, 그녀는 일부러 차도에 뛰어들었다. 그래서 힘들게 얻어낸 그의 작은 옆 자리, 이제는 그곳에서마저도 서 있을 수 없다는 것을 은연중에 알려주려는 것인지도 몰랐다.

겨우 발을 놀려 세민의 방으로 들어간 시현은 얼굴을 일그러뜨렸다. 혼자만의 일방적인 미련스럽고도 아픈 짝사랑, 그게 내가 시작한 사랑이었고 내가 선택한 길이었다. 후회하지만 선택할 수밖에 없었던 길. 그의 약혼식 날, 아니, 자신을 책임지라 그에게 애원하던 그날 그녀는 세민에게 필사적으로 매달렸었다.

"날…… 사랑하지 않아도 좋으니, 날 곁에 둬요. 아니면, 당신 손으로 날 죽이든지. 택해요! 그것마저 택하지 못한다면 난 당신이 보는 앞에서 죽는 수밖에 없어요. 당신이, 당신이 나를 죽이는 거라고요!"

그녀는 결국 세민이 보는 앞에서 자살을 시도했고, 그 일이 있은 뒤에야 그녀는 겨우 그의 곁에 남을 수 있었다.

천천히 발을 움직여 침대로 다가간 시현은 그의 체취와 그의 깊은 곳을 보았다는 것을 의지 삼아 그의 침대에 누워보았다. 하지만 그의 커다란 침대는 그의 표정만큼이나 차갑게만 느껴져 눈시울이 더욱 뜨거워졌다. 이렇게, 이렇게 처절하리만치 그의 곁에 다가가려고 애쓰는 자신이 한없이 초라하게 느껴지는 시현이었다.

'나, 이제는…… 지쳐요. 당신을 바라보는 게, 당신만을 생각하는 게 너무…… 힘들어서 가끔, 아주 가끔은…… 놓고 싶은 마음마저 들어요.'

방문 열리는 소리가 들리는 것도 같았지만 그럴 리가 없다는 생각에 주영은 그 소리를 무시했다. 자신의 방에 올라올 사람이 없다는 것이 그 첫 번째 이유였지만, 지금 그녀는 손가락 하나 까딱하기 힘들 정도로 진이 빠져 있었다. 너무 화를 낸 탓에 숨쉬는 것도 힘들었다.

'지겨워. 그냥 잠이 들었으면 좋겠어.'

주영은 그대로 눈을 감고 잠을 청하려 했다.

언제 잠이 들었는지 모르지만, 주영은 물방울이 떨어지는 소리에 눈을 떴다. 멍한 표정으로 일어나 창가로 다가가 보니 비가 내리고 있었다. 어두운 하늘에 먹구름이 얼마나 가득한지 그 넓은 하늘이 모두 까맣게 보였다.

'후후, 재밌네. 하늘도 까맣고, 내 속도 까맣고.'

자조 어린 웃음이 돌았다. 문득 시계를 보니 생각만큼 시간이 오래되지 않았던지 시계는 겨우 아홉 시를 조금 넘고 있었다. 주영은 일어서다 현기증을 느껴 가볍게 인상을 찌푸리며 다시 시선을 창밖으로 두었다. 밖에서 들리는 빗소리보다 방 안의 빗소리가 유난히 크게 들리는 건 아무래도 자신의 착각인가 보다. 바닥을 보니 유리 조각은 이미 누군가가 치워놓은 듯 작은 먼지 하나 없었다. 그가 왔다 갔나 보다. 웃음이 나왔다. 바닥에 널려진 것들을 치우면서 벌레처럼 몸을 웅크리고 잠이 든 자신을 보고 세민은 무슨 생각을 했을까?

주영은 아무 생각도 하지 않고 일어나 천천히 욕실로 다가갔다. 다시 현기증이 나 이마를 짚으며 문을 열었다. 욕실은 다른 때보다 유난히 습기가 많은 듯했지만 그것이 비 때문이라 생각한 주영은 세면대 쪽으로 향해 몸을 틀고는 서둘러 세수를 하려고 수도꼭지를 눌렀다. 갑자기 줄어든 빗소리가 이상하다 싶었지만, 그녀는 몇 번에 걸쳐 얼굴과 손을 씻은 뒤 수건으로 얼굴을 닦으며 고개를 들었다.

"헉!"

자신도 모르게 소리를 지르며 수건을 놓쳤다. 아무도 없어야 할 그 거울 안에 자신의 얼굴과 겹쳐 세민의 젖은 얼굴이 보였다. 착각이라 생각하고 몇 번이나 손으로 거울을 닦아보지만, 그의 비웃는 듯한 얼굴은 없어지지가 않았다. 천천히 몸을 돌린

주영은 자신이 차라리 기절하기를 바랐다. 세민, 그가 거기에
서서 온몸으로 물을 맞고 있었다. 아무것도 걸치지 않은 남성
본연의 모습으로 샤워부스 안에서 재밌다는 표정으로 그렇게
그녀를 노골적으로 바라보며 서 있었다.

'맙소사! 나, 나가야 되는데…… 발이, 발이!'

무슨 조화인지 몸이 얼어버려 말을 듣지 않았다. 그렇다고 고
개를 돌릴 수도 없었다. 세민의 눈빛이 그녀의 눈을 놔주지를
않았던 것이다. 몸에 이어 입술마저 달달 떨 정도로 주영은 긴
장한 상태였다. 그런 주영을 바라보던 세민이 샤워 꼭지를 제자
리에 돌려놓으며 아무렇지 않은 모습으로 그녀의 앞으로 다가
왔다.

뚝뚝 떨어지는 물들이 그의 몸에 난 솜털 사이를 유영하듯 아
래로 아래로 흘러내린다. 주영은 멍한 시선으로 그의 얼굴만을
쳐다봤다. 그녀가 놓친 수건을 집어 든 세민이 천천히 자신의
얼굴을, 머리를 닦으면서도 그녀의 얼굴과 눈을 계속해서 쳐다
보았다. 이처럼 가까이에서 그의 눈빛을 보긴 처음이었다. 숨을
조금만 크게 쉬어도 볼에 느껴질 만큼 세민은 그녀 가까이에서
머리의 물기를 닦는 중이었다. 그의 힘찬 손놀림에 팔의 단단한
근육들이 조화롭게 수축과 이완을 한다. 나가야 하는데, 세민이
그녀보다 욕실 문 가까운 곳에 서 있었기 때문에 주영은 그를
지나야만 욕실 문밖으로 나갈 수가 있었다. 불현듯, 놀란 그녀
가 채 몸을 움직이기도 전에 세민의 한 손이 그녀의 팔을 잡았

다. 주영은 저도 모르게 급히 숨을 들이쉬고는 놀란 눈을 들어 정면으로 그를 보고 말았다.

"대, 대체…… 여기, 왜 당신이……?"

머리 속에선 제대로 정리된 문장들이었지만 입 밖으로 내뱉자 의미없는 단어들의 나열로 변했다. 자신의 팔을 잡은 세민의 젖은 손에서 차가운 기운이 흘러들자 주영은 놀란 상황임에도 불구하고 가늘게 떨리는 자신의 팔을 육안으로도 확인할 수 있을 정도였다. 어디에 시선을 두어야 할지 몰라 막연히 이리지리 눈동자를 굴리는 자신을 세민은 뚫어지게 쳐다보았다.

"괜찮은 건가? 대체 뭘 보고 그렇게 놀란 거지? 설마, 날 보고 그렇게 놀란 건가?"

느릿하니 끝이 늘어지는 말투, 항상 그에게서 느끼는 거지만 그런 말투를 대할 때마다 주영은 그가 자신을 놀리는 것만 같아서 기분이 상하곤 했다. 주영은 인상을 찡그리며 이 어이없는 상황이 왜 생긴 것인지 생각하려 했지만 잘 정리되지 않았다. 그런 그녀의 모습을 아파서 찡그리는 것으로 오해한 것인지 세민은 그 차갑기만 한 얼굴의 인상을 찡그리며 소름이 끼칠 만큼 차가운 손을 들어 그녀의 이마를 짚었다.

"어디 아픈 건가? 제발 여기서 기절하지는 말아줬으면 좋겠어."

세민의 다시 조롱 어린 말투에 주영은 상황도 잊은 채 화가 나기 시작했다.

'언제까지 당신의 이런 행동을 참아줘야만 하는 거죠? 여긴 내 방이고, 난 당신한테서 이런 조롱을 당할 이유가 없다고요!'

가까스로 자신의 팔을 잡은 세민의 손을 쳐내고는 몸을 긴장시킨 그녀가 눈을 들어 바로 앞의 세민을 쳐다보았다. 완전히 닦이지 않았는지 세민의 조각 같은 외모가 젖은 머리로 인해 많이 흐트러져 보였다. 그나마 인간미가 조금은 느껴진다 생각한 주영은 그의 약간 휜 콧등을 보고 다시 한 번 심술궂은 생각을 했다. 혹시, 성격이 삐뚤어졌기 때문에 저리 잘난 콧대가 휜 것은 아닐까 하는.

"여기서 뭘 하고 있는 거죠?"

"씻고 있잖아."

"그러니까, 왜 내 방에서 씻냐고요? 당신 방 놔두고?"

"아까 분명 나한테 맡긴다고 한 말 기억 안 나나? 시현에게 내 방을 내줬어. 그러니 난 이곳에 있는 거고."

"그러니까, 그게 나랑 무슨 상관이냐고요? 내 방에 왜 함부로 들어온 거죠? 난 들어와도 좋다는 말을 한 기억이 없는데요?"

욕실에서 한 남자는 벌거벗은 채로, 한 여자는 옷을 다 입은 채로 서로를 노려보며 서 있는 게 가히 보기 좋은 모습은 아닐 것이다. 하지만 주영은 세민이 이곳에 있다는 것에 그만큼 경악한 상태였기 때문에 다른 것을 생각할 만한 여유가 없었다.

"아아, 하나씩 물어보라고. 방은 많아도 침대는 두 개야. 설마

나보고 시현과 같은 방을 쓰라는 얘기는 아니지? 난 분명히 당신에게 선택권을 넘겼었어. 그리고 당신은 다시 나한테 모든 걸 맡겼고."

"내가 아까 말한 내용은 그런 뜻이 아니었다고요! 당신, 정말 몰라서 이래요?"

자기 편한 대로 해석하는 그의 생각에 그저 기막히기만 한 주영은 세민이 전라의 몸이라는 것도 잊고는 그를 위아래로 훑어 보다가 얼른 고개를 들었다. 순간 내린 눈에 보인 그의 모습에 주영은 새삼 그가 샤워 중이있나는 사실을 잊고 있었음을 깨달았다. 그렇게 당황스러워하는 그녀의 모습을 보자 세민은 한 손에 들린 수건으로 천천히 그의 어깨와 가슴을 닦으며 재밌다는 느낌의 시선을 그녀에게 던졌다.

"아무래도 좋은데 말이야, 정말 나랑 이 상태에서 말을 하고 싶은 건가? 뭐, 난 상관은 없지만, 이왕 보는 거 제대로 봐줬으면 좋겠어."

"아, 그, 그건…… 미안해요."

짓궂은 그의 상황 설명에 주영은 볼이 확 하고 타오르는 것만 같았다. 얼른 그에게 사과를 하면서도 주영은 시선을 어디로 둘지 몰라 당황해하고 있었다. 좀 전 장난처럼 자신의 아랫부분을 손가락으로 가리키던 세민의 행동을 기억하며 얼른 욕실 밖으로 나간 주영은 속으로 투덜거렸다.

'아무리 화가 나도 그렇지, 벗은 그를 붙잡고 내가 지금 뭘 하는 거지?

때 아닌 날벼락이라고 자다 일어나서 세민과 마주칠 거라고 는 생각지도 못했을 뿐 아니라 세민의 그런 적나라하게 벗은 모습과 마주하리라고는 상상조차 못한 그녀였다. 잠시 후, 파자마만 걸친 세민이 나오자 주영의 눈에는 안도의 빛이 돌았다. 혹시라도 입을 것이 없다면서 맨몸으로 나오면 어쩌나 하는 웃지 못할 걱정까지 한 그녀를 놀리듯이 세민은 얌전히 파자마를 입고 나왔다. 물론 상체는 벗은 상태 그대로였지만 말이다.

"그나마 다행이다……."

주영은 세민이 좀 전의 모습으로 계속 있을까 봐 걱정을 했다.

"뭐라고? 웅얼거리지 말고 제대로 말해 줘."

"아, 아니에요."

그가 들었을까 봐 얼른 표정을 지운 그녀는 새삼 세민의 키가 크다는 것에 불만스러워지는 자신을 느꼈다. 조금이라도 이 남자의 모자란 점을 눈으로 확인해 봤으면 하는 생각이 들었다. 세민은 여유있는 동작으로 가까이 다가오더니 그녀를 쳐다보며 질문했다. .

"자, 이제 얘기해 봐. 뭐가 궁금한 거지?"

"왜 당신이 이 시간에 그런 옷차림으로 내 방에 들어와 있는 건지 궁금하네요."

주영의 도전적인 모습에 세민은 그녀가 왜 이러는지 이유를 모르겠다는 표정으로 자신을 쳐다보자 기가 막혔다.

"아아, 난 솔직히 아무 데서나 자도 상관없어. 다만 내가 당신과 같은 방을 안 쓸 경우, 그걸 본 시현이 어떻게 받아들일까 고민이 되더군. 굳이 우리들의 일을 남의 입에 오르내리게 하고 싶지 않더라고."

그의 말은 지극히 당연했지만 주영은 쉽게 수긍할 수 없었다. 그렇게 남의 입에 오르내리는 게 싫은 사람이었다면 애초에 이런 일을 만들지 말았어야 했으니까.

이미 서로의 입장을 다 알고 있는네 굳이 이런 촌극을 벌여야 할까 싶었다. 하지만 더 걱정스러운 것은 머리로는 그를 미워해도 가슴은 여전히 그를 생각한다는 것이었다. 들키기 싫었다. 자신의 미련한 마음을 보이는 것도, 바보 같은 행동을 할지도 모른다는 걱정까지도 말이다.

주영은 감정을 다스리려 창문을 두드리는 빗줄기를 묵묵히 쳐다보았다. 유리로 된 그것은 보기에도 시원하게 빗방울들을 흐트리고 있었다. 일정하게 들리는 빗소리에 맞춰 심장도 뛰는 것인지 속으로 끓던 그 화기도 점차 가라앉음을 느끼며 그녀는 오늘 하룻밤이 자신의 인생에서 제일 긴 시간이 되지 않을까 싶었다. 복잡한 심경이 그대로 얼굴에 드러났던지, 주영은 자신을 쳐다보는 세민이 소리없이 웃고 있는 줄도 몰랐다.

"하룻밤만이야. 시현이 가고 나면 난 전처럼 밑에서, 당신은 이렇게 여기서 생활하면 되는 거라고. 전에도 분명 말했지만,

난 거부하는 여자를 안는 취미는 없어."

"그건 강조 안 해도 알아요. 누가 그런 것 때문에 그런데요?"

"그럼, 서로 한 발씩만 양보하자고. 나도 시현에게 이런 모습은 보이고 싶지 않으니까."

무엇이 그를 기분 좋게 하는지 세민은 평소보다 덜 차가울 뿐 아니라 여유까지 있어 보였다. 그를 보면서 주영은 알 수 없는 열등감을 느꼈다. 자신 역시 그처럼 여유롭기를 바란다고 한다면 스스로를 속이는 것이 되는 걸까? 그를 싫어하면서도 닮고 싶은 모순된 심리, 주영은 자신의 이런 상반된 감정을 느끼며 세민을 다시 쳐다보았다. 익숙한 듯 익숙하지 않고, 먼 듯하면서도 가까운 그. 그래서 어쩌면 잡으려고 발버둥 치고 닮아가려 노력했나 보다. 복잡한 머리와 어수선한 마음에 주영은 긴 한숨을 내쉬었다.

"아, 그리고 다음부터는 화가 나더라도 다른 쪽으로 분풀이를 해봐."

"뭐라고요?"

"액자 같은 건 깨지면 다칠 수도 있고, 치우기도 번거롭더군. 그러니 스트레스를 풀려면 다른 방법을 모색하라고."

"그거 고맙다고 말해야 되는 건가요?"

주영의 시비조가 다분한 말에 세민은 그저 덤덤한 표정으로 그녀를 한번 쳐다보고는 이내 주영의 침대에 털썩 주저앉았다.

"어딜 앉아요?"

"자자고, 그만. 아무 짓도 안 할 거야, 잠만 재워준다면."

두 손바닥을 보이며 어깨를 으쓱거린 세민이 당연하다는 듯이 침대에 눕자 주영은 기가 막혀 아무 말도 못하고 말았다. 멀뚱히 서서 그를 쳐다보는 사이에 세민은 침대에 눕더니 이내 눈을 감아버렸다. 자신에게 등을 보이고 이내 잠들었다는 듯이 고른 숨을 내쉬는 세민을 보면서 주영은 머리를 절레절레 흔들었다.

'도대체 당신이 이러는 이유를 모르겠어요. 이런 식으로 행동하는 사람이 아니잖아요. 대체 나에게 뭘 말하고 싶은 거예요?'

세민의 등을 노려보던 주영은 결국 한숨을 쉬며 세민이 누워 있는 침대를 포기하고 소파로 가서 눈을 감았다. 하지만 억울한 생각이 들었다. 왜 자신이 이렇게 소파로 내몰려야 하는 건지, 그 이상으로 자신 역시 냉정해지고 싶었다. 주영은 벌떡 일어서더니 한동안 세민의 등을 노려보았다.

'그가 무엇을 말하려는지는 중요하지 않아. 정말 중요한 것은 더 이상 움츠리지 않을 것이라는 거, 본래의 나를 찾을 거라는 거야.'

보란 듯이 힘을 주며 침대로 다가간 주영은 세민의 옆으로 누우며 그의 등을 힘껏 밀었다.

"좀 비켜봐요! 혼자 자는 침대가 아니잖아요. 이 방의 주인은 나라고요, 알았어요?"

“윽.”

　주영은 보란 듯이 침대 시트를 잡아끌며 팔꿈치로 그의 등을 밀어 인상 쓰는 세민의 모습을 보자 유치하지만 기분이 좋아졌다.

　요즘 들어 세민에게 너무 무성의하게 군 것 같아 한편으론 그에게 미안하단 생각이 들던 그녀였다. 하지만 시현을 데려온 그를 보면서 그나마 있던 약간의 감정마저 버렸다.

　시트의 대부분을 끌고 온 주영은 그것을 뺏길세라 잔뜩 움켜쥔 다음에 등을 돌려 버렸다. 그리고는 모르는 척 눈을 감고 잠을 청했다. 옆에서 그가 일어나는 소리가 들렸지만 주영은 눈을 꼭 감았다. 하지만 느낌으로 세민이 자신을 쳐다본다는 것을 알 수 있었다.

　세민은 한마디 하려고 일어났다가 그녀의 모습에 웃음이 나왔지만 얼른 웃음을 삼켰다. 애들처럼 뺏길까 봐 이불을 한가득 품에 안고 눈을 꼭 감고 있는 그녀를 보면서 작은 설렘, 가슴 밑바닥부터 스멀스멀 일어나는 그 가렵고도 찡한 무언가가 세민의 무표정에 웃음을 짓게 만들고 있었다.

　‘진주영…… 재밌군. 하는 짓이 꼭 아이 같아.’

　혼날까 봐 두 눈을 꼭 감은 그녀의 콧잔등에 작은 주름들이 생긴 것을 보고 세민은 순간적으로 그녀에게 입맞춤을 할 뻔했지만, 이내 가벼운 한숨을 쉬고는 다시 침대에 누우면서 속으로 중얼거렸다.

'후후, 오늘도 잠자긴 글렀군. 이러다 불면증 걸리겠어.'

세민은 깊은 한숨을 쉬면서 그녀의 옆으로 모로 누워 잠을 청해보지만 쉽사리 잠들지 않았다. 그건 옆의 그녀도 마찬가지인 듯, 고른 숨소리를 내어보려 노력하는 그녀의 숨소리는 중간중간 끊기는 경우가 많았다. 그녀의 숨소리가 규칙적으로 나올 때까지 기다리는 동안 세민의 온몸은 긴장한 상태였다. 작은 공간에 서로의 몸을 누이고, 작은 소리도 내지 않으려 힘을 주고 있는 그들은, 한이불을 덮고 있는 부부라는 게 믿겨지지 않을 정도로 서로의 접촉을 극도로 신경 쓰고 있었다.

그러기를 얼마 동안, 그 둘은 그렇게 긴장한 채로 서로 등을 보이며 잠을 자려 노력하다 피로감을 지쳐 거의 동시에 잠에 빠져들고 말았다. 세민이 마지막 잠들기 전, 얼핏 기억하는 것은 자신의 품 안에 그녀의 작은 몸을 끌어당겼다는 것이었다. 작은 만족감과 잠에 취한 그의 한숨이 주영의 머리를 간질였다.

설핏 잠이 든 주영이 눈을 뜬 것은 따뜻하고 부드러운 것이 그녀를 점점 내리누른다는 생각에서였다. 이불이라 생각하기에는 조금 무겁다 싶어 깨어난 그녀의 눈에 세민의 단단한 팔이 보며 급히 숨을 참았다. 자신의 눈 가까이 보이는 세민의 팔에 난 작은 솜털을 보며 주영은 오소소 소름이 돋았다. 싫은 감정이 아니었다. 그보다는 좀 더 다른, 표현키 어려운 여러 감정이 뒤섞이며 주영은 자신의 머리에 연신 숨을 뱉어내는 세민을 쳐다보았다. 안기고 싶은 게 사실이었다. 그녀가 남자의 사랑을, 그 깊은 갈증을 못 느낀다면 그것은 거짓이었다. 몸으로 알고 있는 것들, 무수히 상상하며 보낸 밤들, 세민의 뜨거운 열정을 바라던 자신이었는데…… 세민은 그녀가 자신을 보며 이런 낮 뜨거운 상상을 한다는 것을 알기나 할까? 쓴 웃음이 다시 올라왔다. 이렇게 자신을 안고 편히 잠든다는 것은 자신을 여자로 보지 않는다는 거겠지. 순간 그만을 바라보며 그만을 생각했던 자신이 불쌍해서 눈물이 나왔다.

사랑은 참으로 무서운 것이다. 이렇게 싫어하면서도 바라고, 죽일 만큼 밉다가도 죽는 순간까지도 원하는 것을 보면, 사랑은…… 무서운 열병 같은 것인가 보다. 작은 흐느낌이 새어나왔다. 그렇게 그의 품이 그리웠건만 그의 품에 안겨도 외롭다는 것은 변하지가 않았다. 언제쯤이나 이런 지옥 같은 상황에서 벗어날 수 있을까? 주영은 눈물이 흐를까 봐 손가락을 들어 눈 끝을 톡톡 두드렸다. 하지만 그가 깨지 않게 최대한 조심스럽게 움직였다. 그를 오래 기억할 수 있게 이 상황이 조금이라도 더 지속되길 바랐다. 나중에 홀로 되더라도, 적어도 그의 품이 따뜻했다는 것은 기억할 수 있게.

주영이 천장을 보며 연신 눈가를 두드리는데 이층을 올라오는 계단의 울림이 들렸다. 흠칫 놀란 주영은 모든 동작을 멈추었다. 그러자 문 가까이 다가왔는지 발소리도 멈추었다. 이내 문이 열리고 누군가가 들어왔다. 순간 주영은 몸을 틀어 세민의 품 안으로 파고들며 누구인지 보았다. 정시현, 그녀였다! 어느새 침대 앞까지 다가왔는지 시현의 거친 숨소리가 느껴졌다. 주영은 숨마저 제대로 쉴 수가 없었다. 그러나 우습지만, 주영 역시 시현에게 이러한 모습을 보여주는 것에 대해 대단히 만족해하며 잘된 일이라고 스스로를 다독였다.

그런 생각을 하는 사이 시현이 다시 조용히 방을 나갔다. 주영은 안도의 한숨을 내쉬었다. 순간 세민의 입김이 좀 진과는 다르게 더욱 뜨겁게 느껴졌다. 그것이 자신의 착각일는지는 모르지만 그렇다고 확인을 할 만큼 주영은 담이 크질 못했다. 그의 품에서 벗어나려 하던 그녀는 문득 그런 생각이 들었다. 세민은 깊이 잠들어 있는지라 자신을 꼭 안고 잤다는 것을 모르리라. 주영이 몸의 힘을 풀고 천천히 그의 가슴에 몸을 기대자 맨살의 부드러움과 세민의 체온이 그녀를 감싸는 것만 같아 저도 모르게 가슴이 두근거렸다.

그냥 잠이 들 거라 생각했다. 자신의 옆에서 편안히 잠든 그처럼 나도 그와 같이 아무렇지 않게 잠을 잘 수 있을 것 같았다. 하지만 아니었다. 자신의 마음이, 몸이 아니라고 말을 해준다. 남편의 품에서 적게나마 온기를 찾으며 좋아하고 안주하는 자신이 너무나 비참하고 바보 같고, 이런 감정을 일깨워 주는 남편이 너무도 미웠다.

침대에서 힘들게 일어난 주영은 소파로 가 작은 몸을 뉘이며 어두운 창밖을 바라보았다. 어서 이 밤이 지나기를 주영은 아이처럼 빌고 또 빌었다. 더 이상 바보 놀이는 하고 싶지 않다고…….

여전히 잠이 든 세민의 얼굴이 어느 순간 그녀를 향해 움직이는가 싶었는데, 그녀가 돌아보았을 때는 여전히 어둠 속 그 모습 그대로여서 그녀의 마음을 울리고 있었다.

제5장 해방

아픈 마음을 스스로 달래던 주영은 어느덧 잠이 들었던지 소파에 기댄 작은 몸이 점점 밑으로 내려오는 순간 놀라 일어났다. 침대 위의 세민은 등을 돌린 채 여전히 잠들어 있고, 시계는 약간 이른 시간을 가리키고 있었다. 주영은 서둘러 일어나서 욕실로 들어가 잠을 쫓았다. 불안했다. 알 수 없는 불안감으로 인해 급히 일층 거실을 지나 부엌으로 향한 주영은 무언가에 놀란 듯 숨을 삼키며 멈춰 서고 말았다. 정시현, 남편의 여자가 그곳에 있었다. 주영의 모습으로, 주영의 공간에서 행복한 움직임을 보이는 시현을 보며 주영은 무섭도록 격렬하게 반응하는 자신의 감정에 무너지고 말았다.

'거기는 내 자리야, 내 것이야! 그 공간은 다 내 것이라고, 내 거!'

누군가에게 달려들어 멱살을 잡고 미친년처럼 외치고 싶다는 감정이 이런 것일까? 자신의 부엌 안에서 분주히 움직이며 음식을 만드는 시현을 보면서 주영은 누군가를 죽이고 싶다는 막연한 감정을 품었다.

주영이 나가고 나서 눈을 뜬 세민은 천천히 몸을 일으켜 일층으로 내려왔다. 오늘따라 유난히 조용한 집 안의 정적이 신경 쓰였다. 그런 세민의 눈에 주영의 뒷모습이 보여 손 하나를 뻗으면 닿을 만큼 가까이 다가선 세민은 더 이상 다가서지 못하고 주춤할 수밖에 없었다.

'정시현, 넌 대체……'

시현은 부엌을 정신없이 돌아다니고 있었다. 그런 시현을 보는 주영의 모습이 쓰러질 듯 위태롭게만 보여 세민은 안타까움과 더불어 이유 모를 화가 났다. 시현을 집으로 데려오는 것이 아니었는데, 지난 밤 거절당하더라도 주영에게 자신의 감정을 표현했어야 하는데 하는 후회가 끊임없이 들기 시작했다. 주영이 이렇게 힘들어할 줄 알았다면, 시현을 결코 집으로 데려오지 않았으리라. 주영의 마음을 알고 싶어하는 자신의 얕은 생각이 결국 주영에게 또 다른 상처를 안겨준 셈이 되고 말았다.

세민은 주영의 곁으로 다가가 가는 주영의 어깨를 잡고, 하염없이 떨리는 그녀의 몸을 천천히 자신의 가슴에 안았다. 힘없이 끌려온 주영의 모습에 아파할 사이도 없이 자신을 쳐다보는 주영의 그 원망 어린 눈빛과 서러운 눈물에 목이 콱 막히고 말았다. 세민은 두 팔로 주영을 꼭 끌어안고서 그녀의 아픔이 조금이라도 없어지기를 바랐지만, 주영은 그의 품을 밀어내며 그의 곁에서 벗어났다.

아침 준비를 하던 시현은 자신을 보며 놀라는 주영을 못 본 체했지만, 세민이 그녀를 안는 것을 보고는 고개를 돌려 버렸다. 그를 찾아간 지난 밤에도 그는 그렇게 주영을 안고 잠들어 있었다. 상처 입을 줄 알았지만 시작했고, 사랑하지 않는다는 것을 알았지만 제멋대로 마음을 주었다. 그거 하나만을 생각하자 다짐한 시현일지라도 주영을 바라보는 세민의 눈빛에는 여전히 아픔을 느꼈다.

"어머, 다들 일찍 일어났네요? 어제 신세진 게 미안해서 제가 주제넘지만 아침을 좀 준비했어요. 얼른 먹고 출근해야죠?"

시현이 그들을 향해 다시 고개를 들었을 땐 활짝 웃는 얼굴이었다. 세민은 식탁으로 향하면서도 주영에게 시선을 떼지 않았다. 주영은 표정없이 맞은편 자리에 앉으며 조금 전 그의 품을 거절했던 모습 그대로 그의 시선도 거부하고 있었다.

주영은 시현에게 내내 소리치고 싶었다. 아니, 좀 더 솔직하자면 그녀의 머리채라도 휘어잡고 그녀를 부엌에서 끌어내고 싶었다. 이제 와서 자신을 위하는 척하는 세민의 배려도 결코 달갑지 않았다.

"뭘…… 하는 거죠?"

생각보다 차분한 목소리가 나왔지만 내내 귀가 울리는 것만 같았다. 마치 찬물을 흠뻑 뒤집어쓴 뒤에 정신 차린 취객처럼 그녀의 정신은 그 멍한 와중에서 서서히 정리되고 있었다.

주영의 말에 시현은 무안하다는 듯이 조용히 웃으며 변명을 시작했다. 그깟 변명 아무리 들어도 필요없다고 외치고 싶은 주영의 마음과는 달리 주영의 표정은 그녀의 행동을 이해한다는 양 고개마저 까딱이고 있었다.

"아, 미안해요. 기분이 언짢은 건가요? 난 그저 어제저녁 재워준 것이 고마워서…… 그래서 그냥 아침이라도 좀 만들어줘야 되지 않을까 하고……."

"후후. 아침이라, 고맙네요. 얼른 먹고 출근하죠, 우리."

"출근?"

세민이 의아한 듯 주영을 쳐다보고 시현 역시 그녀를 쳐다보자 주영은 시현이 짓던 그 웃음 이상으로 환히 웃어주었다.

"아, 저 오늘 미술학원에 면접 보러 가거든요. 잘되면 내일부터라도 아이들을 가르칠 것 같아요. 그러니 얼른 서두르죠."

식탁 위에는 간단하지만 깔끔하고 정갈한 음식들이 올라와 있었다. 주영은 그것을 보고 피식 웃고 말았다. 자신의 남편에게 아침을 차려준 적이 대체 언제더라? 항상 아침을 거르는 그인지라 어느 순간부터 아침 준비를 하지 않던 그녀였는데, 시현은 정성스레 아침을 차려놓고 그의 칭찬을 기대하는 것 같았다. 예전의 자신이 그러했듯이 말이다.

"아, 난 원래 아침을 안 먹어."

세민은 그 한마디만을 한 뒤 자신의 방으로 들어가자 식탁 위엔 묘한 침묵만이 흘렀다. 주영은 시현의 표정을 보면서 알 수 없는 동질감을 느꼈다. 시현이 느끼는 그 감정, 예전의 자신과 같을 테니까 말이다.

"미안해서 어쩌죠? 나도 아침은 잘 안 먹거든요. 힘들게 준비한 것 같은데 시현 씨라노 많이 들어요."

주영은 자신의 방으로 돌아오자 그나마 진정이 되었다.

이층으로 올라온 그녀가 막 씻고 나왔을 때 그녀의 방에는 출근 준비를 완벽히 마친 세민이 그녀를 기다리고 있었다.

"무슨 일이에요?"

"취직한다고?"

"그래요."

별일 아니라는 투로 세민에게 말한 주영은 서둘러 옷장을 열고 옷을 꺼내며 그 안에 부착된 거울을 통해 무표정한 얼굴로 자신을 쳐다보는 세민을 바라봤다.

"오늘…… 점심 같이 먹을 수 있나?"

세민의 말에 주영은 뒤돌아 그의 얼굴을 찬찬히 쳐다보았다. 그리고는 잠시의 틈을 둔 후 말했다.

"아니요, 힘들 것 같네요."

"진주영, 너……."

"좀 나가줄래요? 나도 출근 준비를 해야 해요. 시현 씨랑 먼저 출근해요. 난 준비하는 대로 내 차로 갈 거니까."

화가 난 듯 세민의 얼굴이 굳어졌지만 주영은 고개를 돌려 버렸다. 이제는 그의 행동 하나하나, 감정 하나하나에 눈치 보지 않을 것이다. 주영의 외면에 세민은 결국 무언가를 다시 말하려다 말고는 거친 동작으로 나가 버렸다.

주영은 일부러 한참 뒤에 일층으로 내려갔다. 아무도 없는 그 거실에는 여전히 음식 냄새가 나 주영은 모든 창문을 죄다 열어 놓고는 현관을 나섰다. 대문을 나서면서 쳐다본 자신의 보금자리는 사방에 구멍이 뚫려 보기 흉할 정도였다.

화실에 도착한 후에도 주영은 그저 기계적인 발걸음으로 화실의 문을 열고 들어갔다. 생각보다 일찍 온 주영의 모습에 놀란 세희가 주영에게 다가오도록 주영은 고개를 들지 않았다.

"일찍 왔네? 주영아, 나…… 너, 왜 그래? 응?"

주영의 행동이 이상함을 느낀 세희가 물었다.

"주영아, 너……."

언제부터 울고 있었는지, 주영의 눈은 새빨갛게 변해 있었다. 얼마나 물고 있었는지, 가늘게 떨리는 그녀의 입술은 잘 익은 석류처럼 새빨갰다.

"왜 그래? 무슨 일이야, 응?"

"으으, 으아아아. 아아악! 아악!"

별안간 소리를 지르며 자신의 핸드백을 내동댕이친 주영이
화실 바닥에 주저앉아 통곡을 해대자 세희는 다급한 마음에 소
리를 질렀다.

"야, 야, 주영아, 너 왜 그래? 왜 그러는 거야, 응? 무슨 일이
야! 무슨 일이냐고!"

"엉엉엉, 엉엉. 아아악, 아악!"

바닥에 엎어진 채 몸을 굽힌 주영은 벌레처럼 등을 굽혔다 폈
다 하며 오열을 하다 결국 기절하고 말았다. 그런 그녀를 한참
이나 쳐다보던 세희는 화실 한 켠에 놓인 철재 침대에 주영을
조심스럽게 눕히고는 침울한 표정으로 그녀의 머리를 쓸어 넘
겨주었다.

"그렇게 힘들었니? 용케도 잘 참는다 했어. 이렇게라도 응어
리진 거 풀어버려, 주영아. 아프다고, 힘들다고 지금처럼 표현
하고 살아. 응?"

잠든 주영의 눈물과 앞머리를 쓸어 넘겨주는 세희의 손길이
다정해서인지 주영은 그 뒤로도 한동안 깨어날 줄 몰랐다.

점심도 굶은 주영이 깨어난 것은 늦은 오후가 다 된 네 시쯤
이었다. 부스스 일어난 주영이 화장실로 들어가더니 이내 세수
를 하고 나오자 그 모습을 보던 세희는 결국 웃고 말았다.

"이제 좀 사람 같네. 어떻게 그렇게 내리 잘 수가 있냐? 아주
코까지 골면서 잘 자던데?"

"내가 그랬니?"

기운없는 주영의 질문에 세희는 서둘러 도시락을 꺼내 그녀 앞에 내밀었다.

"얼른 먹어. 너 아침 여전히 안 먹지? 많이 배고프겠다. 굶고 서는 아무 일도 못해! 예술은 배고파야 한다는 거 다 거짓말이야. 배고프면 움직일 힘도 없고 신경질밖에 더 나겠냐고. 얼른 먹고 기운 차려."

수다스런 세희의 말에 주영은 피식 웃고 말았다. 세희가 없었다면 자신은 어찌 됐을까?

음식을 보기 전에는 몰랐는데 생각보다 배가 많이 고팠던지 주영은 도시락을 금방 먹었다. 그런 그녀를 위해 커피를 건네준 세희가 시계를 보며 말했다.

"마셔. 그리고 화장 좀 해라. 얼굴이 그게 뭐니, 면접을 앞둔 선생이? 선배 올 시간 다 됐어. 화장도 하고 머리도 좀 빗고 사람 모습 좀 찾아봐."

"후후. 내가 그렇게 엉망으로 보이니?"

"너도 눈이 있으면 거울 좀 봐라. 꼭 허연 밀가루 뒤집어쓴 유령처럼 핏기가 하나도 없잖아. 소개한 나를 생각해서라도 어떻게 좀 해라, 응?"

세희의 말에 주영은 힘없이 웃고는 욕실로 들어가 간단히 화장을 하고 나왔다. 화장을 할수록 변하는 얼굴처럼 자신의 인생도 이렇게 쉽게 변화될 수 있다면 얼마나 좋을까 하는 생각에 한동안 잊고 있던 그 기분 나쁜 웃음을 다시 나오고 말았다.

　욕실에서 나온 뒤, 주영은 세희의 그림을 보며 그녀와 이런저런 애기를 하고 있는데 갑자기 문이 벌컥 열리며 상당히 큰 키의 남자가 들어왔다.

　"아, 미안. 생각보다 늦었지? 화랑에 문제가 좀 생겨서 말이야."

　문을 열고 들어온 남자를 향해 고개를 돌리던 주영은 깜짝 놀랐다. 얼마 전, 도로 위의 박스를 같이 주워줬던, 자신에게 다정하게 웃어주며 모델을 해달라던 바로 그 사람이었다.

　'사람 인연이라는 거…… 정말 알 수 없나 보네. 다시 만날 거라고는 생각도 못했는데.'

　주영의 그런 생각을 알아차리기라도 한 것처럼 자신을 향해 반갑게 다가오는 그를 보면서 주영은 난처하다는 생각을 했다.

　"결정한 거예요?"

　"네?"

　"내가 전에 부탁했던 거, 그것 때문에 온 거 아니에요?"

　여전히 부드럽게 웃는 남자의 모습에 주영은 그가 자신을 여전히 모델로 쓰고 싶어한다는 것을 알고는 당황했다.

　"아, 아니에요. 전, 저는……."

　어쩔 줄 몰라 말끝을 흐리는 주영을 세희가 구해주었다.

　"원석 선배, 주영이 알아요? 흠, 그럼 생각보다 선생 채용이 쉽겠네요. 제가 말한 친구가 바로 이 친구거든요."

　"아, 그래? 난 모델인 줄 알았거든. 이럴 줄 알았다면 모델 일은 나중에 꺼낼 걸 그랬다. 그럼 들어줬을지도 모르는데. 아깝다!”

손바닥을 주먹으로 치며 억울하다는 듯이 말하는 그의 장난스런 행동에 주영은 얼굴이 붉어졌다.

“호호호, 모델이요? 이상하네, 왜 나는 선배하고 주영이 오늘 처음 만난 게 아니라는 생각이 들까? 자자, 와서 얼른 얘기를 해 주시죠, 주영아?”

세희가 눈을 빛내며 그 선배라는 남자와 자신을 번갈아 쳐다보자 주영은 할 수 없이 그를 만난 상황을 얘기해 주었다. 세희는 이것도 우연이라며 극구 주영을 선생으로 채용하라고 원석 선배를 압박했고, 그 선배는 여전히 그 웃음을 단 채로 그녀를 보면서 손을 내밀었다. 가늘고 긴 손가락, 방금 전까지도 물감을 만지다 왔는지 미처 지워지지 않은 물감의 흔적이 주영의 눈에 잡혔다.

“같이 일하게 되어서 반가워요. 나만 그런 건가요?”

주영은 그저 그가 내민 손을 멍하니 바라보다 고개를 들어 그의 얼굴을 쳐다보았다. 따뜻한 미소, 그에게선 포근한 봄바람의 온기가 느껴졌다.

“잘…… 부탁드려요.”

“음, 생각 바뀌면 언제든지 말해 줘요. 난 기다리는 것 하나는 자신있거든요.”

원석의 말에 주영은 당황스러움을 감출 수가 없었다.

"오늘부터 일하라고 하면 욕먹겠죠? 훗, 저 지금 다시 나가봐야 하는데 주영 씨 지금 가실 거면 같이 나가시죠."

"선배, 웃긴다! 난 세희고 주영이는 왜 주영 씨야?"

"세희 넌 내 피고용인이고, 주영 씬 앞으로 내 모델이 되실 분이거든. 당연히 잘해 드려야지. 자, 가시죠?"

난처해하는 주영의 어깨를 가볍게 밀치며 원석은 기분 좋은 웃음소리와 함께 화실을 나갔다. 주영은 그래도 괜찮겠냐는 표정으로 세희를 쳐다보자 가볍게 고개를 끄덕이는 세희가 조심스레 말을 건넸다.

"그래, 오늘은 일하기 힘들 것 같더라. 그리고 제발 울지 좀 마! 바보같이."

그녀를 다정하게 안아주는 세희를 뒤로하고 화실을 나온 주영이 일층에 다다를 무렵 요란한 소리가 들렸다. 놀란 주영이 건물 밖의 주차된 곳으로 달려가자 자신의 차를 뒤에서 받은 차에서 급히 내리는 원석 선배를 볼 수 있었다.

"이거, 미안해서 어떡하죠? 실수를 한 것 같아서…… 차는 내가 고쳐 줄게요. 우선은 제 차를 타세요. 바래다드릴게요."

너무나 미안해하는 그 모습에 차마 거절하지 못하고 엉겁결에 원석의 차를 올라탔다.

집으로 향하는 동안 어색한 침묵이 흘렀다. 주영은 옆에서 운전하는 원석을 보며 조심스레 말을 건넸다.

"저번에 고마웠어요. 인사도 제대로 못 드렸네요."

“그래요? 정말 고맙다고 생각되면 모델 해주는 걸로 어떻게 안 될까요?”

원석의 끈질긴 말에 주영은 더욱 난감한 표정을 지으며 창밖으로 시선을 돌렸다. 그 모습을 흘끔 쳐다본 원석이 조용히 말을 이었다.

“한눈에 반하는 사랑…… 그런 거 믿어요?”

원석의 말에 주영은 여전히 창밖을 바라보며 쓸쓸한 표정을 지었다. 자신 역시 한눈에 반하는 사랑을 믿었다. 그래서 택한 사랑이 바로 세민이었으니까. 그리고 안다. 그 감정이 얼마나 무모한 것인지를 말이다.

“그런 사랑…… 믿지 마세요. 시작하는 순간부터 심장이 천천히 천천히 죽어가니까. 사랑할수록 점점 더 견딜 수가 없게 돼요. 원할수록 망가지는 심장 때문에 결국은 그 사람을 원망하게 되니까.”

주영의 말을 들은 원석의 눈빛이 한동안 무언가를 생각하는 듯 서서히 가라앉았다. 그 뒤로 주영의 집 앞까지 올 동안 내내 침묵하던 원석은 그녀가 내리기 전 주영을 보며 다시 웃었다. 그런 웃음을 지을 수 있는 원석이 주영은 부럽기만 했다.

“난 말이죠, 기다림에도 익숙하지만 참을성도 많아요. 그런 아픔 따위 견딜 수 있을 만큼 심장도 무쇠거든요. 시작해 볼래요? 정말로 아플지 아니면 그 감정만큼 좋아질지는 아무도 모르는 거니까. 인생은 도박이라잖아요.”

자신 역시 도박을 하고 있다는 것을 그녀가 알까? 원석은 장난스런 웃음을 지었지만 속마음은 그 어느 때보다 무겁기만 했다. 그것은 그녀에 대해 알고 나니 더욱 힘든 현실로 다가왔다. 하지만 그 모든 것을 제치고라도 그녀의 얼굴에 웃음을 찾아주고 싶다는 것이 원석의 솔직한 심정이었다. 아픈 사랑도 사랑이라는 거…… 믿게 해주고 싶었다.

가벼운 웃음과 함께 말을 하는 원석의 모습은 장난처럼 보여 주영의 긴장감을 풀어주었다. 그의 자신감을 자신이 조금이라도 닮았다면 나도 당신처럼 웃을 수 있었을까?

"아니요. 내가 원하는 건, 그런 사랑을 하는 게 아니에요. 오히려 그런 사랑에서 벗어나고 싶은 거죠. 하기 싫어요…… 그런 것 따위…… 이젠."

여전히 자신을 향해 웃는 원석을 뒤로하고 집으로 들어선 그녀는 서둘러 창문을 다 닫았다. 아침에야 시현 때문에 화가 나서 문을 죄다 열어놓긴 했지만, 열려진 창문만큼 자신의 자리에 구멍이 난 것 같은 생각에 급히 다시 문을 닫기 시작하는데 핸드폰이 울렸다.

"여보세요?"

[돌아왔군.]

세민이었다. 마치 자신이 먼 곳을 갔다 올 동안 기다리고 있었던 사람처럼 말을 해 주영은 어이없다는 생각이 들었다. 그가 나를 기다리는 일 따위는 있을 수도 없는 일인데…….

“네.”

[저녁에 시간 좀 비워둬.]

“왜요? 저 피곤해요.”

잠시 동안 수화기 속에서 세민의 숨소리가 들렸다. 지난 밤, 자신을 안고 자던 세민의 숨소리, 아침에 자신을 달래주던 그 숨소리, 왜 그 숨소리를 듣자마자 울음이 왈칵 나오는지 주영은 어이없어하며 한 손으로 급히 눈가를 쓰윽 하고 닦아냈다.

[장모님께서 식사나 같이 하자고 하셔서 그래. 준비하고 기다려, 간다고 말씀드렸으니까.]

생각지도 못한 말에 주영은 아무 말도 못했다. 한동안 너무도 힘들어 잊고 지낸 자신의 부모님. 다시 쓰라려 오는 마음에 울음이 솟았다.

“알았어요.”

[……진주영.]

“네?”

[기다려, 금방 갈 테니까.]

그의 짧은 말에 순간 저도 모르게 기대고 말았다. 기다리라는 그 말을 얼마나 듣고 싶어했는지 그는 모를 것이다. 자신에게 금방 온다고 말하는 세민을 수없이 상상했다는 것 또한 그는 모를 것이다. 전화를 끊은 뒤에도 자신의 이름을 부르던 세민의 목소리가 계속 울려 주영은 이층 계단 중간에 주저앉고 말았다.

사랑을 하고 싶었다. 자신의 남자를, 가족을 말이다. 그 어느 것 하나 할 수 없는 자신에게 갑자기 다가온 남자, 그 남자가 세민이기를 바란다는 것은 무리겠지. 주영은 갑자기 좀 전의 원석 선배의 말이 생각나 혼란스러워졌다. 그녀에게는 지금 다른 누군가를 사귈 만한 여유도, 마음도 없는데 왠지 한편으로 그의 마음을 다치게 하는 게 아닐까 싶은 마음에 화실을 나가기가 부담스러워지기까지 했다.

주영은 계단에 주저앉아 난간에 머리를 기대었다. 특유의 나무 향이 싸하니 돌아 기분이 좀 진정되는 것 같았다. 자신있는 척, 아무렇지 않은 척해도 뒤돌아 아픈 마음속을 헤집다 보면 여전히 그 안에는 세민에 대한 사랑이 고름처럼 묻어나고 있었다. 차라리 곪고 곪아서 곪을 만한 마음이 없어져 버렸음 좋겠다. 넋 잃은 사람마냥 멍한 시선을 들어 주영은 사방을 천천히 훑어보기 시작했다. 눈에 보이는 시계들. 저것들 모두가 자신을 동정해서, 불쌍해서, 어서 가라고, 시간이 빨리 가라고 서두르는 것처럼 보여 주영의 마음을 허탈케 했다.

천천히 일어서서 자신의 방으로 향한 주영은 오랜만에 보는 친정 부모님만을 생각하자며 스스로를 추스르고 욕실로 들어갔다. 자신 때문에 사위에게 제대로 대접받지 못하는 부모님을 위해서라도 기쁘게 행복한 듯 웃으며 연극을 해야겠지. 주영은 최대한 정성 들여 화장을 하고, 옷을 고른 뒤 약간의 향수까지 뿌리고 나서야 만족스런 작품을 보듯 자신의 모습을 훑어봤다.

'부모님을 위해서야. 내가 아닌, 그리고 당신도 아닌. 지극히

평범한 부부가 되는 거.'

현관문이 열리는 소리에 주영이 천천히 방문을 열고 거실로 향했다. 세민은 걸음을 멈추고 이층에서 내려오는 주영을 쳐다 보았다. 천천히 자신을 바라보며 내려오는 주영의 하늘거리는 원피스가 가느다란 그녀의 몸에 감기어 마치 바람을 타고 내려 오는 것처럼 보였다. 세민은 멍한 상태에서 그녀의 모습이 점점 커지자 마치 자신을 덮는 것만 같은 느낌에 흠칫했다.

"이제 오셨어요? 저는 준비가 다 됐는데요."

"아, 그래. 가지."

"저, 한 가지 부탁이 있어요."

"뭐지?"

갑작스런 주영의 부탁에 세민은 의아한 듯 그녀를 쳐다보았 다. 세민의 얼굴 위로 약간의 홍조가 번졌지만 주영은 세민을 보지 않고 말을 꺼냈다.

"미안하지만…… 집에 가 있는 동안만이라도 우리, 평범한 부 부처럼 행동하면 안 될까요?"

자신을 보지 않고 말하는 주영의 모습에 세민은 왜 화가 나는 지 몰랐다. 그녀에게 외면받는 걸 점점 못 견뎌하고 있었다. 자 신에게 말을 할 때는 얼굴조차 돌리지 않는 그녀에게 너무도 화 가 나고, 평범한 것에도 미안해하는 그녀의 행동에 가슴까지 먹 먹해졌다. 하지만 세민은 익숙하게 그 감정을 삼키고는 처음의 그 무표정으로 돌아갔다.

"평범이라, 그럼 우리가 사는 게 평범이 아니란 말이군. 그럼 다른 부부들은 어떻게 생활한다는 거지?"

"글쎄요, 남들처럼 산다는 거…… 평범한 부부라는 거, 그게 좋은 건지 어쩐지 이젠 잘 모르겠어요. 해본 적이 없으니까요."

비로소 고개를 돌린 주영이 자신을 쳐다보며 말을 하는데도 세민은 기쁘지가 않았다. 자신에게 말을 하는 그녀의 얼굴이 너무 슬픈 게 보기 싫었고, 이런 것조차 부탁이란 말을 쓰는 자신과의 관계가 순간이지만 원망스럽기까지 했다. 하지만 세민은 그 모든 것을 마음속으로만 간직한 채 여전히 무표정한 표정을 유지했다.

아무 말이 없자 긍정이라 여긴 주영의 입에서는 비로소 안도의 한숨이 나왔다. 뒤돌아 나가는 세민의 표정엔 감춰둔 아픔을 담고 있었지만, 그 둘의 시선은 서로 다른 곳을 향하고 있었기에 주영은 몰랐다.

차 안에서 내내 조용했던 그들에게 다시 걸려온 전화는 한층 그들의 분위기를 가라앉혔다. 주영은 시현의 전화를 받는 세민을 쳐다보지 않으려 고개를 돌렸다. 밤의 한강대교는 낮과는 다르게 참 아름답다는 생각을 막연히 하면서도 들리는 전화 목소리가 유난히 듣기 싫다고 생각했다. 듣고 싶지 않았다. 시현과 통화하는 세민의 목소리가, 그녀와의 말에서 세민이 짓는 작은 감정의 표현조차 그녀는 보기 싫었다.

전화를 끊은 세민이 자신을 쳐다본다는 것도 무시하고 주영은 관심없다는 듯이 오로지 스치는 야경만 쳐다봤다. 하지만 묻고 말았다. 왜 전화를 한 것인지, 적어도 자신이 이 정도는 물어볼 수 있는 위치가 아닌가 싶어 태연한 척 물어봤다. 차를 탄 후 주영의 첫 마디는 시현에 관한 얘기였다. 빌어먹게도 말이다.

"이번엔…… 뭐래요? 강도 다음은요?"

힘도 없고 관심도 없지만, 그냥 물어봐야 한다는 식의 일상적인 대화처럼 그녀는 운을 떼었다. 마주 오는 차들의 불빛 때문에 세민의 얼굴 역시 여러 개의 음영으로 나뉘는 것이 이상하게도 눈을 못 떼게 만들어 주영은 말을 하는 내내 그만을 쳐다보았다. 그런 주영을 쳐다본 세민은 가는 한숨을 쉬곤 앞을 주시했다.

"몰라."

정말 답답하다는 투로 세민이 던진 말에 주영은 히스테리를 부리듯 다소 높고 날카로운 소리로 웃고 말았다.

"헛! 아, 미안해요. 하지만 정말 웃기네요."

"뭐가 그렇게 재밌는지는 모르지만 다음에는 같이 웃을 수 있었음 좋겠군."

세민의 무뚝뚝한 대꾸에 주영은 그를 한번 쳐다보고는 입을 다물었다. 그와 같이 웃을 수 있는 날? 그와 어떤 대화를 해야 같이 웃을 수 있을까? 주영은 운전하는 그의 옆모습을 흘깃 쳐다보았다. 하지만 그 물음을 입 밖으로 내지는 않았다. 차 안에는 여전히 익숙한 침묵만이 자리할 뿐이었다.

친정에 도착해서 문을 열어주는 이 여사를 보며 주영은 최대한 밝은 표정을 지었다.

"엄마, 나 왔어! 그동안 잘 지냈지? 어떻게 딸 보내놓고 한 번을 안 찾아오냐, 정말?"

"아이고, 결혼한 여자가 그게 무슨 말이니? 여전히 철이 안 들었네, 얘는. 유 서방, 고생 많았지? 이 철딱서니 데리고 살려면 마음 고생 좀 했겠네그려. 어여 들어오게."

"어서 오게."

"안녕하셨습니까, 장인 어른, 장모님."

"어머, 아빠? 오늘은 일찍 들어오셨나 보네요?"

"허허, 네 엄마가 하도 닦달하는 바람에 어쩔 수 없었단다."

진 사장은 세민과 주영을 쳐다보며 흐뭇하게 말을 건넸다.

"식사 전에 한잔할 텐가?"

"네."

진 사장을 따라 서재로 들어서는 세민을 쳐다보다 엄마의 손에 이끌려 식탁으로 향한 주영은 흥분해서 큰 소리로 말을 했다. 이미 저녁 준비가 끝났는지 식탁 가득 맛있어 보이는 음식들이 즐비해 있었다.

"우와~ 엄마, 무슨 잔칫날이야? 웬 음식을 이렇게 많이 했어?"

수다스럽게 말하며 이곳저곳을 돌아다니는 주영을 보는 이 여사의 얼굴에 푸근한 정이 감돌았다. 잠시 뒤 진 사장과 같이 서재에서 나온 세민은 주영의 모습을 하나하나 쳐다보며 모호한 표정을 짓다가 이 여사에게 반쯤 끌려오다시피 해서 식탁으로 이동했다.

"까약, 엄마, 나 이거 정말 먹고 싶었는데! 엄마가 한 것 정말 맛있잖아! 이거 더 있지? 세민 씨도 좋아하니까 나 갈 때 좀 싸주라, 응?"

"아이고, 벌써부터 신랑만 챙기니? 딸 키워봐야 좋을 거 하나 없다는 말이 딱이네, 딱이야."

"아이, 엄마도 참."

부산스럽게 오가며 정신없이 지껄이던 주영은 이런 생각을 했다. 관객도 없고, 주인공도 없는 무대, 그 무대에서 열심히 노력하는 자신이야말로 가장 훌륭한 조연이 아닌가 하는.

밝게 웃는 주영의 목소리와 얼굴 표정을 보면서 세민은 왜 기분이 가라앉는 것인지 이해할 수가 없었다. 주영이 저리 밝고 기운차게 행동하는 모습을 본 적이 없었다. 자신과 있을 때는 그런 모습을 왜 보여주지 않는지 그 역시 궁금했지만, 세민은 묵묵히 음식만 먹었다.

"주영아, 오늘 자고 가라, 응? 유 서방, 그러면 안 되겠나?"

"엄마, 이이 내일 출근해야 돼."

"그거야 여기서 해도 되는 거잖아. 안 그런가?"

"네, 장모님. 그렇게 하도록 하겠습니다."

"세민 씨!"

"장모님도 좋아하시잖아. 나도 좋고. 오랜만에 장인 어른하고
술도 하고 좋은데?"

"참나, 난 안중에도 없어요, 정말."

"어머머, 애가 지금 엄마 앞에 놓고 무슨 말을 하는 거야?"

혀를 쏙 내밀고 웃는 주영을 보면서 세민 역시 실로 오랜만에
웃을 수 있었다. 가식인지 아닌지는 중요하지 않다고, 자신 앞
에서 저렇게 밝게 웃는 주영의 모습이 무척이나 생기있어 보여
세민은 기분이 좋아졌다. 자신이 채워주지 못한 부분만큼 그녀
가 다른 것으로 위안받고 행복할 수만 있다면 그걸로 된 것이라
생각하는 세민은 주영의 웃는 모습을 마냥 사랑스럽다는 듯이
쳐다보았다. 그런 그를 지켜보는 이 여사가 있다는 것도 모른
채 말이다.

'사랑스러워……?'

자신도 모르게 흠칫 놀란 세민은 주영을 바라보는 자신의 시
선이 자꾸만 바뀐다는 것을 알 수 있었다. 그러지 말아야 된다
싶으면서도 은연중에 그녀를 향해 가는 자신의 마음을 이제는
감추기가 힘들어졌다.

저녁 식사를 마친 뒤 세민은 진 사장과 회사 애기며 경제 전
반에 걸친 애기를 하느라 찻잔을 들고 서재로 들어갔다. 주영은
자신들이 머물 방으로 올라가 보았다. 한때 자신이 쓰던 방을
다시 꾸며놓은 엄마의 배려에 쓴웃음이 나왔다. 이층 거실에 준
비된 탁자 위의 술병들을 보니 눈물마저 나왔다.

'엄마도 참, 바보같이.'

다행이라 싶었다. 엄마의 눈에는 한창 신혼 재미에 정신없는 자신으로 보여졌을 테니까 말이다. 그렇다면 관객이 적어도 한 명은 확보된 것이니까 성공이라 생각해도 되겠다 싶은 그녀였다.

한참 뒤에 세민이 인사하곤 이층으로 올라오는 소리가 들렸다. 이층의 작은 거실에 준비된 것들을 쳐다보넌 세민은 소파에 앉더니 술병을 열었다.

"한잔하지."

주영은 그를 보면서 저도 모르게 웃었다. 저 남자의 자신만만하고 오만한 행동을 사랑했었는데. '할까'가 아닌 '하지'로 말을 끝맺는 저 자신감을 보며 그녀는 마음을 졸였었다.

그의 맞은편에 앉아 그가 따라주는 술을 마시며 주영은 자신과 세민이 결코 이런 식의 시간을 보낸 적이 없음을 기억해 냈다. 그와의 결혼에서 공유하는 기억은 무엇이 있을까? 같은 시간, 같은 추억, 같은 느낌들, 갖고 싶지만 가질 수 없는 것들. 이젠 그런 것들에 미련을 버렸는지 아프지도 부럽지도 않다고 느끼는 주영이었다.

사람은 가끔은 보통의 모습에서 벗어나 흐트러지고 싶을 때가 있나 보다. 주영은 술을 마시면서 이런저런 생각을 했다. 자유로운 감정에서 시작된 것들이 어느 순간 부글부글 끓는 것을 느꼈다. 자신과 얼마 떨어지지 않는 곳에서는 술을 마시는 세민

을 바라보았다. 왜 슬플까? 술을 마시면 기분이 좋아질 줄 알았
는데, 주영은 점점 더 슬퍼지는 감정에 목이 메었다. 마음속에
들끓던 말들이 모조리 튀어나올 것만 같아 주영은 힘들게 입을
다물고 있었다. 참기 힘들 정도였다. 추한 모습, 바보 같은 자신
을 보여주지 않으려 힘껏 버티는 중이었다. 적어도 자신을 바라
보며 이름을 부르는 세민의 목소리를 듣기 전까지는 말이다.

“진주영, 너……..”

자신을 바라보는 세민이 무어라 말을 하는 것 같은데 주영은
들리지가 않았다. 그저 고개를 들어 그를 보자 눈물이 왈칵 쏟
아져 주영은 두서없이 말이 나오는 대로 말하고 말았다. 더 이
상은 참을 수가 없기에 앙다문 입을 벌려 원망하듯 말을 하기
시작했다.

“왜 이제야…… 내 이름을 불러요?”

“뭐?”

“바보처럼 이제나저제나 불러주기를 바랐는데…… 그랬는
데…… 그러다 너무 힘들어서 이제는 포기하고 있었는데…….”

주영의 말에 세민은 그녀를 물끄러미 쳐다만 보았다. 그의 얼
굴에서 작은 경련이 일기 시작했지만, 주영은 그런 세민의 모습
을 볼 수가 없었다.

“이름…… 부르지 마요. 나, 쳐다보지도 마. 이제는, 이제는
놓을 거라고 그랬는데…… 흑…….”

“주영아.”

"부르지 마, 부르지 마. 이제, 이젠 놓을 거야, 정말 흑, 놓을 거라구."

"주영아, 너……."

"왜 그러냐고? 당신은 왜 그러냐는 말밖에 할 줄 몰라. 내가 얼마나 아프고, 힘든지 당신은 몰라. 이젠 안 하려고. 이젠 아프기 싫어."

"많이…… 취했어. 들어가서 자."

"하하하. 그래, 나 취했어요."

주영이 울다가 웃었다. 이렇게 바보같이 행동하는 자신을 그저 술에 취해서 그런 거라 생각하는 그에게 정말 고맙다고 생각해야 하는 건지, 아니면 달려들어 가슴속에 맺힌 울화를 쏟아내야 하는지 주영은 갈피를 못 잡았다. 다만 답답하다는 마음만이 그녀를 더욱 힘들게 할 뿐이었다.

"내가…… 왜 당신을 사랑했을까, 응?"

"……."

"이런 거, 사랑이 아닌데, 이런 건…… 세민 씨는 왜 나랑 결혼했어요?"

"……."

여전히 대답없는 세민을 보면서 주영은 웃으려 애를 썼다. 입가에 경련이 일도록 웃으려 애를 쓰는 그녀의 얼굴 위로 많은 눈물이 흘러내리고 있었다.

"여기까지가…… 한계인가 봐. 나 당신 더 힘들게 하고 싶지 않아서, 그래서 놓아주려고 노력했는데, 그게 잘 안 돼. 홋, 처음부터 끝까지 바보 같아서……."

세민은 주영의 곁으로 다가와 소파에 반쯤 기댄 그녀의 몸을 안아 들었다. 가는 그녀의 몸이 세민의 품에 너무도 가볍게 안겨들자 세민의 표정에 약간의 감정이 돌았다. 연민과 욕망…… 그리고 아쉬움이 말이다.

"세민 씨, 나 바보 같아서 혼자서는 못할 거 같아. 그러니 같이 해요, 우리."

자신의 품 안에서 고개를 들어 쳐다보는 주영의 얼굴이 바로 몇 센티 아래까지 와 있어 세민의 호흡이 급속도로 거칠어지고 있었다. 하지만 주영은 모른다는 듯이 그를 보며 다시 웃었다. 정말 보고 싶지 않은 웃음, 세민은 세상에서 가장 슬픈 웃음을 보는 것 같아 가슴 한구석이 찌르르 하니 통증이 일듯 아파왔다.

"당신과 나…… 서로…… 놓아요, 같이. 나 혼자선 못하니까 우리 같이해요. 나를, 나를 놔줄래요, 당신?"

"……!"

세민의 가슴속에서 거칠게 뛰던 심장이 멈춰 버렸다. 세민은 급히 숨을 들이키려 했지만 고장난 심장은 움직일 줄 몰랐고, 자신을 쳐다보는 여인의 눈물이 흘러내릴수록 더욱 강해지는 통증에 결국 눈을 감고 말았다. 단순히 아프다는 것 이상이었다. 무언지도 모르고 왜 아픈지도 모르지만 세민은 주영의 말 때문에 자신의 몸이 고장났음을 알았다.

　놓아달라는 그녀의 말이 세민의 심장을, 머리를, 온몸을 누르고 있었다. 말을 할 수도, 하고 싶지도 않아 세민은 결국 주영이 앉았던 소파에 그녀를 안은 채로 무너지듯 주저앉고 말았다. 그런 그의 상태를 알지 못하는 주영은 연신 그의 가슴에 눈물을 흘리며 애원했다. 놓아달라고, 혼자서는 못 놓겠으니 자신더러 먼저 놔달라며 아파했다.

　주영이 한동안 중얼거리다가 고개를 들어보니 세민은 자신을 안은 채로 눈을 감고 있었다. 형광등 불빛 아래 하얗게 질린 것처럼 보이는 세민의 얼굴이 아파 보였다. 주영은 갑자기 술이 깬 듯 그의 몸에서 몸을 일으키려 했지만, 세민의 팔 안에서 빠져나올 수가 없었다.

　"세민 씨, 당신…… 아파요? 어디가 아파요? 왜 그래요?"

　주영은 너무도 걱정돼 그의 얼굴을 두 손으로 잡고 말았다. 그녀의 손길에 눈을 뜬 세민의 두 눈이 너무도 아파 보여 주영은 저도 모르게 그의 목을 안았다.

　"흑. 아프지 마요, 제발. 아픈 건 나 하나로 족해. 그러니, 아프지 마."

　자신의 목을 안고 우는 주영의 머리 쪽으로 천천히 손을 움직인 세민이 그녀의 머리 속에 자신의 손을 묻고 입술을 겹쳤다. 주영과의 키스는 아픈 눈물 맛이 났다. 세민은 그것이 더없이 속상하고 슬펐다. 달콤하지도 사랑스럽지도 않은 키스, 너무 힘들어 절로 지쳐 버린 그녀의 입술은 그에게 사랑의 느낌보다는 아픔과 절망의 느낌을 들게 해주었다.

그 어느 것 하나 평범한 게 없는 우리. 정말 우리가 사랑을 하는 걸까? 진주영, 너에게 난 사랑받을 자격이 있는 걸까? 응? 세민은 그녀를 더욱 깊이 안으며 스스로 자문해 봤다. 이제는 정말 잡고 싶었다. 그녀를, 그 사랑을, 자신과의 결혼을 말이다.

세민의 팔이 한층 그녀의 허리를 꺾듯이 깊이 안아들도록 주영의 눈은 떠질 줄을 몰랐다. 세민은 주영의 가는 허리를 아플 만큼 꽉 안았다. 울고 있는 그녀의 모습이 세민의 가슴 깊이 생채기를 내고 말았다. 세민은 주영의 울고 있는 눈가와 이마를, 눈물이 흐르는 그 뒤를 따라 입술을 움직이며 안타까워한다.

'울지 마, 제발. 나 때문이라면 더 더욱 울지 마, 주영아.'

세민이 주영을 안아 들고 방 안으로 들어가 그녀를 침대에 눕히도록 주영의 흐느낌은 멈출 줄을 몰랐다. 이내 한가득 눈물을 담은 주영의 눈이 그를 쳐다보자, 서서히 다짐했던 무언가가 무너지기 시작함을 세민은 느낄 수가 있었다. 그저 아프다는 것 이상의 무언가가 자신을 더욱 조여 세민 역시 울컥하는 뜨거운 것을 기어코 입 밖으로 내뱉고 말았다. 그 뜨거운 무언가를 내뱉고 나서야 세민은 비로소 숨을 쉴 수가 있었다.

'더 이상은 참기 힘들어. 더 이상은 날 욕해도, 원망해도, 그래, 이젠 너를 놓아줄 수가 없겠어. 주영아, 주영아……'

가장 추악하고 경멸해 마지않는 모습이 되어 자신을 질책한다 하더라도 지금의 주영을 갖고픈 마음이 절실한 세민이었다. 그녀만 내 곁에 있어준다면…… 그렇게 해준다면 내가 그토록 싫어하고 경멸하던 남자의 모습으로 바뀌어도 견딜 수 있을 것 같았다. 그녀만 내 곁에 있어준다면 말이다.

주영의 얼굴 위로 세민에 의해 생긴 그림자가 길어질 즈음 그들은 서로를 향해 손을 뻗었다. 입을 맞추고 이마를 대어보고 조심스럽게 주영의 머리를 넘겨주는 세민의 입김이 너무도 뜨거워 주영은 차마 숨을 쉴 수가 없었다. 그 숨결이 자신의 것인지 그의 것인지 구분을 못할 만큼 주영은 혼란스러웠다. 세민의 모습은 차갑고 냉정한 평소의 모습이 아니었다. 너무도 다정하고 부드러운 입맞춤에 주영은 다른 의미로 눈물이 나오고 말았다. 이러지 말라고, 이리 대하면 그를 놓아주기가 더욱 힘들다며, 주영은 애원했다. 평소의 그로 돌아가 자신을 대해달라고 말이다. 하지만 그런 생각을 하는 내내 주영의 눈빛은 세민을 원하고 있었다.

세민의 입술이 그녀의 몸 위를 돌아다닐 때마다 달뜬 주영의 신음 소리가 어두운 방 안 곳곳을 돌며 그의 행동을 더욱 부추겼다. 다급하게 움직이는 세민의 손에 의해 어설프게 반응하는 주영의 몸이 미치도록 사랑스럽다고 세민은 생각했다. 어떻게 그녀를 사랑하지 않는다고 믿었을까? 그동안 어떻게 그녀와 나를 따로 떼어내 생각했을까? 서로에 대한 끊임없는 욕망에 정신을 잃을 것만 같았다. 적어도 계속되는 문소리와 이 여사의 목소리가 들리기 전까지는 말이다.

"······영아, 주영아? 유 서방, 유 서방!"

자신을 부르는 소리에 세민이 몽롱한 듯 머리를 연신 흔들며 천천히 심호흡을 하고는 정신을 차리려 애썼다. 그런 세민의 머리를 주영은 자신의 가슴으로 안아주었다. 주영이 숨을 쉴 때마다 오르내리는 가슴의 움직임이 세민의 뺨을 두드렸다.

"주영아, 자니? 주영아! 유 서방! 유 서방!"

"네, 네, 장모님! 무슨 일이세요?"

"이런, 자고 있었나? 좀 나와봐, 회사에서 사람이 왔어."

"회사요?"

벌떡 몸을 일으킨 세민이 급히 자신의 셔츠를 입고는 주영에게 짧지만 강한 입맞춤을 해주곤 서둘러 문을 열고 나갔다. 이 여사와 마주한 세민은 저도 모르게 얼굴을 붉히고 말았다. 마치 못된 짓을 하다 들킨 어린애처럼 이 여사의 눈을 마주하자 어색함이 느껴져 연신 헛기침을 하며 의아한 듯 물어봤다.

"장모님, 지금 회사에서 사람이 왔다고 하셨어요?"

"그래. 이 시간에 무슨 일인지는 모르지만, 굉장히 급하다고 자네를 불러달라지 않나?"

"네? 지금 이곳에 와 있단 말인가요?"

"그래, 들어오라고 해도 그냥 밖에서 기다린대. 대체 얼마나 잠에 취했기에 그렇게 불러도 둘 다 못 알아들어? 얼마나 불렀는지 목이 다 쉰 것 같네. 어서 나가봐. 대문 바로 앞에서 기다린다고 했으니까."

"네? 네."

서둘러 현관문을 열고 대문으로 향하면서 세민은 이 여사의 모습이 왠지 평소와는 다르다는 것을 느낄 수 있었다. 자신을 쳐다보지 않고 말하는 모습 하며 차갑게 굳은 얼굴까지. 세민은 불안한 느낌이 들었다. 회사 일로 이곳까지 찾아올 사람도, 그럴 만큼 급한 일도 없다는 것을 본인이 너무도 잘 알기에 치미는 화를 가다듬고 급히 대문으로 향했다. 대문을 열고 나간 세민의 눈에 담벼락을 등지고 선 사람의 모습이 흐릿하게 보였다. 하지만 다가갈수록 뚜렷해지는 모습에 세민의 인상은 험악하게 굳어가기 시작했다.

"……대체, 대체 이게 무슨 짓이야!"

너무도 화가 난 세민은 시현에게 가까이 다가가지도 않은 채 버럭 화를 냈다. 가까이 다가섰다간 그 자신을 통제하지 못할 것이라는 생각이 들어서였다. 이 시간, 이 장소를 그녀가 어떻게 알고 자신을 찾아왔는지는 중요치 않았다. 저도 모르게 욕설이 튀어나오는 것을 도저히 참을 수가 없었다. 무섭도록 굳어 있는 세민을 향해 시현이 시린 듯이 웃어 보였다.

"세민 씨, 안 돼. 그러면 안 돼요. 나를 두고 그러면 안 돼. 주영 씨를 안으면 안 돼!"

번들거리는 눈빛과 하얀 얼굴, 언제부터 서 있었는지 파리해진 입술을 한 채로 정신 나간 사람마냥 말하던 시현이 세민을

향해 다가오자 세민은 자신도 모르게 두어 발짝 뒤로 물러서고
말았다.

"대체 무슨 일이야? 여긴 어떻게 알고 왔지? 이 시간에 이곳
을 오다니 제정신이 아니군. 대체 무슨 속셈인 거지?"

세민의 격한 목소리에 시현은 세민의 바로 앞에 서서 히스테
릭한 웃음을 흘렸다. 자신을 반기리라는 기대는 하지 않았지만,
이렇게까지 기겁을 할 줄은 몰랐다.

'미치고 싶어. 차라리 미쳐 버려서 당신도, 그 누구도 몰라볼
정도였으면 좋겠어. 그러기 전엔 안 돼! 당신이 나 이외의 여자
를 안는다는 거 볼 수가 없어, 참을 수가 없어!'

시현이 세민을 향해 막무가내로 다가서려 하자 세민의 두 손
이 그녀의 어깨를 잡아 거칠게 밀어버려도 시현은 정신없이 중
얼거릴 뿐이었다.

"당신과 나, 한 번도 따로 생각해 본 적 없어! 둘 중 하나가 죽
기 전까지는 난 당신한테 떨어지고 싶지 않다고. 맹세했잖아,
당신의 누이한테 맹세했잖아! 그런데, 그런데……."

세민은 하얗게 질린 얼굴로 저도 모르게 시현의 팔을 잡고 말
았다. 외면받은 사랑에 결국 자살해 버린 자신의 사랑스런 누
이, 그 누이의 죽음 앞에 미친놈처럼 절규하며 자신 때문에 죽
는 여자는 절대 없을 것이라고 맹세를 한 자신이었다. 그때 세
민의 나이가 열여섯 살, 그런 자신을 시현이 어떻게 알고 있는
지 세민은 짐작도 할 수가 없었다.

“빌어먹을!”

세민의 입에서 욕설이 튀어나왔다. 시현의 팔을 잡은 손에 저도 모르게 힘이 들어가자 시현은 인상을 찌푸리며 그의 팔을 쳐 냈다.

“후후, 그래. 어느 정도까지 갔어? 당신의 아내를 안았어? 얼마만큼 안았는데? 얼마만큼 좋아해? 구걸하는 나만큼…….”

“닥쳐!”

화가 난 세민이 그녀를 자신의 차 쪽으로 끌고 갔다. 세민은 억누르지 못하는 감정 때문에 떨리는 손으로 가까스로 차의 키를 꽂고는 문을 연 뒤에 시현을 던지듯 보조석에 밀어 넣었다.

정신없이 차를 몰아 시현의 빌라까지 온 세민은 거칠게 시현을 끌고 그녀의 집 안으로 향했다. 이렇게 화가 나고 저주스러운 적이 또 있었는지 세민은 기억할 수가 없었다. 다만 누이가 죽은 이후로 처음으로 느끼는 정말 지랄 같은 기분이라며 세민은 이를 갈며 자신의 뒤를 쫓아 비틀거리며 들어오는 그녀를 노려보았다.

“정시현, 어떻게 알았지? 네가 어떻게 내 누이의 일을 알아? 말해 봐!”

누이의 일은 집안 식구 이외는 아무도 모르는 일이었다. 심지어 주영도 모르는 일이었기에 시현의 이런 행동에 세민은 경악할 수밖에 없었다. 대체 그녀가 이 일을 어떻게 알고 있다는 말인가?

　세민의 다그침에도 시현은 그저 입가에 묘한 웃음을 띤 여유 있는 모습으로 부엌으로 향했다. 세민은 결국 참지 못하고 그녀를 다시 한 번 다그쳤다.

　"어서 말하지 못해!"

　세민의 화난 목소리에 부엌으로 향하던 시현이 걸음을 멈췄다. 자신을 쳐다보는 시현의 모습에서 세민은 그녀가 고의로 자신을 이곳까지 오게 했다는 것을 알 수 있었다.

　"그거 알아요, 당신이 주영이란 여자가 아닌 나를 택해서 따라 나온 것이 누 번째라는 거? 이 결혼은 처음부터 잘못된 거였어요. 당신은 그녀가 아닌 나와의 결혼을 원했던 거라고요. 아니라고 부인하지만 당신의 무의식은 항상 나를 원하고 있어요. 지금처럼 말이죠. 당신은 인정하지 않겠지만…… 주영 씨는 어떨까요? 아마 다르게 생각할걸요?"

　시현의 말에 세민의 얼굴은 창백해지고 말았다. 고의적으로 자신을 주영에게서 떼어내려 했던 그녀의 행동도 그렇지만, 주영이 어떻게 생각할지 미처 예감하지 못했기 때문이다.

　"표정을 보니 생각을 못한 것 같네요."

　"……그렇군. 하지만 네가 생각하는 그런 것은 아니야."

　"무슨 소리예요?"

　비로소 시현의 얼굴에서 웃음기가 사라지자 세민의 표정은 조금 누그러졌다. 이미 주영을 안으면서 맹세하지 않았던가, 가장 추악한 사람으로 거듭나더라도 그녀를 놓지 않겠다고…….

그렇게 외면했던 사랑을 하고 싶다고 말이다.

"말 그대로야. 그녀와 나는…… 사랑하는 사이니까."

세민의 말에 시현은 한동안 그를 보더니 어이없다는 듯 웃기 시작했다.

"하하하. 당신은…… 지금 자신이 사랑을 하고 있다는 착각을 하고 있는 거예요. 그저 옆에 있는 사람이…… 주영 씨니까 그녀를 사랑한다고 착각하는 거라고요. 그래요, 그런 거예요."

스스로에게 다짐하듯 말하는 시현이 일부러 주영을 자신의 '아내'로 지칭하지 않는다는 것을 세민은 알 수 있었다.

"아니, 착각하는 건 너야. 변하지 않는 건 없어. 네가 말하는 그 감정도 영원하지는 않을 거니까. 하지만 이해해."

어쩌면 전부터 하고 싶었던 질문인지도 몰랐다. 그녀의 마음이 부담스럽다기보다는 오히려 누나의 전철을 밟을까 봐 그것이 더 두려웠던 자신이니까.

"……날 이해한다고요? 날 얼마나 이해해요? 당신 때문에 미칠 것 같은 나를, 날 사랑하지 않는 당신이 얼마나 이해할까요?"

차라리 전처럼 악을 썼더라면 세민은 그녀를 평소처럼 무시했을지도 몰랐다. 하지만 그 역시 그런 마음을 갖기 시작했기에 시현의 마음을 어느 정도 이해할 수 있을 것만 같았다.

"정시현, 그건 나 때문이 아니야. 날 사랑해서가 아니야. 너의 생각이, 너의 마음이 너를 그렇게 만드는 거라고. 스스로 비참하다고, 버림받았다고 생각하는 너의 마음이."

"어떻게 미치지 않을 수가 있어? 당신이, 당신이 나를 이렇게 비참하게 만드는데? 난…… 이렇게 당신 때문에 죽어가는데. 당신은 다른 여자를 보잖아, 다른 여자를 사랑하잖아!"

시현은 설움이 북받쳐 결국 터뜨리고 말았다. 자신은 그의 작은 행동, 표정 하나하나까지 기억하는데, 그는 너무도 끔찍하리만치 그녀에 대해 무심했다. 그래도 행복했다. 그를 향한 자신의 사랑이 진정한 사랑이라 믿었으니까. 무심한 그라도 자신을 곁에 두는 건 어느 정도 가능성이 있다는 걸 뜻할 테니까. 그녀의 맘을 몰라도 좋았고, 그녀를 여자가 아닌 후배로 봐도 가슴이 뛰었다. 자신이 그를 사랑했기에 술 취한 그를 모텔로 데리고 들어갔을 때도 죄책감이 느껴지지 않았다. 그가 자신을 사랑하지 않아도 책임감에 의해 그녀를 내치지는 못하리라는 것을 알았기에 더욱 겁이 없었는지도 모르지. 그는 알고 있을 것이다, 그날 자신과의 사이에는 아무 일도 없었다는 것을 말이다.

그 언약식, 그때의 그 장소에서 진주영 그녀를 만나지만 않았더라면, 세민의 눈빛이 그녀를 향하지만 않았어도 이렇게 그에게서 버림받는 일은 없을 것이라고 줄곧 생각했다. 그 거짓말로 그를 묶어두었어도 마음만큼은 진실이었기에 언젠간 닿을 것이라 믿었다. 하지만 세민은 시현을 매몰차게 거절했다. 그래, 내 진심이 부족했던 탓이야. 그의 약혼식 날 시현은 차로 뛰어들었다. 그렇게 그를 잡았다. 행복할 줄 알았다. 적어도 그가 주영에

게 관심을 보이지 않았더라면, 그녀는 그것에 만족하고 살았으
리라. 추하다고 욕하고 더럽다고 내치더라도 놓을 수가 없었다.
항상 그만을 바라보던 그녀였는데…… 그가 다른 여자를 안는
다는 것을 참을 수가 없었다. 자신이 아니면 안 되는 것이었다.
시현 역시 그가 아니면 안 되는 거라고 생각했다. 시현의 눈가
가 경련이 일며 눈빛이 바뀌었다.

　그런 시현을 뒤로하고 현관을 나서는 세민은 거실에 우뚝하
니 서 있는 그녀의 모습에 마음이 아팠다.

　한편, 그렇게 세민이 나간 뒤 주영은 자신의 어머니에게 시달
리고 있었다. 의심쩍다는 듯이 주영을 붙잡고 말하는 이 여사와
마주 보고 있는 주영의 마음 역시 착잡하기만 했다.

　"이게 대체 무슨 일이라니? 아버지한테는 내가 별거 아니라
고 말씀드렸지만 이게 지금 말이 되는 행동이라고 생각하니?"

　이 여사의 날카로운 말투에 주영은 변명이 아닌 납득을 시킬
만한 말을 찾기에 급급했다.

　"아우, 엄마, 왜 그래? 별것도 아닌 걸 가지고 이렇게 유난 떨
게 뭐 있냐고!"

　"별것도 아니라고? 이 늦은 시간에 여기까지 찾아온 회사 직
원이 여자더라. 아무리 회사 일이 중요하다지만 이런 시간에,
그것도 처가로 찾아올 만큼 급한 일이 있기는 있는 거니? 아무
리 내가 회사 일을 모른다 해도 이건 아니다 싶더구나. 정말 유

서방이랑 별문제없는 거니?”

　인상을 굳히고 자신을 향해 말하는 이 여사를 보면서 주영은 얼른 떨리는 두 손을 꼭 쥐었다. 엄마의 의심을 사게 할 그 어떤 행동도 하면 안 된다는 생각에 주영은 짐짓 아무렇지 않게 말을 꺼냈다.

　“엄마, 시현 씨 보고 그러는구나? 무슨 소리야, 정말. 걱정도 팔자네요! 실은 오늘 오기 힘들었는데 세민 씨가 고집 부려서 온 거야. 이런 일이 일어날 줄 알고 내가 다음에 오자니까 안 된다고 고집 부리더니, 참나.”

　“그런 거니? 그럼 다행이고. 난 또…….”

　“아유, 엄마도 참. 세민 씨 그런 사람 아니야.”

　“그럼 유 서방 회사에 안 좋은 일이라도 생긴 거니?”

　“아니, 그런 건 아니고. 잘은 모르지만 일이 좀 꼬였나 봐.”

　“아이구, 이 철없는 것아! 아무리 그래도 그렇지, 뻔히 알면서 가잔다고 이렇게 오면 어쩌누?”

　안심했던지 이 여사는 주영을 한 대 치면서 혀를 찼다. 주영은 이 여사에게 애써 웃어주며 서둘러 말했다.

　“나도 나가봐야겠어. 금방 나갔다 올게, 엄마. 엄마는 먼저 들어가서 자. 문은 내가 잠글게.”

　“그래라, 그럼. 무슨 일인지, 원.”

　투덜거리며 일층으로 내려온 주영은 다급한 발걸음으로 대문을 나섰다. 주영의 눈에 시현을 태우고 막 골목을 빠져나가는 세민의 차가 잡혔지만 이상하게도 화가 나지 않았다. 미칠 만큼 화가 나야 될 상황인데도 도무지 감정이 일지 않았다. 주영은 잠시 동안 그렇게 그들이 지나간 휑한 골목을 보다 천천히 몸을 돌려 집 안으로 들어갔다. 엄마에게 세민이 급한 일 때문에 가 봐야 할 것 같다는 말을 전하고 주영 역시 급히 친정을 나섰다. 그곳에 더 있다간 자신의 마음을, 지금의 거짓말이 꼭 들통 날 것만 같아서 정신없이 택시를 타고 집으로 향하는 주영이었다. 그녀가 정신을 차렸을 땐 택시에서 내리는 자신을 확인한 뒤였다. 순간 겁이 더럭 나고 말았다. 아무것도 느낄 수도, 표현할 수도 없는 자신의 상태가 너무도 무섭다고 생각하며 대문 앞에 와서야 북받치는 울음을 쏟아낼 수 있었다.

차가운 대문의 잠금쇠가 그리 단단하게 와 닿을 줄은 주영은 미처 몰랐다. 정신없이 자신의 집으로 돌아온 지금, 여기 무언가 있기에 미친 듯이 왔을까 싶은 생각에 주영은 허탈해지고 말았다. 멍한 머리와 천근만근인 몸을 이끌고 겨우겨우 찾아온 자신의 보금자리는 이렇게 그녀를 박대하고 있는데 꼭 쥔 두 손으로 차갑기 그지없는 대문을 두드리는 시도조차 못하는 자신이 너무도 한스럽고 불쌍해서 결국은 주영의 눈가가 서러운 마음에 파르르 하니 떨리고 말았다.

'아프다. 너무 아파서 아무 생각이 안 나는데…… 상처 입은 짐승은 자신의 보금자리로 돌아오기 마련인 것을. 내겐 상처 입은 몸을 보듬어 안을 공간조차 없다니…… 무엇 때문에 돌아왔

니, 진주영. 이곳은 애초에 너란 것의 보금자리가 될 수 없는
데……'

　내 것이라 생각되고 믿어왔던 모든 것이 한낱 꿈이란 것을 알
아버린 지금, 그녀는 너무도 가혹한 현실에 어쩔 줄을 몰라 했
다. 새벽의 차가운 기운을 한껏 받은 검은 철 대문만큼이나 차
디찬 감촉이 주영의 마음을 얼어붙게 만들고, 몸을 기대고 앉지
도, 서지도 못한 어정쩡한 모습으로 힘들게 버티는 그녀의 얼굴
에는 예전의 그 기분 나쁜 웃음이 짙게 배어나오고 말았다. 가
는 웃음이 그녀의 삐뚤어진 입을 뚫고 기어코 소리가 되어 공명
되자 기다렸다는 듯이 그녀의 무거운 육신이 바닥으로 곤두박
질쳤다.

　울컥하고 익숙하게 내뱉은 울음이 미련한 자신의 손을 대신
해 차가워진 문을 두드리며 조용한 골목을 울렸다. 그러나 그
누구 하나 나와보는 이가 없었다. 주영은 눈치 보지 않고 울 수
있는 지금의 상황에 꺽꺽거리는 소리까지 내며 울기 시작했다.
이렇게 소리 내서 울 수 있는 것도 내겐 사치란 말인지, 쇠를 긁
는 듯한 그녀의 소리마저도 서러운 주영이었다.

　'흐윽, 일 년. 그래, 딱 일 년이란 시간을 이곳에 묻어둘 동안
이 보금자리는 항상 내게 이리 대했는데…… 미련스럽게도 다
시 이곳으로 와버리고 말다니. 이젠 떠나야 하는데, 이젠 다른
곳을 찾아야 하는데……'

　아닌 줄 알면서도 버리지 못해 이렇게 바보같이 구는 자신이

서럽고, 안쓰럽고, 무서웠다. 이것이 아니면 안 되던 나였는데, 이제는 이것 자체를 부정하고 잊어야 하는 자신이 암담하고 무섭기만 해서 주영은 가슴 깊이 묻어둔 시커멓게 말라비틀어진 감정의 찌꺼기를 모두 토해내며 울어버렸다. 울분을 토할 수밖에 없는 자신의 처지를 오늘로, 오늘로 잘라내리라.

시간이 얼마나 지났는지도 모를 정도로 주영은 그곳에서 잘려지지 않는 자신의 미련한 것들을 모질게 자르려 파랗게 변해버린 입술을 힘껏 깨물었다.

'버렸으면 좋겠어. 미련스런 내 마음을 차라리 버렸으면 좋겠어!'

주영은 대문에 기대 하염없이 울고 웃는 것을 반복하며 그렇게 서서히 무너져 내리고 있었다. 우습게도 바로 몇 시간 전의 한껏 달떴던 몸뚱어리가 이제는 추위로 바르르 떨리도록 그녀는 그렇게 자신의 모든 것을 방치하며 혼자만의 이별을 준비했다.

세민은 시현의 빌라를 나올 무렵 울리는 핸드폰을 받고서야 주영이 집으로 되돌아간 것을 알았다. 이 여사와의 전화를 끊고 나서 집으로 향하는 세민의 마음은 착잡하기만 했다. 주영이 오해하지 않았을까 하는 걱정이 들기 시작했다. 그렇지 않고서야 그 시간에 집으로 돌아가진 않았을 테니까 말이다.

집 근처에 차를 주차하고 급한 걸음으로 대문으로 향하던 세민의 눈이 갑자기 커지며 대문 앞으로 달려갔다.

“주영아! 너, 왜 그래? 눈 좀 떠봐! 이런…… 진주영, 정신 차려!”

대문 앞에 쓰러진 주영의 몸은 바닥의 한기와는 상반되게 너무도 뜨거워서 그녀를 끌어안은 세민은 경악할 수밖에 없었다. 몸과는 반대로 너무도 뜨거운 열이 그녀의 이마를 끓게 하고 있었고 마른 입술 사이로는 가는 숨소리마저 확인하기가 힘들어 세민은 순간 심장이 타 들어가는 아픔을 느꼈다.

‘젠장, 왜 그러는 거야? 여태껏 집에 들어가지도 않고 대체 뭘 하고 있었던 거야!’

의식을 잃은 주영을 안고 급하게 응급실로 달려간 세민은 의사의 급성 폐렴과 영양실조라는 진단을 전해듣고는 기가 막혔다. 주영의 축 처진 손에 커다란 바늘을 꽂는 동안 세민의 모든 사고는 정지 상태였다. 세민의 눈빛이 한순간 흔들리다가 결국 주영에게서 눈을 돌리고 말았다. 무엇이 그녀를 이렇게 힘들게 하였는지를 알고 있기에 세민은 그녀를 차마 끝까지 볼 수가 없었다.

‘젠장, 젠장, 젠장!’

세민이 그 감정을 참지 못하고 자리를 떠난 뒤, 얼마 후 굳게 닫혀 있던 주영의 눈가가 파르르하니 떨리며 감긴 눈꺼풀이 천천히 걷혔다. 천천히 주변을 살펴보던 주영은 정신을 잃은 뒤 누군가에 의해 병원으로 옮겨졌나 보다 하는 단순한 생각을 했다. 자신의 왼쪽 손등을 뚫고 깊게 박힌 링거 주삿바늘이 자꾸만 쿡쿡 쑤셔대 저도 모르게 인상을 썼지만 그녀의 표정은 이미 생기를 잃은 후였기에 표정의 변화는 거의 찾아볼 수가 없었다.

'몇 시쯤 되었을까? 오늘 학원으로 출근해야 되는데 세희한 테 전화라도 해줄 걸.'

미안한 마음에 주영의 얼굴에 다시 약간의 표정 변화가 보이 고 침대에서 일어나 앉자 몸에 걸친 환자복이 가는 어깨 아래로 미끄러지며 고혹적인 어깨선을 보였지만 주영의 표정은 변할 줄 몰랐다. 무표정, 일부러 지으려 해도 표현하기 힘든 그러한 모습이 이질적으로 그녀의 얼굴에 드리워졌다. 약간의 시간 차 를 두고 떨어지는 링거 병의 수액을 몇 번 쳐다보던 주영은 왼 손에 꽂혀 아픔을 주던 바늘을 뽑아버렸다. 따끔한 감촉이 든 뒤에 보란 듯이 붉은 피가 손등을 타고 흐르도록 주영은 멍하니 그것만을 쳐다볼 뿐이었다.

'이런 것에 아픔을 느끼니, 진주영? 정말 아픈 곳은 어딜까? 네 마음? 네 인생? 그도 아님 내 손등이니?'

스스로에게 자문을 구하며 다친 짐승처럼 손등을 한 번 핥은 그녀는 침대에서 내려서 몇 걸음 떨어진 곳에 놓인 옷장으로 가 기계적으로 옷을 갈아입고 천천히 병실을 나섰다. 지금 당장 중 요한 것은 이렇게 누워 있는 것이 아니었다. 그보다 시급한 것 은 자신의 인생을, 자신을 되찾는 것이다.

입원실을 나선 주영의 눈에 복도의 휴게실에 앉아 있는 세민 의 모습이 보였다. 순간이지만, 그녀는 그를 모른 척 지나치려 했었다. 하지만 이내 마음을 다잡으며 그에게로 천천히 걸어갔다. 지금 그녀에게 중요한 것은 그를 피하는 게 아닌 정면 돌파라는 생각이 들었기 때문이다. 이제 주영에게 있어 배려는 존재치 않는다. 오로지 자신만을 생각하기로 했다. 그러지 않는다면 그녀 스스로 말라죽을 것만 같았다. 천천히 그에게 다가가도록 세민의 고개는 들릴 줄을 몰랐다. 주영은 그의 앞에 서서 그가 자신을 쳐다보기를 기다리지 않았다. 솔직히 이제는 그런 것이 싫었다. 그래서 주영이 먼저 말을 꺼냈다.

"여기서 뭐 해요?"

주영의 말에 놀란 듯 고개를 번쩍 든 세민의 두 눈이 커다랗게 벌어지고 그의 동공 속에 자신이 온전히 잡히도록 그녀는 세민의 눈동자를 가만히 쳐다보았다. 이제는 생각보다 아프지도, 슬프지도, 안타깝고 억울하지도 않았다.

"대, 대체, 병실에서 왜 나온 거야?"

무언가에 놀란 듯 더듬으며 말을 하는 세민의 당황스런 모습에 주영은 웃고 말았다.

"출근해야죠, 첫날인데."

대답하는 주영을 쳐다보는 세민의 표정에 많은 변화가 일었지만 주영은 그저 세민의 얼굴을 잠시 동안 물끄러미 쳐다볼 뿐 별다른 행동을 보이진 않았다. 얼마나 많은 말들이 그의 머리 속을 채우고 있는지는 그도 몰랐다. 다만 이렇게 아무렇지 않게 자신에게 말을 거는 주영을 생각하지 못한 것은 사실이었다. 변명도 그 무엇도 아닌, 아무 말도 못한 채 그녀의 말에 그저 입을 벌린 세민에게 주영은 그저 웃어줄 뿐이었다.

"고마워요. 덕분에…… 그럼 안녕히."

천천히 그를 지나치는 주영을 잡지도 못한 채 세민은 멍하니 그녀가 자신에게 건넨 말이 마지막 인사 같다고 생각했다. 불안했다. 엉겁결애 일어선 세민이 그녀를 잡자 주영은 다시 한 번 세민을 쳐다만 볼 뿐이었다. 그 표정이 시리도록 가슴과 머리에 박히는 세민이었다.

"어디 가는 거지? 당신은 환자라는 걸 잊었나?"

"난 오래전부터 환자였어요. 새삼스러울 것도, 걱정스러울 것도 없어요. 난 괜찮아요. 내가 제일 잘 알아요. 이제야 겨우 괜찮아진걸요? 그러니 걱정 말아요."

오히려 세민을 다독이던 주영이 다시 발걸음을 놀리자 세민은 그녀를 막아섰다.

"어딜 간다는 거야, 그 몸으로? 직장 가는 거라면 전화를 하면 되잖아. 아프다는데 설마 출근하라고 할까 봐?"

세민은 걱정스런 마음에 저도 모르게 퉁명스레 말이 나왔다. 지금 주영은 편히 누워 쉬어야 한다는 생각밖에 없었다. 주영의 얼굴에 가는 웃음이 걸렸다. 세민은 그런 주영의 모습에 왜 이렇게 겁이 나는지 몰랐다. 다만 지금 그녀를 놓아버린다면 영영 날아가 버릴 것만 같아 저도 모르게 필사적으로 그녀를 잡을 뿐이었다.

"이제 시작인걸요. 그러니 이 손 좀 놔줘요."

주영의 말이 세민의 가슴을 계속 두들겼다. 놔달라는 그 말을 어찌 받아들여야 되는지 당황하는 세민을 향해 주영은 정말 별 거 아니란 듯이 말을 한다.

"평소대로, 그냥 평소대로 해요."

그의 손을 뿌리치고 처음으로 주영이 그에게 등을 돌린 채 병원 복도를 걸어갔다. 세민은 마음은 그게 아닌데도 불구하고 그녀를 잡을 수가 없었다. 세민은 처음으로 어린애처럼 투정을 부리고 싶었다. 가지 말라고, 자신에게 웃어달라고, 자신을 안아달라는 그 말이 머리 속으로만 휘몰아칠 뿐 그의 눈빛은 떨림을 빙자해 그녀를 놓아주고 있었다. 싫다 하는 몸부림을 애써 담담히 숨기며 세민은 눈빛만으로 그녀를 놓아주고 있었다.

주영은 그렇게 세민을 떠나면서 실로 오랜만에 홀가분한 기분이 들었다. 무엇 때문인지는 중요치 않고 궁금하지도 않았다. 다만 정말 오랜만에 느껴보는 자유에, 그녀는 웃으면서 세민을 빠져나갈 수가 있었다.

일층 로비에 도착해 택시를 타고 화실 위치를 말한 주영은 그곳에 도착하도록 내내 웃음을 잃지 않았다. 가방에서 핸드폰을 꺼낸 후 주영은 세희에게 전화를 걸었다. 출근이 늦어서 미안하다는 말에 세희는 괜찮다는 말을 해주었다.

'그래, 괜찮아, 괜찮다고. 진주영……'

이제 그녀는 해방이라고, 그 미련스러움에, 사랑에, 자신의 마음에 비로소 해방이라는 생각에 한층 밝은 미소를 지었다.

화실에 들어서자 자신에게 웃어주는 주영을 보면서 세희가 새치름히 말을 건넸다.

"어허, 웃는 거 보니 좋은 일 있나 보네?"

장난스런 세희의 질문에 주영은 고개를 끄덕였다. 지금 이 순간이 처음으로 자신이 홀로 서는 순간이라는 것을, 비로소 그 묶여 있던 몸뚱어리와 마음을 버리고 새롭게 출발하는 것이라는 걸 세희에게 알리고픈 충동이 들어 일부러 보란 듯이 행동해 보였다.

"뭐야? 무슨 일인데, 네가 그렇게 웃는 거야? 응? 나도 좀 알자."

"궁금하니?"

"그래. 항상 어둡고 칙칙한 표정으로 살던 네가 그렇게 웃으니 궁금할 밖에. 대체 무슨 일이 있었던 거야, 간밤에?"

세희의 말에 주영의 얼굴빛이 바꼈다. 간밤에 생긴 일, 자신이 버림받은 그 순간을 어찌 기억 못할까마는. 차마 세희에게조차 그 말을 할 수 없는 자신의 처지를 지금에서야 깨닫다니.

"야, 주영아, 뭐냐니깐?"

"응? 그거, 별거 아냐. 그냥, 새로운 출발이라는 생각에서. 그래서 그래."

'그래. 나에게는 여러모로 새로운 출발인 거야. 동기가 중요한 건 아니야. 내가 중요하고, 내가 새롭게 출발한다는 것이 중

요한 거야.'

마음을 다잡으며 주영은 세희보다 앞서 미술학원과 화실이 있는 그곳을 향해 망설임없이 걸어갔다.

'기억해 보면 마음, 그거 별거 아니다. 그저 마음, 마음일 뿐인데 항상 그거 하나가 문제였다. 마음, 그것 또한 별거 아니다. 내게도, 너에게도 모두가 있는 건데 네게로 가고픈 그 마음이 문제였다. 어느새 비어버린 내 마음은 네 마음속 한곳에서 소리 없이 박혀 쓰디쓴 한숨 조각, 짠 눈물 한 방울로 그 빈 곳을 채울진대 눈물짓는 내 마음의 빈 곳을 모른 듯 지나가는 네 마음이 오늘도, 내일도 하루하루 원망스럽다. 기억해 보면 마음, 그거 별거 아니다. 그저 마음, 마음일 뿐인데 오늘도 없는 빈 곳 그거 하나가 문제였다.'

조용히 중얼거리는 주영의 입가가 웃음이 지어졌다. 주영은 비로소 마음으로부터의 해방을 실천하는 중이었다.

'진주영, 너는 오늘부로 해방이다. 사랑이란 것에, 결혼이란 것에……'

활짝 웃는 그녀의 웃음 위로 짙은 회한의 그림자가 드리워지고 주영의 눈빛이 뿌옇게 흐려지는 것을 뒤에서 걸어오는 세희는 몰랐다. 아프지만 참겠노라는 주영의 표정을 쳐다보는 원석이 있다는 것을 주영 역시 몰랐을 뿐, 그녀는 힘차게 건물 안으로 들어서 원석의 눈길에서 벗어났다.

제6장 기회

그녀가 화실로 올라올 즈음 원석은 창문에서 몸을 돌려 문가로 향했다. 좀 전 주영의 모습이 너무도 아파 보여 원석은 순간 그녀를 달래주고픈 충동을 느꼈다. 전날 자신에게 아프게 말하던 주영의 모습이 내내 그를 괴롭히고 있었는데 다시 본 그녀의 모습은 여전히 아파 보여 원석을 더욱 안달하게 만들고 있었다.

"괜찮아요?"

화실 문을 열자마자 자신에게 말을 거는 원석 때문에 주영은 얼어붙고 말았다. 마치 자신의 마음속을 들여다본 것처럼 인사조차 평범하지 않았기에 주영은 원석을 제대로 쳐다볼 수가 없

었다. 어느새 다가와 자신의 손을 잡고 걱정스럽게 그녀를 바라
보는 원석의 눈빛은 그녀 자신이 항상 세민을 쳐다보던 눈빛과
같아서 가슴이 덜컥 내려앉았다. 그런 주영의 생각과는 다르게
원석의 눈은 그녀의 손을, 정확히는 억지로 빼버린 링거 주삿바
늘의 흔적이 남은 곳을 배회하고 있었다.

"어디서 오는 겁니까?"

무언가에 짓눌린 듯한 목소리로 말하는 원석의 얼굴빛은 굉
장히 굳어 있었다. 원석은 주영에게 말을 하면서도 그의 눈은
그녀의 마른 왼손에 고정시킨 채 그녀의 다음 말을 채근했다.

자신의 손목을 잡은 원석의 손을 쳐내려 했지만 마른 체격임
에도 불구하고 원석의 악력은 장난이 아니었다. 유난히 고운 그
의 손과 맞물린 주영의 손이 하얗게 변하도록 원석은 주영의 손
을 놓지 않았다. 억지로 손을 빼내려 하면 할수록 원석의 힘은
더욱더 증가할 뿐이었다.

"묻잖아요, 어디서 오는 거냐고요?"

"벼, 별거 아니에요."

"이거 링거 주삿바늘 자국 같은데, 잘못 났는지 붓고 있잖아
요. 어디가 아픈 거예요? 왜 그렇게 아파해요?"

자신을 위해주는 그의 마음 씀씀이가 그대로 느껴지는 질문
이어서 주영은 저도 모르게 원석을 향해 웃어버렸다. 아직은 정
이 그리웠는지, 걱정 어린 말에 동요되는 자신을 느꼈기 때문이
다.

"아니요, 별일 아니에요. 그냥 영양제 한 대 맞고 오는 거예요. 봐요, 정말 멀쩡해요."

원석은 아픈데도 아프지 않다고 말하는 그녀의 모습이 안쓰러웠지만, 차마 더 이상 그녀를 다그칠 수는 없었다. 그러기에는 웃으면서 자신의 상처를 숨기는 그녀의 노력이 너무도 애절해 보였기 때문이다. 원석이 다시 그녀에게 말을 건네려는 순간 좀 전 화장실을 다녀오겠다던 세희가 화실 문을 열고 들어섰다.

"어? 선배, 언짢은 일이라도 생긴 거예요? 표정이 별로네."

"아니."

"그럼 어디 아파요? 나한테는 진통제밖에 없는데."

"미안하지만 약으로 되는 게 아닌 것 같다. 일해라."

말을 하고 서둘러 나가 버린 원석을 쳐다보며 세희의 모양 좋은 입술이 삐죽거린다.

"아우, 뭐야, 대체? 뭐가 마음에 안 들어서 또 저러는 거니? 요새는 선배 대하는 게 겁날 정도야. 저런 행동을 하는 이유가 뭔지 모르겠어, 정말. 사춘기도 아니고, 그렇다고 한 달에 한 번 하는 마술에 걸린 것도 아니고."

세희의 황당한 말이 너무 웃긴다는 듯이 주영은 배를 잡고 웃었다. 가슴에선 눈물이 나오지만 주영은 정말 웃긴다는 듯이 눈가에 눈물을 달고 웃었다. 우는 자신을 감추고 싶은 마음에 주영은 웃음소리를 더욱 높였다.

"야, 진주영! 그 말이 그렇게 웃긴 말이었니, 아님 네가 이상한 거니? 정말.”

별말 아니라는 듯 말을 하는 세희의 시선은 배를 잡고 웃는 주영의 얼굴에서 떨어질 줄 몰랐다. 소리 내어 웃고 있었지만, 자신의 친구인 주영은 지금 울고 있는 중이었기에.

“너, 무슨 일이야?”

어느 정도 진정된 주영을 한참 바라보던 세희가 툭 던진 말에 아직은 무리였던 모양인지 주영의 입술이 달달 떨리고 있었다. 그냥 지나쳐 주기를 바랐는데, 그저 모른 척하고 넘어가 줬으면 했는데, 결국은 이렇게 들키고 마는구나 싶어 주영은 세희를 쳐다보지 못했다.

“아아, 관두자, 관둬. 죽을 일 생긴 것만 아니면 다행이지 뭐. 얼른 일이나 하자고!”

“……”

“야, 일하자고. 누가 너더러 죽는 시늉하랬니?”

죽는 시늉을 하는 것이 아니라 정말로 죽어버렸다면 지금보다 더 행복했을까? 우습게도 그런 생각이 들었다. 죽기 전에 자신의 독립을 누군가에게 알리고 싶다는 바보 같은 충동 말이다.

“세희야…… 나, 축하해 줄래?”

“응? 뭔 축하? 그렇게 죽는 표정 지으면서 말하니깐 되게 웃긴다. 네가 축하해 줄 거라면 당연히 축하해 줘야지. 친구 좋다는 게 뭐냐?”

“나, 나 말이지 세민 씨랑…… 이혼할 거야.”

당황한 표정으로 그녀를 쳐다보던 세희가 자신의 행동을 무마하려는 듯 멋쩍게 웃으며 주영을 향해 엄지손가락을 올려주었지만, 고개를 숙이고 있던 주영은 그 모습을 볼 수가 없었다. 주영의 곁으로 다가와 흘러내린 머리카락을 귀 뒤로 넘겨주는 세희의 반복되는 손놀림에서 익숙한 물감 냄새가 풍겼다.

"네가 잘못한 것도 아니면서 뭐가 어떻다고 고개도 못 들어. 잘했다, 잘 생각했어. 다시 시작하면 되는 거지 뭐. 네 인생이니까 당당하게 맞서면서 살아봐."

그녀를 끌어당겨 자신의 품에 안은 세희가 주영의 등을 토닥여 주며 말을 마치자 주영은 왈칵 눈물이 나오고 말았다. 다시 시작하라는 그 말이, 당당해지라는 그 말이 왜 그렇게 무섭고도 벅찬지 세희는 모를 것이다.

"으응, 그래. 고마워. 고마워, 세희야."

항상 든든한 가슴이 옆에서 지켜주길 바랐었다. 어린 시절부터 커다랗고 듬직한 누군가를 항상 꿈꾸었었는데…… 역시 꿈은 꿈일 뿐이다. 난 이 작고 여린 가슴만으로도 충분히 살아갈 수 있을 만큼 작은 꿈을 꾸었나 보다.

그 뒤, 정신없이 일에 몰두를 했다. 오랜만에 잡은 4B연필과 물감, 낡은 이젤 위에 올려진 하얀 도화지. 철없던 시절엔 하찮았던 그 모든 것들이 지금은 주영에게 소중하고도 편안한 시간을 내어주고 있었다. 마치 수채화 물감이 물에 녹아 번지는 것처럼 그녀의 아픔마저도 천천히 옅어지는 것만 같아 주영은 한껏 참아 뻐근했던 심장 부근의 숨을 조심스레 풀어놓았다.

"너, 오후에 초등학생 정규 수업 들어가 봐. 내가 애들한테 말해 놓을 테니까."

"벌써?"

"그래. 네가 수업을 좀 해줘야 나도 선배가 준비하는 전시회에 낼 작품을 좀 건지지."

"작품 전시회?"

"아, 그래. 원석 선배랑 몇몇이서 화랑 하나 잡았거든. 조만간에 날을 잡아야 하는데 저렇게 바쁘잖니, 원석 선배가."

"그래? 원석 선배 말이야, 그럼…… 잘 그리니?"

"후후. 잘 그리는 정도가 아니야. 이 바닥에서 거의 천재 소릴 듣는 수준이니까. 그런 선배가 너한테 모델 해달라는 거 보고 쇼킹했다는 거 아니냐. 그 선배 말이야, 인물화는 거의 그리지 않거든. 돈을 쌓아준다고 해도 하기 싫으면 안 하는 게 그 선배야."

세희의 눈빛이 무언가를 알고 싶다는 듯이 쳐다보자 주영은 급히 눈을 돌리고 말았다. 어제 원석과의 대화가 생각이 난 주영은 저도 모르게 얼굴이 화끈 달아올랐다.

"근데 세희야, 초등학생이라면 어느 정도 수준의 수업을 해야 하는 거니?"

"지금 수채화 초반부 나갔거든? 오후에 한 타임은 특강이라 크로키 수업 하고, 중고등반은 글쎄, 어떨지 모르겠다. 김 선생님이 인체화 수업을 한다고 하던대, 왜?"

주영은 그냥 얼버무리고 말았다. 아직까지는 누군가를 가르치는 것이 어색하기만 하고, 솔직히 자신도 없었다. 하지만 전시회 준비로 바쁜 세희에게 마냥 어리광을 피울 수도 없기에 난감할 뿐이었다.

'수채화라고…… 하필, 하필이면 왜 수채화니.'

언제까지 남한테 의지할 수는 없기에 주영은 묵묵히 손이 익숙해질 동안 스케치와 크로키, 데생 등을 연습했다. 그런 그녀를 쳐다보는 세희가 어깨를 툭 쳤다.

"야, 야! 나도 그랬어. 뭐, 가르치는 사람은 처음부터 타고난 줄 아냐? 그냥 네가 아는 거 그대로 설명하면 되는 거야. 수업하기 좀 그러면 이번 주까지는 내가 할게. 다음 주부터 해라, 그럼."

"미안. 그래도 되겠어? 너 힘들잖아."

"호호호, 내가 왜 힘드니, 화실 잡일을 네가 다 해야 하는데, 안 그래?"

주영은 세희의 말에 다시 한 번 웃었다.

세민은 오전 시간 내내 병원에서 본 주영의 모습과 그녀가 했던 말만을 계속 생각했다. 처음으로 부서장 급의 회의도 미루고 이사실에서 혼자만의 시간을 보내는데 누군가가 들어왔다. 둥근 유리문에 비춰지는 시현의 모습에 절로 인상이 찌푸려지는 세민이었다. 지금 당장 그녀의 얼굴을 마주 대한다면 자신이 어떻게 반응할지 몰라 세민은 그녀가 자신을 쳐다본다는 것을 알면서도 시선을 마주치지 않았다.

"세민 씨, 점심 시간인데 식사 안 해요? 우리…… 같이 식사할래요?"

"……."

자신을 쳐다보면서 끈질기게 기다리고 있는 시현의 모습에 세민은 기어코 울화를 터뜨리고 말았다. 어제저녁, 그 황홀한 꿈을 깨부셨던 시현. 세민은 이번만큼은 정말 끊어버리리라 다짐하고는 그녀에게 말을 했다.

"아니, 그보다 네게 할 말이 있어. 앉아봐."

세민의 굳은 표정과 차가운 말투에 시현이 긴장한 얼굴로 그의 눈치를 살폈다. 오늘 아침, 자신에게 별다른 말을 하지 않아 다행이다 싶었는데. 그녀는 자신이 어제 왜 그렇게 미친 듯이 주영의 친정까지 가 그를 잡기 위해 안달을 했는지, 무엇 때문에 그에게 자신의 얘기를 지껄였는지 그녀 스스로도 이해할 수 없었다.

불안한 모습으로 자신을 쳐다보는 시현을 차갑게 지켜보던 세민이 그 얼굴만큼이나 차갑게 말을 했다.

"회사…… 그만둬."

"네?"

"말한 대로야. 오늘 당장 사표 제출하도록 해."

“세, 세민 씨!”

“내가 권고사직이라는 조치를 취하기 전에 하루라도 빨리 그
만두는 게 좋을 거야. 그리고 다시 한 번 경고하는데, 다시는 내
이름 부르지 마. 알았어?”

“나, 나한테 어떻게 그럴 수가 있어요? 안 돼요, 세민 씨! 당
신은 나한테 그러면 안 돼!”

“뭐가 안 돼? 언제까지나 그런 억지가 통할 것 같았나? 이젠
지겨워. 너란 여자를 억지로 옆에 두는 것도, 내 감정을 포기하
고 사는 것도 말이야.”

그리 큰 목소리도 아니었는데, 마치 천둥이 치는 것같이 느꼈
는지 시현이 두 손으로 귀를 막고 울기 시작했다. 예전의 그라
면 이렇게 발작하는 그녀를 우선은 안심시켰을 테지만 지금은
익숙하게 쳐다보기만 하였다. 시현의 턱이 덜덜 떨리고 눈물이
방울져 턱가를 흘러내려도 세민은 눈길을 돌리지도 않고 그냥
그렇게 무심히 앉아 그녀가 하는 양을 지켜볼 뿐이었다.

“당신을…… 사랑해요. 흑, 사랑…….”

“그놈의 사랑타령, 이젠 지겨워!”

“왜 내 맘을 몰라주는데요? 당신을 사랑한다고요! 얼마나 기
다렸고 얼마나 힘들어했는데! 정말 너무해요, 내 맘을 왜 몰라
줘요, 흑.”

“정시현, 네 마음은 네가 책임지는 거야. 나한테 강요하지 마.
처음부터 난 너를 사랑하지 않는다고 말했어. 이제 더 이상 너

의 그 말도 안 되는 억지를 봐줄 수도, 참을 수도 없다고. 그러니 그만 하자."

"약속했잖아, 당신은 약속했어! 사랑하는 사람을 버리지 않겠다고, 배신하지 않겠다고 약속했잖아!"

세민을 노려보며 악을 쓰는 시현의 모습은 평소와 너무도 달랐다.

"약속? 내가 너에게 한 약속이라는 것은 단지 내 주변에 머물게 해주겠다는 것뿐이었어. 그것도 죽겠다는 너를 말리기 위해서. 하지만 먼저 약속을 어긴 건 너야. 난 분명히 나를 사랑하지도, 사랑을 기대하지도 말라고 했어. 처음부터 알고 시작한 거 아니었던가? 난 너에게 동정이란 감정을 약간 베푼 것뿐이라고. 그리고 그 책임이라는 것도, 실은 네가 꾸며낸 것이라는 걸 내가 모를 줄 알았나? 이젠 그만 하자, 더 이상 추해지기 전에."

세민의 말에 시현은 온몸이 산산조각나는 것 같아 몸을 떨었다.

"으흑, 왜 맘이 바뀐 건데요? 그 여자, 당신의 아내 때문이죠? 어제 그 여자랑 사랑을 못 나눠서 그래서 그런 거예요? 그 여자를 사랑해요? 그럼 관계를 가져요. 누구 뭐래요? 어제는 내가, 내가 잘못했어요. 난 그냥 당신 옆에만 있으면 되니까, 그래도 되니까……."

"입 닥쳐!"

세민은 저도 모르게 시현을 향해 내뻗으려던 손을 얼른 아래로 내려 탁자를 힘껏 움켜쥐었다. 이성을 잃고 그녀의 목이라도 조를 것 같아 세민은 화가 가라앉기를 기다렸다. 여기서 끝내야 한다, 지금이 아니면 저 여자는 죽을 때까지 그림자처럼 자신을 쫓아다니리라. 세민은 옆에 있게 해달라고 애원하며 우는 시현에게 마음속 깊은 곳의 상처를 드러내었다.

"뭐가 그렇게 힘들었니? 사실 우리들 중 누가 제일 힘들었을까? 나는 사람이, 사랑이 이렇게 이기적일 줄은 몰랐다. 사랑? 내가 보아온 사랑은 말이야, 이루어져야만 아름다운 사랑인 거야. 혼자서 하는 사랑, 그게 사랑이라 할 수 있을까? 아니, 그런 건 사랑이란 말조차 붙일 수가 없는 거야. 잘못된 감정의 편린일 뿐 아무것도 아니란 말이다. 알아? 널 사랑하지 않는 내가 나쁜 거니? 이뤄지지 않는 사랑을 한다고 너만 피해자고, 불쌍하고, 동정을 얻어야 하는 거냐고! 진정한 사랑을 해봤어? 나에 대한 너의 마음이 정말 사랑인지 얼마만큼 자신할 수 있지? 옆에만 있게 해달라고? 그래서 얻는 게 뭔데? 옆에 있다고 해서 사랑을 할 수 있을 것 같아? 대리 만족을 느끼고 싶은 건가? 넌 지금 날 상대로 감정적인 유흥을 즐기는 것뿐이야."

"아니에요, 사랑은 가장 고귀하고 아름다운 거예요! 당신은 사랑을 몰라, 모른다고! 당신이 사랑을 해봤어요? 나만큼 아프게, 힘들게 사랑해 봤냐고!"

울며 세민을 향해 토해내는 시현의 절절한 말에 세민은 고개를 들어 그녀를 쳐다보았다. 사랑을 아냐는 그녀의 말이, 사랑을 해봤냐는 그녀의 말이 그를 힘들게 한다. 그 역시 사랑은 모른다. 하지만 무언가 자신의 그 얼어붙은 심장을 끊임없이 쪼아대서 견딜 수가 없었다.

"그래, 사랑. 이게 그건지는 모르겠다. 아프냐고? 숨 쉬기 힘들 만큼 아픈 게 사랑이라면, 맞는가 보다. 힘들었냐고? 가슴이 먹먹하고 온몸의 세포들이 아우성을 쳐. 이게 사랑인 거니? 누가 사랑을 그렇게 좋게만 표현했지? 그런 건 사랑을 제대로 안 해본 사람들이 하는 허울 좋은 껍데기에 불과한 거야. 환상이란 얘기지. 하지만 정말 현실적인 사랑은…… 죽을 만큼 힘들고 아파. 그러면서도 하나만을 보는 거지. 그래, 사랑은 아름다운 게 아니야. 사랑은 바보스럽고, 미련해야만 할 수 있는 거야. 바보가 되는 거, 그게 내가 아는 사랑 방식이야. 옆에 있어도 내색 못하고 말 한마디 못 붙이고 쳐다보기만 해도 가슴이 아픈, 항상 주위를 맴돌지만 차마 가까이 다가가지 못하는 그런 거. 그게 내가 배운 사랑이다. 너처럼 사랑한다 애원할 수도 없어. 누가 말하는 사랑이 맞는 거니? 아니, 어느 게 더 아플까? 너니, 나니? 아니면, 주영이니?"

세민의 목소리가 떨렸다. 뱉어낼수록 그립고, 아픈 현실. 이제야 알게 됐지만, 사랑하는 주영을 잡을 수 없는 자신의 처지가 원망스러워 세민은 말을 잇지 못했다.

시현은 그를 보고 싶지 않아 눈을 감아버렸다. 그가 지금 하는 말은 그녀를 너무도 힘들게 했다. 사랑을 안단다, 저 목석 같은 남자가. 아픈 사랑을 한단다, 자신보다 더 힘들고 아픈 사랑을 말이다. 눈물이 흘렀다. 저 남자의 목소리에 절절이 배인 고통을 시현은 느낄 수가 있었다. 정말 사랑이라는 건, 함께 어우르지 않고는 아름답지 못한 것인지 혼자서만 할 수는 없는 것인지 알 수 없어 시현은 슬펐다. 자신의 사랑이 진짜 사랑이 아니라면, 혼자만 하는 사랑이 결국은 손가락질의 대상이 될 수밖에 없는 현실이라면…… 하나만을 보고 살아온 자신은 더 이상 살아갈 의미가 없었다.

정신없이 그곳을 빠져나왔다. 그렇지 않으면 자신이 무슨 짓을 할지 몰랐기 때문이다. 다리를 움직여 도착한 화장실에서 시현은 터져 나오는 오열을 참지 못하고 바닥에 주저앉았다. 온몸의 떨림이 멈추지 않았다. 자신이 버림받았음을, 이제는 그 작은 것 하나라도 그와 이어질 수 없음을 알았기에 그녀는 무너져내리는 그 세월 속의 한을 고스란히 토해내며 울기 시작했다. 십 년을 오직 세민 하나만을 바라본 자신에 대한 원망이 계속해서 시현을 바닥으로 끌어내린다.

막, 화장실에서 나오려던 황 비서는 시현의 모습을 보고는 얼결에 문을 닫고 말았다. 그리곤 조용히 화장실 안에서 우는 시현의 목소리를 들을 수밖에 없었다. 시현의 말을 들을수록 시현과 이사와의 관계를 알게 된 그녀 역시 당황스럽기는 마찬가지였다. 마주치지 않는 것, 어쩌면 그녀도 그걸 바랄지도 몰랐다.

"싫어. 내 사랑이고, 내 남자야! 당신을 다른 여자한테 줄 수 없어. 아무리 노력해도 안 된단 말이야. 나라고 외사랑이 좋았는 줄 알아? 나도 사랑받고 싶어! 차라리 잊고, 처음부터 다시 시작하고 싶어도 심장이 안 된대! 당신이 아니면 안 된다는데 어떡하라고. 내 것이 안 된다면 누구의 것도 되지 못하게, 그렇게 만들겠어! 정말……."

절규하는 시현을 문 사이로 쳐다보는 황 비서의 얼굴에는 착잡한 표정이 걸리기 시작했다. 전부터 시현과 이사의 행동이 이상하다고 느끼긴 했지만 오늘에서야 비로소 그 둘의 관계를 확실히 깨닫게 된 그녀였다. 소설 속에서나 등장할 법한 불륜처럼, 아마도 유부남 이사와 불장난을 하며 속절없는 꿈을 키웠던 모양이다. 무슨 사정이 있는지는 모르지만, 시현의 이런 행동에 황 비서는 자신도 모르게 문을 열고 나와 바닥에 벌레처럼 엎어져 우는 그녀를 측은하게 쳐다보았다. 접힌 스커트 자락을 한 손으로 훑으며 천천히 시현의 앞에 선 그녀는 시현이 자신을 알아볼 때까지 그렇게 조용히 서 있었다.

"아! 어, 언니?"

"그래…… 괜찮니?"

다정하게 시현을 일으켜 세워준 황 비서는 몸조차 제대로 가누지 못하는 그녀를 탕비실에 마련된 삼 인용 소파로 데려가 앉힌 뒤 따뜻한 녹차가 든 종이컵을 들고 왔다.

"……."

"어떡할 거니?"

차분한 황 비서의 말에 시현은 자신의 손에 반강제로 쥐어진 종이컵 안을 쳐다만 볼 뿐 입을 꼭 다물고 있었다. 종이컵이 전해주는 따스한 온기가 좀 전 자신이 흘린 피눈물의 온도만큼 뜨겁게 느껴졌다. 녹차 티백이 담겨진 물이 어느 정도 노랗게 우러나서야 움찔거리던 입술이 조심스레 열렸다.

"실망…… 했어요? 아니, 그보다 많이 놀랐죠?"

"글쎄, 놀란 건 사실이긴 한데 뭐, 할 말이 없네."

"내가 왜, 왜 버림을 받아야 되는지…… 그 이유를 모르겠어요."

그런 시현을 바라보는 황 비서의 얼굴 위로 그늘진 웃음이 피어났다. 시현, 그녀가 불쌍해서가 아니었다. 사랑에 대한 생각 때문에 그렇다.

사랑은 참 많은 것들을 요구한다. 그 많은 것들 중 좋은 것만 있으리라 생각하는 사람들이 웃긴 것이다. 그들의 그런 환상이 사랑은 더없이 아름답다는 생각을 갖게 만드는 게 아닐까 싶었다. 저렇게 아프게 사랑하는데 그게 정말 가장 소중한 감정이라 말할 수 있을지 자신은 장담할 수가 없었다. 그런 사랑을 피해 간 것이 더없이 다행이라 느껴지는 건 아무래도 가진 자의 교만이겠지.

"시현 씨, 그거 알아? 이룰 수 없는 사랑이라 해도 아름다울 수 있는 건 추억이 바탕이 되었을 때에야 가능한 얘기야. 이루지 못한 사랑이 행복하단 기억을 줄 수 있을까? 아플 만큼 다 아픈 후 상처를 극복한 사람들이 그저 기억하기 쉽게 정의 내려 버린 것, 그게 추억이야. 일종의 자기 위안이지. 그럼 그렇지 못한 사람들은 어떨까? 아마 다시 시작하고 싶어하지 않을까? 그 추억을 갖기 위해서라도 말이야.”

황 비서의 말에 시현은 알지 못하겠다는 표정으로 그녀를 쳐다보았다.

“사랑은 말이야, 절대 주고받는 게 아니야. 많은 사람들이 착각하는데, 그래서 더 아파하는 거고. 사랑은 일종의 희생이고 도박이라고. 모든 걸 주고도 바라지 않아. 하지만 항상 행운을 꿈꾸지. 운 좋게 그 상대가 자신에게 그 모든 걸 도로 내어줄 수도 있겠지. 하지만 말이야, 그렇지 않다고 해서 상대방을 비난할 수는 없는 거야. 무슨 말인 줄 알아? 사랑의 감정은 처음부터 오로지 자신만의 책임이라는 거지. 넌 지금 그걸 착각하고 있었던 거야. 아프지만 혼자 일어서 봐. 그래야 다른 사랑을 찾을 수도 있을 거야.”

툭툭 자신의 어깨를 두드리며 말하는 황 비서의 말에 시현은 멍하니 자신의 시간을 되짚고 있었다.

‘내가…… 다시 시작할 수 있을까? 그 많은 시간을 그냥 보내버릴 수 있을까?’

시현의 눈이 허공을 직시한 채 한동안 움직일 줄을 몰랐다. 무언가가 아쉬웠다. 그냥 놓아주기에는 무언가가 그녀를 자꾸만 뒤돌아보게 하고 있었다. 자신의 발목을 잡고 있는 그것, 그

것을 쳐내고 말리라. 시현의 감정이 점점 비뚤어지는 것도 모른
채 황 비서는 연신 그녀의 어깨만을 다독일 뿐이었다.

　원석은 미친 듯이 그림을 그리다 어느 순간 고개를 들었다.
오전부터 이 자세로 그림만 그렸더니 여기저기 안 쑤신 데가 없
었다. 원석은 아우성치는 어깨와 손 근육들을 풀어주며 답답하
다는 듯이 한숨을 쉬었다. 아침에 출근한 주영의 모습을 보곤
무언가 채워지지 않은 것 같은 허한 맘에 붓을 잡았는데 지금
보니 이젤 위의 도화지에는 하얀 부분들이 거의 보이지 않았다.
그가 정신없이 그린 것은 다름 아닌 주영의 환하게 웃는 모습이
었다. 그녀를 웃게 할 뿐 아니라 자신을 보게도 하고 싶은 원석
의 맘을 나타내듯 그림 속 주영은 그를 쳐다보며 비밀스런 웃음
을 짓고 있었다.
　'현실과는 반대의 모습이군. 후후. 정원석, 네가 임자를 제대
로 만났구나.'
　그림에 미쳐 살았다고 해도 과언이 아닌 나날이었다. 그 흔한
첫사랑조차 해보지 못한 그는 죽을 만큼 뜨거운 사랑이 찾아온
것을 기쁘게 받아들였다. 그녀에게 말한 대로 기다리는 것도,
인내하는 것도 자신이 있었다. 하지만 그녀의 아픈 모습만큼은
도무지 볼 수가 없었다. 수채 물감이 묻은 손을 들어 저도 모르
게 주영의 얼굴을 따라 손가락을 내리며 원석은 가는 한숨을 내
뱉었다.

'널…… 어떡하면 좋을까? 기다리는 것도, 참는 것도 다 자신 있는데, 네가 꼭 죽을 것만 같아. 그래서 조바심이 나. 진주영, 내게로 와라. 그러면 널 울게 하지 않을 자신이 있는데. 이것만으로는 안 될까?'

갑자기 울려대는 전화기 때문에 원석은 생각을 접고 수화기를 들었다.

"네."

[선배? 오후에 나 수업 들어가야 하는데, 여기 화실에 좀 내려와 있어줘요. 주영이는 내가 심부름 보냈거든.]

"지금 작업 중이라 좀 곤란한데?"

마무리를 짓지 못한 주영의 모습에 집착이 강해지고, 묘한 여운이 남아 그대로 손을 놓을 수가 없는 원석은 난감하다는 듯이 말을 이었다.

[어허, 이 화실이랑 미술학원이 누구 건데 그래요? 얼른 내려와요. 나 수업 들어가 봐야 된다고요. 지금 들어갈 거니까 얼른 와야 돼요. 알았죠?]

전화를 끊은 원석은 난감한 표정을 짓고 그림을 쳐다보았다. 이 그림이 완성되는 날, 그날 주영에게 다시 말해 보리라.

일층으로 내려온 원석은 익숙한 커피 향과 함께 주영의 향기를 맡을 수 있었다. 그런 자신의 모습에 어이없어하며 피식 웃고 말았다. 어느 순간부터 원석의 모든 감각은 주영을 향하기 시작했다. 그것이 기쁘기도, 설레기도 했지만 그것보다 더 앞선

것은 자신을 멀리하는 주영의 태도에 상처받은 마음이었다.

"어머, 선배님. 세희는 수업 들어갔어요?"

마침 화실 문을 열고 들어오던 주영이 원석을 보고 말을 건네자 원석은 성큼 그녀에게 다가가 그녀가 한가득 들고 있는 짐을 조심스레 받아 들고는 소파가 놓여 있는 탁자로 향했다. 물건들을 내려놓고는 주영의 얼굴을 보며 인상을 쓴다.

"영양제까지 맞고 왔다더니 천하장사 됐어요? 매일 맞아야 되겠네, 그 영양제는."

"아, 세희가 필요하다고 해서요. 물감이랑 수채화 전용 색연필이랑 재료들이에요."

"음, 세희도 그 무서운 영양제 좀 맞아야 되겠네. 그래야 주영 씨도 편할 테고 말이야."

원석의 말에 주영은 픽 하고 웃었다. 주영은 세희와 원석 선배가 항상 티격태격하지만 서로를 위해주는 마음이 느껴져 부러웠다. 지금의 자신에겐 없는 것들. 주영은 이혼을 결심한 지금 무언가 몰두할 것이 필요했고, 무언가 할 수 있다는 자신감이 절실히 필요했다.

"저한테 말씀 낮추세요. 세희한테 하는 것처럼요. 그게 저도 편해요, 선배님."

주영의 말에 원석은 그녀를 쳐다보며 씁쓸한 웃음을 지었다. 그의 마음은 이미 주영을 사랑하고 싶은 여자로 보기 시작했는데 여전히 자신을 선배로만 생각하는 주영이 야속하게 느껴졌기 때문이다.

"난…… 그러고 싶지 않아."

"네?"

'너를 세희처럼 후배로 보고 싶지 않아. 너를 쉽게 대하면 그 관계를 인정하는 것 같아서, 그래서 더욱 싫어.'

원석은 되묻는 주영을 쳐다보다 고개를 돌려 버렸다. 어쩌면 자신 역시 아픈 사랑을 시작한 건지도 모른다. 철저히 자신의 감정을 숨겨야 하는…… 그녀가 자신의 감정 때문에 당황하고 미안해하는 것은 정말 보고 싶지 않다. 원석은 자신의 감정을 숨기려고 외면을 했지만 그런 원석을 쳐다보는 주영의 얼굴엔 이미 미안함이 들어 있었다.

"행복하니? 결혼 생활 말이야."

원석은 감정을 숨겨 주영이 편하게 말할 수 있게 배려했다. 주영이 원한다면, 그래서 그녀가 편해질 수만 있다면 이 정도는 얼마든지 할 수 있다 생각했다. 하지만 다른 한구석에서는 주영 이 알아주길 바랐다. 자신의 마음을, 관심을, 애정을 말이다.

"행복하냐고요? 후후, 글쎄. 뭐가 행복일까요? 아니, 행복하 려면 어떻게 해야 될까요?"

처연한 그녀의 목소리와 그녀의 슬픈 얼굴에 원석은 목울대 를 넘는 무언가를 급히 삼켰다.

"선배, 사랑이 뭘까요? 사랑은 말이야, 꼭 그림 그리는 거랑 같더라고요. 혼자서는 생각하는 것만큼 잘 표현되는데 둘이서는 하기 힘든 거, 그게 사랑이더라고요. 난 수채화 같은 사랑을 하고 싶었어요. 투명한 색깔의 아름다움을 표현하는 것처럼 하나의 창조적인 작품을 그리는 게 꿈이었는데…… 그런데 알고 보니 사랑도 같은 거 있죠? 사랑이라는 결실을 맺기 위해서는 많은 감정의 색이 필요한데, 그것들이 모두 좋지만은 않더라고요. 하얀 도화지에 여러 가지 색으로 감정을 표현하는 거, 수채화 그리는 거랑 똑같은데, 둘이 하다 보니 서로 맞추기가 너무…… 힘들어요. 전에는 수채화를 좋아했는데, 그런데 이제는 그리기가 싫어요. 수채화는 물이 없으면 그릴 수가 없잖아요. 근데 사랑도 그래요. 눈물 없이는 그릴 수가 없더라고요. 내 수채화는요, 물이 너무 많이 들어가서, 결국 도화지가 찢어져 버렸어요. 결국…… 마음이 찢어져 버렸어요. 수채화는 다시 바꿔 그릴 수가 있는데, 사랑은 바꿀 수가 없더라고요. 아무리 노력해도 다시 그릴 수가 없게 돼버렸어요."

주영은 조용히 원석을 보며 말했다. 웃는 듯 우는 듯 말하는 그녀의 모습이 너무도 안쓰러워 작고 여린 그녀를 안아주고 싶었다. 하지만 아무 말도 할 수가 없었다. 그녀의 슬픔이 너무도 진해서 원석은 달래주고픈 마음마저 전할 수가 없었다.

"진주영, 그림쟁이들은 말이야, 사소한 거라도 버리는 법이 없거든. 그게 애정이 담긴 거라면 망쳤든 찢어졌든 중요치 않아. 그것 나름대로 소장 가치가 있는 거니까 말이야. 정말 아끼는 것은 남에게 보여주지 않잖아. 그냥 내가 간직하는 거지. 그

걸 보면서 만족하는 거, 그거 하나로도 족해. 네가 찢어진 도화지를 잊지 못하는 것처럼 누군가도 널 맘에 담았다면 그 역시 너로 인해 맘이 찢어져도 널 잊지 못할 거야.”

'나라면, 나라면 말이야. 절대로 그럴 일 없어.”

원석은 정작 하고 싶은 말은 삼키고 말았다. 힘들어하는 주영에게 자신의 감정을 드러내 그녀를 더 힘들게 하고 싶지가 않았다.

원석의 말에 주영은 끝내 울었다. 정말 이 말을 들어야 할 이는 원석이 아니었는데, 정말은 이 말을 원석이 아닌 다른 이한테 해주고 싶었는데, 원석의 따뜻한 마음에 주영은 웃으려 노력했다. 이제는 울지 않으리라 다짐하고, 이제는 욕심없이 살리라 마음먹었음에도 불구하고 밀려드는 후회와 아픔에 결국은 또 이렇게 지고 말았다.

“다시 그리지 않을래? 내가 도와줄게. 그림쟁이들은 붓을 놓고 살 수가 없어. 언젠가는 다시 그리고 싶을 거야. 그 시간을 좀 당겨봐, 내가 옆에서 도와줄게. 나랑 같이 그린다면 처음처럼 슬프지도, 망치지도 않을 거야. 처음부터 시작해 보자, 응?”

원석은 조용히 다가와 주영의 머리를 넘겨주고 뺨을 어루만졌다. 하지만 주영의 꾸밈없는 맑고 순수한 눈동자를 보고 있자니 더 이상의 동작은 할 수 없었다.

원석의 눈동자를 바라본 주영은 아차 싶었다. 세민을 바라보던 자신의 눈동자였다. 원석을 멈추게 하기 위해선 자신이 하루

빨리 거절을 해야 한다. 하지만 상처를 주지 않고 거절한다는 것이 쉬운 것이 아님을 알기에 망설이고 있었다. 조금 열린 문 틈으로 세민의 차갑게 굳어버린 얼굴이 분노로 일그러지는 것을, 원석이 그런 세민을 도전적인 눈빛으로 쳐다보고 한 걸음 더 자신에게 다가왔다는 것을 등을 돌린 주영은 알지 못했다.

조용히 문을 닫고 나서도 한동안 세민은 그 문을 부숴 버릴 듯이 노려보았다. 가슴 밑바닥부터 치밀어 오르는 이 감정이 질투라는 것을, 그리고 그것을 인정하는 데는 그리 오랜 시간이 걸리지 않았다. 다만 인정하고 싶지 않을 뿐이었다.

'후후, 진주영. 네가 말한 사랑이라는 것이 바로 이런 거였나? 이렇게 쉽게 변할 거면서 그렇게 찬양하듯 사랑이라는 말을 입에 담아? 네가 말한 사랑이라는 것…… 유통 기한이 겨우 일 년밖에 안 되는 깡통 같은 거였나 보군.'

주먹을 꽉 움켜쥐어 툭툭 불거져 나온 힘줄과 평소보다 창백해진 세민의 얼굴이 그의 심정을 고스란히 나타내고 있었다. 변하지 않는 건 없다고, 사랑 역시 한순간의 착각에 불과하다고 믿고 있었지만 그 말이 그대로 자신에게 돌아와 박힐 줄은 몰랐다.

'사랑? 애초부터 믿을 수가 없는 거였다고. 훗, 잠시, 그래 잠시 착각한 거야.'

아무렇지 않게 행동했지만 가슴속 가운데가 뻥 뚫린 듯 세민은 공허하기만 했다. 눈을 가리고서라도 믿고 싶었지만…… 정말 사랑을 믿고 싶었는지도 몰랐다. 정말로 말이다.

회사로 돌아간 뒤에도 세민은 여전히 터질 듯한 감정을 삭이느라 무척이나 힘들었다. 그리고 그 상태는 퇴근 시간이 다 되어가는 동안에도 내내 계속되었다.

집에 켜진 현관 불을 보면서 세민은 아무렇지 않게 자신을 대할 주영의 뻔뻔스러운 얼굴을 그려보았다. 다시금 미칠 듯한 감정이 그를 거칠게 만들었다. 사랑을 믿지 않던 자신을 꿈꾸게 만든 후 보란 듯이 버려 버린 그녀에 대한 원망과 집착이 여전히 그의 가슴에 불을 질러대고 있었다.

"이제 오세요, 이사님?"

"집사람은요?"

"작은 사모님 오늘 조금 늦으시겠다고 전화 왔었어요. 끝나고 회식이 있다고 하셨는데요."

월요일 오후 시어머니의 부탁으로 잠시 들른 아주머니가 그에게 주영의 메시지를 전해주었다. 가볍게 고개를 끄덕인 세민은 아주머니의 말에 더욱 인상을 찌푸리고 말았다.

자신의 방을 지나쳐 그대로 서재로 향한 세민은 좀 전부터 지끈거리는 머리를 한 손으로 문지르며 의자에 앉았다. 배출하지 못한 감정이 결국 그의 육체를 다그쳐서인지 긴장으로 뻣뻣하게 굳은 어깨며 팔다리가 불편하게 느껴졌다.

'잘도 거짓말을 지껄였군. 다른 남자를 만나면서 불안하긴 했나 보지? 너와 너의 또 다른 남자까지 모두 그 불안감을 깊이 인식하길 바랄 뿐이야.'

이상한 일이었다. 주영에게로 향한 화보다는 자신이 모르는 누군가에 대한 질투가 더욱 커지고 있었다. 아니, 솔직히 말한다면 어느 것이 우선인지 가늠하기가 힘들었다. 자신의 감정을 가지고 논 주영과 그런 그녀가 택한 남자……. 우습게도 세민은 그녀가 택한 사람이 자신이 아니라는 것에 대한 분노와 선택에 대한 후회를 해주고 말겠다는 억지가 싹트고 있었다. 바로, 질투라는 감정으로 말이다. 그렇게 세민은 한동안 의자에 앉아 언제 들어올지 모를 주영을 기다리고 있었다. 그 자신도 모를 정도로…….

거실에서 울리는 괘종 소리가 열 번을 울릴 때까지 그 상태 그대로 앉아 있던 세민이 천천히 의자에서 일어서는데 현관문을 여는 소리가 들렸다. 문이 열림과 동시에 현관을 들어오는 주영의 모습이 밝게 켜진 현관 불빛 때문에 하얗게 보였다.

"이제 오나?"

"네."

자신의 방으로 올라가려던 주영은 지금 세민의 모습이 평소와는 다르다는 것을 어렴풋이 느꼈다. 잔뜩 힘이 들어간 어깨며 굳어져서 풀릴 줄 모르는 그의 얼굴과 비웃듯이 올라간 입술선까지. 주영은 올라가던 계단에서 멈춰 선 채 세민을 쳐다보았다.

"저녁…… 드려요?"

왜 세민에게 이런 말을 했는지 모르겠다. 주영은 예전 그렇게 싫어하던 자신의 습관이 아직도 그대로라는 생각에 당황하고 말았다. 그런 그녀를 보면서 세민은 입 모양을 일그러뜨렸다. 웃으려는 건지, 아니면 말을 하려는 건지 구분키는 어려웠지만 주영은 그의 상태가 평소와는 다르다는 것을 좀 더 확신할 수 있었다.

"꽤 늦었군."

양쪽 주머니에 손을 찔러 넣은 상태로 그녀를 올려다보는 세민의 표정은 분명 평소와는 다른 모습이었다. 그것이 주영을 더욱 긴장하게 만들었다.

"전화로 아주머니한테 말했는데, 못 들었어요?"

"아니, 회식이라는 말은 들었지."

은근히 비아냥조로 말을 한 세민은 천천히 주머니에서 손을 빼고는 주영에게 말을 건넸다.

"저녁 먹긴 늦은 시간 아닌가? 그보다는 술이나 한잔할까 하는데?"

묘한 뉘앙스를 풍기며 세민은 천천히 장식장으로 향했다. 그 모습이 무척이나 날렵하고도 여유있어 보여 주영은 마치 사냥 직전의 맹수를 보는 듯한 느낌마저 들었다. 그녀의 대답도 듣지 않고 두 개의 잔을 꺼내어 양주를 따르는 세민을 보면서 할 수 없이 그의 곁으로 다가간 주영의 눈에 세민의 예의 그 비웃는 모습이 들어왔다.

"……재미있나? 일하는 거 말이야."

자신에게 왜 이런 관심을 갖는지 주영은 알지 못했다. 다만 그의 이런 작은 관심이 예전과 달리 아무렇지 않게 느껴진다는 것이 다행이다 싶은 그녀였다. 더불어 그의 저런 웃음조차 이제는 덜 아프다고 생각되었다.

"네, 재밌어요."

그녀의 말에 술잔으로 향하던 세민의 손이 움찔했지만 주영의 눈은 여전히 세민의 입가에 머물고 있었다. 세민의 입술이 순간 일그러지며 그의 입 안으로 호박색의 액체가 사라지자 주영은 흠칫 놀랐다. 평소의 세민이 아니었다. 이렇게 급하게 술을 마시는 모습을 본 적이 없는 그녀로서는 아까부터 세민의 행동이, 정확히는 그가 뿜어내는 감정의 표출로 인해 온몸에 소름이 돋을 정도였다. 세민의 모습은 무척이나 위험해 보였다.

"당신, 무슨 일 있어요?"

주영은 갑자기 이런 태도를 취하는 세민이 불안했다. 자신이 아닌 다른 사람을 생각하는 사람, 그가 생각하는 사람이 누구라는 것 정도는 이미 알고 있는 자신이었기에 빙 돌려 말할 수밖에 없었다. 마음의 준비를 다지고 또 다져 단단히 굳혀도 막상 그의 변한 태도를 보면서 이별을 준비한다는 것이 생각만큼 편치는 않았기 때문이다.

"아니, 아무…… 일도 없어. 일이 재밌다니…… 다행이군."

무언가에 억눌린 것처럼 세민의 목소리는 거칠고 탁하게 들려왔다.

"하긴 결혼 생활과 직장 생활 둘 다 재미없으면 안 되잖아. 안 그래?"

세민의 말에 주영은 급히 숨을 삼켰다. 무언가가 날카로운 것이 자신의 폐부를 긁어버린 것처럼 가슴 한 부분이 아파왔다. 그는 지금 그녀에게 자신과의 결혼 생활보다는 시현이 있는 직장 생활이 훨씬 좋다는 것을 돌려 말하는 것이리라.

'당신…… 이젠 말하고 싶은 건가요? 그녀에게로 가고 싶다고?'

아무렇지 않게 보이려고 애를 썼지만 주영은 자신의 마음과는 달리 상당히 불안한 모습을 하고 있었다. 그 모습을 쳐다보는 세민의 눈이 무섭게 타오르기 시작했다는 것을 주영은 알지 못했다. 그녀 역시 시현에게로 향한 감정과 그를 보내야 한다는 감정 사이에 갈등했기 때문이다.

"후후. 왜 대답이 없지? 너무 정곡을 찌른 건가? 궁금하군, 그 미술학원에서 일하는 것이 뭐가 그리 좋은지 말이야. 내가 모르는 무언가가 있나 보지?"

세민의 말에 주영은 퍼뜩 정신을 차리고 그를 쳐다보았다.

"무슨 뜻이에요?"

"별 뜻 없어. 단지, 많이 변한 것 같아서 말이야."

"……사람은 변하기 마련이에요."

주영의 말에 세민의 얼굴이 차츰 굳어져 갔다.

'그래서 날 사랑한다고 하던 너의 사랑 역시 변했다는 건가? 그래서 새로운 사랑을 찾고 싶은 건가?'

세민은 몸을 세우더니 주영을 쳐다보며 천천히 다가갔다. 아까보다 더욱 느린 걸음으로…… 그 모습에 저절로 발걸음을 뒤로 물리는 주영이었다. 그녀의 발동작을 보던 세민의 입가에 다시 웃음이 깃들었다.

"정말…… 그런가 보군. 예전엔 내가 이렇게 다가가기를, 사랑해 주기를 원하지 않았나?"

세민의 한 손이 그녀의 목 바로 아랫부분의 뛰는 맥박을 어루만지자 주영은 온몸의 피가 확 하고 달아오르는 것을 느꼈다.

"이, 이 손 치워요!"

"정말 변했군. 예전에는 그토록 원하더니. 날 사랑하지 않아? 넌 항상 날 사랑한다고 말했잖아. 널 사랑해 주길 바랐잖아. 이렇게……."

세민의 입술과 혀가 주영의 목 부분을 지분거리기 시작하자 주영은 아득한 기분을 느꼈다. 마음은 아니라고 외치고 싶은데, 세민에게 익숙해진 몸의 감각은 그녀의 마음과 정반대로 오히려 그에게 다가가고 싶어했다. 세민은 자신의 몸에 반응하는 익숙한 주영의 신체 변화를 느끼며 속으로 생각했다.

'네가 날 사랑하지 않아도 좋아. 그렇게 변하는 감정 따위…… 필요없다고. 하지만 너의 육체는 나를 원해, 나를 원한

다고!'

주영이 누구를 사랑하든지 중요한 것은 그것이 아니라고 세민은 마음속으로 말했다. 이렇듯 자신의 몸에 반응하는 한 그녀는 자신에게서 벗어나지 못할 것이라고. 그 역시 충분히 그것을 이용하리라 생각하며 부드러운 주영의 몸에 낙인을 찍듯 자신의 모습을 그려 넣기 시작했다.

주영이 절망적인 표정으로 저절로 반응하는 자신의 몸을 끌어안은 세민을 밀어내자 그는 의외로 쉽게 떨어졌다. 그에 의해 희롱당한 목 부분과 가슴 부위가 아직도 화끈거렸다. 하지만 정말로 아픈 건…… 그녀의 마음이라는 거. 주영의 눈에 눈물이 차 올랐지만 그녀는 끝까지 울음을 참았다. 자신을 이리 대하는 세민이 너무도 미웠다. 시현에게 향하는 마음을 그녀에게 푸는 이런 행위 따위…… 이제 거절하고 싶었다. 아니, 그래야만 했다.

"이혼…… 해요, 우리."

세민은 방금 전 마신 술이 몸에서 요동치는 듯했다. 그녀의 말이 무엇을 뜻하는지는 알지만 그것과는 상관없이 헛웃음이 나왔다.

"그래? 누구 맘대로?"

그는 여전했다. 언제 그렇게 격정적이었나 싶게 평상시의 모습으로 되돌아가는 그를 보면서 주영은 치가 떨렸다. 그런 그녀를 보며 세민의 눈이 다시 빛났다.

"적어도 몸은 거짓말을 못하는 법이지. 때론…… 이성이 아닌 다른 것에 귀를 기울일 필요가 있다고."

낮은 목소리로 말하는 세민의 모습이 위험스러울 만큼 유혹적으로 보였다. 주영은 질끈 눈을 감고 그의 모습을 자신의 마음에서 밀어내려고 애를 썼다.

"그만…… 해요."

의지와는 반대로 주영의 몸은 확실히 세민을 의식하고 있었던 모양인지, 그의 손길에 작은 세포 하나하나가 마치 자라나듯이 일어선다는 것을 느낄 수 있었다. 낮은 웃음소리와 뜨거운 숨결, 아니, 뜨겁다 못해 인두를 만지는 것 같은 느낌을 주는 세민의 손이 몸 안 곳곳을 어루만지고 있었다.

"잘 생각해 봐. 사랑이…… 아니어도 얼마든지 살아갈 수 있다고. 쉽게 변하는 그런 감정 따위보다 이렇게 솔직하게 반응하는 욕망이 더 오래갈 수도 있어."

"아니, 아니에요. 이런 감정은……."

차라리 울고 싶었다. 이렇게 세민에 의해서 달뜬 신음을 내뱉으며 그에게 무너지는 자신의 몸을 보여주고 싶지 않았다. 그녀를 안으면서 다른 여자를 생각하는 남자를 어떻게 받아들이라는 건지…… 마음은 그게 아닌데도 주영의 몸은 여전히 세민을 향해 떨고 있었다.

세민은 사랑한다는 말을 할 수가 없었다. 다른 남자에게로 가려는 주영에게 그렇게 매달리고 싶지 않았다. 그녀가 원하는 것이 자신의 육체뿐이라 해도 상관없다고 생각했다. 이렇게 자신의 육체를 사랑하다 보면 그가 자신을 사랑해 줄지도 모른다는 바보 같은 생각에라도 매달리고 싶은 심정이었다.

"이혼하는 일은…… 절대 없을 거야."

'그러니까 포기해, 너의 남자를 포기해. 전처럼 나를 보면서 살란 말이야!'

세민은 속으로 외치며 주영을 쳐다보았다. 마음속과는 달리 그의 표정은 여전히 욕망에 달뜬 모습으로 나른해 보였다. 절망적인 표정으로 그를 보는 주영의 얼굴을 손으로 만지며 세민이 속삭였다.

"아, 그리고 이번 주말에 모임이 있으니 준비하라고."

말을 마친 세민은 느릿하니 움직여 자신만의 공간으로 들어가 버렸다. 만약 그곳에 더 있었다간 그녀를 억지로라도 가졌을 것이다. 그것만큼은 정말 피하고 싶었다. 이미 다른 남자에게 마음을 준 여자를 미칠 듯이 안고 싶어하는 자신에게 절로 욕이 나오는 세민이었다.

홀로 남겨진 주영은 하얗게 질려서 눈물로 얼룩진 얼굴을 천천히 돌려 자신의 공간으로 향했다. 이층으로 올라간 주영은 방 안에 걸려 있는 거울에 비춰지는 자신의 모습을 보며 억지로 웃기 시작했다. 미련한 마음이었다. 욕망이라도 좋으니, 자신만을 바라보길 원하는 마음이 다시금 자라기 시작한다는 것을 그녀는 느낄 수 있었다.

다음날 세민과 마주칠까 극도로 긴장하며 내려간 일층 어디에서도 세민의 모습은 보이지 않았다. 허탈한 마음도 잠시, 이미 출근해 버린 세민을 생각하며 주영은 천천히 자신 역시 미술학원으로 몸을 이동시켰다. 생각만큼 아프지도, 슬프지도 않았다. 그저 멍하니 익숙하게 움직일 뿐이었다.

"……영아, 진주영! 야! 너 대체 어디다 정신을 팔고 있는 거야?"

"으, 응?"

세희에 말에 당황해서 보니 어느새 도화지가 새카맣게 변해 있었다. 같은 곳을 반복해서 스케치했는지 한 부분은 이미 종이의 질감까지 벗겨지고 말았다.

"야, 너 정말 왜 그래? 무슨 일이야? 정말 너무하는 거 아니니?"

"……."

고개를 숙인 주영이 대답이 없자 답답하다는 듯이 세희가 기어코 들고 있던 붓을 팔레트 옆에 내동댕이쳤다.

"너, 지금 얼마나 힘든지는 알겠는데 말이야, 적어도 일에서만큼은 최선을 다해줬으면 좋겠다. 그래야 너를 추천한 나도 그렇고, 원석 선배한테도 미안하지 않을 거 아냐."

"미안해…… 미안."

"내가 지금 사과 받자고 하는 소린 줄 알아? 제발 정신 좀 차려, 진주영!"

별거 아니라고 치부해도 그게 아닌지, 내내 일이 손에 잡히지 않고 가슴만 두근거렸다. 아침에 그의 모습을 멀리서나마 보아 둘 걸 하는 미련한 아쉬움이 그녀를 끊임없이 붙잡아 주영은 자꾸만 드는 후회를 털어내지 못하고 있었다.

"세희야, 나, 세민 씨한테 말했어. 이혼…… 하자고."

놀란 세희의 눈빛이 주영의 얼굴에 머물렀다. 억지로 감춘 듯이 파르르 떠는 주영의 눈을 보며 세희는 마음이 아팠다. 진주영, 이 친구는 그를 떠나서 살 수 없는 아이인데, 저렇게 여리고 모질지 못한 성격으로 어떻게 그를 버릴 생각을 했을까.

"……완전히 마음 정리한 거야? 괜찮겠어? 힘들면 전화하고 그냥 쉬지 그랬어."

세희는 이내 고개를 돌리곤 그녀의 어깨를 한 손으로 쳤다. 잠깐의 흔들림이 그녀의 눈에 파장을 일으켰는지, 연신 깜박이는 속눈썹이 촉촉이 젖어 있었다.

"그러게. 쉬고 싶었는데, 그냥 발길이 이리로 향하더라."

가는 한숨을 동반한 말이 그녀의 마른 입술 사이를 비집고 나왔다. 립글로스를 발랐음에도 그녀의 입술은 버석거려 주영의 말끝을 계속해서 방해하고 있었다.

"그래, 세민 씨는 어떻게 하겠대? 동의한 거야?"

"아니, 절대 안 된다고 하더라."

"그건 또 무슨 말이야?"

주영은 그 질문에 대답을 해줄 수가 없었다. 그녀로서도 세민의 행동을 이해할 수가 없었다. 솔직해지라는 그의 말을, 그녀에게 거침없는 욕망을 내보이는 그의 행동을 어떻게 이해할 수 있을까? 하지만 이상하게 세민의 눈빛이 마음에 걸렸다. 자신을 바라보던 그의 눈빛이 말하려는 것은 무엇이었을까? 어제저녁의 일을 생각하자 절로 숨이 가빠졌다. 바보 같게도…… 사랑이 아닌 욕망이란 말로 그녀를 붙잡는 그에게 속절없이 무너지는 자신의 어리석음에 주영은 긴 한숨을 쉬었다.

"어머, 선배? 언제부터 거기 있었어요?"

"방금 왔어."

원석은 바로 삼층의 작업실로 걸음을 옮기며 억지로 주영에게서 시선을 뗐다. 그녀를 아프게 하는 사람이 밉고, 그녀를 원하는 마음이 더욱 커져 버렸다. 그녀가 원치 않아도 이젠 그녀를 잡을 것이다. 삼층으로 향한 원석은 거의 마지막 단계의 그림을 보면서 의지를 다졌다.

시현은 내내 이사실 문만을 쳐다보며 안절부절못하고 있었다. 오늘 아침, 세민의 표정을 보면서 왜 쿵 하고 가슴이 내려앉았는지 세민의 모습이 금방이라도 사라질 것 같다는 무서운 생각마저 들었다. 결국 참지 못하고 이사실 문을 열고 들어선 그녀의 눈에 멍하니 의자를 돌려 앉아 밖을 바라보는 그가 보였다. 벌써 몇 번째인지, 저런 모습이 너무도 보기 싫었다.

“세민 씨. 나, 나랑 얘기 좀 해요.”

“……!”

“내, 내가…… 내가 빌게요. 이렇게 빌 테니, 다시는 당신의 감정 상하게 안 할 테니 나한테 했던 말 취소해 줘요. 회사, 그만둘 수 없어요! 다른 곳에 가서 일하는 것도…….”

빌어서라도 그의 곁에 머물 수만 있다면 얼마든지 빌 수 있었다. 하지만 그녀를 쳐다보고 화를 낼 것이라 여겼던 세민의 표정은 그녀가 생각하던 모습과 너무도 달랐다.

“……미안하다.”

“흐윽, 세민 씨…….”

그의 한마디에 시현은 가슴속에 애써 감추었던 감정을 터뜨리고 말았다. 울컥하니 올라오는 그 뜨거운 감정을 이제야 뱉어낼 수 있었다. 사랑한다는 말을 듣고 싶었다, 미안하다는 말을 듣는 것이 아니라. 이제까지 그에게 구걸했던 감정이 비록 동정이었다지만 그것 하나로도 버틸 수 있다고 생각했는데…… 지금 그의 마음이 자신과 같이 아프다는 걸 깨달았다. 시현은 이제야 세민의 아픈 상처가 보였다. 지독히도 아프고 외로운 사랑의 상처. 어쩌면 그도 자신과 같이 힘든 사랑을 시작했는지 모른다는 생각이 들었다. 그 사랑이 자신을 향한 것이 아니란 게 슬펐지만 그의 아픈 사랑에 저절로 동정이 이는 것은 사실이었다.

‘그럼 당신과 나…… 같아진 건가? 적어도 닮은 부분이 하나

는 있는 셈이잖아.'

시현은 우습게도 정말 닮고 싶지 않은 부분만을 닮아버린 세민과 자신의 모습에 웃음이 나왔다. 사랑하는 이와 닮고 싶다는 것 하나는 이룬 셈이니까 말이다.

"내게…… 왜 미안해해요?"

그에게 물어보고 싶었다, 사랑하지 못해서 미안하다고 하는 건지를. 만약 그렇다면 그를 더욱 귀찮게 만들지도 모른다. 미안한 만큼 사랑해 달라고 지겹게 매달릴지도 모른다.

"너는…… 충분히 사랑받을 수 있는 여자야. 정시현, 좀 더 네 자신을 사랑해 봐."

시현은 세민의 말에 기쁜 감정이 이는 자신을 이해할 수 없었다. 그는…… 이런 사람이었다. 항상 엉뚱한 데서 사람을 기대게 만들고 사랑하지 않을 수 없게 만드는. 시현은 울음을 걷어내고 억지로 웃음을 지었다. 이제는 정말로 놔줘야 할 때인가 보다. 자신의 얼굴보다 더 익숙한 세민의 얼굴을 쳐다보면서 시현은 자신의 기억을, 추억을 하나씩 지워야 한다는 것을 깨달았다. 그게…… 내가 그를 사랑하는 방법이라는 것을 이제야 알았으니까 말이다.

"후후, 위로하는 거예요? 미안해서?"

"아니, 제자리를 찾아야 할 것 같아서."

세민은 스스로에게 말하듯 다짐했다, 돌려놓고 말겠다고. 원래의 자리로 돌아오게끔, 그를 사랑하던 주영으로 돌아오게끔 만들겠다는 생각을 했다. 그러기 위해서라도 세민은 모든 것을 정리할 필요성을 느꼈다.

"마음을…… 정리했군요."

"……."

굳어진 인상으로 대답하지 않는 세민을 보면서 시현은 그 마지막이라는 것에 다시 한 번 갈등하는 자신을 느낄 수 있었다. 마지막으로, 정말 마지막이라면 그의 사랑을 놓아줄 수 있을 것 같았다. 그것이 비록 죽음일지언정, 후회는 없을 것 같다는 생각이 들었다. 만약, 다시 살아난다면…… 그때는 그를 내 마음에서 놓아줄 것이다. 기쁘게 말이다.

시현은 여전히 침묵하는 세민을 뒤로하고 이사실을 나왔다.

며칠이 지나도록 세민이 우려했던 일들은 일어나지 않았다. 시현이 그러했고, 주영 역시 그때의 대화 이후 유독 조용해졌다. 다만, 표현하기 힘든 긴장감이 점차 고조되어 가고 있다는 것을 서로가 인식할 뿐이었다.

갑작스럽게 잡힌 일정에도 없는 중역회의에 참석한 세민은 비서실의 연락을 받고 급히 자리를 떴다. 비서실의 연락을 받고 응급실로 달려갔을 때까지 시현은 정신을 차리지 못하고 있었다.

갑자기 차도로 뛰어들었다던 주변 사람들의 증언에 따라 사건을 마무리한 경찰이 가고 나서도 세민은 그곳을 떠나지 못하고 있었다. 죽어버린 누이, 그 맹세, 그리고 누나를 죽인 남자의 모습까지, 그 모든 것이 처음부터 시작되고 있었다. 단지 누워 있는 여자가 누나가 아니고, 자신이 그녀를 버린 남자가 되어버렸다는 것을 빼곤 말이다. 자신 때문에 죽음까지 생각한 여자를 바라보는 세민의 마음은 무너지고 있었다.

'결국 이 방법밖에는 없는 거였나? 아무리 애를 써도 벗어날 수 없었던 우리 누나처럼? 미안해서, 널 사랑하지 못해서…… 네 삶을 살기를 바랐는데, 네가 살기를 바랐다고!'

세민은 고개를 숙이고는 작은 병실용 의자에 앉아 두 손으로 얼굴을 감쌌다. 죄책감 이상으로 초조함이 그를 덮기 시작했다. 그러기를 얼마 후 문이 열리고 들어선 흰 가운의 의사에게 세민은 급히 다가갔다.

"환자는 어떻습니까?"

외과 과장이자 신경외과 전문의인 영우는 자신에게 급히 다가오는 남자의 어깨 너머로 누워 있는 자신의 환자를 보았다. 급하게 실려온 그녀의 차트에는 자살을 시도했다고 적혀 있었다. 한동안 잊고 지냈던 그 단어……. 영우는 차트의 내용을 훑고 나서 한동안 그 환자를 바라봤었다.

"많이 걱정하지 않으셔도 될 것 같습니다. 크게 다친 곳은 없습니다. 다만 타박상하고…… 전에 다쳤던 발목 부분의 인조 인대가 파열됐네요. 그것만 치료하면 크게 걱정 하실 일은 없을 겁니다."

조용히 시현의 상태에 대해서 설명해 주는 의사를 쳐다보며 세민은 다행이라는 생각을 수없이 했다. 좀 전의 악몽에서 벗어난 것 같아 온몸의 긴장이 서서히 풀렸다.

세민이 다시 치료에 대해 물어보려 하는데 요란한 소리가 들리며 병실 입구가 시끄러워졌다. 비대한 몸집에 허름한 옷차림을 한 중년의 여인이 의사가 있는 곳까지 정신없이 달려와 그들을 밀치고 누워 있는 시현을 보며 울음을 터뜨렸다.

"아이고, 박복한 것 같으니! 이게 벌써 몇 번째냐, 응? 독한 것, 독한 것! 그렇게 어미 가슴에 못 박고 싶은 거야? 어허헝."

세민은 시현의 침대 앞에서 우는 여자가 다름 아닌 시현의 친모라는 것을 짐작할 수 있었다. 자신이 시현의 가족에 대해서 단 한 번도 생각해 본 적이 없었다는 사실을 깨닫고 나자, 그녀에 대해 너무도 안일하게 생각했다는 죄책감이 더욱 커졌다.

영우 역시 익숙하게 보아온 상황인지라 딱히 감정적이지는 않았지만, 파리한 얼굴로 누워 있는 환자를 보니 자신도 모르게 안쓰러운 마음이 드는 건 어쩔 수가 없었다.

영우는 자신의 소매를 붙잡는 보호자의 얼굴에 가득한 검버섯과 주름으로 이 중년 여인이 평탄치 않은 삶을 살아온 것을 알 수 있었다. 마치 누워 있는 시현의 삶을 보는 듯한 기분이랄까?

영우는 그 보호자에게 아까 했던 설명을 다시 덧붙여 말하는 동안에도 누워 있는 환자의 얼굴에서 시선을 떼지 못했다.

　다음날 병원에서 하루를 꼬박 세운 세민은 병실을 나와 주영에게 전화를 걸고 있었다. 며칠 전 참을 수 없던 욕망을 분풀이하듯 주영에게 내보인 것이 못내 가슴에 남아 있는 데다, 그 미칠 것 같은 몇 시간의 고통을 주영에게서 위로받고 싶었는지도 모른다. 여러 번의 신호음이 가도록 울리기만 하는 전화를 끈질기게 들고 있자 주영의 가는 목소리가 들렸다.

　[여보세요?]

　"나야, 왜 이렇게 전화를 늦게 받는 거지? 지금 학원인가?"

　세민은 주영이 전화를 늦게 받자 초조해진 맘에 화를 냈다. 그것은 그녀가 지금 학원에서 다른 이들과 있다는 것을 상기시켰고, 며칠 전 그렇게 행동한 원인을 제공한 남자와 같은 공간에 있다는 것을 뜻하기도 했다.

　[아니오. 집이에요.]

　대답하는 주영은 침착하려 애를 쓰는 중이었다. 특별한 일로 외박을 한 적이 없는 그였는데 그는 어제 집에 들어오지를 않았다. 하룻밤을 꼬박 세운 주영은 그가 외박했다는 사실을 굳이 그에게 상기시키고 싶지 않았다. 그녀가 그를 기다리고 있었다는 오해를 사고 싶지 않았기 때문이다. 그가 외박하고 간 곳은 그녀가 익히 짐작할 수 있는 곳이니까 말이다.

　"혼자 있나?"

　[네.]

　"오늘 모임인 것은 알고 있지? 준비하고 기다려."

[······알았어요.]

전화를 끊고 나서 세민은 더욱 화가 났다. 이런 식으로 전화를 하려고 한 것은 아니었는데······ 빌어먹을 그 남자와 주영이 같이 있다는 생각만으로도 도저히 참을 수가 없었다. 세민은 질투에 눈이 먼 양 행동하는 자신이 마음에 안 들었지만 그녀가 학원이 아닌 자신들의 집에 있다는 것에 묘한 안도감을 느끼고 있었다.

담담한 마음에 담배를 한 대 피우고 온 세민은 침대에 기대앉아 있는 시현을 볼 수 있었다.

"이제 정신이 좀 드나?"

"······계속 있었어요?"

가볍게 고개를 끄덕이는 세민을 보고 시현은 힘없이 웃었다. 그 역시 많이 힘들었던지 평소보다 훨씬 초췌해진 모습이어서 미안한 마음이 들었다.

시현은 처음으로 편안한 마음으로 세민을 바라볼 수 있었다.

"나······ 많이 다친 건가요?"

"아니, 심각한 정도는 아니라고 하더군. 약간 멍든 것을 빼고는 괜찮아."

"후후, 다행이네요. 이번에 정말 불구가 되었다면 당신을 끝까지 붙잡겠다고 다짐했는데."

"정시현."

"아아, 내 말부터 들어요. 나 실은 일부러 차도로 뛰어든 거예요.”

“넌……!”

“아니, 내 말 끝까지 들어요. 정말 마지막이라고 생각했어요. 그래서 살아난다면…… 당신 놔줄 거라고, 당신이 아니라 내가 당신을 떠나는 거라고 생각하기로 했거든요. 이젠 당신 놔주려고…….”

시현의 말은 담담하게 계속되었지만, 그녀가 얼마나 많은 용기를 필요로 했는지 세민은 짐작만 할 뿐이었다. 자신을 잊기 위해 노력하는 그녀가 못내 안쓰러웠다. 그렇게라도 해서 자신을 놔주려는 그녀의 말에 다행이라는 생각을 먼저 한 세민은 자신의 이기심이 부끄러워졌다.

“……미안하다.”

“아니요, 미안해할 필요 없어요. 나를 위해서 그런 거니까. 바보 같은 행동이라고는 생각지 않아요. 이제는 정말 미련없이 당신 곁을 떠날 수 있을 것 같으니까.”

조용히 시현의 말을 듣던 세민의 얼굴은 그녀의 말에도 표정이 풀어지지 않았다. 시현은 의외라는 듯이 그를 지켜보았다. 커다란 짐을 벗어던진 것처럼 홀가분해할 것이라고, 좋아할 것이라고 짐작했던 모습과는 사뭇 다른 모습이었다. 적어도 시현의 눈에는 말이다.

그리고 이내 그의 모습이 예전 자신의 모습과 너무도 흡사하다는 생각이 들어 어설픈 웃음을 만들어냈다. 과거 사랑에 힘들어하고 믿지 못해 집착하던 자신의 못난 모습을 세민의 얼굴에서 볼 수 있었다. 그건 누가 도와줘서 되는 게 아니었으니까, 스스로 극복하기를 바랄 뿐이라고 생각하면서도 무언가 작은 도움을 주고 싶은 시현이었다.

"주영 씨…… 착한 사람 같아요. 내가 그렇게 모질게 대했어도 당신 옆에 있는 걸 보면, 나보다 훨씬 더 많이 당신을 사랑하나 봐요. 주영 씨…… 지금 많이 흔들리죠?"

세민은 놀랍다는 듯이 시현을 쳐다보았다. 그런 세민을 쳐다보는 시현의 눈이 반달 모양으로 휘어졌다.

"당신만 모른 건가? 이렇게 무뚝뚝한 남자 어디가 좋다고. 주영 씨 많이 아파하는 것 같았어요. 그러니 이제 그만 가봐요."

"……넌?"

"나야 당신을 한시라도 빨리 떨궈내야 다른 사랑을 찾을 거 아니에요. 그러니 그만 가봐요."

세민은 그녀를 한동안 쳐다보다 일어서더니 자신의 양복 상의를 집어 들고 문을 나서다가 다시 그녀를 쳐다봤다.

"정시현, 살아줘서 고마워. 너한테……."

"아뇨, 오히려 내가 감사해요. 이제는 작은 미련도 없어요."

시현의 말에 세민은 그녀를 쳐다보고 피식 웃고 말았다.

"다행이라고 해야 하나?"

"내가 해봐서 아는데요, 사랑하면…… 다 버리고 그 사람만 봐야 해요. 그래야 후회가 없어요. 정말이에요. 바보같이 들릴지 모르지만 오히려 홀가분한걸요. 당신 역시 잘됐으면 좋겠어요."

시현의 말에 세민은 그 자리에 서서 무언가를 생각하는 듯하더니 가볍게 고개를 끄덕이고는 문의 손잡이를 잡았다.

"참, 그리고 앞으로 우리 계속해서 만날 순 있죠? 선후배 사이로 말이에요."

세민은 의아하다는 듯이 그녀를 돌아보았다.

"그럼 회사는……?"

"그만둘 거예요. 내가 계속 다니면 서로가 불편하지 않겠어요?"

세민은 잠시 동안 시현을 쳐다보더니 가볍게 고개를 끄덕이고는 병실 문을 열고 나갔다.

'안녕. 나 다시 태어난 걸로 할래요. 당신을 몰랐던 그때의 나로 되돌아가고 싶어.'

그렇게 세민을 보내는 시현의 마음은 생각보다 담담했다. 마치, 오래된 짐을 겨우겨우 옮겨놓은 사람마냥 자신의 행동이 뿌듯하게 느껴졌다. 그런 그녀의 병실 문 건너에 영우가 수술 후의 지친 몸을 이끌고 와서 있다는 것을 시현은 알지 못했다. 영우 역시 회진이 끝난 시간임에도 불구하고 이곳에 서 있는 자신의 행동에 당혹스러워할 뿐이었다.

전화를 끊은 주영은 자신의 핸드폰을 한동안 쳐다보다가 힘없이 내려놨다. 밑도 끝도 없는 말, 그와의 대화는 항상 이런 식이었다. 며칠 전 그렇게 자신에게 모욕감을 주었던 것으로는 부족했던 것인지, 그의 목소리는 여전히 냉정하기만 했다. 주영은 그가 이렇게 화를 내는 것이 이혼이 싫어서가 아니라고 생각했다. 그는, 자신이 먼저 이혼 얘기를 꺼낸 것에 자존심이 상해서 그런 것이리라. 결혼 역시 그녀가 먼저 원해서 한 것이었고, 이혼 역시 그녀가 먼저 꺼낸 셈이니 오만한 그의 성격상 쉽게 이혼을 해주고 싶지 않을 것이다. 그건 자신을 사랑해서도, 이 결혼 생활을 계속 영위하고 싶어서도 아니다. 그저 그녀에게 복수를 하고 싶은 것이다. 그런 세민을 마주할 자신도, 부모님들을 속일 자신도 없는 주영은 그 모임을 가야 한다는 생각만으로도 불안스럽기만 했다. 하지만 정말 힘든 건…… 세민을 사랑하는 자신의 감정을 부인하고, 그를 멀리해야 한다는 거. 내 자신을 부인하고 잊어야 한다는 것이었다. 천천히 심호흡을 한 주영은 마음을 정한 듯 서둘러 옷을 벗었다. 적어도 세민이 오기 전까지는 겉모습만이라도 완벽하게 보이고 싶었다.

집에 도착한 세민은 그녀의 모습을 위아래로 유심히 살폈다. 그러면서 그 눈빛을 굳이 감추려 하지 않았다. 세민의 눈길에 부담을 느낀 주영은 그의 눈과 마주치는 걸 꺼려했다. 그의 입에서 어떤 독설이 튀어나올지, 어떤 심술을 부릴지 몰라서였다. 자리가 자리이니만큼 주영은 세심한 신경을 써서 화장을 하고 짧아진 머리를 손질했다. 옷 역시 신중하게 선택했는데 그녀가 고른 것은 푸른색이 도는 원피스였다. 앞부분은 보통의 드레스와 다를 바가 없지만 등 쪽은 상당히 파여 유난히 신경이 많이 쓰이는 옷이었다. 머리가 길다면 그나마 괜찮았을 것을, 자른 머리는 겨우 어깨 정도에서 그쳐 그녀의 하얀 등이 거의 다 드러난 상태였다. 주영의 이런 모습을 다른 누군가에게 보여야 된다는 것이 그의 소유욕을 강하게 자극했다. 그녀가 자신이 아닌, 다른 누군가를 위해 저리 정성스레 치장을 했다는 생각만으로도 세민은 무섭게 이는 질투를 감당하기가 힘들었다.

"누구한테 보이려고 그렇게 잘 차려입은 건가? 설마 그곳에서 다른 누구를 만나기로 한 건 아니겠지?"

세민은 주영이 자신을 유치하다 여겨도 할 수 없다고 생각했다. 이제는 감추지 않으리라. 그녀가 누구의 아내인지를 분명히 알려주리라.

"아니에요. 그저 자리가 자리이니만큼 차려 입은 거죠."

가는 한숨이 주영의 도톰한 입술 사이로 흘러나왔다. 여전히 날이 선 듯한 세민의 말과 눈빛이 그녀를 계속 불안하게 만들고 있었다. 이런 식이라면 누구라도 세민과 자신의 불화를 눈치챌 것이다. 주영은 그것이 다행인지 불행인지 알 수가 없어 한숨을 내쉬었다. 도톰한 입술 사이로 나오는 한숨을 보며 세민의 얼굴에 얼핏 웃음이 돌았다. 주영이 그 웃음을 보았다고 생각할 사이도 없이 그 웃음은 세민의 얼굴에서 지워지고 말았다.

'걱정되나 보지? 그렇다고 도망갈 생각은 하지 마. 널 놔주는 일은 절대 없을 테니까.'

"그만 가지."

주영에게 말을 건넨 뒤 먼저 현관을 나서는 세민의 뒷모습이 주영의 눈에 비쳤다. 그의 성격만큼이나 오만한 모습, 주영은 세민의 뒷모습도 그의 성격만큼이나 오만하고 당당해 보인다고 생각했다.

이번 모임이 부부동반 내지는 가족들의 모임인만큼 이미 도착해 있는 여러 쌍의 부부 중에는 낯익은 얼굴도 더러 있었다.

세민과 나란히 들어서는 주영의 눈에 저만치에서 자신의 시부모님들과 담소 중인 그녀의 부모님의 모습이 보였다. 주영이 천천히 그곳으로 향해 가는데 누군가가 그녀를 불러 세웠다.

"이야, 여기서 또 보내요?"

"어머, 선배님!"

문 앞에서 다른 친구에게 붙잡혀 이야기 중인 세민의 눈에 주영에게 말을 거는 남자가 보였다.

'저 남자는!'

세민은 지금 주영의 앞에서 웃으며 말하는 남자가 바로 얼마 전 학원에서 주영에게 치근덕거리던 남자라는 걸 깨달았다. 옆에서 자신에게 뭔가를 열성적으로 얘기하는 친구들에게 양해를 구하고서 천천히 그들에게 다가가는 동안 세민의 눈은 마치 그들을 죽일 듯이 노려보고 있었다. 세민을 한번 쳐다본 원석이 다시 주영에게 재밌다는 듯이 말을 건넸다.

"흐음, 남편 분이 소유욕이 대단한데요?"

"네? 무슨 말씀이세요?"

"아아, 주영 씨의 남편이 눈에 불을 켜고 우리를 쳐다보면서 무서운 얼굴로 다가오는 중이라는 얘기죠. 하하하."

원석은 여전히 그녀의 얼굴에서 시선을 못 떼고는 장난스레 웃으며 말했다. 하지만 원석의 말을 들은 주영이 불안한 마음에 돌아보려 하자 원석의 손이 그런 그녀의 얼굴을 잡았다. 흠칫 놀란 주영이 그의 손을 떼어내자 원석의 얼굴에 슬픈 듯 여린 웃음이 감돌았다.

"아, 미, 미안해요. 하지만 이러면……."

"쉿, 재밌잖아요? 우리 내기할까요?"

"네?"

"만약 주영 씨 남편이 나를 질투한다면 내가 물러날게요."

주영은 피식 웃고 말았다. 세민이 자신 때문에 질투한다는 것은 말도 안 되는 일이었으니까 말이다.

"대신, 만약 아무렇지 않게 생각한다면…… 내 마음을 받아줘야 해요. 괜찮은 제안이죠?"

주영이 채 뭐라고 대꾸할 사이도 없이 누군가의 손이 주영의 매끄러운 등을 천천히 어루만져 왔다.

"여기서 뭐 해? 부모님들한테 인사드린다며?"

온몸을 달리는 묘한 감각에 주영은 세민을 쳐다봤지만 쉽게 말을 할 수가 없었다. 그런 그녀를 쳐다보며 웃는 세민의 눈이 순간 차갑게 빛을 발하더니 이내 시선을 원석에게 돌렸다.

"초면 같은데 실례지만 제 아내를 아시나요?"

"하하, 네. 주영 씨하고 같은 미술학원에서 근무하고 있습니다. 서원석이라고 합니다."

"유세민입니다. 잠시 실례하겠습니다."

여전히 한 손을 주영의 등에 댄 채 걷는 세민은 끓어오르는 화를 애써 누르는 중이었다. 설마 했는데, 그들은 이곳에서도 보란 듯이 서로를 향한 애정을 표현하는 중이었나 보다. 세민은 굳은 얼굴로 옆에서 긴장한 채 서 있는 주영의 모습을 샅샅이 쳐다보며 낮은 목소리로 말을 건넸다.

"잘 들어둬. 무모한 행동은 항상 화를 부르는 법이거든. 아직까지는 내 아내란 사실을 잊지 말도록 해."

고개 숙여 하얗게 질린 얼굴을 감추며 주영은 떨리는 가슴을 진정시키려 했지만 달궈진 인두인 양 자신의 등을 어루만지는 손바닥의 열기 때문에 그마저도 힘들었다.

"안녕하셨습니까, 장인 어르신?"

자신에게 속삭이던 세민이 크게 웃으며 주영의 아버지한테 인사하는 동안에도 주영은 세민이 했던 말의 충격에서 벗어날 수가 없었다.

'이 사람…… 설마 원석 선배와 나를?'

세민을 쳐다보던 그녀의 시선이 흔들리더니 바로 한 테이블 건너에 노부부와 함께 자리 잡은 원석을 보았다. 여전히 장난스런 웃음으로 자신을 향해 손을 흔드는 원석에게 주영은 가식적인 웃음조차도 지을 수가 없었다. 지금 세민은 가족들이 다 모인 곳에서 자신이 일부러 원석 선배와 만남을 가졌다는 오해를 하고 있었다. 이제야 집에서의 행동이 이해된 주영은 경악하고 말았다.

'설마…… 그런 말도 안 되는 오해를 하고 있단 말이야? 그래서 그렇게 이혼을 안 하겠다고 고집 부렸던 건가?'

"주영아, 뭐 하니, 이리 와서 아버지한테 인사하지 않고."

이 여사의 말에 주영은 서둘러 그들의 곁으로 다가가 아버지의 얼굴을 쳐다보았다.

"언제 오셨어요?"

"우리도 금방 왔단다."

말을 하면서 아버지가 자신의 얼굴을 쳐다보는 것 같아 주영은 무안해졌다.

"몸이 불편한 거니? 얼굴색이 별로 좋아 보이지 않는구나."

"아니에요. 급히 와서 그런가 봐요."

주영의 핏기 잃은 얼굴이 더욱 창백해졌다. 그런 주영을 쳐다보는 세민의 모습을 옆에서 지켜보던 이 여사가 서둘러 말을 돌렸다.

"아유, 네 아버지는 회사랑 살림을 차린 건지, 원. 나이가 들면 하던 일도 넘기고 일선에서 물러난다는데 어떻게 된 게 갈수록 일을 늘이는지 모르겠다. 일 욕심을 버릴 줄을 몰라!"

"하하하, 장모님, 그래서 장인 어르신이 대단하신 겁니다. 이번 계약 건도 무리없이 잘 성사시키셨다구요?"

"허허, 그래. 유 서방 얘기도 사돈을 통해서 종종 듣네. 그 친구가 칭찬에 아주 침이 말라."

"감사합니다."

"이런, 흉보는 줄 알고 이리 오는구먼."

자신들에게 다가오는 세민의 부모를 반갑게 맞이하며 한참 분위기가 고조되는데 원석이 그들 쪽으로 걸어오는 모습이 보였다. 주영은 원석이 다가올수록 더욱 가슴이 뛰기 시작했다. 세민은 그런 원석을 쳐다보며 주영의 곁으로 의자를 당겨 안고는 그녀의 드러난 어깨를 손바닥을 이용해서 훑어 내리며 그녀의 귓가에 속삭였다.

"긴장하지 마. 너무…… 경직되었잖아?"

바로 옆에서 속삭이는 세민의 얼굴이 한순간 크게 보인다 싶더니 이내 주영의 입술에 세민의 입술이 부드럽게 미끄러져 들어갔다. 놀라 숨을 멈춘 사이 주영의 입 안을 능숙하게 유영하는 세민의 혀가 주는 충격 속에서도 주영은 세민의 낮은 웃음이 자신의 입 안에서 떠돌아다닌다는 것을 알 수 있었다.

'이 사람…… 지금 일부러 그러는 거야. 원석 선배에게 보이기 위해서……!'

주위에 있던 노부부들은 오랜만에 보습을 보인 자신들에게 다가오는 친구를 보느라고 주영과 세민의 모습을 보지 못했다. 마주 걸어오는 원석의 눈빛만이 유달리 반짝일 뿐이었다. 천천히 고개를 든 세민의 얼굴이 잠시 원석에게로 머물었을 때에도 세민의 대담한 행동은 계속되었다. 주영의 입술선을 따라 손가락을 움직이는 세민의 얼굴이 주영과 거의 붙을 만큼 가까워졌을 무렵, 세민의 미소가 다시 짙게 어리는 것을 주영은 볼 수 있었다. 그 시간은 정말 짧았지만 주영에게는 너무도 길게 느껴지는 시간이었다.

그사이 그들이 있는 테이블로 다가온 원석의 얼굴은 굳어져 있었지만 입가에는 여전히 웃음을 달고 있었다. 원석과 같이 온 노신사를 본 부모님들은 반가움에 서둘러 자리에서 일어났다.

"이, 이게 누구야, 대체?"

"허허, 잘들 있었나?"

"아니, 서 원장. 그래, 몸은 다 나은 건가?"

"하하, 그냥 죽기는 싫었던 모양일세그려."

백발의 머리를 단정히 빗고 그들 곁으로 다가온 사람은 놀랍게도 주영과 세민의 부모들과도 친했던 모양인지 서로 반가움에 정신없이 말을 주고받고 있었다.

"아버님."

"이런, 내 정신 좀 보게나. 이 녀석이 그렇게 내 속을 썩이던 아들 녀석일세. 그림쟁이야, 그림쟁이."

"서원석이라고 합니다."

"아이고, 모친의 피를 이어받은 모양이군. 그래, 그럼 어머님이 하시던 미술관을 맡을 건가?"

"하하, 아닙니다. 아직 정정하신데요 뭘. 전 그저 조그만 화랑하고 미술학원에 만족하고 있습니다."

"허허, 서 원장이 아들 하나는 잘 키웠군. 근데 왜 그렇게 욕을 하고 다녔어?"

"어디 네놈들만 하려고?"

요란한 웃음으로 주위를 시끄럽게 하는 세 쌍의 노부부들은 자식들의 굳은 얼굴을 전혀 눈치채지도 못한 양 즐거운 시간을 보냈다.

"서 원장님의 자제분이셨군."

"제가 그렇게 존재감이 없어 보였나요?"

담배를 피우려고 장소를 벗어났던 세민은 자신에게 다가오는 원석에게 다분히 감정이 실린 말을 던졌다.

"날 찾아온 건가?"

"왜 그런 생각을 한 건가요?"

여전히 웃는 원석을 보면서 세민 역시 피식 웃고 말았다. 원석의 행동으로 보건대 다분히 의도적인 접근이었다. 물론, 좋은 감정으로서는 아니겠지만 말이다. 이런 생각을 하면서 세민은 굳이 돌려 말할 필요가 없다고 느꼈다.

"그때, 그 학원에서는 일부러 그런 건가?"

"아아, 그거요? 생각보다 눈치가 빠르시네요. 난 하도 답답하게 행동하기에 정말 눈치없는 사람인 줄 알았는데."

세민은 그 말에 인상을 굳히고는 잠시 동안 원석을 쳐다보았다.

"장난으로 주영에게 접근한 건가?"

차갑지만 단호한 말투로 세민이 묻자 원석은 그런 그의 모습에 쓸쓸한 웃음을 지었다.

"장난이었으면 좋겠습니다, 저도. 하지만 아니라고 말씀드려야겠네요. 그녀의 선택에 달린 거겠죠? 난 이미 충분히 내 마음을 전달했으니까요.”

세민은 악문 입술 사이로 내뱉듯이 한자한자 말을 이었다.

“주영이는 내 아내라고. 잊지 말았으면 좋겠군.”

“그건 한시적인 거 아니었던가요? 이혼한다고 하던데…….”

세민의 얼굴이 급속도로 굳어졌다.

“아직까지는 아니야. 그러니까 내 아내에게 접근하지 말아줬으면 좋겠는데. 흉한 꼴 당하기 전에 말이야.”

“그럼 피차간에 쓸데없는 감정 소비는 줄이는 게 어때요? 시간 끌지 말고 얼른 해결 보시죠.”

약 올리듯 말을 건넨 원석은 올 때처럼 조용히 사라졌다. 그런 원석을 노려보는 세민의 얼굴에는 원색적인 감정이 들끓기 시작했다.

“제기랄! 진주영, 그렇게 이혼을 원해? 저 녀석에게 그런 말을 벌써 했단 말이지?”

미칠 듯이 끓어오르는 질투와 배신감에 치를 떨며 그녀를 찾던 세민의 눈에 주영이 다가오는 것이 보였다. 그러나 세민의 눈빛이 사나운 폭풍처럼 날뛰는 것을 주영은 알지 못했다.

“여기 있었어요? 아버님이 내내 찾으셨어요. 어서…… 헉.”

주영은 더 이상 말을 이을 수가 없었다. 자신을 낚아채듯 거칠게 품에 안은 세민이 아플 만큼 세게 입술을 눌러왔기 때문이다.

“무슨…… 짓이에요!”

세민에게서 겨우 떨어진 주영이 떨리는 목소리로 세민에게 다그치자 황당하게도 세민은 그런 그녀를 쳐다보며 웃었다.

"왜? 전엔 내게 안기지 못해 안달했잖아. 네가 말하는 그 사랑을 하자는 건데, 왜 그러는 거지?"

미칠 것 같은 질투에 세민은 점점 이성을 잃고 있었다. 아내의 남자를 보는 것이 이렇게 화나는 일이라는 걸 전혀 예상치 못했다. 하지만 더욱 가슴이 아픈 건 자신을 거절하는 아내, 주영의 손길이었다. 비꼬듯 말하는 사이에도 세민의 손은 주영의 가슴을 오르내리고 있었다. 당황한 주영이 얼굴을 붉히며 그의 손을 쳐내려 하면 할수록 세민의 손은 더욱 대담해졌다.

"이러지…… 말아요. 난, 예전의 내가 아니에요. 그리고 지금은 아버님이 찾으세요. 얼른 가야…… 된다고요!"

부들거리며 애원하듯 말하는 주영을 보는 세민의 얼굴은 처음의 증오라는 감정이 아닌 짙은 욕망을 담고 있었다. 새카맣게 보이는 세민의 눈동자 깊숙이에서 너울대는 욕망에 자칫 무너지려 하는 자신을 추스르며 주영이 그의 품에서 간신히 빠져나왔다.

세민은 거칠어진 숨이 진정되기를 바라는 것처럼 한동안 그렇게 주영을 쳐다만 보았다. 처음의 그 욕망에 거칠어진 눈빛이 아닌 다른 눈빛으로 그녀를 바라보았다. 마치 상처 입은 것처럼……. 주영은 애써 자신의 생각이 잘못된 것이라고 생각했다. 그가 그럴 리가 없었다. 자신이 그를 거절했다고 해서 세민이 상처를 받는다는 것은 있을 수도 없는 일이었으니까 말이다.

모임 장소로 향하는 주영의 얼굴에서 핏기라고는 찾아볼 수 없었다. 그녀가 들어가자 이미 인사를 한 모양인지 갈 준비를 마친 세민이 주영 곁으로 다가왔다.

"인사는 내가 다 했어. 그러니까 이만 가지."

주영이 보기조차 싫은 모양인지 세민은 줄곧 그녀의 눈길을 피하고 있었다. 그런 세민을 쳐다보는 주영을 저만치서 살피던 원석이 가끼이 다가오려 하자 세민은 그보다 먼저 몸을 돌려 그녀를 데리고 나갔다.

차를 타고 가는 내내 세민의 모습은 조용하기만 했다. 그것이 주영의 심기를 더욱 불편하게 했지만 그렇다고 그에게 먼저 말을 걸 생각은 없었기에 그저 창밖을 바라보는 것이 다였다.

도착한 뒤에 이층으로 향하려던 그녀를 불러 세운 세민이 그녀에게 한 말은 딱 하나였다. 이혼은 절대 안 된다는 것. 그 말을 들은 주영은 멈췄던 발걸음을 놀려 이층으로 향하면서 현실적인 생각을 했다. 세민에 의해 잡혔던 팔과 입술이 시큰거리는 것이 아무래도 멍이 들지도 모르겠다는 우스운 생각을 말이다. 이미 마음은 찢어졌는데 그깟 멍든 게 무슨 대수라고. 주영은 바보 같다는 생각을 하면서 이층으로 올라와 쓰러지다시피 하며 침대에 몸을 눕혔다. 아까의 긴장감에서 해방되자마자 몸에 이상이 있음을 알려주듯 열과 오한이 번갈아 왔다. 멍해진 시야 사이로 천장의 불빛이 희미하게 보이자 주영은 정신을 차리려는 듯 여러 번 눈을 깜박였다.

열과 오한이 반복해 그녀를 괴롭혀서 그런지 주영은 다음날이 되어도 일어나지 못했다. 간밤, 간혹 가다 세민의 모습을 보았다고 생각할 정도로 그녀는 정신을 여러 번 놓았나 보다. 어느 정도 정신을 차리고 겨우 몸을 추스르고 일어나 보니, 벌써 늦은 오후가 되어 있었다. 하지만 밑으로 내려가고 싶은 마음은 없었다. 주영이 천천히 침대에서 일어서는데 마침 문이 열리면서 가정부 아주머니가 들어왔다.

"아이구, 아직 일어나면 안 된다고 하던데 뭐 하러 벌써 일어났어요?"

"아주머니, 오늘은 오시는 날 아니잖아요? 어떻게?"

힘없이 물어보자 일하는 아주머니는 급히 대답을 했다.

"어제저녁부터 새댁이 많이 아픈 것 같다고 새벽에 이사님이 전화를 하셨어요. 좀 전에 의사도 다녀갔구요. 빈속이라 약을 먹으려면 우선 요기부터 해야 될 것 같아서 갖고 왔어요. 이사님께서도 사모님이 깨어나시면 식사부터 하게 해달라고 하셨구요."

"……그이는요?"

"이사님은 출근하셨어요."

주영은 그 말에 자신이 침울해지고 말았다. 일요일 날 회사로 출근을 한 세민을 어떻게 생각해야 할까? 아마도, 정시현 그녀에게로 갔으리라. 주영은 아주머니가 놔둔 죽을 쳐다보다 숟가락을 들고 조용히 먹기 시작했다. 그녀가 약을 먹고 다시 잠을 청하는 사이에도 세민은 들어오지 않았다. 자신도 모르게 다시 그를 기다린다는 것을 주영은 깨닫지 못했다.

그 다음날도 주영은 세민이 출근하는 것을 볼 수가 없었다. 여전히 아주머니가 세민의 말을 전해줄 뿐이었다. 학원도 미리 연락을 해놨으니 출근할 필요가 없다는 말에 주영은 씁쓸한 표정을 지을 수밖에 없었다. 그녀가 아파서인지, 아니면 원석과의 만남을 싫어해서인지는 모르지만 당분간 몸조리를 하라는 말에 주영은 그저 침묵했다.

저녁 무렵부터는 많이 나아졌는지 몸을 움직이는 데 무리가 없었다. 저녁 준비를 한 뒤에도 아주머니는 세민이 늦는다는 말을 전했다면서 혼자 저녁을 먹으라고 했다. 주영이 집에 있는데도 불구하고 세민은 아주머니에게 말을 전했다. 그것이 그녀를 보기 싫어하는 것처럼 생각되어 주영은 한층 우울했지만, 스스로 그것을 떨치려 했다.

'새삼스러울 것도 없잖아. 네가 아파서 그런 거야. 힘내라, 진주영.'

하지만 마음 한편으로는 세민의 모습을 보고 싶다는 생각이 자꾸만 커져 갔다. 지난밤 아파서 정신을 못 차렸을 때 곁에서 지켜주던 이가 세민일지도 모른다는 생각이 들어 자꾸만 그녀를 힘들게 했다. 어제의 만남을 끝으로 오늘 하루 종일 그의 얼굴을 못 본 주영은 다음날만큼은 일찍 일어나서 그를 만나봐야겠다는 생각을 하며 이층으로 올라갔다. 하지만 다음날이 되어서도 그녀는 세민을 볼 수 없었다. 세민이 평소보다 훨씬 일찍 출근한 것을 알자 주영은 왠지 그가 자신을 피하는 것 같은 생각을 하기 시작했다. 그의 전언을 아주머니가 간간이 전해줄 뿐 며칠이 지나도록 주영과 세민은 단 한 번도 부딪칠 수가 없었다. 그렇게 다시 며칠이 지나자 주영의 긴장은 극도로 예민해졌다. 늦은 귀가와 그녀를 보려 하지 않는 세민의 태도에서 주영은 그가 결국 이혼을 결심했다고 추측할 뿐이었다.

그렇게 다시 며칠이 흐를 동안 주영은 세민을 볼 수가 없었다. 저번 주 모임을 끝으로 육 일 동안 단 한 번도 세민의 얼굴을 볼 수 없었던 주영은 서서히 마음이 죽어가고 있었다.

금요일 저녁, 여전히 오지 않는 세민을 기다리는 주영은 시어머니의 전화를 받았다. 아주머니를 통해서 얘기를 들은 것인지 건강을 묻고 나서 괜찮다면 집으로 올 수 있냐는 말에 주영은 가겠다는 대답을 하고는 전화를 끊었다. 준비를 하고 나서 시댁으로 가려던 그녀는 몇 번의 망설임 끝에 세민에게 전화를 걸었다.

[여보세요.]

"……세민 씨, 저예요."

[아아, 무슨 일이야?]

　느릿하니 말을 하는 것이 아무래도 상당히 술을 많이 마신 것
같다고 생각되자 주영은 절로 인상이 찌푸려지고 말았다.
　"어디예요? 저 지금 어머님 전화 받고 본가로 가는 중인
데…… 당신한테 연락없었어요?"
　[뭐라고? 거길 왜 가!]
　"어머님이 저녁이나 같이 먹자고 하시네요. 지금 들어올 수
있어요?"

　시계를 쳐다본 세민은 속으로 욕을 중얼거렸다. 택시를 타고
서두른다면 주영과 비슷하게 도착할 수도 있겠다 싶었다. 당신
에겐 연락이 없었냐는 주영의 조심스런 질문에 세민은 소리 지
르고 싶은 욕구를 누르며 되도록 빨리 가겠다는 말을 하고는 전
화를 끊었다. 자신의 어머니가 왜 갑자기 이러는지는 모르겠지
만 오늘 같은 날 주영을 혼자 그곳에 보낼 수는 없었다. 아니,
그러고 싶지가 않았다. 세민은 자신의 어머니가 그에게 전화를
한 뒤 바로 주영에게 전화를 걸었음을 알 수 있었다.
　'망할 노인네 같으니!'
　세민은 좀 전 어머니인 정 여사와의 전화통화를 기억해 내며
술집을 나섰다.

　[세민아, 이젠 그만 털어버릴 때도 되지 않았니? 언제까
지……]

"무슨 말씀을 하시는 거죠? 뭘 털어버리라는 겁니까? 누나가 자살한 것을요? 아니면 어머니의 향한 제 원망을요? 잊고 싶으셨나요? 어떻게 잊을 수 있습니까? 평생, 평생을 그렇게 딸의 죽음을 가슴속에 묻고 사십시오. 그게 누나에게 조금이나마 사죄하는 길입니다. 그 잘난 해외여행이나 모임에 정신이 빠져 딸의 고통조차 살펴보지 못한 어미로서의 책임은 죽을 때까지 가지고 가십시오. 오늘이 무슨 날인지는 어머님보다 제가 더 잘 압니다. 내 손으로 장례를 치르고 내가 묻었는데 모를 리가 있나요?"

'빌어먹을.'
택시 안에서 세민은 자신의 머리를 쥐어뜯었다. 오늘이 누나의 기일이라는 걸 그는 그 누구보다 잘 알고 있었다. 그랬기에 자신의 어머니가 주영을 왜 불렀는지 그 이유를 충분히 짐작할 수 있었다.

시댁에 도착할 무렵 주영이 오는 것을 기다리고 있었는지 현관 앞까지 마중을 나온 정 여사 때문에 주영은 당혹스러웠다. 정 여사를 따라 거실로 들어선 주영은 반갑게 맞아주기는 했지만 정 여사의 얼굴에 감도는 긴장감을 느낄 수가 있었다.
"어머님, 세민 씨는 조금 있다 올 거예요."
"아, 그러니? 그래, 다행이구나."

눈에 띄게 안도하는 시어머니의 모습에 주영은 의아함을 느꼈다. 무언가 자신에게 할 말이 있는 것 같은 모습이다가도 이내 다시 고개를 돌리는 시어머니의 모습에 주영은 결국 먼저 묻고 말았다.

"어머님, 저한테 하실 말씀 있으세요?"

"응? 으응……."

"무슨 말씀이신데요? 그냥 편하게 말씀하세요."

"그, 그래. 새아가, 세민이하고는 별문제없니?"

"네?"

갑자기 세민과의 부부관계를 묻는 시어머니의 질문에 주영은 난감했다. 사실대로 말을 할 수도, 그렇다고 거짓말을 할 수도 없는 상황이니만큼 질문하는 의도를 먼저 알아야 될 것 같다는 생각에 주영은 시어머니한테 조심스럽게 말을 꺼냈다.

"저어, 어머님, 저한테 하시고 싶으신 말씀 있으세요?"

주영의 말에 한동안 그녀의 얼굴을 쳐다보던 시어머니인 정 여사는 복잡한 표정을 지으며 그녀를 쳐다보았다.

"미안하구나, 너한테."

"네?"

당황스러운 마음에 주영은 시어머니인 정 여사를 쳐다보았다. 무척이나 망설이는 듯하더니, 이내 마음을 정했는지 정 여사는 주영에게 자리에 앉으라고 말한 뒤 자신 역시 반대편 소파에 자리를 잡고 앉았다. 정 여사가 말하기만을 기다리는 주영으

로서는 막연한 불안감과 점점 더 커져 가는 압박감에 소리라도
지르고 싶은 심정이었다.

"너는 모르고 있었겠지만 세민이한테는 누나가 하나 있었단
다. 세민이는 그 누이를 무척이나 따랐는데, 딸애는 사랑하는
남자한테 버림받고 결국 자살했어. 그 아이가 죽었을 때……
나, 나는 이곳에 없었단다. 연락하기가 아마…… 힘들었을 거
야. 세민이는 그 어린 나이에 그 모든 것을 다 보면서 큰 상처를
받았던 모양이야. 한동안 실어증에 걸린 적도 있단다. 난 그 아
이마저 잘못될까 봐 너무도 무서웠어. 그 아이가 나를 증오한다
고 말할 때도 나는 그저 기쁘기만 했단다. 그렇게라도 감정을
표현해 주니 말이야."

정 여사의 말은 충격적이었다.

"왜, 왜 제게 처음부터 그런 말씀을 해주시지 않았어요?"

주영의 말에 정 여사는 다시 한 번 슬픈 미소를 지으며 그녀
를 쳐다보았다.

"미안하구나. 숨기려고 한 것은 아니었는데, 세민이 때문에
어쩔 수가 없었단다. 그 아이는 자신의 누이를 버린 남자와 딸
아이를 방치한 못난 어미를 용서할 수가 없었던 모양이야. 그리
고 그런 사랑을 할까 봐 두려워진 게지. 세민이는 사랑을, 감정
을 표현하는 걸 두려워해."

정 여사의 말에 주영은 한동안 침묵할 수밖에 없었다. 어린
세민의 아픔이 그대로 자신에게 느껴지는 것 같았다. 하지만 그

의 상처가 아문다고 해서 달라질 건 없었다. 그의 곁에는 이미 내가 아닌 다른 여자가 있으니까. 그녀를 쳐다보던 정 여사는 조심스럽게 말을 이었다.

"미안하구나. 자식을 가진 엄마의 욕심이거니 생각하고 조금만 이해해 주면 안 되겠니? 세민이가 너를 대하는 감정이 다르지만 않았어도 나는 이 결혼을 서두르지는 않았을 거야."

"어머님이 잘못 아신 거예요. 세민 씨는 사랑을 두려워하는 게 아니라 저를 사랑하지 않아요."

"아니야! 세민이가 너에 대한 마음이 없었다면 우리가 서두른다 해도 절대 결혼할 아이가 아니란다. 그건 새아기, 너의 오해야!"

'아니오, 어머니. 그이는 사랑이 무서운 게, 표현이 서투른 게 아니예요. 그저 사랑하는 대상이 달랐을 뿐이에요.'

차마 정 여사에게 세민에게 내연의 여자가 있다는 말을 할 수 없는 그녀였다. 그저 더 이상 망설이지 않고 조용히 해결하고 싶을 따름이었다.

"무슨 일이…… 있는 거니?"

"……."

조용히 앉아 있는 주영을 바라보는 정 여사의 눈빛이 불안스럽게 흔들렸다. 주영이 막 이혼 결심에 대해 말을 꺼내려는데 요란하게 인터폰이 울렸다. 잠시 후 현관문을 열고 들어오는 세민을 주영은 볼 수 있었다. 확 하고 풍기는 술 냄새에 주영은 다시 한 번 인상을 썼다. 그런 그녀를 쳐다보는 세민의 눈이 정 여사에게로 넘어가면서 무섭게 변한 것을 알 수 있었다.

"무슨 일입니까?"

무척이나 냉랭한 세민의 말투에는 약간의 반가움조차 느낄 수가 없었다. 움찔거리던 정 여사는 그런 세민을 쳐다보며 희미하게나마 웃었다.

"무슨 일은. 그냥 밥이나 같이 먹자는 데도 이유가 있어야 되니? 어서 올라오너라. 저녁 늦겠다."

서둘러 부엌으로 향하는 어머니에게서 다시 주영에게로 시선을 돌린 세민은 주영을 뚫어지게 쳐다보았다. 긴 스커트로 허리 아래를 감싸고 푸른 색이 도는 블라우스 위로 보이는 것은 빌어먹게도 그녀의 무표정한 얼굴이 다였다. 한마디 말조차 건네지 않은 그녀는 그저 자신을 향해 고개만을 까닥이고는 표정 하나 변하지 않았다.

저번 주 토요일을 끝으로 육 일 만에 처음 마주 보는 그들이었다. 그녀를 피하기 시작한 그 육 일 동안 세민은 미칠 것만 같았다. 아픈 그녀가 걱정이 되고, 그녀의 얼굴을, 목소리를 듣고 싶어 밤마다 이층으로 향하려는 자신의 마음을 억지로 눌렀다. 변심한 주영을 그렇게까지 구걸하며 찾고 싶지 않아 일부러 밖으로만 돈 자신에 비해서 주영의 모습은 변한 것이 하나도 없었다. 그것이 억울하고 화가 나 그녀의 모습이 얄밉게 보였다. 지금의 모습보다는 차라리 전의 모습이 더 좋다고 생각이 될 정도

로 세민은 주영의 모습이 유독 집착을 보이고 있었다. 그녀의
눈길이, 표정이, 그녀의 목소리가 자신에게 향해 있지 않다는
것이 왜 이렇게 질투나고 화가 나는지, 세민은 새삼 자신의 변
화된 모습에 당황하고 있었다. 그 감정은 정말 순식간에 일어났
다. 그가 어찌하지 못할 사이에 불붙듯 일어난 그 감정은 무서
운 소유욕으로 번지기 시작했다. 그의 눈빛과 마주할 때마다 고
개를 돌려 버리는 주영의 저 가는 목을 잡아 자신을 쳐다보라고
소리치고 싶은 욕구를 세민은 가까스로 자제했다. 술을 지나치
게 마신 모양인지 도무지 이성을 찾을 수가 없다고 투덜거리면
서도 어느새 자신의 눈길이 주영에게 머문다는 것을 세민은 깨
닫고 있었다.

　식탁에 앉아 밥을 먹는 내내 세민은 주영에게서 시선을 돌리
지 않았다. 그것을 알면서도 무시하는 것인지, 아니면 아예 관
심조차 없는 것인지 주영은 그저 앞의 음식을 조용히 먹을 뿐
그에게는 단 한 번의 눈길조차 주지 않아 그를 더욱 안달하게
만들었다. 세민은 주영의 움직이는 입술과 가끔씩 흘러내린 머
리를 귀 뒤로 무심히 넘기는 모습을 볼 때마다 발가락까지 움찔
거리는 자신의 반응을 반쯤 포기한 채 넘겨 버리고 있었다.
　'이런, 젠장.'
　자신의 밥그릇 속에 한가득 담겨 있는 반찬을 보고는 놀란 세
민이 얼른 주위를 살펴보았다. 한 번도 밥그릇의 밥을 더럽게

먹은 적이 없던 자신이었는데, 이 많은 반찬을 언제 갖다 놓았는지, 세민은 젓가락 사이에 끼운 반찬을 억지로 씹어 삼키며 맞은편에 앉은 주영을 노려보았다. 자신의 이런 변화를 여전히 모른다는 듯이 다른 곳만 쳐다보고 앉아 있는 주영 때문에 세민의 신경은 모조리 곤두서기 시작했다. 그녀의 관심에서, 마음에서 멀어지고 있다는 생각이 그를 더욱 바보스럽고 난폭하게 만들었는지 세민은 그야말로 폭발 직전의 상태까지 가고 말았다. 그런 그에게 주영이 처음으로 던진 한마디는 세민의 겨우 진정된 마음을 도발하기에 충분한 말이었다.

"이가 아파요?"

"아니."

퉁명스럽게 말을 하며 세민은 그녀의 무신경함에 치를 떨었다. 그의 어디를 봐서 그런 소리가 나올 수가 있는 것인지 세민은 기가 막힐 따름이었다.

"그러고 보니 얼굴빛도 좋지 않구나. 어디 몸이 안 좋은 게냐?"

"……아닙니다. 걱정 마세요."

식사가 끝나고 나서 세민은 아버님의 서재에서 한동안 일 문제로 얘기를 하는 중이었는지 그녀가 서재로 차를 가져가는 동안에도 심각한 얘기를 주고받고 있었다. 하지만 그녀가 들어갔을 때의 분위기는 무언가 미묘한 상태였기에 그녀는 그것이 무엇인지는 모르지만 자신과 관계있다는 생각이 들어 걱정이 들

었다. 세민을 쳐다보자 그는 아무 일도 없다는 표정으로 그녀를
마주 보았다. 불안한 마음에 원목으로 만든 탁자에 두 개의 녹
차 잔을 내려놓고 막 나가려는데 시아버지가 그녀를 불렀다.

"아가. 잠시만 여기 앉아보거라."

"네? 네, 아버님."

조심스럽게 세민의 옆에 앉자 시아버지인 유종민 회장은 그
녀를 쳐다보며 걱정스럽게 말을 이었다.

"그래, 몸이 많이 안 좋다면서? 세민이가 걱정을 많이 하는구
나. 거기다가 직장까지 다닌다니, 너무 무리하는 게 아니냐?"

이혼 얘기를 할 거라는 짐작과는 달리 너무나 동떨어진 질문
에 주영은 당황하고 말았다. 인자하신 시아버지의 말씀에 주영
은 자신을 걱정하는 시아버지께 죄송한 마음뿐이었다.

"일도 좋지만 우선은 건강이 제일이란다. 그래서 말인데, 세
민의 말도 있고 그러니, 잠시 휴가를 줄 테니까 어디 좋은 곳에
가서 며칠이라도 쉬다 올래? 아니면 친정에 가서 며칠 있다 오
는 것도 괜찮을 게야."

"네?"

놀란 그녀의 행동을 쳐다보는 세민의 모습이 마치 즐거운 듯
보이는 것은 왜일까? 주영은 생각해 보겠다는 말만 하고 서재를
나왔다. 주영은 서재에서 나와 멍하니 창밖을 바라보는 정 여사
의 곁으로 다가갔다.

"어머니, 뭐 하세요?"

“으응. 아무것도 아니란다.”

주영은 슬퍼 보이는 시어머니의 얼굴을 보면서 조심스럽게 말을 건넸다.

“저, 어머니, 그럼 형님 제사는 안 지내세요?”

“그건 절에다 부탁을 했단다.”

그 말에 주영은 놀라 시어머니인 정 여사를 쳐다보았다. 그런 주영의 모습을 쳐다보는 정 여사의 얼굴에 우는 듯 웃는 미소가 걸렸다.

“이상하니? 그래, 그렇겠지. 먼저 보낸 자식 제삿밥도 안 챙겨주는 못난 어미니까 말이야.”

정 여사의 말에 주영은 어머님이 제사를 지내고 싶어한다는 것을, 그리고 세민이 그것을 못하게 막은 것임을 눈치챘다.

“세민 씨가…… 못하게 해요?”

“……”

주영은 가는 한숨을 쉬며 마른 정 여사의 손을 잡았다.

“어머니, 내년부터는 저랑 같이 집에서 제사 지내요. 제가 세민 씨한테 말해 볼게요.”

주영의 말에 정 여사는 말도 못하고 그저 그녀의 손을 토닥여 주었다. 십 년이 넘는 세월 동안 얼마나 가슴이 아팠을까 하는 생각에 주영은 저절로 목이 멨다.

잠시 후 서재에서 나온 세민이 주영에게 묻지도 않고 인사를 하는 바람에 주영은 정 여사와 더 이상의 대화를 나눌 수가 없었다. 그녀가 현관을 나가도록 지켜보고 서 있던 정 여사의 얼굴 위로 처음으로 밝은 미소가 보여 주영은 다행이라는 생각이 들었다.

그의 뒤를 따라 택시를 타고 오는 동안에도 내내 침묵을 지키던 그녀를 세민이 벼르고 있다는 것을 주영은 몰랐다. 집에 도착해서 자신의 방으로 올라가려던 그녀를 불러 세운 세민의 얼굴은 다소 경직되어 보였다.

"무슨 일이에요?"

"얘기 좀 하지."

"아니, 더 이상 들을 얘기가 없다고 생각하는데요? 여행을 가든 휴가를 가든 당신 혼자 해요. 나까지 끌어들이지 말고."

주영은 이를 악물고 억지로 말을 했다. 그가 왜 휴가를 내려는지, 그녀더러 왜 친정에 가 있으라는 건지는 충분히 알 수 있었다. 정시현, 그녀와의 휴가를 즐기기 위해서 아니겠는가. 주영은 끓어오르는 분노를 겨우 참고는 매몰차게 몸을 돌렸다.

"무슨 말이야? 젠장, 알아듣게 좀 말해 보라고!"

급히 주영의 곁으로 다가온 세민이 그녀의 팔을 잡고 초조하게 바라보며 말을 했다.

"이렇게 행동하는 이유가 뭐야?"

세민은 정말 답답했다. 주영은 품에서 벗어나려고만 하고, 자신의 마음을 알리지 못해 답답한 그로서는 어떻게 해서라도 그녀와의 시간을 만들어야만 했다. 그래서 아버지에게 일부러 주영의 건강을 핑계 삼아 휴가를 받은 것이었다. 조금이라도 그녀와 같이 시간을 보내기 위해서 말이다. 하지만 주영은 자신과 같은 공간에 있는 것조차 싫어하는 것 같았다.

"왜 그러는 건지 몰라요? 여행 가고 싶은 사람 있으면 내 핑계 대지 말고 그냥 가요, 알았어요? 이혼하면 이렇게 눈치 보고 거짓말할 필요도 없잖아요, 안 그래요? 왜 이렇게 사람을 구차하게 만들어요, 당신!"

"대체 무슨 소린지 알아듣게 말하라고!"

"당신 스스로에게 물어봐요, 그게 제일 정확할 테니까."

매몰차게 세민의 손을 뿌리친 뒤 주영은 이층으로 올라갔다. 이유를 알 수 없는 세민은 그저 주영의 뒷모습만을 쳐다보며 애꿎은 계단을 걷어차고 말았다.

'이런, 젠장. 정말 미치겠군!'

도무지 틈을 안 내주는 주영 때문에 갈수록 초조해지는 자신이었다. 조만간 그의 품에서 영원히 벗어날 것만 같은 그녀를 어떻게 해서든지 잡고 싶은데 그 방법을 모르겠다고 세민은 투덜거렸다. 가슴을 들썩이며 숨을 고르던 세민은 화가 난다는 듯이 이층을 노려보다 장식장 안의 술병을 꺼내 들었다.

이층의 자신의 방으로 돌아온 주영은 늦은 시간임에도 불구하고 울리는 핸드폰에 의아해했다. 좀 전 세민과의 대화에서 시현을 언급하지 않은 것이 후회가 되었다. 하지만 말했다고 해서 달라지는 것은 없다고 스스로를 다독였다.

"여보세요?"

[안녕하세요, 저 정시현이에요. 끊지 말아요! 할 말이 있어서 그래요!]

제일 만나고 싶지 않은 사람으로부터의 전화는 주영의 불편한 마음을 더욱 밑으로 가라앉혔다. 그녀가 세민이 아닌 자신에게 전화를 건 것부터가 이해가 안 됐다.

"나한테요?"

[……여기 병원이에요. 저번 주에 교통사고를 당했거든요. 그래서 세민 씨가 병원에 왔었어요.]

"그래요?"

핸드폰을 잡은 주영의 손이 하얗게 변했다. 그녀의 짐작대로 세민은 시현과 함께 있었나 보다. 장소가 중요한 것은 아니었다. 그의 마음을 알았다는 것이 중요한 거니까, 그의 사랑이 누구를 향해 있는지를 알았으니까. 가슴이 답답해져 주영은 다시 한 번 숨을 깊게 들이켰다.

[나…… 실은 일부러 사고 낸 거예요. 내가, 내가 정말 불구가 됐다면…… 세민 씨는 나를 내치지 못할 거라고 생각했거든요. 그랬으면 세민 씨…… 나 버리지 못했을 거예요.]

주영은 시현의 말을 이해하기가 힘들었다. 이미 그의 마음을 가졌음에도 불구하고 그의 사랑에 목마른 여자. 주영은 시현의 끝없는 욕심을 탓하면서도 한편 부러운 마음을 감출 수가 없었

다. 아니, 사랑하는 여자를 이렇게 힘들게 하는 세민의 무책임
함에 기가 막힐 뿐이었다.

"알아요, 세민 씨가 당신을 어떻게 생각한다는 거. 그 말 하려
고 전화했나요?"

시현은 주저하는 것처럼 한동안 침묵하더니 이내 조심스럽게
말을 꺼냈다.

[……알려줘야 할 것 같아서요. 세민 씨가 주영 씨를 사랑한
다고 하더군요. 너무 아파서 죽을 만큼. 나한테, 미안하다
고…….]

주영은 시현의 말에 이명이 이는 듯한 착각마저 들고 말았지
만 억지로라도 묵묵히 듣고 있었다. 어디부터 어디까지가 진실
인지는 알 수 없었지만, 그 실낱같은 희망에도 고장난 가슴은
다시 뛰려 하고 있었다.

"……나한테 이 말을 해주는 이유가 뭐예요?"

주영은 무언가 묵직한 것이 그녀의 가슴을 답답히 누르는 것
만 같아 거북해졌다.

[주영 씨한테…… 나도 사과해야 할 것 같아서요. 사랑은 억
지로 한다고 해서 되는 게 아니라는 거 가르쳐 줘서 고마워요.
그리고 오해…… 풀기 바라요.]

"왜 갑자기 변한 거죠?"

주영은 목소리가 유독 가라앉아서 말을 하기가 무척 힘들었
다. 가슴께를 누르던 그 묵직한 감정 덩어리가 기어코 목까지

올라와 그녀의 목을 콱 막은 것 같았다.

[그건…… 내가 정말 사랑을 하는 게 아니라는 걸 깨달았기 때문이에요. 둘의 사랑을 방해해서는 안 된다고 생각했거든요.]

"시현 씨."

[주영 씨, 미안했어요. 세민 씨한테는 그날 병원에서 사과했어요. 두 사람 앞으로 나 때문에 아파하는 일은 없을 거예요. 잘 있어요.]

"시현 씨! 시현 씨!"

주영은 그렇게 전화를 끊고 나서도 한동안 정신을 차릴 수가 없었다. 시현의 말을 어디까지 믿을 것인지 그녀로서도 알 수가 없었다. 솔직히 말한다면 모두 믿고 싶다는 것이 그녀의 마음이었다. 확인해 보고 싶었다. 바로 아래층에 있는 세민에게서 시현이 전해줬던 말을 직접 듣고 싶었다. 그의 마음을 알 수만 있다면…… 시현이 용기를 내서 고백한 만큼, 그녀 역시 용기를 내고 싶었다. 작은 희망이지만 그것에 매달려 그에게서 사랑한다는 말을 듣고 싶었다. 주영은 고민을 하다 결심이 선 듯 화실로 전화를 걸었다. 그에게로 향한 마음을 고백하기 전, 자신의 마음을 확실히 해둘 필요가 있다는 생각에서였다.

조용한 원석의 목소리에 주영은 미안한 마음에 애써 밝은 목소리로 말을 건넸다.

[여보세요?]

"원석 선배, 늦은 시간이라는 거 알지만 꼭 말해야 할 것 같아서요."

[……무슨 일이지?]

"미안해요, 선배. 나, 너무 이기적인 것 같아서, 그래도 말할 수밖에 없어서……."

감정이 북받친 주영이 두서없이 말을 시작하자 원석이 조용히 그녀의 말을 끊었다.

[됐어. 잘됐다면 다행인 거지 뭐. 굳이 말 안 해도 아니까 더 이상 말하지 마라. 대신, 잘살아.]

"선배…… 고마워요. 꼭 잘살게요. 선배도, 좋은 사람 만나길 바라요."

전화를 끊은 원석은 자신이 완성시킨 그림을 쳐다보면서 씁쓸한 이별을 고했다.

'그래, 꼭…… 잘살아야 돼.'

주인 없는 그림을 더 이상 보고 싶지 않은 듯 원석은 완성된 주영의 그림을 덮고는 화실을 나왔다.

'어디 스케치 여행이라도 다녀올까?'

지독한 열병이 지나갔다고 생각하리라. 원석은 답답한 마음을 떨쳐 버리려는 듯이 힘찬 기지개를 켜보았다. 첫사랑은 이렇듯 항상 허무하다고 생각하면서 말이다.

전화를 끊은 주영은 떨리는 가슴을 진정시키려 애를 썼다. 세민이 자신을 사랑한다는 말을 믿고 싶었다. 하지만 그의 행동은 항상 그것과는 거리가 멀었기에 주영은 또다시 상처를 받을까 봐 두렵기도 했다. 하지만 확인하고 싶었다. 그의 입에서 사랑한다는 말을 듣고 싶었다. 자신이 그를 사랑하듯 그 역시 자신을 사랑한다는 말을 듣고 싶었다. 주영은 무언가를 결심한 듯 천천히 자신의 방을 나섰다.

반병쯤 비웠을 무렵 이층에서 내려오는 주영을 보면서 세민은 헛웃음이 나왔다. 이렇게 안달하는 자신의 모습을 보고 얼마나 비웃을까 싶어 세민은 무척이나 감정이 상해 버렸다. 가까이 다가온 주영을 쳐다보지도 않고 다시 술을 따르는데 주영이 그의 맞은편에 앉았다.

"뭐야?"

"우리 얘기 좀 해요."

"또 이혼 얘기인가? 아주 안달이 나셨군."

비꼬는 투로 세민이 말을 하자 주영은 세민을 쳐다보았다. 다시 한 잔을 따르자 세민이 잡기도 전에 술잔을 가로챈 주영이 그 술잔을 들고 그 안의 술을 단번에 마셨다. 목구멍 안으로 불이 삼켜지는 것만 같았지만 주영은 그것을 삼키고 잔을 소리 나게 내려놓았다.

"……지금 뭐 하자는 거야?"

다소 격한 목소리에 눈빛이었지만 주영은 그의 눈빛이 흔들렸다는 것을 알 수 있었다.

"얘기 좀 하자고요."

“······.”

“······왜 얘기 안 했어요?”

“뭘 말이야?”

낮게 가라앉은 목소리로 말을 하는 세민을 보면서 주영은 처음으로 세민과 마음을 터놓고 얘기를 하고 싶다는 생각이 들었다.

“세민 씨······ 누님이 있었다는 거 말이에요.”

그녀의 말에 약간 움찔한 것으로 보아 세민은 여전히 그녀에게 말하고 싶지 않았나 보다. 여전히 오만하고 비아냥거리는 목소리로 세민이 그녀를 향해 말을 이었다.

“누구한테 들었지? 어머니한테 들었나? 그 이야기라면 더 이상 당신과 하고 싶지가 않아.”

“어머님이······ 많이 힘들어하세요. 이젠, 용서를······.”

주영의 눈에 세민의 고집스런 얼굴이 들어왔다. 더 이상 얘기하고 싶지 않다는 듯이 굳게 입을 다문 그의 모습에서 주영은 그가 시어머니의 말처럼 사랑을 두려워할지도 모른다는 생각이 들었다. 버림받을까 봐 사랑조차 하기를 꺼려하는 남자. 주영은 처음으로 세민이 안쓰러워졌다.

‘당신, 사실은 무서운 거예요? 버림받을까 봐, 사랑하는 마음이 변할까 봐?’

세민을 바라보는 주영의 눈빛이 차츰 따스해졌다.

“어머님······ 이제 그만 용서해 주세요. 세민 씨 아픈 만큼, 아니, 그 이상으로 아픈 분이세요. 왜 몰라요? 세민 씨가 누이의 죽음을 슬퍼하는 것 이상으로 어머님도 아파한다는 걸.”

“……어머님이 시키던가?”

“아니요. 그냥 사실을 알고 나니 제가 더 마음이 아프더라고요.”

주영은 세민이 아파하는 모습을 볼 수 없다고, 사랑하는 사람이 아파하는 모습은 보고 싶지 않다는 말을 그에게 전할 수가 없었다.

“후후. 그래, 내가 아파 보여서 나를 위로라도 해주고 싶다는 건가?”

주영이 아무 말도 하지 않고 있자 세민은 그런 주영의 곁으로 다가오며 말을 이었다.

“그래, 뭐 상관없어. 동정이라도 좋으니, 그럼 날 위로해 봐.”

마치 도전하는 듯한 세민의 모습에서 주영은 망설였다. 전처럼 뒤로 물러서고 싶지 않았다. 자신의 사랑을 그에게 말하고, 그의 사랑한다는 말을 듣고 싶었다. 그렇게 망설이는 사이 그녀 곁으로 다가온 세민이 그녀의 얼굴 가까이 고개를 내렸다.

“……날 위로해 봐, 진주영.”

세민의 유혹하듯 낮은 목소리와 행동에 주영은 주춤거리며 자신의 결심이 무너지려 한다는 것을 알았다. 그런 그녀의 귀로 세민은 낮은 웃음소리가 들렸다.

그녀를 자신의 품 안에 안을 수만 있다면 그것이 위로든 무엇이든 상관없다고 생각하는 세민이었다. 바로 가까이서 느껴지는 그녀의 모든 것이 자신을 긴장시키고 있다는 것을 그녀는 알까? 세민은 지금 이 순간 주영이 자신에게 왔다는 것만을 생각하기로 했다.

자신의 어깨 위에서 조금씩 움직이는 손의 감촉에 주영은 몸이 떨려왔다. 자신의 몸을 감아오는 세민의 뜨거운 몸에서, 조용히 속삭이는 그의 목소리에서 주영은 그가 말하는 위로가 어떤 것을 뜻하는지 정확히 알 수 있었다.

그녀 역시 세민과 사랑을 하고 싶었지만 그의 고백을 먼저 듣고 싶었다. 그리고 그에게 사랑한다는 말을 하고 싶기도 했다. 천천히 세민의 고개가 내려오는 것을 보며 당황해하던 주영의 눈에 식탁 위의 술병이 눈에 띄었다.

"……우, 우선 술부터 한잔할까요?"

당황한 그녀의 입에서 나온 말에 세민은 피식 웃고 말았다. 자신이 한 말이 무엇을 뜻하는지도 모를 만큼 당황한 그녀, 세민은 천천히 그녀의 어깨에서 손을 떼었다.

"술? 그래…… 좋지, 마시자고."

그녀의 얼굴을 쳐다보는 세민의 입가가 묘한 웃음으로 벌어졌지만 주영은 다른 생각들로 꽉 차 있어서 세민의 그러한 표정을 볼 수가 없었다.

"……누님의 제사를 부모님의 집에서 같이 지내면 안 될까요?"

그 말에 세민의 얼굴이 차갑게 굳었다. 주영은 조마조마한 심정으로 그의 얼굴을 쳐다보자 입을 꾹 다물고 화를 참고 있는 세민의 모습이 보였다.

"하, 언제부터 그렇게 쉽게 결정을 내린 거지? 모든 것들을 아주 쉽게 결정하는군."

세민의 말은 다분히 제사만을 말하는 것이 아니라는 걸, 주영도 알 수 있었다. 그는 자신에게 묻는 것이었다. 이혼이란 것도 그리 쉽게 생각했냐고. 그녀의 대답이 없자 세민은 천천히 식탁 의자에 몸을 앉혔다.

"좋아. 원하는 게 술과 대화라고 했나?"

세민의 말에 주영은 불안해졌다. 갑자기 태도를 바꾼 그의 모습은 좀 전의 격해진 모습 이상으로 부담스러웠다. 식탁으로 향하던 주영의 시선이 일순 반짝였다.

"술만 마시면 안 좋아요. 다른 건 없나요?"

"지금…… 나보고 술안주를 준비하라는 건가?"

자신이 듣고도 믿지 못하겠다는 표정으로 주영을 쳐다보자 주영은 그를 쳐다보며 고개를 끄덕였다. 흠칫 놀란 표정의 세민의 표정이 기묘하게 바뀌더니 이내 차가운 눈빛으로 그녀를 쳐다보다 어느 한순간 웃음이 입가에 달렸다.

"……내가 준비하지."

세민은 주영이 술안주를 핑계로 이 자리를 뜨려고 한다고 생각했다. 하지만 세민은 주영을 그녀의 공간인 이층으로 도망가게 내버려 둘 만큼 바보스럽지 않았다. 자신이 직접 음식을 만드는 한이 있다 해도 말이다.

'젠장. 대체 뭘 어떻게 준비해야 되는 거지?'

냉장고 안은 보기에도 가지런히 정리되어 있어 무엇이든 찾기가 쉬워 보였다. 술을 마시면서 한 번도 술안주를 걱정해 본 적이 없던 그라, 눈에 보이는 것 중 손에 집히는 것을 대충 꺼내었다. 주영은 세민의 어깨 너머로 그가 꺼낸 물건들을 쳐다보면서 나오는 웃음을 참았다.

"과일 안주 하게요?"

"어? 어, 그래."

엉거주춤 일어서서 냉장고 문을 닫은 세민을 보면서 주영은 눈을 반짝였다.

"그런데 그건 왜 꺼냈는데요?"

"어? 이, 이거? 이것도 먹으려고."

"그래요?"

주영은 속으로 세민이 과연 브로콜리를 어떻게 손질할 것인지 심히 걱정스러웠다.

"과일 좀 씻어줘요. 내가 깎을게요. 당신은 그거나 손질해서 먹게 만들어봐요."

주영의 말에 브로콜리를 들고 싱크대 쪽으로 향한 세민은 물을 틀어서 그것을 가까이 가져다 대었다. 그리고는 손으로 만지는데 무언가가 우수수 빠져나가자 당황스러워 어쩔 줄 몰라

했다.

'엇! 젠장. 뭐가 이렇게 자꾸 나와? 이렇게 씻는 것이 아니었나?'

싱크대에서 오만 인상을 쓰고 있는 세민을 보면서 주영은 터져 나오려는 웃음을 입술을 꼭 깨물고는 참았다. 무엇을 하는 것인지 도마에서 대충 칼로 자른 것 같은 브로콜리를 접시에 담아오는 세민의 그 어정쩡한 모습에 주영은 그가 들고 있는 접시를 쳐다보고는 결국 웃음을 참지 못했다. 저 남자는 못한다는 말을 할 줄 모르나 보다. 자존심이 강해서 물어볼 엄두도 내지 못하고 물도 제대로 털지 않은 브로콜리를 큼직하게 썰어서 대충 접시에 담아서 내오는 것이 전부였다. 세민은 다소 거칠게 그 접시를 식탁 위에 내려놓았다. 딱 보기 좋게 잘려진 사과가 예쁘게 접시를 장식한 것과는 달리 보기에도 엉성한 자신이 준비한 안주가 나란히 놓이자 은근히 부아가 치밀었다.

"기분이…… 상당히 좋아 보이는군."

척 듣기에도 상당히 감정을 자제한 화난 목소리라는 것을 알 수 있었지만, 모른 척 그를 향해 웃어주었다. 생각보다 그를 놀리는 것이 재미있다고 주영은 생각했다.

"그렇게 보여요?"

"우선 한잔할까?"

잔을 부딪치지 않고 그녀에게 건배의 시늉만을 보이며 단숨에 술을 마시는 세민의 행동은 무척이나 여유로워 보였다. 그가

적어도 브로콜리를 그냥 먹기 전까지는 말이다. 인상이 확 구겨
지면서 입 안의 것을 얼른 싱크대로 가서 뱉는 세민을 보면서
주영은 웃어야 할 상황임에도 불구하고 점점 기분이 가라앉는
것을 느꼈다. 어두운 과거로부터 벗어날 수 있도록 도와주고 싶
었고, 그의 아픔을 달래주고 싶었다. 그녀로 인해 과거를 벗고,
마음을 열고, 사랑을 할 수 있는 남자로 만들고 싶었다. 그의 마
음을, 그의 사랑을 믿고 싶었다. 하지만 그녀의 그런 마음이 커
질수록 그 불안감도 커졌다. 그런 그녀의 생각을 아는지 모르는
지 세민은 불만스럽다는 눈빛으로 그녀를 노려보았다. 그녀를
노려보던 세민이 기분 나쁘다는 듯 퉁명스레 말을 건넸다.
　"진주영, 알고 있었지?"
　"뭘요?"
　"이것…… 말이야."
　탄탄해 보이는 팔을 쭉 뻗어 브로콜리를 가리키는 세민의 모
습이 주영에게 천천히 확대되었다. 처음엔 그저 자신을 사랑하
기만을 바랐는데, 그의 본마음을 다 안다고 할 수도 없으면서
알지 못하는 그의 과거까지 자신이 갖지 못함을 슬퍼하다니.
　사랑은 할수록 욕심이 커지는가 보다. 그를 하나하나 알아갈
수록 그 작은 것 하나까지 자신과의 연결됨을 고집 부리는 거
보면. 주영은 마치 어떻게 나한테 이럴 수가 있냐는 표정을 짓
는 세민을 향해서 조금이지만 웃어주었다.
　"그래요? 난 당신이 너무도 당연하게 브로콜리를 가져와서

그냥도 잘 먹나 보다 싶었죠 뭐. 생으로도 먹는 거니 괜찮다 싶어서 아무 말 안 한 건데 못 먹겠어요?"

주영의 앞에서 음식 투정을 하는 어린애처럼 보여진 듯해 세민은 아무렇지 않은 척 다시 그것을 집어 들어 억지로 씹어 삼켰다.

"……아니, 색다른 맛이군. 그런대로 먹을 만해."

하지만 세민은 그 뒤로는 브로콜리가 담겨진 접시를 쳐다보지도 않고는 과일 한 조각을 집어 들고는 입으로 가져가며 두리번거리다가 그녀에게 묻는다.

"포크는?"

"없어요. 그냥 손으로 먹어도 되잖아요. 나중에 설거지하기만 번거롭고. 당신이 할 거라면 몰라도 말이죠."

세민은 갑자기 말이 많아진 주영을 의심스러운 눈빛으로 쳐다보았다. 자신이 대체 언제부터 이런 주영의 작은 행동 하나까지 살피게 됐을까? 주영의 술잔에 술을 따라주면서 세민은 주영의 이런 모습을 어떻게 생각해야 하는지 고민이 되었다.

술잔을 기울이던 주영은 세민이 어느 순간부터 자신을 쳐다보고 있다는 것을 알고 조심스럽게 말을 건넸다.

"여자는 말이죠, 찰흙과 같아서 만드는 사람에 의해 얼마든지 변한다는 거 알아요? 하지만 금세 말라서 아무리 정교하게 만든 작품이라도 조금만 관심을 줄이면 금이 가고 어느 순간 부서져 버려요. 결국 만드는 것보다 잘 보관하는 게 더 어렵죠."

주영의 말에 세민은 그저 그녀의 모습을 쳐다보기만 했다. 주영의 말은 다소 이해하기 힘든 부분도 있었지만 세민은 그녀의 말을 듣기만 했다.

"여자들이 변하는 건, 스스로 원해서가 아니에요. 원해서 나이를 먹는 것이 아닌 것처럼 변하는 것 자체도 자신의 생각대로 변하는 게 아니거든요. 변하고 싶어서 변하는 여자들은 없어요. 다만, 변해야만 사니까 변하는 거지."

주영의 말은 마치 세민 때문에 이렇게 변하게 되었다는 소리처럼 들렸다. 지금의 모습이 마음에 들지 않는다고, 변하는 자신의 모습을 원치 않는다고 말하는 것 같아 목 깊숙이 무언가가 콱 박혀 버린 것 같아 불편했다.

"누구나 다 변하기 마련이야. 처음 그대로 살 수는 없다고. 만약 그런 사람이 있다면 그는 자신의 모습에 지치고 말 거야. 모두가 조금씩 변해간다고. 그리고 그 변화를 받아들여야만 세상과 어울릴 수 있는 거고."

그렇게 꽤 시간이 흐를 동안 일상적인 일들을 얘기하면서 세민은 주영이 점점 식탁과 가까워지고 있다는 것을 알고는 그녀가 든 술잔을 잡았다.

"그만 마셔. 이미 취했어."

"아아, 어지러워. 으음."

"이런! 대체 언제 이렇게 마신 거야?"

몸도 제대로 가누지 못하는 주영을 보면서 당황한 세민은 그녀의 옆으로 다가와 그녀를 일으켜 주었다. 평소의 그와는 다른 행동이었다.

"정말 기가 막히는군. 이봐, 정신 좀 차려봐!"

주영은 속절없이 뛰는 자신의 심장 소리를 세민이 듣지 못했기를 바랐다. 시현의 말처럼 그가 자신을 사랑할지도 모른다는 기대감이 다시 고개를 들었다. 그녀의 몸을 흔들던 세민은 화가 난다는 듯이 씩씩거리다가 결국 그녀를 안다시피 일으켰다. 그녀의 방까지 올라온 세민이 그녀를 욕실로 밀었다.

"씻고 자, 진주영."

"으음. 그냥…… 놔둬요. 졸려요."

반쯤 감은 눈으로 침대로 오르려 하는 주영을 보니 애가 타는 세민이었다.

'젠장, 찰흙 같은 존재라고? 제기랄.'

세민은 속으로 투덜거리면서도 그녀의 행동을 막지 못하고 침대와 그녀 사이에 어정쩡하게 서 있을 뿐이었다.

"진주영, 오늘 일 두고두고 후회하게 만들어주겠어. 날 가지고 놀아?"

이미 몸은 욕구불만으로 터질 듯하고, 자신의 상태를 모르는 그녀는 반쯤 잠이 든 상태였다. 험악하게 인상을 굳히고 그녀의 몸을 잡고 흔들고픈 충동마저 느끼던 세민은 자신의 모습을 보다 얼른 눈을 감는 주영을 보지 못했다. 기가 막히다는 표정으로 잠든 그녀를 쳐다본 세민은 발 소리를 요란하게 해서 일층으로 내려갔다. 이런 바보 같은 일을 당하기는 처음이라며 세민은 남은 술을 연거푸 마시며 화를 가라앉히려고 애를 썼다.

세민이 내려가자 주영은 술 취한 사람이라고 보기 힘들 정도의 재빠른 동작으로 침대에서 일어났다. 지금이 아니라면 더는 용기를 못 낼 것 같다는 생각에 더 이상 망설이지 않았다. 시어머니가 생일 선물로 사주셨던 슬립을 꺼내 입고는 일부러 머리를 헝클어뜨린 후 주영은 숨을 깊이 쉬고는 일층으로 향했다. 주영은 자신의 심장이 몸과 얇은 슬립을 뚫고 나올 것만 같았다. 계단을 내려와서 보니 세민은 여전히 식탁에서 술을 마시고 있었다. 천천히 그곳으로 향하면서도 연신 자신의 모습을 살폈다. 연한 살구색의 짧은 슬립은 은은한 불빛임에도 불구하고 주영의 몸의 실루엣을 그대로 비춰주고 있어 차마 보기 민망했지만, 그러면서도 한편 세민의 반응이 궁금하기도 했었다.

일층에서 혼자 술을 마시던 세민은 주영의 모습에 마시던 술을 내뿜고는 무척이나 당황해했다.

"진주영, 무슨 일이지?"

불안하게 서 있던 주영에게 질문을 하면서도 세민의 눈은 그녀의 모습을 정신없이 쳐다보고 있어 웃음이 나왔다. 그렇게 비틀거리며 세민에게 다가간 주영은 힘없이 손을 들어 세민의 가슴을 한 대 툭 치며 말을 했다.

"나아쁜 자식, 같으니!"

"뭐?"

갑작스런 주영의 반말에 적잖이 당황한 세민은 어정쩡한 모습으로 그녀를 계속 쳐다보고 있었다. 그런 세민에게 다가가 그의 배를 손가락으로 쿡쿡 누르며 주영이 다시 말을 이었다.

"유세민, 너 말이야, 너! 자식아! 사랑하지도 않으면서 나랑 왜 결혼했냐? 끄윽, 집 지키는 개가 필요했냐? 이 바보 같은 남자야! 그럼 개를 샀어야지, 여자랑 결혼을 왜 해? 이 덜 떨어진…… 크응, 남자야!"

설핏 쳐다본 세민의 표정은 차마 마주 보기 민망할 정도로 일그러졌다. 주영은 몸을 지탱하기 힘들다는 듯이 세민에게 기대며 다시 중얼거렸다. 아래로 내리깐 속눈썹을 약간 위로 뜨며 세민의 표정을 다시 관찰하는 주영의 모습은 가히 요부의 그것과 다를 바가 없어 보였다.

"눈치없는…… 인간 같으니! 사랑하지도 않는 여자랑 왜?"

"사랑해."

세민의 갑작스런 고백에 주영은 하마터면 소리를 지를 뻔했다. 툭 던지듯 사랑한다고 말하는 세민을 끌어안고 싶은 욕구를 감추며 주영은 그의 고백을 못 들은 척했다.

"나아쁜……."

뒷말을 이을 수가 없었다. 잡힌 어깨가 세민에게 바짝 끌어당겨졌기 때문에 주영은 세민의 얼굴 가까이로 끌려갈 수밖에 없었다.

"사랑한다고. 바보 같아서 미안하고, 덜 떨어져서 미안하다.

네 말대로 나 눈치도 없고, 감정 표현할 줄도 몰라. 하지만 이것 하나만은 이제 안다. 진주영, 너밖에 없어. 나한테 여자는 너밖에 없다고. 알아듣겠어, 이 바보 같은 여자야.”

바보같이 눈물이 나오고 말았다. 부드럽게 사랑한다고 달콤하게 속삭이는 것도 아닌데, 너밖에 없다는 퉁명스럽게 말하는 세민의 행동에 주영은 자신의 가슴속에 맺혔던 모든 것이 모두 없어지는 것 같았다.

“젠장. 이렇게 고백하려고 했던 게 아닌데…… 네가 다 망쳐 버렸어! 나중에 무드없다는 말만 했단 봐라!”

중얼거리는 소리를 듣고서야 주영은 세민이 그녀에게 고백하려고 마음의 준비를 했다는 것을 알았다. 그렇게 애태우지 말고 진작 말해 주지. 주영은 기쁨과 서운함이 동시에 들어 심술을 부리고 싶었는지도 몰랐다.

“끄응! 어딘지도 구분이 안 가네. 누가 나를 부르는 것 같은데…… 여기가 대체 어디지?”

“뭐?”

자신의 머리를 부여잡고 고개를 흔들던 주영의 말을 듣고는 얼굴이 시커멓게 변한 세민이 그녀를 잡아 흔들었다.

“진주영, 정신 좀 차리라고! 너, 술 취해서 여태껏 내가 한 말 못 들은 건가?”

“끄응, 머리가 너무 아파…… 너무 많이 마셔서 그런가? 어라? 내가 왜 여기 있는 거지? 이상하네. 내 방이 아니었나?”

두리번거리며 그를 보지도 않고 어설프게 이층으로 향하는 주영의 뒷모습을 그저 망연히 바라보는 세민을 생각하며 나오는 웃음을 꾹 참았다.

"이런, 젠장! 정말 못 들은 거야? 사랑한다고! 진주영을 사랑한다고!"

"아아, 환청까지 들리는 것 같아! 귀가 계속 웅웅거리니까 이상한 소리까지 다 들리고. 하긴 그 남자가 날 왜 사랑하겠니? 어서 빨리 헤어지는 게 그 남자한테도 좋을 텐데. 끄응. 아아, 속도 이상하네, 우욱!"

"진주영!"

"욱, 우욱!"

구토하는 시늉까지 거의 기다시피 계단을 올라가 버린 주영의 뒷모습을 소리치며 이층까지 쫓아온 세민은 욕실 밖에서 욕을 하며 머리를 쥐어뜯는 중이었다.

"젠장, 아예 내려오질 말지! 뭐 하러 내려와서 사람 속을 뒤집어? 기껏 고백했더니 알아듣지도 못하고, 하필 그런 이상한 속옷까지 입어서는! 술주정도 가지가지다, 정말! 진주영, 너 술 먹고 이상한 행동하는 거 아니지? 그렇겠지? 젠장, 젠장!"

거의 바닥을 기다시피 나온 주영을 번쩍 들어 침대에 다시 눕힌 세민의 얼굴은 온통 벌게져서 씩씩거리는 숨을 참고 있었다.

"술 취한 사람은 상종 안 해, 안 한다고! 대신, 진주영! 내일 보자고. 하나도 기억 안 난다고 말만 해봐! 정말, 정말 가만두지 않을 거라고! 그리고 다신, 다신 내 앞에서 이따위 옷 입지 마라, 알겠냐? 확 찢어버리기 전에!"

이미 눈을 감고 있는 그녀에게 악을 쓰며 말을 한 세민이 문마저 쾅 소리가 나게 닫고 나가 버리자 주영은 이불을 뒤집어쓰고 웃었다. 분명 내일 아침 그녀를 보자마자 화를 낼 세민을 상대하느니, 그 사람 말처럼 기억 못한다고 시치미를 떼는 쪽이 아무래도 상책일 것 같았다. 이미 고백을 들었으니 나야 뭐 아무래도 좋은 것이고, 세민 씨야 속 좀 타겠지라는 생각으로 잠을 청한 그녀는 정말 오랜만에 숙면을 취할 수 있었다.

토요일 오후 퇴근한 주영을 세민이 뚫어지게 쳐다봤다. 어제 일을 전혀 기억 못한다는 듯이 여전히 차가운 표정으로 자신을 대하는 주영을 보면서 세민은 그녀의 몸을 붙잡고 마구 흔들고픈 충동을 느꼈다. 어제 어렵게 고백했던 그 말…… 사랑한다는 그 말마저 잊어버린 듯 주영의 행동은 평소와 다를 것이 없었다. 자신이 힘들게 한 그 고백을 물거품으로 만든 그 여자가 지금은 욕실에 전처럼 온갖 거품을 다 내고는 그것도 모자라 자신을 가리키며 말했다.

"나?"

"그래요. 그럼 덩치도 내가 훨씬 작은데 내가 빨아요?"

세민은 하도 어이가 없어서 자신의 앞에 서 있는 여자가 주영임에도 불구하고 기어코 머리 속의 무언가가 폭발하고 말았다.

언제부터 주영이 저리 비아냥거리는 말투로 자신에게 말을 했던가? 한주먹거리도 안 되는 이 여자가 자신의 인내심의 한계를 측정코자 하는 것인지 세민은 처음으로 누군가를 패고 싶다는 생각까지 했다.

"그걸 지금 말이라고 해? 내가 왜 이불을 빨아?"

"그럼 튼튼한 당신 놔두고 내가 해요?"

"젠장, 세탁기에 넣고 돌려. 그럼 되잖아."

"그땐 내가 잘못 생각한 거예요. 지금 보니까 당신 시트도 손빨래를 해야 된다고 적혀 있잖아요. 자, 봐요, 여기."

주영은 일부러 세민의 침대 시트를 벗겨 그에게 보여주었다. 모든 여자들이 알고 있는 사실 중 하나가 거의 모든 이불과 옷들은 웬만하면 다 드라이클리닝 아니면 손빨래라는 것이다. 요즘은 세탁기로 어지간한 것은 다 돌려도 되지만 세탁 표시만큼은 세탁기 표시가 된 것이 드물기에 주영은 당연하다는 듯이 그것을 세민의 코앞에 내밀었다. 섬유 표시를 본 세민의 인상이 구겨지자 주영은 그것들을 욕조로 가져가 미리 받아둔 비눗물에 담갔다. 그녀의 모습을 눈으로 쫓던 세민은 슬쩍 그녀의 눈치를 보면서 전화로 손을 뻗었다.

"상도동에 전화할 생각이라면 하지 말아요. 아줌마 부르면 몸도 불편한 어머님이 오늘 하루 종일 움직이셔야 된다고요. 설마 자기 편하자고 연세 많으신 어머님을 고생시키진 않겠죠? 당신이 그럴 사람으로는 보이지 않지만 말이죠."

결국 수화기에서 손을 뗀 세민의 표정은 못마땅함이 가득해 보였다.

"그럼 아줌마 올 때까지 며칠 더 덮어도 되잖아."

"당신이 덮을 건데 그런 말이 나와요? 어디 냄새 나서 같이 눕기나 하겠어요?"

"어?"

그녀의 말에 머리를 긁적이며 시트를 보던 세민은 결국 한숨을 쉬더니 방으로 들어가며 말을 건넸다.

"할 수 없군. 좋아, 내가 하지. 하지만 이번뿐이라고. 알았어?"

넥타이를 느슨하게 풀며 옷을 갈아입으러 들어가는 세민은 주영의 말을 듣지 못했다.

"글쎄요."

잠시 뒤, 간편복으로 갈아입고 나온 세민은 갈수록 그녀가 뻔뻔해지고 있다는 생각이 들었다. 욕조 안에 가득 담긴 저것들을 그냥 밟기만 하면 된다고 하지만 영 내키지 않던 그로서는 상이라도 받아야 하지 않을까 싶어 얼른 뒷말을 이었다.

"저걸 다 하고 나면 나한텐 무슨 보상이 있지?"

"보상이요? 자신의 이불 빨래하는 것에도 해당될 줄은 몰랐네요."

그가 다시 걷어 올린 바짓단을 내리려 하자 주영은 서둘러 말을 했다. 이 남자, 생각보다 다루기가 영 힘들다며 속으로 투덜거리면서 말이다.

"좋아요, 무슨 보상을 원해요?"

그녀의 말이 끝나도 한동안 세민에겐 별다른 말이 나오지 않아 주영은 그의 얼굴을 쳐다보았다. 무언가 음흉함이 다분히 묻어나오는 표정에 자신이 시작한 게임임에도 불구하고 왜 소름이 돋는지 알 수 없어 주영은 이상하다고 생각한다.

"정말 내가 원하는 것을 한 가지 해줄 건가?"

아이처럼 확답이라도 받으려는 그의 행동에 주영은 그가 엄청난 요구를 할 것 같아 미리 못을 박기로 했다.

"그, 그렇긴 하지만 내가 충분히 들어줄 수 있는 것이어야 해요. 알았죠?"

"아, 물론 당신이 충분히 들어줄 수 있는 거야."

다시 여유로운 표정으로 느리게 말을 하는 세민의 모습에서 그녀는 감당 못할 무언가를 말할 것 같은 느낌이 들어 세민의 얼굴을 뚫어지게 쳐다보았다. 하지만 세민은 너무도 진지한 표정과 무게감있는 몸짓으로 그녀를 쳐다보았기에 장난이라는 생각이 조금도 들지 않아 오히려 그녀 쪽에서 어색해지고 말았다.

"아이를 낳아줘."

"헉!"

"어때, 쉽지? 아이를 낳아달라고."

이 남자, 아직 술이 다 안 깬 것이 분명하다. 그렇지 않다면 도저히 맨정신에 저런 말을 할 리가 없다. 하도 어이없는 말이어서 주영은 대꾸 자체를 하지 않았다. 다만 머리가 아프다는 듯이 자신의 이마로 손을 가져가며 자신의 머리를 툭툭치는 행동을 하고는 그를 쳐다보았다. 너무도 멀쩡한 모습으로, 그것도 저렇게 진지한 표정으로 아이를 낳아달라는 남자가…… 이 세상에 그 말고 또 누가 있을까.

세민은 얄미울 만치 히죽거리며 주영의 대답을 느긋하게 기다렸다. 마치 어젯밤 일에 대한 복수라는 생각이 절로 들 정도로 그는 주영에게 어젯밤 자신에게 했던 말을 그대로 돌려주는 중이었다.

"설마 못 낳는다거나 낳기 싫다는 말은 안 하겠지? 하긴 '바보 같은 여자'가 아닌 다음에야 애 낳는 게 무섭다는 말은 못할 거야, 안 그래? 그렇고말고. '덜 떨어진 여자'가 아닌 다음에야 '분위기 파악'도 못하고 그러지는 않겠지."

'이 남자 삐쳤군. 하긴 나라도 열받았을 거야. 후후.'

주영은 세민을 쳐다보면서 나오는 웃음을 삼켰다. 어제 그렇게 주영에게 당했으니 그 마음이야 오죽하겠냐마는 다음날 바로 복수하듯 말하는 그의 모습에 주영은 심술난 애를 보는 듯한 기분이 들고 말았다. 아이를 낳아달라 생떼를 쓰는 앞의 남자에게 과연 무슨 말을 해야 그의 생각을 쏙 들어가게 할 수 있는지를 놓고 고민이 되었다. 그녀가 고민 중이자 세민이 그녀를 더욱 추궁했다.

"왜 대답이 없지? 내 말이 틀린 건 아니잖아, 안 그래?"

“그, 그렇죠.”

그녀의 대답에 자신만만한 미소를 지은 세민은 여유로운 동작으로 그녀의 말을 받아들이기로 했는지 별말없이 욕조로 들어가 이불을 밟기 시작했다.

빨래하는 과정을 몰래몰래 쳐다보던 주영은 세민이 혹시 군대에서 내내 빨래만 빨지는 않았을까 하는 생각이 들 정도로 세민은 이불 빨래부터 시작해서 커튼까지 척척 빨아내고 있었다. 자신이 보기에도 시원스럽고 너무하다 싶을 정도로 꼼꼼히 빨래를 빨았다. 단지 물을 너무 많이 낭비한다는 것을 뺀다면 그는 아마 직업소개소에서도 손꼽힐 정도로 집안일을 잘하는 사람으로 불려 다닐 것이라고 주영은 나름대로 생각했다.

“또 있나?”

“네?”

“더 이상 빨 것 없냐고.”

“아, 그, 그래요. 수고하셨어요.”

“그래.”

그제야 손과 발의 물기를 닦는 세민은 평소의 모습으로 되돌아온 것 같았다. 물속에 얼마나 오래 있었던지 그 예쁜 발가락 앞부분이 하얗게 불어 울퉁불퉁거려 미안한 마음마저 들었다.

“히, 힘들었죠? 집안일이 다 그래요 뭐. 티도 나지 않지만 하루 종일 해도 끝이 없죠.”

“아니, 나름대로 스트레스도 풀고 괜찮았어. 종종 해도 될 것 같군."

　서재로 향하면서 주영에게 던진 그 한마디에 주영의 얼굴이 울상이 되었다는 것을 세민은 알 수 있었다. 주영의 의도를 충분히 알기에 절대 힘들다고 투덜거리지 않을 거라 결심한 세민은 이런 유치한 감정싸움도 나름대로 재밌다고 생각하며 간만에 정말 맛있는 담배를 피웠다. 서재에서 담배 피우는 세민의 모습을 물끄러미 쳐다보던 주영은 그의 모습이 참으로 언밸런스하다는 것을 알고는 웃음을 삼켰다. 베이지 색 맨투맨 티가 물기 때문인지, 땀 때문인지는 모르지만 젖어서 상체에 탁 달라붙어 있고, 긴 바지는 허벅지까지 걷어 올린 채 길고 탄탄한 다리를 모두 드러내 놓고 물기가 뚝뚝 떨어지는 앞머리를 아무렇게나 넘기며 담배를 피우는 모습이 나름대로는 괜찮아 보였다.

　'나라면 차라리 반바지를 입을 거야. 저렇게 귀찮게 걷느니 말이야. 저 사람은 옷차림부터 바꿔야 된다고. 좀 허술하고 어설프게 입으면 어때서 그래. 항상 단정하고 완벽하게 머리카락 하나 흐트러짐이 없는 모습도 좋지만 그건 너무 인간미가 떨어지거든.'

　주영은 고개까지 끄덕이며 세민의 생활습관을 조금은 바꿔야 된다고 생각하며 시계를 보고는 그만 깜짝 놀랐다. 생각지도 않게 시작한 집안 대청소에 시간을 너무 잡아먹었는지 시계는 이미 열두 시를 가리키고 있었다. 아침조차 먹지 않은 상태에서 시작한 일이었는데, 세민은 단 한 마디 불평 없이 그 모든 것을 참아냈던 것이다. 미안한 마음에 서둘러 부엌으로 가서 쌀을 씻으려 하는데 담배를 다 피웠는지 세민이 들어섰다.

"뭘 하는 거지?"

"아, 그게…… 미안해요, 시간이 이렇게 됐는지도 모르고. 배 안 고파요?"

주영의 말에 시계를 한 번 쳐다본 세민은 아무 표정 없이 그녀를 향해 말을 이었다.

"어. 원래 아침 잘 안 먹잖아. 주영이 너도 힘들었을 텐데, 그냥 간단히 나가서 먹자."

"그, 그래도 돼요?"

"안 될 것도 없지."

평소와 다른 세민의 행동에 주영은 고민이 되었다. 그의 마음을 알아서 너무 기쁘기는 하지만 그와의 사이에는 여전히 알 수 없는 긴장감이 들었다.

세민의 앞머리가 이마의 가운데로 흘러내리며 물방울을 떨어뜨리자 짙은 눈썹을 찡그리는 세민의 모습이 보였다. 그 작은 행동에도 주영은 무섭게 뛰는 자신의 심장을 느낄 수가 있었다. 전에도 느끼지 못했던 강렬한 욕구가 주영을 괴롭히고 있었다. 일부러 그의 모습을 외면하려 할수록 자꾸만 그에게로 다가가고픈·마음을 억누를 수가 없었다.

'괜히…… 고집을 피웠나?'

주영은 후회가 되었다. 어제 세민의 고백을 받아들였다면 지금쯤 그와 뜨거운 밀어를 속삭이며 한낮을 보내고 있을지도 모른다. 주영은 어제 세민이 하던 말을 생각하고는 피식 웃었다. 다시는 그런 옷을 입지 말라고 화를 내던 세민의 얼굴이 떠오르자 그를 놀리고 싶다는 생각이 들었다. 오늘밤, 그녀는 세민을 유혹하리라 결심했다.

세민은 내내 긴장된 상태가 계속되고 있었다. 어제의 고백 이후로 그녀에게서 변한 것은 없었다. 물론, 만취상태였다고 말하는 주영이 너무나 미웠지만 한편으로 다행이라는 생각도 들었다. 그녀의 마음을 모른 상태에서 무턱대고 한 고백이고 보니, 속 시원하다는 마음과 함께 창피한 마음과 억울한 마음 엇갈려 들었다.

세민은 어떻게 하면 주영의 마음을 돌릴 수 있을지 고민하는 중이었다. 그녀의 마음을 모른다지만 그녀의 몸은 정확한 메시지를 그에게 전해주고 있었다. 그것에 의지하여 주영의 마음을 돌려야 한다는 생각에 세민 역시 내내 주영의 눈치를 보고 있는 중이었다. 그 상태는 식사를 하러 나가서도 내내 계속되었다.

한낮의 시간은 한가롭고 여유있어 보였지만 세민과 주영 모두 상당히 경직된 상태라는 걸 서로 깨닫지 못하고 있었다.

그렇게 오후가 가고 저녁을 맞을 무렵 주영은 피곤하다는 핑계를 대고 먼저 이층으로 올라가려했다. 하지만 세민은 그런 그녀를 급히 불러 세웠다.

“왜요?”

“아까의 대답을 해줘야 할 거 아냐?”

“무슨 대답이요?”

일부러 모르겠다는 표정으로 그를 쳐다보자 세민의 얼굴이 붉어졌다. 주영은 그의 모습을 보면서 자신만큼 세민도 불안해한다는 것을 알고는 마음이 훈훈해졌다.

“……아이를 낳아달라는 내 말 잊었나?”

다시 오만한 그의 모습으로 돌아간 세민을 보면서 주영은 조심스럽게 말을 꺼냈다.

“그전에…… 나, 한 가지 부탁이 더 있어요.”

“무슨?”

의외라는 듯이 주영을 쳐다보는 세민을 보면서 주영은 유혹적인 웃음을 지었다. 그녀의 모습에 세민이 흠칫 몸을 경직시키는 것이 주영의 눈에 다 보일 정도였다.

“나…… 말이죠. 아이를 갖기 전에 아이의 아빠를 먼저 그리고 싶어요.”

“헉!”

세민이 급히 숨을 삼키면서 내는 소리가 유독 크게 거실 안을 울렸다.

한 번도 주영이 자신을 그릴 거라는 생각을 해보지 못한 세민인지라 그녀의 요구는 너무도 놀랍게 느껴졌다. 더군다나 그녀는 분명히 말했다, 아이의 아빠를 그리고 싶다고.

“날…… 그리고 싶다고?”

“네.”

주영의 말에 세민은 무언가 가슴속부터 퍼지는 것을 느낄 수 있었다. 그건, 사랑과 행복이라는 감정이었다. 그녀는 어젯밤의 자신의 고백을…… 기억 못하는 게 아니었다. 그렇다면 대답은 하나였다. 그녀 역시 자신과 같은 마음이라는 것이다.

“……좋아. 지금 시작할까?”

다시 평소의 여유있는 모습으로 돌아온 세민을 보면서 주영의 입가에 짓궂은 웃음이 돌았다.

“좋아요. 하지만 분명히 말하는데요, 내가 그리는 그림에 대해서 불만은 갖지 말아요. 알았죠?”

“좋아. 서로의 조건을 지켜주는 걸로 하자고.”

여유있는 세민의 모습에 주영은 더욱 유혹적인 웃음을 지었다.

“네, 좋아요.”

주영의 얼굴에 감도는 웃음이 무척이나 아름답다고 느끼던 세민은 그림보다도 우선 아이부터 만드는 것이 어떠냐고 묻고 싶은 마음을 지그시 눌렀다.

주영과 같이 이층으로 올라온 그의 눈에 나무로 만든 이젤과 하얀 도화지가 보였다. 주영을 쳐다보는 세민에게 그녀는 아무렇지 않게 말을 하였다.

“자, 벗어요.”

"뭐?"

세민은 자신이 듣고도 잘못 들었나 싶어 반문했다. 그가 들은 것이 맞다면 주영은 그림을 그리려는 게 아니라 그와 사랑을 해야 한다고 생각했기 때문이다.

"못 들었어요? 벗으라고요."

"……!"

세민의 놀란 모습에 주영은 여전히 시치미를 떼며 이젤 앞으로 다가갔다.

"모두 벗도록 해요. 새삼 창피할 것도 없잖아요? 난 지금 그림을 그리고 싶은 거라고요."

세민은 고개를 숙인 주영의 귓가가 붉게 달아오른 것을 볼 수 있었다. 진주영, 그녀는 다른 놀이를 하고 싶었나 보다. 예전 그녀를 보고 생각했던 것과는 달리 세민은 그녀의 놀이에 얼마든지 동참해 주고 싶었다.

세민은 주영을 보면서 천천히 옷을 벗기 시작했다. 옷이 스치는 소리가 날 때마다 주영의 몸이 움찔거리는 것을 볼 수 있었다. 바지 버클이 소리 나게 벗겨지자 급히 숨을 삼키는 소리가 들렸다. 묘한 느낌이었다. 주영 앞에서 옷을 벗는 것도, 알몸으로 서 있는 것도 처음은 아니었는데도 불구하고 세민은 무척이나 흥분해 있었다.

이윽고 바지가 벗겨지고 남겨진 사각 트렁크와 양말만을 한 채 주영의 앞에 서 있자 다시 주영의 목소리가 들려왔다.

"다, 다 벗으라고요."

"다?"

"그, 그래요."

당황한 주영의 목소리에 세민은 웃음이 나왔다. 그녀 역시 무척이나 긴장했던 모양인지 그가 가까이 다가올 때까지 고개를 들지 못하고 있었다.

"오, 오지 말아요! 그, 그냥 거기 서 있으면 돼요."

"어떤 포즈로 서 있어야 하는지 알려주질 않았잖아? 난 모델 일은 처음이라고."

고개를 숙이고 있던 주영은 자신의 발 바로 앞에 보이는 검은색 양말을 보고서 긴장했던 것도 잊고 소리 내서 웃고 말았다. 주영을 놀려주려던 세민은 갑자기 들려온 주영의 웃음에 이상하다는 표정을 지었다.

"왜 웃는 거지?"

"하하하, 아하하하. 양말, 양말이요."

"양말?"

자신의 양말을 쳐다보던 세민은 이해할 수 없다는 듯이 그녀를 쳐다봤다.

"이게 왜?"

너무 웃어서 울음마저 나왔는지 주영은 연신 눈가를 훔치며 그를 쳐다보았다.

"바보라고요. 몰라요? 원래 누드도 그렇고…… 아이를 가지려면……."

주영의 입술이 천천히 세민의 입술에 포개졌다. 세민의 입술에 키스를 하며 웅얼거리는 주영의 목소리에 세민은 크게 웃었다.

"……이것부터 벗어야 된다는 거?"

주영은 그 뒤로도 한동안 그림을 그릴 수가 없었다. 세민에게 한 약속을 지켜야 했기에 말이다.

부산스럽게 움직이는 모습이 촛불로 인해 마치 춤을 추는 것처럼 보였다. 커다란 식탁에는 제법 모양을 갖춘 식기들과 음식들이 두서없이 올라가 있었다. 양 옆에는 촛대 위에 제법 굵은 초가 꽂혀 있었다. 세민은 분주히 움직이다가 그만 식탁위의 작은 그릇을 손가락으로 치고 말았다.

"이크!"

린넨 테이블 보의 흰색 레이스가 점점 검은색으로 물들고 있었다.

"아, 젠장! 뭐가 이렇게 많아?"

인상을 쓴 세민이 긴 다리로 싱크대 한 편에 놓여 있는 책으로 향했다.

“음, 어디 보자. 그러니까 내가 엎은 게…… 끄응, 간장인가 보군. 그럼 간장을 다시 따르고, 음, 또 뭐가 빠졌지?”

머리를 긁적이는 세민의 행동은 상당히 여유로워 보였다. 적어도 싱크대에 쌓인 그릇들과 식탁 위를 보지 않는다면 말이다. 고개를 들어 시계를 찾던 세민은 다시 한 번 인상을 썼다. 주영의 제지에도 불구하고 직접 거실과 부엌에 있던 모든 시계를 치워 버린 것을 새삼 후회하는 중이었다.

‘대충 시간은 된 것 같은데?’

열심히 보던 책을 덮고 세민은 자신이 직접 차린 식탁 위의 음식들을 보며 만족스런 표정을 지었다. 주영과의 오해를 풀고 신혼의 달콤함에 행복하게 지냈지만 내내 첫 결혼기념일과 주영의 생일을 챙겨주지 못한 것이 못내 마음에 걸렸다. 그래서 결혼 이 주년인 오늘, 주영에게 첫 결혼기념일다운 날이 되도록 며칠 전부터 준비를 한 것이다. 비록 자신의 눈으로 보기에도 어설퍼 보이는 식탁이지만 말이다.

세민은 의욕을 다지면서 연신 가스 오븐레인지의 타이머를 흘끔거렸다. 그 안에는 자신이 직접 만든 주영의 생일 케이크가 구워지고 있었다. 빠른 속도로 더러워진 식탁보를 닦아내는 세민의 행동은 제법 익숙해 보였다. 작게 흥얼거리며 그곳을 닦은 세민은 다시 한 번 싱크대로 다가가 이번에는 다른 책을 펼치며 손가락을 짚어가며 웅얼거리기 시작했다.

"으음, 그래, 여기까지 하는 건 다 맞았어. 문제는…… 모양이
란 말이지! 뭐, 잘 나오겠지. 비슷하게 했으니까. 생각보다 굉장
히 까다롭고 손도 많이 가네, 이것들. 그런데 정말 아기를 가지
면 그렇게 변덕스러운 건가? 어째서 자꾸 골탕먹는다는 느낌이
드는 거지?"

혼자서 중얼거리는 세민의 모습은 평소의 모습과 무척이나
달랐다. 항상 완벽한 옷차림을 고수하던 세민은 놀랍게도 반바
지 차림이었다. 더군다나 위에 걸친 티셔츠는 군데군데 음식물
이 묻어서 원래의 색을 알 수가 없었다. 마찬가지로 그의 손 역
시 무언가로 얼룩져 있었지만 개의치 않는다는 듯이 여전히 싱
크대를 톡톡 두드리고 있었다.

임신 초기에 주영의 입덧은 가히 상상을 초월하는 수준이었
다. 벌써 몇 차례 병원에서 영양제를 맞고 온 상태였기에 세민
의 마음은 더없이 초조하기만 했다. 한 번은 얼큰한 칼국수가
먹고 싶다고 해서 버섯칼국수로 유명한 모 음식점을 갔다 온 적
이 있었다. 집에 도착하자마자 급히 화장실로 달려가는 주영을
보고 자신도 같이 뛰었다. 변기를 끌어안고 토하는 그녀를 보고
너무도 안쓰러워 자신도 모르게 한 말에 주영은 바닥에 주저앉
으며 웃었던 적이 있었다.

"이런! 입을 악 다물어봐, 좀! 눈 딱 감고 삼켜보라고, 어서!"

너무도 안타까운 마음에 자신도 모르게 내뱉은 말이었다. 단순하게 생각해서 토하는 거야 어쩔 수 없지만 일단 삼킨다면 영양을 섭취할 수 있을 것 같다는 생각에서였다. 하지만 그 말을 들은 주영은 바닥에 주저앉아 넘어가듯 웃고 말았다. 그 엽기스러운 모습을 보고도 그녀가 사랑스럽다는 생각을 한 자신이 이상한 것이라고 세민은 생각했다.

세민은 주영을 생각하면서 곧잘 웃음을 짓는 버릇이 생겼다. 아이를 가졌다는 뜻의 그림을 받고 나서 얼마나 행복했던지…… 세민은 다시 혼자서 킥킥대며 웃었다.

"이게 무슨 그림인 줄 알아요?"

"그거? 내 그림이잖아."

별생각없이 주영이 내미는 그림을 옆으로 놓고는 익숙하게 그녀의 몸에 팔을 감자, 주영은 한숨을 쉬며 다시 그의 팔을 풀었다.

"이리 와."

다시 그녀를 안는 자신을 손으로 밀면서 그림을 가리키자 세민은 할 수 없이 다시 그림으로 시선을 줬다. 주영이 익숙하게 그렸던 자신의 그림과는 좀 달라 보였다.

"이게 뭐야?"

세민을 꼭 닮은 아이가 새의 커다란 입 안에서 바깥으로 고개를 내민 채 그들을 향해 작은 손을 흔들고 있었다. 세민과 주영은 꼭 껴안은 채 아이를 향해 서서 웃고 있었다.

"아직도 모르겠어요?"

"뭘?"

모르겠다는 표정으로 자신과 그림을 번갈아 보자 주영은 한숨을 쉬었다.

"내 그림이 이렇게 엉망인가? 심각하네, 정말."

여전히 자신을 흘깃거리는 그녀를 보면서 자신이 놓친 것이 무엇인지를 곰곰이 생각해 봤다. 하지만 그림 속의 얼굴보다 주영의 나이트가운을 입은 모습이 자꾸만 어른거려 도무지 생각에 집중할 수가 없었다. 주영의 낙담한 모습에 할 수 없이 다시 한 번 그림을 천천히 보던 세민은 흠칫 놀라고 말았다.

"설마?"

"설마 뭐요?"

"……아이를 가진 거야?"

세민의 놀라는 모습에 주영은 배시시 웃었다. 그 모습이 미치도록 사랑스럽다고 생각하면서도 선뜻 그녀를 안기에 걱정이 되었다.

"정말 아기를 가진 건가?"

"후후, 네. 오늘 병원에 갔다 왔어요."

"그래? 정말 내가 아빠가 되는 건가?"

씨익 웃는 세민의 모습이 무척이나 오만하게 보인다고 생각하면서도 자랑스러웠다.

"그래요. 우리의 아기가 생긴 거라고요."

주영과 마주 보던 세민이 심각하게 표정이 변하는 것을 보고 주영이 조심스럽게 물었다.

"왜요? 안 기뻐요?"

"아니, 정말 기뻐."

"근데 표정이 왜 그래요?"

"그게 아기가 생기면…… 할 수가 없잖아."

"뭘요?"

세민이 조심스럽게 주영에게 다가왔다.

"뱃속의 아기한테…… 위험하지 않을까?"

걱정스럽다는 듯이 주영의 납작한 배를 쳐다보는 세민을 유혹하듯 끌어안은 주영은 그의 귓가에 속삭였다.

"아기가요, 아빠를 만나고 싶어해요."

요란한 타임벨 소리에 과거의 기억에서 퍼뜩 깨어난 세민의 얼굴은 붉게 달아올라 있었다. 그 뒤의 시간은 정말 환상적이었으므로. 얼른 가스 오븐레인지로 다가가 보니, 자신이 만든 케이크가 다 되었다는 불이 반짝였다.

"자, 그럼 내가 만든 작품을 한번 볼까?"

주영이 태교를 한다고 놓았던 십자수가 새겨진 주방장갑을 끼는 세민의 얼굴엔 여전히 웃음이 머금어져 있었다. 그의 손에는 그의 우스꽝스런 모습이 수놓아져 있었다.

"이거, 우리 아기가 이렇게 이상한 표정을 지으면 어쩌지?"

조심스럽게 케이크를 꺼내는 세민은 아직 데커레이션을 하지 않은 케이크를 보면서 장난스런 표정을 지었다.

'흠. 나도 그림을 그려볼까?'

하얀 생크림으로 무언가를 내내 그리던 세민은 이층에서 내려오는 주영의 발소리에 얼른 고개를 들었다.

"벌써 잠이 깬 건가?"

제법 산모 티가 나는 주영의 모습을 보며 걱정스럽다는 듯이 세민이 물어왔다.

"으응. 다 잤어요. 벌써 저녁이에요?"

"오늘이 무슨 날인지 잊은 건 아니겠지?"

평소와 조금도 다를 게 없는 그녀의 모습에 제법 긴장하며 세민이 묻자 주영은 졸린 눈을 비비며 그를 쳐다보고는 이내 소리 내서 웃었다.

"아하하하, 세민 씨, 지금 뭐 하는 거예요? 모습이 왜 그래요?"

"정말…… 몰랐나 보군."

심각하게 말하는 세민을 보면서 주영은 시치미를 뚝 뗐다.

"오늘이 무슨 날이에요? 무슨 날인데 당신의 모습이 그렇게 엉망인데요?"

세민에게 다가가는 주영의 눈에 초코 케이크에 새겨진 이상한 그림이 눈에 띄었다.

"이게…… 뭐예요?"

손가락으로 정확히 자신이 그린 그림을 가리키자 세민의 볼가가 붉어졌다. 세민은 부끄럽기도 하고 화도 나고 해서 퉁명스럽게 말을 건넸다.

"무슨 그림인지 모르면 관둬!"

케이크를 치우는 세민의 동작이 삐친 것처럼 보였다. 주영은 나오는 웃음을 간신히 삼키면서 세민을 불러 세웠다.

"세민 씨, 배고파요."

"……"

"배고프다고요, 나."

"알아! 나도 안다고. 하지만 다른 말도 좀 할 수 없나?"

오늘이 무슨 날인지를 기억 못하는 주영의 모습이 서운하기도 하고, 얄밉기도 하고, 자신이 오늘 하루 내내 뭘 한 건지 한심하다는 생각에 저도 모르게 투덜거렸다.

"그거, 들고 있는 케이크 먹으면 안 돼요?"

"안 돼!"

"그깟 케이크가 뭐라고 그렇게 화를 내요?"

주영이 제법 토라진 듯 말했다. 평소라면 얼른 그녀를 달래주었을 텐데 지금의 세민은 요지부동이었다. 저만치 앞에 서서 케이크를 뒤로 돌리고 서 있는 커다란 남자의 모습이 유독 눈에 잡혔다.

'후후, 많이 서운했나 보네?'

슬쩍 식탁을 쳐다보니 내내 음식 준비를 했던 모양인지 그곳
에는 제법 요리라고 부를 수 있을 만한 것들이 올려져 있었다.
그런 그녀의 눈에 하얀 식탁보가 얼룩져 있는 것이 눈에 들어왔
다.

"어머? 이거 왜 이렇게 더러워진 거예요?"

"어? 어, 그거?"

당황한 세민의 표정에 주영은 나오는 웃음을 삼키느라 고개
를 숙이고 식탁보를 쳐다봤다.

"아우, 이거 손빨래해야 하는 건데."

"……내가 빤다고, 내가."

자신이 차려놓은 식탁은 보이지도 않는지 얼룩진 식탁보만
잡고 있는 주영이 그렇게 야속할 수 없는 세민은 자신이 결혼해
서 살수록 이상하게도 주영에게 휘둘린다는 생각을 지울 수가
없었다.

"어? 어? 조심해!"

고개를 숙이고 있느라 촛불에 머리카락이 타는 줄도 몰랐던
주영은 급히 자신을 품에 안는 세민을 느낄 수 있었다.

"괜찮아?"

그녀의 얼굴이며 머리카락을 만지는 세민의 모습엔 다정함이
담뿍 담겨 있었다. 고개를 든 주영이 자신을 보고 배시시 웃자
세민은 어이없어했다.

"머리카락까지 태워놓고 뭐가 그렇게 좋아?"

어이없다는 표정으로 그녀를 쳐다보는 세민에게 주영은 아주
유혹적인 웃음을 지어 보였다.

"후후, 당신이…… 날 이렇게 감동시켰으니까요. 그깟 머리카
락이 대수예요?"

주영이 세민의 목을 가까이 끌어당겼다.

"……이렇게 당신 품에 안길 수 있는데 말이죠."

자신의 얼굴을 가까이 끌어당기는 주영의 모습에서 세민은
또 다른 신세계를 보는 듯한 착각이 들었다. 그녀와 자신의 사
랑의 신세계를 말이다.

'알아? 당신은…… 갈수록 요부가 되는 것 같다고. 우리 아기
가 만약 여자 아이라면 말이야. 난 내내 그 녀석 뒤를 쫓아다녀
야 할 것 같아.'

세민은 주영의 입술에 사랑을 가득 담아 키스하기 시작했다.
한참 뒤에 입술을 뗀 주영이 케이크로 눈으로 돌리면서 궁금하
다는 듯이 물었다.

"근데 저 그림 설마 나를 그린 건 아니죠?"

말도 안 된다는 듯이 묻는 주영을 세민은 놀려주고 싶었다.

"맞아, 당신이라고. 배가 잔뜩 불렀을 때를 상상하고 그런 거
야."

"뭐라고요?"

황당해하는 그녀를 다시 품에 안으며 세민은 그녀의 귓가에
속삭였다.

"……생일 축하해. 그리고…… 나와 결혼해 준 것도 고마워."

주영은 자신의 귓가에 속삭이는 세민의 말이 마치 천상의 아리아 같다는 생각을 하면서 눈을 감았다.

작가후기

『인체화』를 쓰기 시작한 게 1월부터였으니까 이렇게 책으로 나오기까지 반년이라는 시간이 흘렀습니다. 겨울에 눈물을 흘려가며 썼던 순간도 있었고, 키득키득 웃으며 쓴 순간도 있었는데 이렇게 후기를 쓰게 되니 새삼 부끄럽고 창피한 마음이 먼저 앞서네요.

처음 제목을 이렇게 지었을 때 무슨 뜻이냐고 물어보시는 분들이 많으셨습니다. 제목 때문에 손이 더 가셨다는 분과 너무 건조해서 선뜻 읽을 생각을 못 하셨다는 말씀을 하셨던 분들도 더러는 계셨습니다. 제목을 정하지 못하고 있을 때 딸아이의 미술 특강 내용을 보다가 알게 된 단어입니다. 인체화(코스튬화)는 있는 그대로의 모습을 그리는 것이라고 말입니다. 쉽게 말해 누드화의 반대 개념이라는 말을 듣고 순간 결정한 제목입니다. 이 세상 사람들이 자신의 모습을 솔직하게 담아낼 수 있다면 얼마나 좋을까 하는 저의 바람이기도 했고요.

이 글이 제 처음 글은 아니지만 많은 애착이 가는 글입니다. 저 역시 사랑을 해서 결혼을 하고 두 아이를 키우면서 며느리이자 딸의 역할을, 그리고 아내라는 역할을 하는 사람이라는 것을 글을 쓰면서 다시 한 번 느꼈습니다. 이렇게 나열하고 보니, 결혼한 여자들의 직업이 무려 세 개가 되는 셈이네요. 항상 당연하고 익숙하게 생각되던 것들이 얼마나 소중한지 새삼 알게 된 계기도 됐습니다.

현실적인 아내, 주영은 그런 여자입니다. 사랑 하나만을 맹목적으로 보고 결혼을 해서, 그사이에서 갈등하고 방황하는 그 감정 하나하나가 어쩌면 저뿐만이 아니라 결혼하신 분들은 한 번쯤 공감하실 수 있는 그런 여자라고 감히 말씀드리고 싶습니다.

스스로 글을 쓰면서 용기를 가지라고, 힘을 내라고 수없이 격려한 인물이기도 했고요, 연재 중에 그런 메일들을 많이 받은 글이기도 합니다. 자신과 같다는 분들, 힘을 내라는 분들, 주영이 잘 극복하기를 바란다는 분들의 격려를 받으면서 저 역시 주영이 그 결혼을 성공적으로 이끌 수 있기를 바랐으니까요. 제가 그분들의 격려만큼 주영을 잘 그려냈는지는 모르겠습니다. 하지만 주영이라는 여자가 살아가는 힘이, 그녀가 스스로 자립하려 노력하는 그 모습을 보면서 저 역시 코끝이 시큰거릴 만큼 용기가 생기더군요.

흔하디흔한 얘깁니다. 그만큼 주위에서, 혹은 현실에서 제가 느끼는 부분이기도 하니까요.

저는 '아줌마' 라는 말을 자랑스럽게 생각하는 사람입니다. 더러는 안 좋은 쪽으로 말씀을 하시는 분들도 계시지만 이 '아줌마' 라는 말만큼 정감있고 용기있는 단어가 있냐고 저는 감히 묻고 싶습니다.

누구에게나 일어날 법한 공감 가는 생활을 그리고 싶다는 욕심에서 시작된 글이지만 갈수록 많이 모자라고 부족하다는 생각이 든 글이기도 했습니다. 사랑을 하고 결혼을 해서 살아가는 그 과정이 모두 똑같지만 그 하나하나가 모두 다르다는 것을 보이고 싶었는지도 모릅니다. 하지만 제가 정말 말씀드리고 싶었던 것은 그 많은 사랑 중에 현실과 무관한 사랑은 결코 없다는 것입니다.

주영의 생각을 통해서, 그녀의 상황을 통해서 많은 분들이 결혼이라는 것을 좀 더 현실적으로 볼 수 있기를 바랍니다.

또한, 제 능력이 부족해서 주위 분들의 많은 격려에 절로 고개가 숙여지기도 했습니다. 계약을 하고 출간을 하면서 워낙 모자란 글임을 알기에 주위에서 도와주시는 분들도 애를 많이 먹었으리라 생각됩니다. 조언을 많이 주셨던 청어람의 김규진님, 교정 과정에 많은 도움을 주셨던 이종민님과 막바지에 저 때문에 고생했던 한지윤님. 우선 그분들께 고맙다는 말씀을 전해드리고 싶습니다. 그 외에도 많은 격려를 주셨던 미샤, 이서윤, 지호, 정숙 언니, 시시리아, 제제, 비니맘님 등 외에도 많은 분들께 감사하다는 말씀을 드리고 싶습니다. 늦은 밤 글이 안 풀릴 때마다 저를 다독여 준 제 남편에게도 고맙다는 말을 전해줄 겁니다. 아이들한테도 사랑한다는 말을 한 번 더 전해주고요. 그러고 보니 제 주위에는 좋은 사람들이 무척 많네요. 다시 한 번 고개 숙여 감사드립니다.

　홀가분하기도 하고, 아쉽기도 하고, 이런 과정을 거칠수록 제 자신이 좀 더 발전하고 용기있는 사람으로 변하길 바랍니다. 마지막으로 결혼한 그 모든 가정이 화목하게 살기를, 용기있게 현실에 부딪치며 살아가기를 빕니다.

2005년 여름의 시작에서

이진희 드림.

*c*hungeoram romance novel

김지안

2003년부터 글을 쓰기 시작함

2004년 「친구의 남자」, 「사랑의 시차」 출간

현재 「어린 연인」, 「그대, 사랑해도 될까요?」 연재 중

http://cafe.e-novelist.com/irene

『굳이 사랑하지 않아도 좋다』

결혼이라니! 하룻밤의 대가로 결혼을 요구한다?

"저…… 아이 가졌어요."

"뭐?"

하룻밤의 일탈로 임신을 하게 된 은수, 그녀의 선택은……

"후, 그래, 내 아이라고 치자. 그래서? 원하는게 있을 거 아냐?"

"결혼이요."

● 김지안 지음 값9,000원

도서출판 **청어람**   chungeoram@chungeoram.com
☎ 032-656-4452   FAX 032-656-4453